SUZANNE ROBINSON

DIE MASKEN DER LADY

Roman

Deutsche Erstausgabe

WILHELM HEYNE VERLAG
MÜNCHEN

HEYNE ROMANE FÜR »SIE«
Nr. 04/198

Titel der Originalausgabe
LADY HELLFIRE

Aus dem Amerikanischen
von Beate Tom

Printed in France 1997
Umschlagillustration: Donald Case / Agentur Schlück
Umschlaggestaltung: Atelier Ingrid Schütz, München
Satz: Fotosatz Prechtl, Passau
Druck und Bindung: Brodard & Taupin

ISBN 3-453-12413-8

Kapitel 1

England, im Februar 1854

Die Dämonen winkten ihm auffordernd zu. Alexis trieb sein Pferd zu einem rasenden Galopp und beugte sich vor. Dann nahm er die Zügel kürzer und hob sich leicht aus dem Sattel. Für Valentine kam dieser Ausbruch völlig überraschend, und Alexis lachte, als er ihn entgeistert rufen hörte.

»Alexis, nein!«

Als sein Freund die Hand nach ihm ausstreckte, wich Alexis geschickt aus. »Versuch nicht, mich aufzuhalten, alter Knabe. Das könnte gefährlich werden für dich.«

Alexis beugte sich noch tiefer über den Hals des Pferdes, stemmte sich in die Steigbügel und gab Theseus die Zügel frei. Das Tier legte seine ganze Kraft in die ausgreifenden Bewegungen. Seine Hufe bohrten sich in den frostigen Boden; seine Hinterbeine berührten fast die Vorderbeine, schnellten dann wieder zurück, um sich erneut abzustoßen.

Vals Stimme drang von weit her zu Alexis, fast zur Unhörbarkeit gedämpft durch das Rauschen in seinen Ohren. Immer schneller und schneller hetzte er durch die taubenetzte Landschaft in der Morgendämmerung, auf der Jagd nach dem unerreichbaren Ziel — seinem inneren Frieden.

Böse Geister und sündige Dämonen saßen ihm bei diesem Todesritt im Genick. Auch Theseus spürte ihre Gegenwart und gab sein Letztes, um ihnen zu entkommen. Schrille Fratzen flogen an Alexis vorbei, grelle Mahnmale der Übeltaten, die an ihm hafteten. Schmutzbrocken und kleine Steine, von den Hufen aufgewirbelt, trafen ihn im Gesicht. Sein Herz pochte so rasend wie das des Hengstes, und sein Atem ging stoßweise. Zwar waren die Geister und Dämonen noch an seiner Seite, doch das Rauschen in seinen Ohren übertönte nun ihr Hohngelächter.

Weiter ging die wilde Jagd über offene Felder. Er trieb den Hengst über Zäune und zu Eis erstarrte Bachläufe, über Büsche und Ochsenkarren. Mit jedem Sprung riskierte er den sicheren Tod. Er provozierte ihn, verhöhnte ihn, bis schließlich Theseus das tödliche Spiel beendete, indem er langsamer wurde und in Trab fiel. Die Dämonen senkten ihre Stimmen zu dem üblichen leisen Geflüster, und Alexis sank erschauernd auf den Hals des Pferdes.

Er wehrte sich nicht, als Theseus ihn zurücktrug. Kraftlos blieb er mit der Wange an seiner Mähne liegen. Der Atem aus seiner schmerzenden Lunge bildete kleine, weiße Wölkchen in der kalten Luft. An den Heimweg hatte er nur eine verschwommene Erinnerung. Als er in der Lage war, den Kopf zu heben, war die Burg bereits in Sicht. Sein Zuhause war so groß wie eine kleine Stadt. Castle Richfield, das mit seinen Türmen und Festungsmauern das Flußtal beherrschte, war sowohl seine Zufluchtsstätte als auch sein Gefängnis.

Bald schon konnte er Vals leuchtend blonden Haarschopf erkennen. Der junge Mann wartete auf seinem Vollblüter auf ihn. Alexis trocknete sich das Gesicht mit einem Taschentuch und hatte sich wieder in der Gewalt, als er bei Val ankam. Er brachte sein Pferd neben ihm zum Stehen und nickte ihm zu.

Val saß aufrecht im Sattel und hielt sein nervöses Pferd mit einer Hand im Zaum. »Verdammter Kerl!« fuhr er Alexis ungehalten an.

»Ja«, ertwiderte Alexis nur. Valentine Beaufort war zwar der einzige Mensch außerhalb seiner Familie, der jemals

Zeuge eines seiner Todesritte wurde, aber Alexis hatte nicht die Absicht, deshalb die Fassung zu verlieren.

»Warum hältst du dir nicht gleich eine Pistole an den Kopf? Das wäre auf jeden Fall einfacher.«

»Aber kaum so spannend für dich.«

Alexis ließ Vals Flüche über sich ergehen, während sie über die Brücke ritten und die Pferde im Schritt am Wachhaus vorbei in den äußeren Burghof gehen ließen. Pferdeknechte eilten herbei. Alexis ließ sich aus dem Sattel gleiten, doch die Knie gaben unter ihm nach, so daß Valentine ihn auffangen mußte.

Nach anfänglichem Sträuben mußte Alexis zulassen, daß Val ihn auf dem langen Weg in den inneren Hof stützte. Immer wieder schüttelte ein gewaltiges Zittern seinen Körper, und ihm wurde abwechselnd heiß und kalt. Da er größer und schwerer war als Val, begleitete sie dessen Ächzen und Fluchen auf der ganzen Strecke.

»Du bist ein unglaublicher Idiot«, keuchte Val. »Ein schwarzhaariger und verdammt schwerer Verrückter.«

»Spricht man so mit seinem alten Schulkameraden? Außerdem liegt es nicht daran, daß ich zu groß geraten bin, sondern hauptsächlich daran, daß du so ein Leichtgewicht bist.«

»Halt den Mund und versuch lieber, auf deinen eigenen Beinen zu gehen.«

Alexis blickte auf Val hinunter und mußte fast lächeln. Sein Freund besaß das Gemüt eines Gockels, dem gerade seine Hennen gestohlen worden waren. So war er schon, seit sie sich in Oxford kennengelernt hatten. Damals hatte er viel Zeit damit zugebracht, diesen Tunichtgut aus selbstverschuldeten unangenehmen Situationen zu retten. Schmächtig und flatterhaft, ständig im Hader mit dem Schicksal wegen seiner illegitimen Abstammung, schaffte Val es trotz seiner engelhaften Gesichtszüge ohne Mühe, einen Streit in einer Taubenschar anzustiften und noch viel eher in einer Gruppe von Angehörigen der Oberschicht.

Vor ihnen schwangen die Türflügel, die in die große Halle führten, auf. Wie Alexis es nicht anders erwartet hatte, erschienen seine Mutter und sein Cousin Fulke. Lady Juliana nahm Fulkes Arm, als sie in die Morgensonne traten. Auf der obersten Stufe blieb sie stehen, zog sich den Schal um die Schultern und sah auf Alexis herunter. Um ihre Röcke strichen drei Katzen und ein Seidenäffchen. Einer von Julianas Mundwinkel verzog sich nach oben. Ihr Blick wanderte von dem zerzausten Haar ihres Sohnes hinunter zu dessen schmutzigen Stiefeln.

»Er hat es wieder überlebt«, stellte sie fest. »Der Allmächtige hat meine Gebete nicht erhört.«

Alexis verbeugte sich. »Ich habe mein Bestes gegeben, Mutter.«

Val erstarrte neben ihm, und seine Hand auf Alexis' Arm drückte fast schmerzhaft zu. Alexis versuchte vergeblich, das Lachen, das in seinem Hals aufstieg, zu unterdrücken, er wußte, daß es Val nur noch mehr erzürnen würde. Das leise, glucksende Geräusch ließ sich nicht aufhalten. Nur er konnte Vals Fluch hören.

»Mylady«, sagte Val. »Die göttliche Vorsehung hat Ihren Sohn beschützt, und ich bete darum, daß es so bleibt. Es gibt viele Menschen, die ihn überaus schätzen.«

Juliana winkte ab. »Faule Pächter, liederliche Regimentsoffiziere wie Sie und Bettler.«

»Juliana«, mischte Fulke sich mit seiner Pastorenstimme, wie Alexis sie im stillen nannte, ein. »Alexis übt außerordentlich christliche Nächstenliebe. Ohne seine Hilfe müßten viele Menschen verhungern.«

Alexis hatte seinen Lachreiz überwunden, aber er lächelte noch immer. »Erspare uns deine Lobpreisungen.«

»Aber es stimmt doch«, beharrte Fulke. »Und sie sollte deine guten Seiten endlich anerkennen.«

Noch einmal lachte Alexis auf. Val stieß ihm den Ellbogen in die Rippen.

»Mutter hat meinen Charakter jahrelang genauestens studiert.« Alexis betrachtete kurz die Frau, die, umringt von ihren Haustieren, vor ihm stand. »Sie durchschaut mich wesentlich besser als du, Fulke. Ihre Einschätzung ist absolut zutreffend. Ist es nicht so, verehrte Frau Mutter?«

Statt zu antworten, drehte sich Juliana mit schwingenden Röcken, hinter denen eine weitere Katze auftauchte, um und ging zurück in die Halle.

Fulke kam die Stufen herab und nahm Alexis' Arm. Weitere Vorhaltungen blieben Alexis vorerst erspart, da beide Männer zu wütend waren, um etwas zu sagen.

Nachdem sie die Treppe hinaufgestiegen waren, verabschiedete sich Val. »Ich habe versucht, ihn aufzuhalten«, erklärte er Fulke. »Es war völlig unmöglich. Ein Teufel, der auf einem Kometen reitet, und das in halsbrecherischem Tempo.«

Er warf Alexis einen düsteren Blick zu, ehe er sich noch einmal an Fulke wandte. »Unternehmen Sie etwas, Mylord. Ich kann nichts tun.«

Fulke bugsierte Alexis in sein Zimmer und überließ ihn dort der Obhut von Meredith, seinem Kammerdiener, der ihm beim Baden und Umkleiden behilflich war.

Als Alexis eine frische Hose überzog, hatte das Zittern in seinen Armen und Beinen nachgelassen. Ein Handtuch um den Hals gewickelt, ging er zurück in sein Zimmer und versuchte dabei, die Hosenknöpfe durch die entsprechenden Löcher zu schieben.

Diese Mühe kostete ihn seine ganze neu gesammelte Kraft. Erschöpft sank er aufs Bett und betrachtete versonnen die Wassertropfen, die aus seinem Haar perlten und über seine nackten Schultern rannen. Er hatte den Todesritt mit Val als Zeuge natürlich vermeiden wollen, aber die

Zweifel und dunklen Ahnungen hatten ihn ohne Vorwarnung überfallen.

Alexis vergrub das Gesicht im Handtuch und schloß die Augen. Wenn er sich nur besser daran erinnern könnte, was an jenem Tag geschehen war, an dem sein Vater und seine Schwester getötet worden waren. Wenn er nur mit Gewißheit wüßte ...

Aber vielleicht war es gar nicht so wichtig. Er war noch so jung gewesen, und Gott verzieh Kindern sehr viel, das behauptete zumindest Fulke. Seit damals bemühte er sich, immer gehorsam zu sein, zumindest solange die Dämonen ihn nicht quälten, als ob er sich beweisen wollte, daß er es konnte. Alexis erhob sich und griff nach dem Hemd, das Meredith für ihn bereitgelegt hatte. Die Bewegung löste einen stechenden Schmerz in seiner Schulter aus. Mit schmerzverzerrtem Gesicht starrte er den weißen Stoff in seiner Hand an, als Meredith zurückkam, um ihm zu helfen.

Es überraschte ihn nicht, daß Fulke eintrat, noch während er sich ankleidete. Sein Kammerdiener zog ihm gerade die Krawatte zurecht, und Alexis betrachtete Fulke, der vor Alexis' Schreibtisch stehengeblieben war und mit wippendem Fuß geräuschvoll die Seiten eines Buches umblätterte.

Alexis ließ seinen Cousin noch eine Weile zappeln, ehe er Meredith wegschickte. Schließlich schuldete man seinem ehemaligen Vormund ein gewisses Maß an Respekt. Streng genommen schuldete er Fulke Sinclair so viel, daß es zehn Leben benötigt hätte, um alles zurückzuzahlen. Vor sechzehn Jahren hatte Fulke eine vielversprechende politische Karriere aufgegeben, um sich um eine vom Nervenfieber geplagte Witwe, ihren völlig außer Rand und Band geratenen Sohn und die Besitztümer der de Granvilles zu kümmern.

An jenem alptraumhaften Tag, an dem sein Vater und

seine Schwester ums Leben kamen, hatte Fulke ihn davor bewahrt, dem Wahnsinn zu verfallen. Wie immer, so verschlossen sich auch jetzt Alexis' Gedanken vor diesen Erinnerungen und wandten sich wieder Fulke zu und dem Opfer, das dieser gebracht hatte. Fulke war ein vielversprechender junger Konservativer gewesen, ein aussichtsreicher Günstling der Königin aus den Reihen der Tories. Doch Fulkes Zuneigung zu seinem Cousin ersten Grades, Alexis' Vater, hatte ihn veranlaßt, die Vormundschaft für dessen Sohn zu übernehmen, sobald klar war, daß Juliana sich nicht von dem Schock erholen würde. Inzwischen war Fulke fast fünfzig und alles andere als zufrieden mit seinem Leben. Alexis konnte es ihm nicht verübeln.

Ja, er war Fulke zu Dank verpflichtet, doch davon unabhängig hatte sich zwischen ihnen eine tiefe Zuneigung entwickelt. Wenn Fulke nicht gerade eine seiner religiösen Tiraden hielt. In letzter Zeit waren diese immer unerträglicher geworden, hatten Alexis' Dankbarkeit in ein Schuldgefühl verwandelt, seine Zuneigung in wilden Zorn, seine Bewunderung in Zynismus. Mit Fulke ein normales Gespräch zu führen, war im Moment ebensowenig möglich wie mit seiner Mutter.

Alexis hörte, wie eine Seite unwirsch umgeblättert wurde. Unmut flackerte in ihm auf, den er sofort zu unterdrücken versuchte. Vergeblich, wie sich schnell herausstellte, so daß er ihn lediglich zu verbergen suchen konnte. Er nickte Meredith zu, der mit einem erleichterten Gesichtsausdruck hinausging.

Kaum hatte sich die Tür hinter dem Kammerdiener geschlossen, schmetterte Fulke das Buch auf den Tisch. »Bei Gott, du kostest mich einiges an Nerven, Sir.«

Alexis nahm eine Handvoll Briefe von einem silbernen Tablett, ließ sich in einen Stuhl am Fenster fallen und begann sie durchzusehen. Eine Hand riß ihm die Umschläge weg und fegte sie zu Boden. Alexis starrte sie eine Weile an, ehe er den Blick auf Fulke richtete.

Fulke kochte vor Wut, doch Alexis' Miene war so unbeweglich wie die eines Feldarztes in der Schlacht. Mit zusammengekniffenen Lippen trat Fulke einen Schritt zurück und hob die Hand.

»Verzeih mir«, sagte er, »aber ich dachte, es würde dich von dieser Besessenheit befreien, wenn du dich dem Regiment anschließt.«

Alexis sprang auf und sammelte die Briefe wieder ein. Dabei murmelte er ein Gedicht: »›Mein Leben ward so lang getragen schon von einer gebroch'nen Schwinge / geplagt von abgründiger Verzweiflung, Grauen und Todesangst / daß ich schon dankbar zu sein gelernt für noch so kleine Dinge‹.«

Vor Fulke kniend, blickte er plötzlich auf und lächelte. »Ophelia Maitlands Ball findet heute abend statt. Ich wette, daß ich der Fuchs sein werde, den die mächtige Jägerin erlegt.«

Er überließ es Fulke abzuwägen, was schlimmer war. Seine Todesritte oder Ophelia Maitland.

»Du bist den Fängen dieser Maitland-Harpyie also noch nicht entronnen«, stellte Fulke nach kurzem Schweigen fest.

»Du bist es doch, der mir damit in den Ohren liegt, zu Hause zu bleiben und einen Erben herbeizuschaffen.«

»Als Marquis von Richfield ist es deine Pflicht, dich um die Ländereien zu kümmern und dich fortzupflanzen.«

»Woher willst du wissen, daß ich das nicht längst getan habe?«

Fulke stürzte sich auf Alexis, ehe dieser weiterreden konnte, stieß ihn unsanft zurück in den Stuhl am Fenster und drückte ihn mit dem Knie gegen die Stuhllehne.

»Seit du ein Grünschnabel warst, hat dich dieses Gesicht zu einem Opfer der Begierde der Frauen gemacht.

Ich habe versucht, dich zu beschützen. Gott liebt Keuschheit und Reinheit und nicht die Schönheit, Alexis.«

Mit einer schnellen Bewegung, die Fulke aus dem Gleichgewicht brachte, machte Alexis sich frei und stand auf.

»Ich habe mir alle Mühe gegeben, es dir nachzutun«, erwiderte er. »Aber angesichts meiner Sünden würden sich die Engel totlachen, wenn ich den Mönch spielte. Ich bin hungrig. Laß uns hinuntergehen und beim Frühstück weiterdebattieren. Bitte, Fulke. Du weißt, wie sehr es mir widerstrebt, mit dir zu streiten.«

Fulke brachte ein Lächeln zustande und folgte ihm zur Tür, vor der sie Val und Iago, Alexis' Hund, trafen. Alexis bemerkte die Blicke, die die beiden Männer wie ratlose Ärzte austauschten. Nachdem Fulke sich entfernt hatte, wollte Val den Mund öffnen, doch Alexis kam ihm zuvor.

»Sei lieber still«, warnte er seinen Freund. »Ich habe im Moment keine Geliebte, und die Langeweile macht mich leicht reizbar.«

»Idiot.« Valentine ballte beide Hände zu Fäusten und stellte sich vor ihn hin. »Es gefällt dir, mich in Rage zu bringen, wie? Hast du deshalb deine Beziehungen spielen lassen, um mich in Cardigans Regiment unterzubringen? Damit du jemanden hast, den du quälen kannst? Jemanden, der dir so verpflichtet ist, daß er dir nicht entfliehen kann? Lord St. Maurs Bastard — stets zu deiner Verfügung.«

Alexis streichelte seufzend Iagos Kopf. »Ja, genau, ich brauchte noch ein Schoßhündchen. Ach, halt doch den Mund, Val. Schließlich bist du in einer anderen Brigade als ich und hast ausreichend Gelegenheit, mir aus dem Weg zu gehen. Du solltest dir eher wegen des Zaren mit seinem Appetit auf die Krim Sorgen machen. Sollte es einen Krieg geben, sind wir mittendrin. Dann kannst du deine überschüssigen Kräfte gegen die Russen einsetzen.«

»Du hast versucht, dich umzubringen.«

»Welch blühende Fantasie«, brummte Alexis. »›La mort ne surprend point le sage; il est toujours prét à partir‹.«

Valentine starrte ihn einen Augenblick an, ehe er übersetzte: »Der Tod kann einen klugen Mann niemals überraschen; er ist immer darauf vorbereitet, dahinzuscheiden.«

»Sehr gut. Du warst immer ein guter Schüler. Sieh mich nicht so finster an. Heute reite ich nicht mehr aus.«

Als sie die Treppe hinuntergingen, nahm Iago den üblichen Platz zur Linken seines Herrn ein.

»Komm schon, laß den Kopf nicht hängen«, ermunterte Alexis den Freund und klopfte ihm auf die Schulter. »Es ist nicht der Tod, über den ich mir Gedanken mache, sondern die liebliche Ophelia Maitland.«

»Sei auf der Hut vor dieser Frau. Noch vor drei Generationen waren ihre Vorfahren Kaufleute, und Lady Juliana wird mit einer Schwiegertochter, an der ein solcher Makel haftet, ebensowenig einverstanden sein wie mit einem illegalen Nachkömmling wie mir als deinem Umgang.«

Alexis lachte und ging voran zur Tür des kleinen Eßzimmers. »Genau aus diesem Grund ziehe ich in Erwägung, nach dem Frühstück Maitland House einen Besuch abzustatten und ihr einen Heiratsantrag zu machen.« Als er den offenstehenden Mund seines Freundes sah, mußte er noch mehr lachen. Erst als sie schon am Tisch Platz genommen hatten, gelang es Val, den Mund wieder zu schließen.

In Maitland House saß Kate Grey auf einem Stuhl in ihrem Wohnzimmer. Ihr Blick war auf die aufgeschlagenen Seiten des *Othello* gerichtet, doch gab sie nur vor zu lesen, denn in ihr brodelte es wie in einem überhitzten Wasserkessel. Es ging nicht. Es gelang ihr einfach nicht, eine Dame zu sein, wie Mama es wollte. Was hatte sie eigentlich hier verloren, eine Amerikanerin, die an Pionierstädte und Schindeldachhäuser gewöhnt war? Was konnte sie denn dafür, daß Mama die Vergangenheit auferstehen lassen wollte, indem sie aus ihrer Tochter eine zimperliche, alberne Dame machte. Sie war ganz einfach Kate Grey, mit einem Goldgräber zum Vater und einer Mutter, die niemals ihre gesellschaftliche Stellung für ihn hätte aufgeben dürfen.

Außerdem durften Damen keine interessanten Dinge tun. Sie saßen nur die ganze Zeit irgendwo herum, häkelten Deckchen und lasen Anstandsbücher. Sie aber hatte gar keine Zeit, eine Dame zu sein. Seit sie reich waren, ertrank sie fast in Arbeit, aber Mama hatte darauf bestanden, daß Kate zu ihren Verwandten nach England ging, um eine Dame zu werden. Mama hatte ihn so lange bezirzt, bis Papa schließlich nachgegeben hatte. Und jetzt saß sie hier in Maitland House fest, umgeben von ihrer verwitweten Tante, Kusine Ophelia und Großtante Emeline, ohne jede Hoffnung auf eine Flucht, gefangen in dieser schrecklichen Einrichtung, von der ihre Mutter ununterbrochen sprach — der feinen Gesellschaft.

Ärger, Langeweile, Verdruß — nichts anderes bedeuteten diese Zwänge für sie, und alles nur, weil Papa vor fast zwei Jahren Gold gefunden hatte. Kate konnte sich noch gut an jenen Tag erinnern, denn als Papa mit der Neuigkeit hereingeplatzt war, hatte sie einen Tag voller Arbeit hinter sich gehabt, einer Arbeit, die eine Dame niemals verrichten würde. Sie hatte Wäsche gewaschen.

Fünf Waschzuber standen im Hof hinter Greys Pension in San Francisco, und Kate war zusammen mit vier Chinesinnen dafür zuständig. Kate hatte die Wäschestücke so lange über das Waschbrett gerieben, bis ihre Finger und Handflächen brannten. Seifenwasser spritzte ihr ins Gesicht und durchtränkte ihr Kleid. Sie hatte weder Augen für die Frauen neben ihr noch für die untergehende

Sonne. Die Wäsche mußte fertig sein, bevor die abendliche Kälte hereinbrach.

Ein Hemd entglitt ihren gefühllosen Fingern, so daß sie sich tief über den Waschzuber beugen mußte, um danach zu fischen.

»Bitte, lieber Gott«, betete sie, »mach, daß Mama mich nicht sieht.«

Eine Strähne ihres von Kupfer- und warmen Zimttönen durchzogenen Haares fiel ihr ins Gesicht. Ungeduldig warf sie die Locke zurück. Als sie sich gerade aufrichten wollte, schlang sich etwas von hinten um ihre Taille und zog sie hoch. Ein Bart kitzelte sie an ihrem linken Ohr, und zwei Arme umschlangen ihren Oberkörper.

»Jesus«, sagte eine männliche Stimme. »Jesus.«

Kate wurde durch die Luft gewirbelt, von dem Mann wieder aufgefangen und an seine Brust gedrückt. Er umfing ihr Hinterteil mit den Händen und drängte seine Hüften gegen sie. Sprachlos vor Empörung holte Kat aus und schlug mit voller Wucht dem Mann auf die Nase. Er ließ sie los.

»Jesus!«

Kate trat schnell zurück und nahm den Revolver von einem Hocker neben dem Waschzuber. Als der Mann ihr folgen wollte, spannte sie den Abzug und legte auf ihn an.

»Bleib, wo du bist.«

Der Mann zwinkerte verblüfft. Seinem Äußeren nach handelte es sich um einen Goldgräber, der gerade von einer Schürfstelle kam. Müde, schmutzig und durch die monatelange Einsamkeit bar jeder Manieren. Er trug einen langen Bart und roch nach Pferd, Maultier und altem Schweiß. Nachdem er die Waffe betrachtet hatte, grinste er sie an.

»Komm schon, kleines Mädchen, ich tu dir ganz bestimmt nicht weh. Leg die Waffe weg.« Während er mit ihr sprach, näherte er sich ihr langsam. Nur noch drei Schritte trennten sie.

»Höllenfeuer«, fuhr Kate ihn an. »Ich kann es auf den Tod nicht leiden, wenn Männer mit mir sprechen, als sei ich ein zweijähriges Kind.«

Der Lauf der Waffe senkte sich. Mündungsfeuer zuckte auf, und eine Kugel bohrte sich keinen Zoll vor dem Stiefel des Mannes in den Boden. Für einen so hünenhaften Mann bewegte er sich erstaunlich schnell. Er machte einen Hüpfer nach hinten, redete jedoch weiterhin beschwichtigend auf sie ein. Plötzlich schnellte er wieder nach vorn, und sie feuerte ein zweites Mal. Der Schürfer schrie auf und hielt sich den Oberarm. Dann stieß er einen Fluch aus, drehte sich um und rannte wie ein wildgeworfener Maulesel davon.

Die Hintertür der Pension wurde mit einem lauten Krachen aufgestoßen. Über ihre Schulter sah Kate ihre Brüder. Robbie rannte mit einem Gewehr in der Hand die Treppe herunter, gefolgt von Zachary und Mama.

Mit einem Seufzer wischte sich Kate die Schweißperlen von der Stirn. Sie zuckte zusammen, als ihre Mutter anfing zu jammern:

»O Gott! O Gottogottogott!«

Robbie blieb schlitternd stehen, das Gewehr noch immer auf den davonrennenden Goldgräber gerichtet. Zachary lachte. Kate mußte sich beherrschen, um nicht ebenfalls zu grinsen. Das war nicht einfach, zumal sich ihre aufgeregt stammelnde Mutter redlich abmühte, ihre acht Unterröcke und das weit ausgestellte Kleid durch eine Tür zu zwängen, die dafür nicht vorgesehen war. Kates Hochachtung wuchs, als Sophie es tatsächlich schaffte und sogar die Treppe überwand, ohne auch nur eine Andeutung ihres Knöchels zu entblößen.

Kate seufzte noch einmal, als ihre Mutter auf sie zuglitt. Zachary stellte sich neben Kate und warf ihr einen mitleidigen Blick zu. Robbie hatte sich nicht vom Fleck gerührt, und Kate wußte, daß er so verharren würde, bis seine Familie wieder in Sicherheit war.

Sophie blieb zwischen ihrer Tochter und dem Waschzuber stehen, der einzigen Stelle, die nicht durchweicht und matschig war. Zuerst drückte sie die zitternden Finger an die Lippen, dann streckte sie die Hände nach Kate aus.

»Du bist wieder bei den Waschzubern. Diese Schande! Obwohl ich mir so viel Mühe gegeben habe, dir ordentliche Manieren beizubringen. Wir sind nicht mehr in den Goldminen. Ich lasse es nicht zu, daß du dir die Finger wundschrubbst.«

»Mama, eine der Chinesinnen ist krank.«

»Und dein Kleid!« Sophia schürzte schaudernd die Lippen. »Wie kannst du nur!«

»Du meinst, weil ich nicht zwanzig Unterröcke trage und ein Korsett?« Kate verstummte einen Augenblick, als ihre Mutter aufstöhnte und die Hände an die hochroten Wangen legte. »Wie soll ich Wäsche waschen, wenn ich mich nicht über den Zuber beugen kann? Ich habe auch so schon ziemlich viel Oberweite, ohne sie mit all den Bändern und Schnüren nach oben zu drücken.«

»Ooooooh, nein, schweig, Mädchen. Du bist achtzehn Jahre alt, eine junge Frau. Wenn du dich kleiden würdest wie eine Dame, dann hätte dieser ... dieser Herr dich niemals ... niemals ...«

Kate gab Zachary den Revolver und stemmte die Hände in die Hüften. »Keine Angst. Ich hätte ihm vorher eine Kugel zwischen die Augen gejagt.«

»Ooooooh.« Sophia legte den Handrücken an die Stirn.

Kate zog die Schultern ein und zwang sich, sich nicht die Ohren zuzuhalten. Mama konnte schriller kreischen als eine Dampflokomotive, wenn sie ungehalten war. Sie rief ihre Söhne und verschwand mit viel Stoffrascheln im Haus.

Eine der Wäscherinnen übernahm stillschweigend Kates Waschzuber. Kate lächelte ihr dankbar zu und ging zu dem Gebäude, in dem sich die Küche befand. Sie mußte achtzehn Schürfer mit Essen versorgen, und eine der Küchenhilfen hatte sich die Hand verbrannt. Sie rollte die Ärmel ihres Kleides auf, während sie die Küche betrat. Bald darauf steckten ihre Hände bis zum Ellbogen in Sauerteig, und Mehl bedeckte ihr feuchtes Kleid von der Brust bis zu den Schenkeln.

Es war nun fast vier Jahre her, seit Papa Mama von der Tabakpflanzung seiner Familie in Virginia hierher nach Kalifornien geschleppt hatte, um in den Goldminen sein Glück zu suchen. Seit ihrer Abreise nach Westen war Kate eine einzige Enttäuschung für Mama. Aber sie hatte einfach keine Zeit gehabt, eine Dame zu sein. Weder während der Fahrt durch Wüsten und über Berge, wo Zähigkeit und nicht Feingefühl einem das Leben rettete, noch in San Francisco, wo es darauf ankam, das Überleben zu sichern und nicht darauf, daß eine Dame nicht wissen durfte, ob Männer Unterhosen trugen oder nicht.

Kate füllte den Sauerteig in eine Backform und sah sich nach einem Handtuch um, um sich die Hände abzuwischen. Es war ihre Idee gewesen, eine Pension zu eröffnen, als es absehbar war, daß ihre Ersparnisse und Mamas Erbschaft nicht mehr lange ausreichen würden.

Schließlich fand Kate ein Tuch und ging damit zu der Waschschüssel. Als sie ihre Hände in das Wasser tauchte, färbte es sich weiß. Manchmal hätte sie ihre Mutter am liebsten angeschrien.

Mama hatte angesichts der finanziellen Notlage nur hilflos die Hände gehoben. Eine feine englische Dame hatte mit Themen wie Geld und Geschäften gefälligst nicht belastet zu werden, und es war ganz allein Timothy Greys Schuld, daß solche Dinge überhaupt zur Debatte standen. Hätte er sich nicht in den Kopf gesetzt, von seiner wohlhabenden Familie in Virginia unabhängig sein zu wollen, könnten Sophia und die Kinder ein glückliches und sorgloses Leben führen, anstatt sich in dieser Pionierstadt mit Müh und Not durchzuschlagen.

Kate war immer noch dabei, ihr Kleid zu reinigen und zu überlegen, wie sie Mamas Zorn entrinnen konnte, als Papa mit der Neuigkeit hereinplatzte, daß er auf Gold gestoßen war. Die ganze Pension war in Jubelschreie ausgebrochen, und Kates Leben hatte sich seitdem von Grund auf geändert.

»Höllenfeuer.«

Kate schlug das Buch zu und versuchte den Unwillen, der sie bei diesen Erinnerungen überkam, abzuschütteln. Es gab Situationen, die es erforderten, daß Damen Dinge taten, die nicht besonders vornehm waren, wie zum Beispiel die Wäsche von Goldgräbern zu waschen. Mama hatte immer gewollt, daß sie eine Dame war, andererseits wollte auch sie etwas zu essen auf dem Tisch. Kate hatte schon vor Jahren gelernt, daß diese beiden Dinge sich manchmal ausschlossen.

Während sie sich in dem mit Spitzen und Volants, lauter Staubfängern, überladenen Raum umsah, krauste sie verächtlich die Nase. Für Sophia, die Tochter eines englischen Gentleman, waren Räume wie diese, zumal in England, der einzig richtige Aufenthaltsort für junge Damen.

Seit Kate sich erinnern konnte, hatte Mama von ihrer englischen Herkunft geschwärmt, als käme sie gleich nach dem Paradies. Immer wieder betonte sie, daß sie eine Maitland war. Endlos erzählte sie über das Erbe der Maitlands und Maitland House, ganz in der Nähe von Richfield Castle in Sussex. Laut Mama war Maitland House der Inbegriff von Kultivierheit und Vornehmheit. Ihr Bruder, seine Frau und ihre Tochter Ophelia lebten in einer Märchenwelt — der sogenannten feinen Gesellschaft.

Kate dachte im stillen, daß ihre Mutter niemals diese Gesellschaft hätte verlassen sollen, denn es verging kein einziger Tag, an dem sie nicht darüber lamentierte, welch unglaubliche Dinge von ihr verlangt wurden. Manchmal, wenn Mama wieder einen Vortrag über Maitland House und die feine Gesellschaft hielt, sah Papa richtig traurig aus. Als sie dann reich geworden waren, veränderten sich auch Mamas Klagelieder. Sie begann darauf zu bestehen, daß Kate nach England geschickt wurde, zu der Familie ihres Bruders. Als Kate sich weigerte, war der schönste Streit entfacht.

Der erste Sieg ging an Kate, denn Papa und sie lasen für ihr Leben gern. Nachdem Timothy zu Reichtum gekommen war, nahm er den Unterricht mit seinen Kindern, den er vor vielen Jahren angefangen hatte, wieder auf. Robbie und Zachary quälten sich durch die Lektionen, doch für Kate gab es nichts Schöneres. Sie versank völlig in Voltaire, Aristoteles, Herodotus und Euclid. Sie und ihr Vater verschlangen Bücher schneller als Robbie einen Apfelkuchen. Dann mußte Timothy leider erfahren, wie zeitaufwendig es war, reich zu sein. Kate sah, wie er sich damit abmühte, das Familienvermögen zu verwalten und bot ihm ihre Hilfe an. So wurden sie zu Geschäftspartnern, eine Partnerschaft, die sich ganz natürlich aus ihren gemeinsamen Interessen ergab.

Doch war als vernünftige Lösung ihrer Probleme erschien, war für Sophia der reinste Horror. Timothy bürdete ihrer Tochter Aufgaben auf, die ihrer zarten weiblichen Konstitution schädlich waren.

Kate wies sie darauf hin, daß ihre zarte Konstitution die Rockies, die Wüsten und die Goldminen überstanden hatte, doch Mama fegte dieses Argument mit einer einzigen Handbewegung ihres spitzenbesetzten Taschentuchs vom Tisch. Allmählich begann Kate, dieses Taschentuch zu hassen. Jedesmal, wenn Mama etwas nicht billigte, schwenkte sie das Taschentuch wie ein Banner auf dem Schlachtfeld.

Schleppende Schritte vor Kates Tür verrieten ihr, daß es Zeit für Großtante Emelines Morgenschläfchen war. Für Kate war das heutige Frühstück eine weitere schwere Prüfung gewesen, zu unerträglich war die Oberflächlichkeit ihrer Tante und die Aufregung von Ophelia und ihrer Mutter wegen des Balls am Abend.

Sie ließ ihr Buch fallen. Sie konnte sich nur glücklich schätzen, bis vor kurzem ohne die Bürde dieser Erziehung zu einer feinen Dame gelebt zu haben. Wenn Mama nicht hinter ihre Freundschaft mit Patience gekommen wäre, dann wäre es vielleicht trotz allem gar nicht soweit gekommen.

Ein gefallenes Mädchen, so hatte Mama Patience genannt. Kate hatte die junge Frau damals schon über ein Jahr gekannt, deshalb wußte sie, daß ›gefallenes Mädchen‹ Hure bedeutete. Ihr war das gleichgültig. Patience hatte sie davor bewahrt, vergewaltigt zu werden, als sie in San Francisco in die falsche Straße geraten war, und nichts konnte Kate dazu bewegen, diesem Mädchen die Freundschaft zu kündigen.

Außerdem lernte sie viele interessante Dinge von Patience. Zum Beispiel, warum Männer ohne Grund Frauen anfielen, wie Kinder gemacht wurden und warum Männer unterhalb der Gürtellinie keine Kontrolle über sich zu haben schienen. Als Gegenleistung hatte Kate Patience das Lesen beigebracht und ihr Ratschläge gegeben, wie sie sich etwas Geld zusammensparen konnte. Doch letztendlich war es diese Freundschaft gewesen, die den Ausschlag in dem langwierigen Kampf mit ihrer Mutter gegeben hatte.

»Höllenfeuer.«

Kate zog die Unterlippe zwischen die Zähne und sah sich um. Gut. Es war niemand hier, der sie gehört hatte.

Daran mußte sie sich auch erst gewöhnen, die vielen Menschen, die sich verpflichtet fühlten, alles mögliche für sie zu tun. Im Vergleich zu Amerika hatten die Engländer ungleich mehr Hausangestellte. Manche waren dazu da, die Tür zu öffnen, andere nahmen einem den Mantel ab, wieder andere geleiteten einen hin und her, wieder andere waren einem beim An- und Auskleiden behilflich. Jemand war dafür zuständig, Feuer zu machen, jemand holte Wasser, viele Jemands waren damit beschäftigt, Essen zuzubereiten und es anschließend zu servieren. Kein Wunder, daß dieses kleine Land so überbevölkert war.

Eigentlich müßte sie Mama einen Brief schreiben. Sie hatte versprochen, einmal in der Woche zu schreiben, aber jedesmal, wenn sie die Feder in die Hand nahm, wurde ihr schmerzlich klar, wie sehr sie ihre Mutter vermißte. Mama mochte ja vielleicht nörgeln und viel Aufhebens um nichts machen, aber bestimmt alles nur aus Liebe. Und manche der Dinge, die Damen lernen mußten, gefielen Kate schließlich auch, wie zum Beispiel Tanz und Musik.

Wenn sie nur nicht so aufgeregt wäre. Sie sollte an diesem Abend zu einem Ball gehen. Kusine Ophelia hatte gesagt, es sei eine Schande, daß Kate mit ihren fast zwanzig Jahren noch nie auf einem Ball gewesen sei. Somit war dieser Ball willkommener Anlaß, Kate in die geheime Kunst des Tanzens einzuführen. In Ophelias Augen war es völlig undenkbar, daß Kate im nächsten Frühjahr in London ihr Debüt gab, ohne vorher Gelegenheit zum üben gehabt zu haben.

Aber diese Etikette. Wie sollte sie sich jemals merken können, wie man sich anredete, wer wen zuerst begrüßte? Kate erhob sich von ihrem Stuhl, dabei wäre sie fast über ihren Rock gestolpert. Kurzerhand hob sie die Stoffmassen hoch — was natürlich völlig verpönt war — und ging zum Fenster. Von ihrem Zimmer blickte sie auf den Haupteingang, wo gerade eine schwarz glänzende Kutsche vorfuhr. Es war das schönste Gefährt, das sie je gesehen hatte, mit den auf Hochglanz polierten Messingbeschlägen und den golden, rot und weiß leuchtenden Wappen auf der Seite. Ophelia würde vor Freude über einen so vornehmen Besucher wahrscheinlich glatt aus dem Korsett hüpfen.

Kate stützte die Ellbogen auf das Fensterbrett und drückte die Stirn gegen das Glas. Sie wollte sich noch ein paar Minuten des Nichtstuns gönnen, bevor sie sich die Liste mit wichtigen Gästen des heutigen Abends vornahm.

Den Kopf noch immer auf die Hände gestützt, beobachtete Kate den Ankömmling. Ihre Zimmer lagen im ersten Stock des Ostflügels, so daß sie den Besucher zwar nur von der Seite sah, ihn jedoch gut erkennen konnte. Er mußte ziemlich bedeutend sein, denn der Butler war hinausgeeilt, um ihm behilflich zu sein, und außerdem standen ihm zwei Gefolgsleute zur Seite.

Der Mann ging auf das Haus zu und nahm dabei den Hut ab. Bei dem Anblick, der sich ihr bot, beugte sie sich unwillkürlich noch weiter vor und preßte die Hände gegen das Fenster.

Es war unmöglich, das Gefühl, das sie dabei überkam, in Worte zu fassen. Und das trotz der Tatsache, daß Kates Wortschatz ziemlich gewaltig war, so gewaltig nämlich, daß er sämtliche junge Männer, denen sie vorgestellt wurde, in die Flucht schlug. Doch als sie diesen Mann sah, fiel ihr kein einziges Wort ein, das ihre Reaktion treffend beschrieben hätte.

Hätte er seinen Hut aufbehalten, wäre vermutlich nichts geschehen. So aber sah sie ihn in aller Deutlichkeit, und die Luft, die ihn umgab, schien zu erstrahlen. Sie hätte nicht sagen können, warum, aber zum ersten

Mal in ihrem Leben verspürte sie den Wunsch, einen Mann zu berühren.

Vielleicht lag der Zauber in seiner äußerlichen Schönheit, denn davon besaß er genügend. Allein dieses herrliche schwarze Haar.

Der Kontrast zwischen seiner Haut und dem sonnenbeschienen Haar ließ die schwarzen Locken heller glänzen als es selbst bei blondem Haar möglich gewesen wäre. Sein Gesicht war das Ebenbild eines der prächtigen Engel von Euclid, seine Lippen schwangen sich in einem vollendeten Bogen. Wie von allein schürzten sich Kates Lippen. Doch noch ehe sie seine fließenden Bewegungen recht in sich aufnehmen konnte, war er auch schon verschwunden und mit ihm der Zauber, der von ihm ausging.

Kate blickte auf ihre Hände hinunter, die ineinander verschränkt, feucht und kalt waren. Impulsiv eilte sie aus ihrem Zimmer über den Flur bis zum Treppenabsatz, von wo sie vorsichtig hinunterspähte. Sie konnte ihn nicht sehen, da er bereits in den Salon geführt wurde, aber sie konnte seine Stimme hören. So gedämpft sie auch zu ihr heraufklang, so ließ doch jedes Wort von ihm kleine heiße und kalte Pfeile durch ihren Körper jagen. Dann wurde eine Tür geschlossen, und sie konnte nichts mehr hören.

Langsam kehrte sie in ihr Zimmer zurück. Aus einem der Bücherregale zog sie ein schweres Buch. Es war voll mit Abbildungen der Werke von Michelangelo und da Vinci. Ihre kalten Hände blätterten immer weiter, bis zur letzten Seite. Dann schlug sie das Buch wieder zu. Genau wie sie gedacht hatte. Jene eleganten Kleider verbargen eine prächtige Ansammlung von Muskeln, sofern die Darstellungen der männlichen Anatomie dieser beiden Künstler einigermaßen naturgetreu waren.

Trotzdem gab es keine Erklärung für ihr Verhalten. Sie

hatte schon des öfteren außergewöhnlich schöne Männer gesehen. Doch bei keinem von ihnen hatte sich das Tageslicht verändert durch ihr Erscheinen. Bei keinem von ihnen hatte ihre Haut angefangen zu kribbeln, sobald sie nur etwas sagten. Es war ein Wunder, daran gab es keinen Zweifel.

Kapitel 2

Genau wie er es Fulke und Val angekündigt hatte, stattete Alexis Ophelia Maitland nach dem Frühstück einen Besuch ab, um um ihre Hand anzuhalten. Der Salon in Maitland House war sonnendurchflutet und angefüllt mit allerlei Kunstwerken, die von Ophelias Fingerfertigkeiten zeugten. Solche Dinge waren sehr wichtig für junge Damen. An ihren vielseitigen Talenten konnte ein Gentleman eine richtige Dame erkennen.

Er nahm eine komplizierte Stickarbeit vom Sofa und legte sie wieder weg. Dann schlenderte er zum Klavier, wo Werke von Chopin und Mozart aufgeschlagen waren. Ophelia besaß tatsächlich vielseitige Talente, doch was sie für Alexis noch anziehender machte, war, daß sie weder die soziale Stellung noch den Verstand besaß, seine Vergangenheit als Hinderungsgrund für eine eheliche Verbindung zu betrachten.

Doch das war nicht das einzige, was für sie sprach, wie er zugeben mußte. Obwohl er es noch nie irgend jemandem gegenüber erwähnt hatte, mochte er Ophelia ganz einfach. Kaum hatte sich dieser Gedanke geformt, bildeten Unsicherheit und Furcht einen brennenden Knoten in seiner Brust. Womöglich hatte er sich bereits verliebt, ohne es zu wissen. Trotz ihres Dünkels ging von Ophelia eine unbeschwerte Fröhlichkeit und große Güte aus, die ihn hoffen ließ. Er brauchte diese Hoffnung, denn ohne sie wäre er endgültig verloren.

Zumindest vor sich selbst konnte er die wahren Gründe für seine Absichten ruhig offenbaren. Auf Frauen, die sich ihm wegen seiner Stellung oder seiner äußeren Erscheinung näherten, reagierte er stets ablehnend, aber

Ophelias Unbeschwertheit hatte es ihm angetan. Wenn Ophelia ein guter Mensch war und sich in ihn verliebte, war er dann nicht auch ein guter Mensch? Wenn sie ihn so liebte, wie er war, vielleicht gelang es ihm dann doch noch, die Dämonen abzuschütteln, mit Ophelia ein gemeinsames Leben aufzubauen und Frieden zu finden. Vielleicht war es sogar möglich, daß er wieder Liebe geben konnte.

Wer hätte für möglich gehalten, daß er ausgerechnet in einer Maitland seine Rettung finden würde? Die Maitlands hatten hartnäckig an ihrem gesellschaftlichen Aufstieg gearbeitet. Seit sie vor wenigen Generationen aus dem Nichts aufgetaucht waren, hatten sie die gesellschaftliche Leiter mit der Ausdauer einer Bergziege und der Wendigkeit eines Affen erklommen. Sie klammerten sich an jede Sprosse, jeden Vorsprung und jeden Stein der Achtbarkeit mit geschickten Klauen und Zehen.

Der Ehrgeiz der Maitlands war den de Granvilles wohlbekannt. Zwei Jahrhunderte lang hatte sich der Besitz der Maitlands mitten in den Ländereien von Richfield befunden, wie eine Lücke in den Wehrfesten einer ansonsten gut gesicherten Burg. Einer von Alexis' Vorfahren ließ sich jedoch von einem Maitland dazu überreden, ihm Land zu verkaufen. Auf diesem Land stand auch Tower Richfield, die ursprüngliche Festung des ersten Barons Richfield. Die Veräußerung dieses Stückes Land fraß sich wie ein Krebsgeschwür in das Herz der Familie de Granville. Seit damals war jener de Granville, der diesen Verkauf getätigt hatte, von seinen Nachfahren geächtet.

Jahr um Jahr mußten die de Granvilles zusehen, wie die Maitlands nach und nach den Makel ihrer niederen Herkunft von sich streiften und langsam, aber sicher in die vornehmen Kreise einheirateten. Alexis störte es nicht, sich mit Leuten zu umgeben, die Weber und Gerber als Vorfahren hatten; dagegen konnte er es auf den

Tod nicht ausstehen, eine Lücke in seiner Festungsmauer zu wissen. Seit über fünfhundert Jahren lebten und kämpften die de Granvilles auf Richfield, und er betrachtete es als seine ehrenvolle Pflicht, das Erbe der Familie zu schützen.

Seine Familie hatte schon mit den Yorkisten und den Lancastrianern im Rosenkrieg gekämpft. Es war ihnen gelungen, sich in die Gunst von Heinrich VIII. und Elisabeth der Großen einzuschleichen, und sie hatten Cromwell und seinen Anspruch auf ihr Land und ihren Titel während der Restauration überdauert. Ausgerechnet der Ort, wo dieses große Geschlecht seinen Anfang genommen hatte, befand sich nun im Besitz von Leuten, die es womöglich abrissen und statt dessen ihre eigene, stümperhafte Burg aufbauten in ihrem unablässigen Streben nach gesellschaftlicher Anerkennung.

Ophelia dagegen hatte sich nicht in den Dienst ihrer Familie gestellt. Bisher hatte er noch keinen Hinweis auf die Veranlagung zur Bergziege bei ihr feststellen können. Jegliche Initiative war von Anfang an von ihm ausgegangen. Es gefiel ihm, wie sie sich um Menschen kümmerte, die fehl am Platz schienen. Er hatte selbst miterlebt, wie sie bei einer Dinnerparty ein Mädchen unter ihre Fittiche genommen und sie zum Mittelpunkt der Gesellschaft hatte werden lassen. Und wenn er schon so verdammt aufrichtig zu sich selbst war, konnte er geradesogut eingestehen, daß nicht einmal die Aussicht auf eine mögliche Erlösung von seinen Qualen oder Richfield Tower ihn heute hierhergebracht hätten, hätte er nicht den Verdacht, in sie verliebt zu sein. Ja, er war zuversichtlich, denn das Mädchen hatte im Verlauf des vergangenen Jahres keinen Zweifel daran gelassen, daß es ihn liebte.

Er stellte sich gerade seine wutschäumende Mutter und Fulkes Frau vor, als Ophelia von ihrer Mutter hereingeführt wurde. Die beiden gaben sich größte Mühe, ihre freudige Erregung zu verbergen, und die Mutter entfernte sich bereitwillig nach kurzem. Die unvermeidliche Konversation zog sich noch einige Minuten hin. Alexis bemühte sich, seine Ungeduld nicht zu zeigen.

»Es ist sehr freundlich von Ihnen, Mutter einen Besuch abzustatten, Mylord«, sage Ophelia.

»Es ist mir eine Ehre«, erwiderte Alexis.

»Wir freuen uns sehr, Sie heute abend ebenfalls bei uns empfangen zu dürfen.«

Er hatte lange genug gewartet. Geschmeidig erhob er sich von seinem Stuhl und setzte sich neben Ophelia auf das Sofa. Ihrem schockierten Blick schenkte er keine Beachtung. Sie hatte ihm bei anderen Gelegenheiten schon ganz andere Annäherungen erlaubt. Er nahm ihre Hand und küßte ihre Handfläche. Dann schob er ihren Ärmel zurück und fuhr mit den Lippen über die Innenseiten ihrer Handgelenke.

»Ahnst du nicht, was ich von dir möchte?« flüsterte er.

Innerlich verfluchte er sich wegen dieser dümmlichen Frage. Sein Mut würde ihn doch wohl nicht in letzter Sekunde verlassen? Er hatte vorgehabt, wesentlich poetischer vorzugehen.

»Natürlich weiß ich das.« Ophelias Atem ging schnell, und ihr Hals und ihre Wangen waren rot angehaucht. Ermuntert von ihrem offensichtlichen Entzücken, wollte er gerade zu seiner Rede ansetzen, als sie auch schon weiterplapperte.

»Ach, Mylord, dies war schon immer mein größter Wunsch, und ... und schon allein die Vorstellung!«

»Mhm. Was ich sagen wollte ...« Er unterbrach sich, als er bemerkte, daß ihr Blick auf einen Punkt über seiner Schulter fixiert war.

»Die gewöhnliche Ophelia Maitland und der Marquis von Richfield«, fuhr sie fort. »Eine Marquise steht über sämtlichen Adligen außer einem Herzog.«

Alexis blickte auf ihre gefalteten Hände hinunter. Als er wieder aufblickte, musterte ihn das Mädchen. Er schloß die Augen vor ihrem erwartungsvollen Blick. Der Funke Hoffnung, den er genährt hatte, verglomm, und zurück blieb ein kleines Häufchen Asche. Ein Gefühl der völligen Leere überkam ihn.

»Geschickte Klauen und Zehen«, murmelte er.

»Wie bitte?«

Während er seine Pein in den hintersten Winkel seines Herzens verbannte, stand Alexis auf und schloß die Tür des Salons ab. Sie beide wußten, daß weder ihre Mutter noch sonst jemand es wagen würde, den Marquis unaufgefordert zu stören. Er zog die Vorhänge zu, ging zurück zu Ophelia und setzte sich neben sie.

Es gelang ihm, die Erregung, die noch immer in ihm schlummerte, aufleben zu lassen und sie ihr unverhohlen mit seinem Blick zu verstehen zu geben. Solange sie selbst nicht deutlicher wurde, waren seine Annäherungen allerdings eher spielerischer Natur. Er berührte ihre Lippen mit den Fingerspitzen und lenkte ihre Aufmerksamkeit auf seinen Mund, indem er leise ihren Namen flüsterte.

Das war die Eröffnungstaktik in einem Feldzug, den er noch nie verloren hatte. Mehr Worte waren nicht nötig. Er setzte seinen Körper ein — wie er eine Waffe einsetzen würde — und das Mädchen reagierte. Als er sich an sie drückte, spürte er, wie sich ihre Brust erregt hob und senkte. Er legte seine Hände auf ihre Hüften, ließ seine Zunge von ihrem Lippen über den Hals hinunter zum Brustansatz gleiten. Dort küßte er sie einmal, zweimal, ein drittesmal, ließ seine Zunge darübergleiten und flüsterte ihren Namen noch einmal.

Sein Atem erzeugte eine Gänsehaut auf ihrer feuchten Haut. Ophelia murmelte etwas Unverständliches. Zu seiner Überraschung umfaßte sie seine Schultern und drückte ihn nach hinten. Blitzschnell legte sie sich auf ihn und attackierte seine Lippen.

Noch unerwarteter waren ihre atemlos hervorgestoßenen Worte: »Ich konnte es kaum noch erwarten.«

Seine Augen weiteten sich, und er wollte fragen, wie lange sie ihn schon im Visier hatte, doch sie drängte ihre Zunge in seinen Mund. Eine Weile ließ er sie gewähren, bis ihre Hände über seine Brust nach unten glitten, sich an den Knöpfen seiner Hose zu schaffen machten und zu seiner Leiste glitten. Er mußte die Zähne zusammenbeißen und seinen ganzen Willen aufbieten, um sie von sich zu stoßen und aufzustehen. Sie kippte zur Seite, wobei ihre Krinoline nach oben schwang und sie an der Nase traf. Grinsend begann Alexis, seine Kleidung zu ordnen. Es war ein gemeines Grinsen, denn er mußte damit seinen Schmerz verbergen. Ungeweinte Tränen brannten in seinen Augen. Wütend über sich selbst wegen seiner Gutgläubigkeit, verdrängte er die Tränen, wie er es stets tat. Warum hatte sie nicht anders sein können als die anderen?

Es war ein Fehler gewesen, dieses Wagnis einzugehen. Sein Blick fiel auf eine chinesische Vase. Er hätte niemals auch nur für einen Moment vergessen dürfen, daß er anders war — dazu verdammt, seine dürstende Seele mit dem abgestandenen Wasser der Lüsternheit zu tränken. Schon in jungen Jahren hatte er gelernt, daß es zwischen Männern und Frauen von Rang keine Bande der wahren Zuneigung gab.

Alexis schüttelte den Kopf. Der Ausritt heute morgen mußte seinen Verstand verwirrt haben. Was er in Wirklichkeit wollte, war, an der Oberfläche seiner Gefühle zu schwimmen und nicht tief hinabzutauchen und in einen Strudel zu geraten. Andererseits kam er sich nach diesem Racheakt an Ophelia verderbt und verabscheuungswürdig vor. Aufhören konnte er jedoch auch nicht. Er mußte den Schmerz verdrängen, und das gelang am besten, wenn er wütend war.

»Alexis.«

Etwas in ihrer Stimme, der Tonfall, ein kurzes Zögern, ließ ihn aufblicken. Sie hatte ihr Kleid geglättet, stand auf und legte die Hand auf seine Wange.

»Was ist mit dir? Alexis, du bist so wunderschön.«

»Danke.« Er wandte sich ab, wollte nicht hören, was sie sagte, doch sie gab nicht auf.

»Wie galant von dir, mir noch Zeit zu geben.«

Er nahm seinen Mantel und zog die Vorhänge zurück. Ophelia schloß hastig die Knöpfe ihres Mieders. Dann eilte sie zu ihm.

»Wie lange sollen wir warten?« fragte sie.

»Womit?« Er strich sich eine Haarsträhne aus dem Gesicht.

»Mit der Verkündigung unserer Verlobung.«

Er sah sie an, und seine Augenbrauen schossen in die Höhe. »Ophelia, meine Liebe, du sagtest, du wüßtest, was ich will, und dann hast du es mir gegeben. Zum Teil, zumindest.«

Das Mädchen stieß keuchend die Luft aus. Dann trat sie einen Schritt zurück und riß den Mund auf, um zu schreien. Er legte eine Hand um ihren Nacken und zog sie zu sich heran.

»Wenn du jetzt alle zusammenschreist, dann lasse ich einen Arzt kommen, der deine Jungfräulichkeit überprüft.«

»Oooh!«

Er ließ sie los und lächelte über ihren damenhaften Zornesausbruch.

»Am liebsten würde ich dich umbringen.«

»Wenn ich tot bin, kannst du meinen Titel nicht mehr heiraten.«

Zu seiner Verblüffung verrauchte Ophelias Zorn sofort.

Ihr Gesichtsausdruck, bevor sie sich wieder in der Gewalt hatte, sprach jedoch Bände.

Bergziege durch und durch. Alexis' Schultern sanken herab. Es geschah ihm gerade recht. Warum hatte er sich auch wie der größte Dummkopf auf Erden benommen?

Ophelia suchte Zuflucht in einem Tränenausbruch. Er widerstand der Versuchung, sie ins Gesicht zu schlagen, denn selbst in einem Augenblick wie diesem konnte er einer Frau keine Gewalt antun. So unterbrach er ihre Tränen, indem er seinen Mund auf ihren Hals drückte. Die Schwermut ließ sich immer für eine Weile verdrängen, wenn er Trost in einem anderen Körper fand. Er küßte sanft die zarte Haut ihres Halses, während seine Finger den Stoff über ihren Brüsten streichelten.

»Wir haben uns ineinander getäuscht. Das heißt nicht, daß wir nicht das Beste aus dem machen können, was zwischen uns geschehen ist.«

»Aber du mußt mich heiraten.«

»Schweig.« Er nippte an ihrer Unterlippe. »Wenn du erst gelernt hast, daß ich mich zu nichts zwingen lasse, werden wir bestens miteinander auskommen.«

Er küßte sie noch einmal. Als er von der Tür aus zurückblickte, sah er an ihrem zufriedenen Lächeln, daß sie längst nicht aufgegeben hatte. Sie würde über nichts anderes nachdenken als darüber, wie sie ihn doch noch einfangen konnte. So ziemlich alle Frauen, die er kannte, waren mit diesen oder ähnlichen Gedanken beschäftigt. Auf eine mehr kam es nicht an.

Kate mußte allmählich damit beginnen, sich für den Ball umzukleiden. Da Ophelia sie unbedingt in eine Ballschönheit verwandeln wollte, bedeutete dies einen mehrstündigen Alptraum. Wehrlos war Kate zwei Zofen ausgeliefert, und ihre Kusine erwies sich als reinste Tyrannin, die von einem Stuhl aus die Verwandlung überwachte.

Unterkleider. Die waren nicht einmal so schlimm. Doch dann kam das Korsett. Ein kurzer Disput darüber, wie eng es geschnürt werden sollte. Kate gewann. Als nächstes das Kamisol und den verhaßten steifen Petticoat. Dann noch einen Unterrock und noch einen und noch einen und noch einen. Schließlich wurde das Kleid an langen Schnüren zur Zimmerdecke hochgezogen und wie ein Insektennetz über sie fallengelassen. Kaum saß es richtig, begann das Zuknöpfen.

Nach längerer Zeit war es dann soweit, daß Kate sich umdrehen und im Spiegel betrachten konnte. Das Kleid war weiß und über und über mit Bändern und Perlen verziert. Wäre ihr Brustkorb nicht so eng zusammengepreßt gewesen, hätte sie aufgestöhnt. Selbst mit ihrem noch ungekämmten Haar sah sie völlig verändert aus, gar nicht wie sie selbst. Kate blickte auf ihre Brust und den modisch tiefen Ausschnitt dahinter. Zum Glück hatte sie eine schmale Taille, so daß das Kleid nicht zu den Knien hinunterrutschen konnte.

Ophelia schwebte zum Spiegel, wo Kate sich immer noch ungläubig anstarrte. »Habe ich nicht gesagt, daß dieses Kleid ein wahres Wunder bewirken wird?«

»Ich weiß nicht«, zweifelte Kate. »Was meinst du?« Sie drehte sich im Kreis.

»Oh, wunderhübsch, wirklich. Nur ...«

»Stimmt etwas nicht?«

»Nun, weißt du, es ist dein Haar.« Ophelia schürzte die Lippen und betrachtete Kates Kopf. »Ich wollte es dir schon lange sagen. Nur in deinem eigenen Interesse natürlich. Die Farbe ist, naja, ein wenig grell.«

Kate betastete ihr Haar und errötete. Ophelia umarmte sie rasch.

»Tut mir leid, meine Liebe, aber ich bin froh, daß es heraus ist. Es gibt eine einfache Lösung. Einen Haardutt.« Ophelia wandte sich an eine der Zofen. »Minnie, einen Dutt. Und Jane, bring die weißen Blumen für Miss Kates Haar.«

Es dauerte nicht lange, und die widerspenstigen Lokken waren auf Kates Hinterkopf zu einem Knoten aufgesteckt. Die Blumen wurden um ihn herum drapiert. Kate sah sich das Ergebnis an und versuchte, nicht gekränkt zu sein. Sie hatte gar nicht mehr an ihr Haar gedacht, das wie ein Feuerball ihren Kopf umrahmte. Es war sehr nett von Ophelia, daran zu denken, auch wenn Kate bei Ophelias mitleidiger Miene einen Kloß im Hals gespürt hatte.

Ophelia drückte ihre Wange an die von Kate und umarmte sie noch einmal. Gemeinsam schauten sie in den Spiegel. »Und jetzt kümmern wir uns um diese Flecken«, flüsterte Ophelia verschwörerisch.

Kate spürte, wie ihr die Hitze in die Wangen schoß. »Was für Flecken?«

»Nun, wir möchten doch so viel von diesen kleinen Sommersprossen verdecken wie wir können.«

Vergeblich versuchte Kate, nicht rot anzulaufen. Nur mit Mühe konnte sie einen nichtssagenden Gesichtsausdruck beibehalten, damit niemand merkte, wie sehr sie mit den Tränen kämpfte. Sie hatte nicht gewußt, daß andere Leute ihre Sommersprossen abstoßend fanden, und Ophelia war zu sehr eine Dame, um sie schon früher darauf hinzuweisen. Kate schluckte und ließ zu, daß Ophelia ihr soviel Puder aufs Gesicht stäubte, daß sie beinahe so weiß war wie ihr Kleid. Während sie mit der Puderquaste arbeitete, plapperte Ophelia ununterbrochen.

»Du würdest niemals erraten, wer heute schon hier war.« Sie gab Kate keine Gelegenheit zu raten. »Kein Geringerer als der Marquis von Richfield.« Ophelia, die kaum stillstehen konnte, unterbrach sich kurz und sah Kate an, als erwartete sie, daß diese auf der Stelle in Ohnmacht fiel.

Kate nickte höflich.

»Offiziell kam er, um Mutter einen Besuch abzustatten, aber in Wirklichkeit kam er natürlich meinetwegen.« Ophelia strahlte Kate an. »Ich lasse nicht locker, bis er mir gehört. Ach, du solltest ihn sehen. Seine herrlich grünen Augen und seine Hände — Kate, er ist groß und ... und einfach perfekt.«

»Wie nett!«

»Nett? Ja, nett ist er tatsächlich. Hast du eigentlich verstanden, was ich gesagt habe? Er hat Mutter einen Besuch abgestattet, und er ist der Marquis von Richfield. Fast die ganze Grafschaft gehört den Richfields. Kate, ich spreche von Alexis Phillipe Charles Michael Carlyle de Granville.«

»Von all denen?«

Ophelia schlug mit der Puderquaste leicht auf Kates Stirn. »Nein, du dummes Küken. Es gibt nur einen. Das sind seine Namen. Er hat drei oder vier weitere Titel, aber die habe ich vergessen. Es ist nur wichtig, daß du verstehst, daß er in den höchsten Kreisen verkehrt und ihm halb England gehört.«

Kate lächelte und ließ Ophelia weiterreden. Ihr Blick wanderte zu dem Buch mit den Zeichnungen, das auf dem Tisch neben ihrem Bett lag. Zusammen mit ihren skandalösen Fantasien über den Marquis würde sie es ins Regal zurückstellen. Kate wußte, wann ein Besitz abgesteckt war.

Nach einer letzten Puderwolke auf Kates Nase trat Ophelia einen Schritt zurück und begutachtete ihr Werk. »Die meisten sind weg. Ich muß jetzt gehen, aber ich werde dich später abholen. Paß auf dein Kleid auf.«

Mit diesen Worten verschwand sie durch die Tür. Kate drehte dem Spiegel den Rücken zu. Mit Hilfe der Zofen schlüpfte sie in ihre Tanzschuhe, dann gingen die beiden ebenfalls hinaus. Kate blieb in der Mitte des Raumes stehen und fröstelte auf einmal. Sie ging zum Fenster und preßte, wie am Nachmittag, die Stirn gegen das Glas, ohne dessen Kälte zu spüren.

Nein, sie würde nicht weinen. Jemand, der in einer amerikanischen Goldgräberstadt überlebt hatte, weinte nicht über grelles Haar und Sommersprossen. Außerdem würden die Tränen Spuren im Puder hinterlassen.

Viele Stunden später stand sie neben Tante Emeline, die in einem Lehnstuhl vor sich hindöste. Vor ihr bewegten sich eine Vielzahl von Röcken und Hosenbeinen über den auf Hochglanz polierten Boden des Ballsaals. Neben ihr stand ein junger Mann, den Ophelia als Mr. Arbuthnot vorgestellt hatte. Kate knetete die behandschuhten Finger und suchte krampfhaft nach einem Gesprächsthema. Jedesmal, wenn sie eine Unterhaltung in Gang bringen wollte, ging etwas schief. Vielleicht waren Engländer einfach nicht am Streit über die Sklaverei zwischen den Nord- und den Südstaaten interessiert, oder an der Schönheit der Bucht von San Francisco. Natürlich. Sie mußte über England sprechen. Mit einem erzwungenen Lächeln versuchte sie es noch einmal.

»Ich habe vor kurzem einige Bücher von Mr. Charles Dickens gelesen.«

Mr. Arbuthnot beobachtete eine Gruppe lachender Kavallerieoffiziere. Kate blickte auf ihre Hände hinunter, ehe sie sich ein weiteres Lächeln abrang.

»Interessieren Sie sich für Geschichte, Mr. Arbuthnot?«

Der junge Mann löste widerstrebend den Blick von seinen Freunden und sah auf sie hinunter. »Geschichte? Kann mir nichts Langweiligeres vorstellen. Ah, da ist ja Miss Maitland. Ich werde die beiden jungen Damen für einen Moment allein lassen, damit sie sich vom Tanzen ausruhen können, einverstanden?«

Ohne ihre Antwort abzuwarten, entfernte er sich eilig. Kate sah, wie er sich zu den Offizieren, von denen ihn Ophelia zuvor weggeschleust hatte, gesellte. Mr. Arbuthnot sagte etwas zu ihnen, woraufhin etliche männliche Augenpaare sie in Augenschein nahmen. Die dazugehörigen Münder schmunzelten spöttisch. Kate drehte ihnen den Rücken zu.

»Also wirklich, Kate, was hast du denn nur zu Weedy gesagt, daß er es so eilig hatte wegzukommen?« Ophelia betupfte ihre Oberlippe mit einem Taschentuch und lächelte einem vorbeigehenden Gentleman zu.

»Ich weiß nicht. Ich fragte ihn —«

»Psst.« Ophelia griff nach Kates Arm. »Dreh dich nicht um. Sieh mich an und lächle. Er ist hier. Es ist so spät, daß ich schon dachte, er kommt gar nicht mehr.«

»Wer?«

»Der Marquis. Du kannst dich jetzt umdrehen, aber starre ihn nicht an. Er unterhält sich dort drüben mit Lord Bunton und Mutter.« Ophelia kicherte. »Er ist so groß, daß er sich herabbeugen muß, um den alten Bunty zu verstehen. Nein, da drüben an der Tür. Siehst du den Mann mit dem schwarzen Haar?«

Kate sah ihn, und sofort war er wieder da, der Zauber, der von ihm ausging. Die Welt wurde auf wundersame Weise größer, die Farben leuchtender. Ein wildes Glücksgefühl breitete sich in ihr aus, gerade als sei sie auf eine Goldmine gestoßen.

Sie starrte Alexis de Granville an, bis Ophelia sie leicht anstieß. Der Marquis blickte jedoch nicht in ihre Richtung, denn bei dem Versuch, den Raum zu durchqueren, wurde er ständig aufgehalten, so auch von einer Gruppe von jungen Offizieren. Kate konnte nicht verstehen, was er sagte, aber der Kreis schloß sich um ihn, und alle hörten aufmerksam zu. Alexis legte die Hand auf die Schulter eines Mannes, sah diesen freundlich an und sagte etwas. Sie zuckte zusammen, als sämtliche Offiziere — einschließlich des jungen Mannes selbst — in schallendes Gelächter ausbrachen.

Als er weitergehen wollte, wurde er von einer Wand aus Röcken gehindert. Kate konnte hören, wie Ophelia neben ihr mit den Zähnen knirschte, als eine Mutter und ihre zwei Töchter Alexis etwas zuzwitscherten. Ophelias Mutter hatte ebenfalls genug gesehen und beschloß, Alexis zu Hilfe zu eilen. Das Hindernis löste sich dank ihres energischen Einsatzes auf, und der Marquis erreichte ohne weitere Zwischenfälle sein Ziel, Ophelia und Kate.

Je näher er kam, desto deutlicher konnte Kate die Wirkung seines Zaubers spüren. Inzwischen wußte sie, daß es nicht nur Einbildung war, denn sie hatte selbst erlebt, wie er auf einen ganzen Saal voller Leute gewirkt hatte. Jeder wollte seine Aufmerksamkeit auf sich ziehen und war stolz, wenn er sich mit ihm unterhielt. Andererseits fühlte sie eine gewisse Unsicherheit bei den von ihm Begünstigten, als ob es sich bei ihm um eine unberechenbare Gottheit handelte, die einem je nach Laune freudlich oder feindlich gesinnt war. In einigen Augen hatte sie sogar fast ängstliche Wachsamkeit entdeckt.

Plötzlich stand er vor ihr. Wie durch einen Nebel nahm sie wahr, daß Ophelia und ihre Mutter etwas sagten. Offensichtlich hatten sie ihn ihr vorgestellt, denn er nahm ihre Hand. Die Wärme dieser Berührung durchflutete ihren ganzen Körper, und sie war unfähig, etwas anderes zu tun, als ihn anzustarren. Er erwiderte ihren Blick jedoch nicht, sondern sah Ophelia an, die eine Hand auf seinen Arm gelegt hatte, als sei er ein verirrtes Kind, das Hilfe brauchte. Ophelias Mutter redete wie ein Wasserfall auf ihn ein, und Ophelia schnurrte dazu wie eine zufriedene Katze.

Dann sagte er etwas. Kate nahm den herrlichen Klang dieser tiefen Stimme begierig in sich auf, aber leider unterbrach ihn Ophelia.

»Mutter und ich erzählten Kate gerade, daß der alte Turm einst den de Granvilles gehört hat, Mylord.« Ophelia klappte ihren Fächer auseinander und fächelte sich Luft zu. Dadurch geriet eine Locke, die auf ihre Brust herabgefallen war, höchst aufreizend in Bewegung. »Kate wußte nicht, daß die Maitlands den de Granvilles ein Stück Land abgekauft hatten, und wir stellten gerade fest, wie schön es doch wäre, wenn dieser geteilte Besitz irgendwie wieder zusammenkäme.«

Angesichts dieser Anhäufung von Lügen konnte Kate nur fassungslos von Ophelia zu dem Marquis starren. Ophelias Mutter nickte eifrig.

»Ja, wäre das nicht wirklich ein Segen«, fuhr Ophelia fort. »Da Lord Alexis nicht nur sehr gut aussieht, sondern genau so klug ist, wird er sicherlich eine Lösung für dieses kleine Problem finden. Meinst du nicht auch, Kate?«

Kate senkte errötend den Kopf. Solch unverblümte Schmeicheleien waren dem Marquis sichtlich zuwider, und sie schämte sich für Ophelia und sich selbst. Ophelia, der es an entsprechendem Feingefühl zu mangeln schien, fuhr unbeirrt fort.

»Kate ist fremd in England, und ich kümmere mich ein wenig um sie.« Ophelia trat dicht an den Marquis heran. »Ich bin sicher, daß alle bereitwillig Kate in ihr Herz schlössen, wenn Sie sich ihrer annähmen, Mylord.«

Kates Wangen brannten, doch der Marquis sah nur kurz auf sie herab, ehe sein eisiger Blick zu Ophelia zurückkehrte. Ophelia schwatzte unaufhörlich, während Kate gegen ihr zunehmendes Unbehagen ankämpfte.

»Bestimmt werden Sie doch meiner Kusine die Ehre erweisen, mit ihr zu tanzen. Kate wäre hocherfreut, nicht wahr, Kate?«

Wieder konnte Kate nur nicken, aber der Marquis musterte noch immer Ophelia, als sei sie eine Kröte, die sich auf seiner Stiefelspitze niedergelassen hatte. Einige Sekunden vergingen, in denen Kate krampfhaft weiterlächelte und sich zwang, nicht noch einmal zu erröten.

Schließlich sah de Granville sie kurz an, ehe sein Blick zu den Tanzenden abschweifte.

»Ich bedauere sehr, daß ich mich nicht in der Lage sehe, mir diese Ehre zuteil werden zu lassen. Ich habe mir heute morgen beim Reiten einen Muskel gezerrt und kann nur mit äußerster Anstrengung gehen, ohne zu humpeln.«

Ehe Kate etwas sagen konnte, begann Ophelia auch schon, den Marquis auszuschelten, da er ihrer Meinung nach zu oft und zu waghalsig ausritt. Kate äußerte kurz ihr Bedauern, und als der Marquis sich vor ihr verbeugte, entschuldigte sie sich mit der Ausrede, ein Glas Wasser für Tante Emeline holen zu müssen.

Es kostete sie ihre ganze Selbstbeherrschung, nicht einfach davonzustürmen! Höllenfeuer! Dieser Mann mußte seine Seele dem Teufel verkauft haben für eine Wagenladung männlicher Anziehungskraft, die ihn noch vor zweihundert Jahren an den Hexenpranger gebracht hätte. Sie hätte alles dafür gegeben, mit ihm zu tanzen, auch wenn Ophelia ihn als ihren Besitz betrachtete.

Vorsichtig belancierte sie das volle Wasserglas entlang der Tanzfläche zurück zu Tante Emeline. Glänzendes schwarzes Haar erregte ihre Aufmerksamkeit, und sie blieb stehen. Der Marquis von Richfield tanzte mit einer jungen Frau an ihr vorbei. Die Violinklänge eines Walzers erfüllten den Raum.

Er tanzte. Kates Finger umklammerten das Glas, während ihr Herz einen Moment aussetzte. Ihre Hände waren eiskalt, ihre Finger taub, ebenso ihre Beine. Jemand wäre fast über sie gestolpert. Sie taumelte in eine Nische, in der ein Tisch stand, und stellte das Glas ab. Dann sah sie sich vorsichtig um. Niemand beachtete sie. Sie mußte so schnell wie möglich weg von hier, denn ihre Brust schmerzte, und ihre Augen brannten vor Tränen, die sich nicht mehr lange zurückhalten ließen.

Wäre sie ein englisches Mädchen, hätte vermutlich jemand ihr Verschwinden bemerkt. So aber war sie nur diese seltsame, schlecht erzogene Amerikanerin, die es nicht wert war, vermißt zu werden. In diesem Augenblick war sie darüber froh.

Kate raffte ihre Röcke und erreichte die große, geschwungene Treppe, die zu ihrem Zimmer führte, bevor sich ihre Augen verschleierten. Sie dankte Gott, daß erst in dem dunklen Flur Tränen über ihr Gesicht rannen und sie es bis in ihr Zimmer schaffte, als sie in hemmungsloses Schluchzen ausbrach.

Warum war sie bis in ihr Innerstes gekränkt? Gräßliche, schmutzige Männer hatten ihr schon alles mögliche antun wollen, und sie hatte deshalb noch nie geweint. Doch diesmal war sie auf solche Grausamkeiten nicht gefaßt gewesen. Er war ein Fremder und angeblich ein echter Gentleman. Sie konnte nicht verstehen, warum er sie demütigen wollte.

Sie sank in einen Sessel und ließ ihren Tränen freien Lauf. Damit sie niemand hörte und hereinkam, drückte sie die Hand auf den Mund, doch je mehr sie ihr Schluchzen, das vom Quietschen der Korsettstangen begleitet wurde, unterdrücken wollte, desto heftiger mußte sie weinen. Irgendwann war sie so erschöpft, daß ihre Tränen endlich versiegten. Sie lehnte sich zurück und starrte in die Flammen des Kamins.

Irgend etwas stimmte mit ihr nicht. Zwar war ihr das bisher noch nie aufgefallen, aber es mußte wohl so sein. Deshalb hatte Mr. Arbuthnot sich nicht mit ihr unterhalten wollen, und deshalb hatte auch Alexis eine Lüge erfunden, um nicht mit ihr tanzen zu müssen. Bei den Männern war es peinlich, mit ihr gesehen zu werden. Vielleicht lag es an ihrem Äußeren. Ophelia hatte schließlich mehr oder weniger rundheraus gesagt, daß ihr Haar und ihre Haut reichlich absonderlich waren.

Offenbar hatte sie recht.

Kate wollte sich die Tränenspuren aus dem Gesicht wischen, erreichte aber nur, daß ihre Finger mit Puder verschmiert waren.

Der Versuch, eine Dame sein zu wollen, war nichts als verletzend und schmerzlich. Am liebsten hätte sie sich unter einem Holzstapel verkrochen. Sie stand auf, zerrte heftig an den Verschlüssen ihres Kleides und zerriß die Bänder des Korsetts. Nackt und zitternd stieg sie schließlich über den Berg von zerfetztem Stoff und schlüpfte in ein Nachthemd.

Als sie unter der Decke lag, zog sie an der Klingelschnur neben ihrem Bett. Sie wollte das Mädchen bitten, Ophelia und ihrer Mutter auszurichten, daß sie sich nicht wohl fühlte. Als sie sich wieder in die Kissen schmiegte, spürte sie etwas an ihrem Hinterkopf. Die Blumen. Erbittert zog sie sie aus ihrem Haar, zerrupfte sie Blütenblatt um Blütenblatt und schleuderte die traurigen Überreste auf den Boden.

»Wer braucht schon diese ganze Tanzerei.« Ihre Stimme war nur ein leises Flüstern.

Sie konnte auch ohne tanzen leben. Wenn sie nicht mehr auf Bälle ging, konnte sie auch niemand mehr verletzen. Sie würde ganz einfach keine Dame werden, dann mußte sie auch nicht auf Bälle gehen. Kate drückte das Gesicht ins Kopfkissen. Sie würde nach Amerika zurückkehren. Sie brauchte diese Bälle nicht, und das nächstemal, wenn ein Mann sie derart verzauberte, würde sie ihn ganz einfach erschießen.

Kapitel 3

Maitland House, April 1855

Sie hatte sich geschworen, niemals zurückzukehren, und doch war sie — nur ein gutes Jahr später — wieder hier, mitten in der feinen englischen Gesellschaft. Kate trat über die Schwelle von Maitland House, vorbei an einem sich verbeugenden Butler, und blieb auf dem weißen Marmor der Empfangshalle stehen. Sie biß sich auf die Unterlippe, als sie hörte, wie Mama sich schluchzend in Kusine Ophelias Arme warf. Sie würde nicht weinen. Sie hatte andere Dinge zu tun. Das Gepäck mußte überwacht, Briefe mußten geschrieben werden.

Was für eine Fügung des Schicksals es doch gewesen war, daß sie letztes Jahr im Februar nach Hause zurückgekehrt war. Sonst wäre sie vielleicht nicht einmal da gewesen, als Papa krank wurde. Sein Herz, hatten die Ärzte gesagt. Zuerst war sein Herz krank gewesen und nun ihres.

Papa war fort und würde niemals wiederkommen. Niemals. Jetzt hatte sie niemanden mehr, auf den sie sich verlassen konnte, niemanden, der ihre Sorgen teilte, niemanden, den sie um Rat fragen konnte. Letztes Jahr im Mai war Papa fortgegangen, um eine der Goldminen zu besuchen, und er war nicht mehr zurückgekehrt.

So war der Tod. In einem Moment lebte der geliebte Mensch noch, im nächsten war er tot, und man konnte nichts tun, um ihn wieder zurückzuholen. Man blieb mit dieser klaffenden Lücke zurück. Man fühlte sich innerlich völlig leer, aber man mußte weiterleben. Man mußte morgens aufstehen, sich anziehen, frühstücken und arbeiten, obwohl man lieber Papa gefolgt wäre, um mit ihm zusammenzusein, statt völlig allein und verloren zurückzubleiben. Doch jemand mußte Mama, Zachary und Robbie versorgen. Jemand mußte sich um die Geschäfte kümmern, solange die Jungen in die Schule gingen.

Mama konnte es nicht. Mama hatte nach Papas Tod drei Monate lang das Bett nicht verlassen. Deshalb war alles an Kate hängengeblieben. Deshalb stand sie auch hier auf diesem weißen Marmorboden, obwohl sie sich geschworen hatte, diesen Boden nie wieder zu betreten. Der Kummer hatte Mama fast das Herz gebrochen, und Kate hoffte, daß Mama hier, in ihrem alten Zuhause, darüber hinwegkam. Kate würde alles dafür tun, ihre Mutter wieder lächeln zu sehen, selbst wenn es bedeutete, nach Maitland House zurückkehren zu müssen.

Eine Woche später stand Kate auf dem Treppenabsatz und wartete auf Ophelia. Ihre Hoffnungen für ihre Mutter schienen sich zu erfüllen. Ophelias eigene Mutter war wenige Monate nach Papa gestorben, und Sophia schien Trost in der gemeinsamen Trauer zu finden.

Leider hatte sich die Gesellschaft in der Zeit, in der sie weggewesen war, nicht verändert. Für Damen gab es nach wie vor nicht viel zu tun, zumindest nichts, was interessant gewesen wäre. So wurde Kate immer unzufriedener, trotz der Heilung ihrer Mutter.

Ja, hier war sie also, in dem Land, in dem die feinen Damen lebten, der Teufel sollte sie holen. Wenn Mama in ihrem Kummer nicht so viel daran gelegen hätte, ihre alte Heimat zu besuchen, wäre Kate noch immer in San Francisco bei ihren Brüdern. Beschäftigt mit unzähligen Dingen. Ohne Damen um sie herum, mit denen sie sich herumplagen mußte. Einmal mehr wünschte sie, Papa könnte bei ihr sein, als Ophelia aus ihrem Zimmer rauschte und ihr einen Gruß entgegenzwitscherte.

Kate folgte Ophelia die Treppe hinunter und mußte fast lachen. Ophelia glitt in ihrem Käfig aus Reifrock, Unterröcken und Kleid schwerelos hinunter, während sie, reifrocklos, jede Stufe mit einem Nachdruck hinunterstapfte, der keinen Zweifel daran ließ, wie wenig begeistert sie von der Aussicht auf eine weitere Ausfahrt in der kalten englischen Sonne war. Insgeheim mußte Kate ihre Kusine bewundern. Die noch ausladenderen Krinolinen, die man dieses Jahr trug, ließen sie aussehen wie das Spielzeug eines Kindes, das sich auf geölten Rädern fortbewegte.

Ophelia segelte durch die Eingangshalle. Der Butler öffnete die Tür. Ophelia wollte hinausgehen — und blieb stecken. Kate, die ihrer Kusine gefolgt war, prallte gegen den seidenen Käfig, der dadurch nach vorn gedrückt wurde. Ophelia kreischte auf und hatte alle Mühe, den Reifrock daran zu hindern, sich in die Höhe zu schwingen und ihre Beine freizugeben. Kate machte einen Satz zurück und versuchte ebenfalls, den widerspenstigen Reifen unter Kontrolle zu bringen.

»Entschuldige«, sagte sie. »Am besten hältst du ihn vorn nach unten, während ich ihn seitlich zusammendrücke, damit du durchkommst.«

Der Butler wandte sich diskret ab. Draußen blieben sie kurz stehen, um Frisuren und Kleider zu glätten. Als ein Diener die Tür der Kutsche öffnete, konnte Kate sich nicht verkneifen, ihrer Kusine zuzuflüstern: »Ich sagte dir doch gleich, daß das passieren würde. Wie willst du bloß in die Kutsche kommen?«

Kate grinste und gab vor, ihren Umhang zurechtzuziehen. Es sah aus, als würde Ophelia zum ersten Mal in ihrem Leben den Versuch unternehmen, in eine Kutsche zu steigen. Die Kutsche war offen und hatte extrabreite Türen für die Röcke der Damen, aber der Konstrukteur hatte die Erfindung von Reifröcken nicht vorgesehen.

»Wenn der Reifen nach oben kippt ...«, begann Kate.

»Ich habe nicht vor, mich zu blamieren«, erwiderte Ophelia. »Du mußt den Reifrock halten, solange ich einsteige.«

»Wie hast du das nur ohne mich gemacht?«

Ophelia errötete. »Mit der Hilfe einer Zofe, aber diese neuen Röcke sind noch weiter. So schlimm war es noch nie.«

Mit Unterstützung des Dieners gelang es ihnen, Ophelia hineinzuschieben. Kate kletterte hinterher, drückte einen Teil der Krinoline nach unten und setzte sich darauf.

»Du zerknitterst mich!«

Kate stand wieder auf. Es dauerte eine Weile, bis Ophelias Röcke zu ihrer Zufriedenheit geordnet waren und Kate sich wieder setzen konnte. Inzwischen war ihre Stimmung auf dem Tiefpunkt.

Die Kutsche rollte in flottem Tempo dahin. Ausnahmsweise regnete es einmal nicht, und die Sonne ließ das feuchte Gras und die Blätter silbrig glitzern. Doch am Horizont bauten sich bereits wieder schwarze Wolken auf. Kate stöhnte. Sie hatte den Arm auf das Seitenteil der Kutsche gelegt und trommelte mit den Fingern auf das Holz.

Dabei fiel ihr Blick auf das glänzende Schwarz ihres Ärmels, das sich kraß von der weißen Spitze darunter abhob. Trauerkleidung. Sie trauerte um Papa. Höllenfeuer, nein, sie würde nicht weinen. Nein, das würde sie nicht tun. Sie würde jetzt nicht an Papa denken.

Kate blickte aus dem Augenwinkel auf Ophelia. Sie und ihre Kusine waren in brieflichem Kontakt geblieben, und ihre Freundschaft hatte sich vertieft. Unter dem aufgetürmten, blonden Haar saß ein Kopf voller Ideen. Wie Kate interessierte sich auch Ophelia für Bücher und Politik, nur war dies ihr wohlgehütetes Geheimnis, und weil sie nun schon so lange vorgab, keinen Funken Verstand zu besitzen, waren einige ihrer geistigen Fähigkeiten tatsächlich erlahmt.

Wie Kate trug auch Ophelia Trauerkleidung, doch nicht nur wegen ihrer Mutter, sondern auch wegen ihres kürzlich verstorbenen Ehemanns. Ophelia hatte ihr Herz zusammen mit ihm zu Grabe getragen. Kate wußte das, weil Ophelia es ihr ständig wieder sagte und sich dabei das tränenlose Auge mit einem ihrer schwarzgeränderten Taschentücher betupfte. Wie jemand sein Herz zusammen mit diesem rotnasigen, korpulenten Earl of Swinburn vergraben konnte, war Kate ein Rätsel.

Genauso schleierhaft war ihr, warum Ophelia so überstürzt diesen alten Langweiler geheiratet hatte, obwohl sie doch erst kurz zuvor ihre Besitzansprüche auf den dunklen und ernsten Marquis verkündet hatte. Innerhalb kürzester Zeit nach dem vermaledeiten Ball hatte sie sich verlobt und nicht lange darauf geheiratet, um den Grafen mitsamt seiner Falten und der roten Nase im Januar des neuen Jahres bereits wieder zu verlieren.

Ophelias Trauer war nicht nur künstlich, sondern auch maßlos übertrieben. Sie härmte sich. Sie hatte Schwächeanfälle und küßte das Bild ihres Gatten, besonders wenn andere Herren ihr einen Besuch abstatteten, um ihr Beileid zu bekunden. Ihre Trauerkleider entsprachen der neuesten Pariser Mode, ihr Schmuck war aus den erlesensten schwarzen Edelsteinen gefertigt. Kate hatte lediglich ihre alten Kleider einfärben lassen. Trauerkleidung brachte Papa auch nicht zurück, und die neueste Mode war ihr ohnehin gleichgültig.

»Turnpenny«, sagte Ophelia und klopfte mit dem Sonnenschirm ungeduldig auf den Boden der Kutsche. »Turnpenny, beeilen Sie sich. Ich möchte beim Turm sein, solange dieses wundervolle Licht für meine Malerei anhält.«

»Sehr wohl, Madam.«

Kate musterte die Zierbänder von Ophelias Hut, bevor sie leise sagte: »Hast du Angst, daß wir zu spät kommen und ihre hochwohlgeborene Lordschaft über alle Berge ist?«

»Psssst!«

»Ich glaube, du bist wirklich so dumm, wie du immer tust. Er hat dich doch damals auch nicht geheiratet.«

»Du kleine Giftschlange, sprich gefälligst leise.« Ophelia öffnete den Schirm und plazierte ihn so, daß der Kutscher und der Diener sie nicht sehen konnten. »Du sagtest, es sei dir egal. Alles, was du tun mußt, ist, eine Stunde lang durch die Gegend zu fahren und mich dann wieder abzuholen.«

»Es ist mir ja auch egal, aber trotzdem finde ich, daß du ein Dummkopf bist. Meine Zofe sagte, daß er, seit er sich einigermaßen von seinen Verletzungen vom Krim-Krieg erholt hat, fast keine Nacht in seinem eigenen Bett verbracht hat.«

»Sondern bei Zofen und Küchenmädchen, die sich ihm wahrscheinlich zu Füßen geworfen und ihn in einen Heuhaufen gezerrt haben.«

Kate war nicht klar, worin der Unterschied lag, ob man sich mit Alexis de Granville in einem alten Turm vergnügte oder in einem Heuhaufen. Diesen Gedanken behielt sie jedoch für sich.

»Du magst ihn nur nicht, weil ihr, du und Tante Sophia, nun schon eine Woche hier seid und seine Mutter euch noch nicht eingeladen hat«, stellte Ophelia fest. »Es ist nicht sehr nett von dir, ihn zu verhöhnen, wo er gerade erst wieder genesen ist. Ihm wurde beinahe der Arm abgeschossen, als er Mr. Beaufort retten wollte, den eine Kugel vom Pferd gefegt hatte.«

Kate warf Ophelia einen kühlen Seitenblick zu. »Das ist sechs Monate her. Und außerdem wurde sein Arm nicht beinahe abgeschossen. Du übertreibst mal wieder maßlos. Wahrscheinlich hatte er nur die Ruhr und leidet noch immer an Durchfall.«

»Katherine Ann Grey!«

Kate grinste. »Habe ich dir den Appetit verdorben? Tut mir leid.«

»Oh, sei still. Du bist nur wütend, weil Lady Juliana nichts von sich hören läßt.«

Kate seufzte und schüttelte den Kopf. »Mama möchte in die Burg eingeladen werden, nicht ich. Ich sagte ihr bereits, daß du glaubst, daß die Dame mit Amerikanern nichts zu tun haben will und Mama als Amerikanerin betrachtet.«

Ophelia beugte sich zu Kate. »Ich muß ihn einfach haben.«

Die Stimme ihrer Kusine zitterte, und Kate entdeckte zu ihrer Überraschung Tränen in ihren Augen.

»Er dachte, ich wollte nur seinen Titel«, beklagte sich Ophelia. »Das stimmte auch, deshalb wurde auch damals nichts aus uns. Aber inzwischen ist mir das gleichgültig. Schließlich bin ich jetzt Lady Swinburn. Aber seine Mutter haßt mich. Ich glaube, sie hat den Verdacht, daß ich mich ihm hingegeben habe. Wenn sie es je mit Gewißheit erführe, könnte sie mich ruinieren. Bitte, Kate, mach keine Schwierigkeiten.«

Kate brummte unwillig, zuckte jedoch mit den Schultern, als Ophelia sie flehend ansah.

»Wenn ich die Wahl hätte«, sagte Kate, »so wäre ich lieber an einem Samstagabend allein in Hangtown mitten in einer Meute betrunkener Goldgräber. Aber wenn du ihn willst, so sollst du ihn haben. Erwarte aber nicht von mir, daß ich ihm die gleichen honigsüßen Worte um den Mund schmiere wie du.«

Die heftige Umarmung, die sie für ihr Komplizentum erhielt, drückte ihre Schulterblätter zusammen. Ihr Gespräch wandte sich danach wieder dem Krieg auf der

Krim zu, der kein Ende zu nehmen schien. Die britische Regierung sah wegen ihrer eigenen Unfähigkeit bisher nur tatenlos zu, wie tausende von jungen Männern starben. Dann besprachen sie die neueste Offensive gegen die Sklaverei im Amerikanischen Kongreß. Als Turnpenny in den Weg zum alten Turm einbog, beendete Ophelia abrupt ihre Unterhaltung. Kate lehnte sich in die Polster zurück, wohlwissend, daß ihre Kusine unter allen Umständen verhindern wollte, daß der Marquis sie dabei ertappte, wie sie sich über Politik unterhielt.

Als sie an dem verlassenen Turm ankamen, ließ Ophelia den Diener mit viel Aufhebens ihre Malutensilien am günstigsten Platz aufstellen, ehe sie mit Kate die Steinstufen hinaufstieg, um die Aussicht zu genießen. Der Turm stand auf einem steilen Felsen und bot einen Blick auf das Tal, das zwischen dem Land der de Granvilles und dem der Maitlands lag.

Während sie fröstelnd im kalten Aprilwind standen, jagte eine Gestalt durch das Tal auf den Turm zu. Kates Augen weiteten sich, als sie die Geschwindigkeit von Roß und Reiter erfaßte. Der Hengst galoppierte ungebremst durch den Fluß, setzte über eine Hecke und raste einen steilen Hang hinunter.

»Eigentlich sollte man meinen, er hätte nach seinem Unfall genug von solchen Waghalsigkeiten«, seufzte Ophelia.

Kate zuckte zusammen, als das Pferd auch noch einen Zaun übersprang, um den jeder andere einen Bogen gemacht hätte. »Der Marquis ist zweifellos recht tollkühn. Ich gehe lieber, bevor er hier ist. Aber vergiß nicht, daß ich rechtzeitig zu Hause sein muß, um mit Mr. Poggs über die Eisenbahnaktien zu sprechen, die ich kaufen will.«

Alexis stieg von Theseus herunter und führte ihn zu dem alten Bergfried. Er hatte das Pferd vom Tal herauf im

Schritt gehen lassen, damit es sich abkühlen konnte. Nachdem er Satteldecke und Sattel heruntergenommen hatte, rieb er das Tier mit Gras ab. Er wußte, daß Ophelia auf ihn wartete, aber er hatte es nicht eilig, sie zu sehen. Aus irgendwelchen Gründen, die nur sie kannte, hatte sie sich wieder bei ihm eingeschmeichelt und sich in sein Bett gedrängt, obwohl sie genau wußte, daß er keinen besonderen Wert darauf legte.

»Alexis?«

Seine Hände erstarrten auf Theseus' Flanke, doch er antwortete nicht. Was hatte er hier verloren? Er hätte nicht kommen sollen. Zu Hause zu sein bedeutete noch immer Höllenqualen für ihn. Seine Heimat war viel zu grün, die Luft zu rein und wohlriechend. Es quälte ihn, daß es hier so schön war, während er in seinem Innersten noch immer dreck- und blutverschmiert auf dem Schlachtfeld kämpfte, nach verbranntem Fleisch stank und mit dem grauen Ruß der Artilleriegeschütze bedeckt war, die Männer in kleine Stücke aus Knochen und Haut zerfetzten.

Eine Handvoll Gras in seiner Hand zerquetschend, stieß Alexis zwischen den Zähnen hervor: »Hör auf, verdammt nochmal. Denk nicht mehr daran. O Gott, denk nicht daran.«

Genau aus diesem Grund war er überhaupt hier, weil Ophelia ihn daran hinderte nachzudenken. Manchmal war eine solche Leere in ihm, daß er nicht einmal das Kreischen seiner alten Dämonen hörte. Das Schicksal hatte zu einer weiteren Demütigung ausgeholt, indem das grauenhafte Kriegserlebnis seine persönlichen Dämonen zum Schweigen gebracht hatte. Großer Gott, er sehnte sich so sehr nach Erlösung, daß er sogar den höchsten Preis dafür zu zahlen bereit war. Aber er konnte nicht einfach aufgeben, denn Val und die anderen brauchten ihn. Hätte er nur an sich gedacht, hätte er

Schluß gemacht, aber die anderen konnte er nicht im Stich lassen.

»Alexis, was machst du denn da?« Ophelia tauchte unvermittelt an der Tür des alten Turms auf. »Alexis.«

Ophelia besaß die einzigartige Gabe, ihn gleichzeitig anzuflehen und auszuschelten. Müde setzte er seine Arbeit mit dem Behelfsstriegel fort. Er brauchte Zeit.

»Ich bin beschäftigt.«

Sie schwebte auf ihn zu. Theseus beschnupperte sie herablassend und schüttelte den Kopf. Ungefähr vierzig Sekunden lang sah sie Alexis zu, dann legte sie ihre Hand auf seine.

»Davon bekommst du nur schmutzige Hände.«

Alexis blickte auf seine Mätresse hinunter und hob eine Augenbraue. »Das hat dich doch sonst auch nicht gestört.«

Sie strich über eine feuchte Haarlocke, die ihm in die Stirn gefallen war. »Nein.«

Schroff wischte er die Haarsträhne mit dem Unterarm aus dem Gesicht und führte Theseus zu dem Bach, der hinter dem Turm verlief. Ophelia trippelte ihm nach. Ihre Anhänglichkeit ging ihm auf die Nerven. Was wußte sie schon vom wirklichen Leben, von den Greueln seines eigenen Lebens?

»Du könntest zumindest mit mir reden«, sagte sie.

Schuldbewußt blickte Alexis über seine Schulter und versuchte zu lächeln. Ihre Reaktion war etwas übertrieben angesichts seiner erzwungenen Freundlichkeit. Freudestrahlend eilte sie zu ihm, stellte sich auf die Zehenspitzen und bot ihm ihre Lippen dar. Er küßte sie flüchtig und entfernte sich, um Theseus an einen Baum zu binden. Dann nahm er ihre Hand, und sie gingen gemeinsam zurück zum Turm, begleitet von ihrem ununterbrochenen Geplapper.

Er war ihre leeren Sprüche gewöhnt und hörte auch

heute nicht zu, sondern ließ seine Gedanken zu den verwundeten Männern wandern, die unter seiner Obhut standen und unermeßliches Leid hinter sich hatten, nicht zuletzt wegen der Unfähigkeit der obersten Heeresleitung.

Aber im Moment sollte er nicht an seine Männer denken, sondern an Ophelia.

»Alexis, du hörst mir ja gar nicht zu«, beschwerte sich Ophelia.

»Entschuldige bitte. Was hast du gerade gesagt?«

»Ich sagte, daß deine Mutter uns noch nicht eingeladen hat. Du weißt doch, wieviel mir daran liegt, daß sie mich anerkennt. Und solange sie mich nicht darum bittet, kann ich nicht nach Richfield kommen. Was muß ich denn noch alles tun, um von ihr akzeptiert zu werden? Jede andere Familie von Rang in der Umgebung hat mich schon empfangen.«

Alexis verbeugte sich vor der Tür des Turms und ließ sie die Treppe hinauf vorangehen. Er ertappte sich bei einem Lächeln, als er ihr zuhörte. Zumindest war sie sehr beharrlich. Während sie ihn darüber in Kenntnis setzte, wie hoch sie in der Wertschätzung ihrer gesellschaftlichen Vorbilder stand, betrachtete er die Landschaft.

»Alexis, bitte antworte mir doch.«

Er atmete tief durch. »Meine Mutter und ich haben wenig gemeinsam, aber eine Eigenart teilen wir. Wir hassen es, wenn wir benutzt werden.«

Ophelia legte die Hand auf seinen Arm, und zum erstenmal, seit sie den Turm erklommen hatten, sah er sie an. Ihr sonstiger fröhlicher Ausdruck war verschwunden.

»Ich benutze dich nicht«, sagte sie ernst. »Falls doch, dann erlaube ich dir dafür, mich in gleicher Weise zu benutzen.«

»Ich weiß, was du von mir willst.«

»Ja, vielleicht, aber alles weißt du nicht.«

»So?«

»Weißt du, was für ein Vergnügen allein dein Anblick bedeutet?« fragte sie. »Wenn ein Zauberer deinen Theseus in einen Mann verwandeln würde, sähe er aus wie du, so dunkel, feurig und voller Energie. Nichts bedeutet mir so viel, wie dieses Feuer zu besitzen.«

»Du bist viel glaubwürdiger, wenn du dich über meine Mutter beschwerst.« Einen Moment lang kaute sie nachdenklich auf ihrer Unterlippe.

Dann streckte sie die Arme nach ihm aus. »Ich will dich. Es ist doch nicht meine Schuld, daß ich andere Dinge ebenfalls brauche.«

»Nein.« Er sprach mehr zu sich selbst. »Ich sollte mich nicht beklagen. Was du möchtest, ist mehr als ich verdient habe.«

Er stieß sich von der Wand ab und sah seiner Mätresse ins Gesicht. »Zeig es mir. Zeig mir, wie sehr du das willst, was ich dir geben kann, dann werde ich mit Mutter sprechen.«

Als Kate mit Ophelia nach Maitland House zurückkehrte, tranken Mutter und Tante Emeline gerade Tee mit alten Bekannten, den Damen von Gresham Priory. Die Regeln des Anstands verboten es ihr, sofort zu Mr. Poggs zu gehen. So nahm sie im Salon Platz und rührte in ihrer Teetasse, während Mama mit den Frauen schwatzte. Mama war in ihrem Element. Kate wußte, daß ihre Mutter Emeline und Ophelia liebte, ebenso wie Maitland House und das vornehme Leben, das sie hier wieder führen konnte. Anmutig schritt sie von einer Dame zur anderen, bot Erfrischungen an und teilte Komplimente aus.

Der Anblick ihrer Mutter, umgeben von Rüschenvorhängen und Brokatmöbeln, rief in Kate Erinnerungen wach. Sie waren in der Wüste vom Weg abgekommen und vom Tageslicht überrascht worden. Papa hatte die

Wagen anhalten lassen, und sie hatten den ganzen Tag unter der glühendheißen Sonne geschwitzt, bis sie abends wieder weiterfahren konnten.

Kate erwachte schweißgebadet und spürte einen kühlen Lufthauch auf ihrer Haut. Sie taumelte aus dem Wagen hinaus in die willkommene Abenddämmerung. Als sie Mama sah, wäre sie fast wieder in den Wagen zurückgeklettert. Sophia hatte eine Kiste von einem der Wagen gezogen, während die Männer die Ochsen einspannten, und strich gerade eine spitzenverzierte Tischdecke auf der Kiste glatt. Die Decke hatte sie aus England mitgebracht.

Dann bückte sie sich, griff nach einem silbernen Kandelaber und stellte ihn in die Mitte der Tischdecke. Kate runzelte mißbilligend die Stirn. Papa hatte gesagt, sie durften nichts Schweres mitnehmen. Kate schlich um den Wagen und beobachtete Mama.

Sophia war dabei, Tee in eine Porzellantasse zu gießen, als Timothy Grey mit Zaumzeug in der Hand vorbeiging. Das Zaumzeug fiel zu Boden. Timothy starrte seine Frau an. Sophie beachtete ihn nicht, sondern stellte eine kleinere Kiste neben den ›Tisch‹. Auf dieser Kiste nahm sie Platz, hob die Porzellantasse an die Lippen und nippte daran.

»Sophia«, sagte Timothy.

»Ich muß meine Dinge um mich haben, Mann. Ich muß mein Weißzeug und mein Silber haben. Selbst in dieser garstigen Wüste bin ich immer noch eine Dame, die weiß, was sich gehört.«

Timothy schüttelte den Kopf und hob das Zaumzeug wieder auf. »Wir müssen aufbrechen. Auf der Stelle. Die Ochsen werden sterben, wenn wir nicht bald Wasser finden. Wenn sie sterben, sind wir als nächstes dran, und du vergeudest Wasser für deinen Tee.«

Sophias Lippen zitterten. Sie nippte vorsichtig noch

einmal an der Tasse. »Zu Hause ist es wahrscheinlich gerade Teezeit.«

»Gütiger Vater!» Timothy schloß für einen Moment die Augen. »Wir sind gleich soweit. Du kannst entweder das Porzellan oder das Silber mitnehmen. Beides geht nicht.«

Sophie biß sich auf die Unterlippe, dann trank sie wieder. Kate sah zu, wie ihr Vater wegging. Tränen brannten in ihren Augen. Sophie blieb ungerührt sitzen und nippte an ihrer Tasse aus feinstem Porzellan, während die anderen Männer und Frauen sich darauf vorbereiteten, um ihr Leben zu kämpfen. Kate eilte an die Seite ihrer Mutter.

»Mama, Mama, wir müssen gehen.«

»Ich weiß, Liebling. Nur noch einen kurzen Augenblick. Du weißt ja, sobald ich meinen Tee getrunken habe, kann mich nichts mehr erschüttern.«

Kate war damals vierzehn Jahre alt gewesen und hatte in jener Nacht gelernt, daß Tapferkeit viele Gesichter haben kann. Manche Menschen wurden laut, um sich Mut zu machen, manche litten stumm. Mama stützte sich auf ihre Vornehmheit. Kate würde dem Teufel ins Gesicht spucken; Mama servierte Tee. Und weil Kate die Einsamkeit und die Tapferkeit ihrer Mutter kannte, war sie bereit, die steife englische Vornehmheit und Langeweile über sich ergehen zu lassen. Wie lange ihre Geduld allerdings noch anhalten würde, konnte sie nicht vorhersagen.

Die Besprechung mit Mr. Poggs dauerte fast den ganzen Nachmittag. Über einen Ozean hinweg ihre geschäftlichen Dinge zu erledigen, war mühsam und frustrierend, aber Kate hatte Mama versprochen, mindestens ein halbes Jahr in England zu bleiben. Seit sie vor über einem Monat in London angekommen waren, hatte sie alles in brieflicher Form erledigt. Das Familienvermögen war gemäß dem Testament ihres Vaters in ihre Hände gelegt worden. Sie mußte ihre Investitionen in eine Reederei, kalifornische Pferdefarmen, eine New Yorker Bank und nun noch in Eisenbahnanteile überwachen. Einer der Grundsätze ihres Vaters war es gewesen, sein Geld breitgefächert anzulegen. Kate hielt sich an das, was er darüber gesagt hatte.

»Meine Familie in Virginia baut Baumwolle und Tabak an, Kate, und zwar mit Hilfe von Sklaven. Deshalb bin ich fortgegangen. Ich konnte mit der Sklavenhaltung nicht leben, und meine Familie nicht ohne sie. Wir werden unser Geld an verschiedenen Stellen arbeiten lassen, damit wir — egal, was passiert — nicht auf eine oder zwei Einnahmequellen angewiesen sind. Ein großer Kampf wird bald kommen, Katie Ann, und es wird schlimm werden, weil der Süden alles auf eine Karte gesetzt hat.«

Kate saß hinter einem Schreibtisch aus Kirschbaumholz, während Mr. Poggs sich die letzten Notizen über den Kauf von Eisenbahnaktien machte. Den einzigen Riß in seiner würdevollen Fassade hatte sie an dem Tag, an dem sie einander vorgestellt worden waren, entdeckt. Kate hatte ihm die Hand geschüttelt und ihn sofort mit Anweisungen überschüttet, die er ihren Rechtsanwälten in New York und San Francisco übermitteln sollte. Als sie damit fertig war, hatte der Mann sie eine ganze Weile mit offenem Mund angestarrt.

»Ich nahm an, es gäbe einen Berater«, sagte er schließlich.

»Einen Berater?«

»Einen Herrn, der die Last der geschäftlichen Verpflichtungen von Ihren Schultern nimmt, Miss Grey.«

»Mr. Poggs, ich habe Berater in New York, San Francisco und London, aber die endgültigen Entscheidungen treffe ich. Wenn Sie mit dieser Tatsache Probleme haben, sagen Sie es bitte gleich, damit ich mich nach jemand anderem umsehen kann, der diese Arbeiten für mich übernimmt.«

Die Aussicht, einen so reichen Klienten zu verlieren, löste bei Mr. Poggs beinahe einen Schwächeanfall aus. Ein männlicher Berater wurde nie wieder erwähnt. Nach ein paar Wochen der Zusammenarbeit behandelte Poggs Kate mit Respekt anstelle der anfänglichen milden Toleranz.

Es war verabredet, daß Mr. Poggs mit ihnen zu Abend speiste und in einem Gasthaus in der Nähe übernachtete, um am nächsten Morgen nach London zurückzukehren. Das Abendessen nahm für Kate daher einen angenehmen Verlauf. Solange Mama sich zum wiederholten Male darüber beschwerte, daß sie von Lady Juliana geschnitten wurde, konnte sie sich mit ihrem Anwalt über ihren neuesten Klipper unterhalten. Leider verabschiedete sich Mr. Poggs schon früh, so daß sie zu einem weiteren Abend mit den Damen im Salon verdammt war.

Ophelia war die Schlimmste von den dreien, denn sie flatterte ununterbrochen vom Sofa zum Stuhl und zum Fenster wie ein aufgescheuchtes Huhn. Normalerweise war sie nach einem Morgen in den Armen ihres Marquis verträumt und abscheulich selbstzufrieden, aber heute wrang sie ihr überdimensionales Taschentuch wie einen Scheuerlappen, zerkaute ihre Unterlippe und ging ruhelos hin und her. Kate rechnete jeden Augenblick mit einem Zusammenstoß. Das Kleid ihrer Kusine streifte eine chinesische Vase, die auf einem Sockel stand, kam dem Meissner Porzellan gefährlich nahe und stieß gegen den bronzenen Feuerbock vor dem Kamin. Als Ophelia erneut einen plötzlichen Richtungswechsel vornahm, schwang der Reifrock weit aus. Kate setzte ihre Teetasse klirrend auf dem Unterteller ab, war mit einem Satz vom Sofa und stieß den Rock ihrer Kusine zur Seite, als die Flammen bereits an ihm leckten. Ophelia fuhr mit einem Aufschrei herum.

»Kate, was machst du da?«

»Ich bewahre dich davor anzubrennen.«

Mama und Tante Emeline riefen wie aus einem Mund: »Ach, du liebe Güte.«

Ophelia machte ein paar schnelle Schritte weg vom Feuer, bedankte sich bei Kate und nahm ihre Wanderung wieder auf. Nach einer weiteren halben Stunde zog sich Kate in ihr Zimmer zurück.

Wenige Zeit später lag sie bereits mit einem Buch auf dem Schoß im Bett. Es war eine Ausgabe von *Romeo und Julia*. Helden und Liebe stellten keine Bedrohung dar, solange es sie nur auf dem Papier gab. Draußen entluden sich die Unwetterwolken, die sich den ganzen Tag schon zusammengebraut hatten. Der Regen prasselte gegen die Fensterscheiben, die der Donner erzittern ließ. Schließlich sank sie in den Schlaf.

Kate erwachte, weil ihr etwas in die Seite stach. Sie tastete unter der Bettdecke nach dem Buch und legte es neben das Bett. Der Sturm tobte inzwischen noch heftiger. Gewaltige Wassermassen wurden gegen das Fenster geschleudert. Kate zog die Decke über den Kopf, vernahm dann jedoch trotz all des Lärms ein lautes Knarren, das von der Bodendiele auf dem Flur direkt gegenüber ihrer Tür stammte. Das wußte sie, weil sie jedesmal einen großen Schritt darüber machen mußte, wenn sie durch das Haus schlich, um nachmittäglichen Besuchern zu entkommen.

Neugierig, wer wohl mitten in der Nacht unterwegs war, wickelte sie sich in ein Laken und ging auf Zehenspitzen zur Tür. Sie öffnete sie einen Spalt und spähte hinaus, aber alles, was sie erkennen konnte, war ein Reifrock — ein dunkler, schwingender Fleck im dunklen Flur — der sich auf die Vordertreppe zubewegte und verschwand.

Kate drückte die Tür wieder zu und eilte zurück in ihr warmes Bett. Ophelia war auf der Pirsch, und man brauchte nicht viel Fantasie, um den Grund dafür zu erraten. Wenige Minuten später bestätigte sich Kates Verdacht, als die Bodendiele zweimal hintereinander knarrte.

»Genauso wenig Verstand wie Hamlets Ophelia«, murmelte Kate vor sich hin. »Man darf einfach nicht zuviel erwarten.« Sie knuffte ein paar Mal ihr Kissen, ärgerte sich aber trotzdem weiter. »Durchs Haus zu schleichen, ihn hierherzubringen, mit Mama und Tante Emeline am anderen Ende des Flurs.« Sie zog sich das Kissen über den Kopf und hielt sich die Ohren zu, als könne sie damit die Gedanken an den Mann und die Frau nebenan verjagen. »Dafür wird sie bezahlen, das ist sicher.«

Das Ticken der Porzellanuhr neben ihrem Bett und das Trommeln des windgepeitschten Regens hielten sie noch eine volle Stunde wach, ehe sie wieder einschlafen konnte. Es war zwei Uhr, als die Bodendiele noch einmal knarrte und sie aus dem Schlaf riß. Sie stöhnte auf, zerrte die Decke über den Kopf, drehte sich auf den Bauch und zwang sich, Passagen aus der *Ilias* auswendig herzusagen, bis sie darüber eindämmerte.

In ihrem Traum kämpfte sie gegen das Ersticken und erwachte an ihrem Husten. Das Gefühl zu ersticken war beängstigend echt. Grauer und heißer Rauch drang unter der Tür hindurch und wallte in den Raum. Sie sprang aus dem Bett und schlüpfte in ihre Hausschuhe. Noch während sie den Morgenmantel überzog, hastete sie zur Tür und legte ihre Hand auf das Holz. Es war kühl. Nach den vielen Feuern in dem Pulverfaß San Francisco wußte sie, daß man nicht einfach eine Tür öffnete, ohne sie vorher zu prüfen.

Vorsichtig machte sie sie einen Spaltbreit auf, doch die hereindrängenden Rauchschwaden reizten sofort wieder ihre Schleimhäute. Schnell schlug sie die Tür zu und lief zur Kommode, wo sie ein Handtuch befeuchtete und es sich um Mund und Nase wickelte. Als sie die Tür erneut öffnete, hörte sie lautes Rufen von unten. Ihre aufsteigende Panik unterdrückend, kroch sie auf Händen und Knien über den Flur.

Beißender Rauch umfing sie. Zischende und knackende Geräusche kamen von rechts, aus der Richtung von Ophelias Zimmer, ebenso eine gewaltige Hitze und der tanzende Schein von Flammen. Kate wandte sich nach links, zum Zimmer ihrer Mutter. Trotz des Lärms der Feuersbrunst konnte sie jemanden schreien hören. Kurz darauf erkannte sie Mama, die auf der Schwelle ihres Zimmers stand und die schwankende Tante Emeline stützte. Kate zupfte ihre Mutter am Ärmel.

»Kate! Gott sei Dank!«

»Geh in die Knie und hilf mir mit Tante Emeline, Mama. Wir haben nicht mehr viel Zeit.«

Sophia hustete und brachte mühsam Ophelias Namen heraus.

»Das Feuer kommt aus ihrem Zimmer«, erklärte Kate. »Wir müssen weg von hier. Beeil dich!«

Kate zerrte an Sophia, so daß diese keine andere Möglichkeit hatte, als zu folgen. Zusammen krochen sie über den Flur und zogen Emeline mit. Am Treppenabsatz wurde der Rauch dünner, so daß sie aufstehen konnten. Der Butler und Turnpenny kamen gerade die Treppe heraufgerannt. Mit schiefen Nachtmützen und durchnäßten Nachthemden trugen sie volle Wassereimer an ihnen vorbei.

Als Kate die Treppe hinuntereilte, wurde sie fast von weiteren Männern, die Wasser trugen, umgestoßen. An der Haustür hatten sich die Hausmädchen versammelt, die ihnen sogleich Decken um die Schultern legten und sie durch den kalten Regen zu den Ställen führten. Schon nach ein paar Schritten waren sie völlig durchnäßt. Zitternd und atemlos suchten sie im Pferdestall Schutz.

Als sie sich einigermaßen erholt hatte, lief Kate durch den Sturm zurück ins Haus, eilte nach oben und schlang sich wieder das feuchte Tuch ums Gesicht. Im Flur war der Rauch noch immer so dick, daß sie erneut auf allen Vieren kriechen mußte. Die Hitze der Flammen brannte auf ihrer regennaßen Haut. Plötzlich stieß sie gegen Turnpenny, der ein Zimmer nach dem anderen durchsuchte.

»Miss, ich kann Lady Ophelia nicht finden. Ich befürchte, sie ist noch immer in ihrem Zimmer«, keuchte er.

»Suchen Sie weiter«, erwiderte Kate. »Ich werde draußen nach ihr sehen.«

Ophelia war nicht draußen. Durchweichte Diener eilten an Kate vorbei und trugen Silber, Gemälde und Möbel ins Freie. Haus- und Küchenmädchen weinten oder halfen beim Wassertragen, doch weit und breit war keine Spur von Ophelia. Kates Angst wuchs mit jeder Minute, und Bilder von ihrer Kusine, die bei lebendigem Leib verbrannte, drängten sich vor ihr geistiges Auge. Ihr Magen zog sich zusammen, und ihre Beine begannen zu zittern. Hastig kehrte sie ins Haus zurück und eilte noch einmal hinauf.

Turnpenny hatte aufgegeben. Zusammen mit den anderen männlichen Hausangestellten schüttete er Eimer um Eimer Wasser in die Flammen, die aus Ophelias Zimmer loderten. Turnpenny rief ihr etwas zu.

»Es hat keinen Sinn, Miss. Wir kommen nicht in Lady Ophelias Zimmer.«

Kate legte die Hände vors Gesicht und hustete. *O Gott, o Gott, nein. Lieber Gott, bitte nicht.* Als sie spürte, wie die Kräfte sie angesichts dieser entsetzlichen Tragödie verließen, drehte sie um.

Über ihren Rocksaum stolpernd, rannte sie aus dem Haus über die Wiese und sank gegen die Stallwand. Dort sackte sie schluchzend und am ganzen Leibe zitternd zusammen. Bei der Vorstellung, wie Ophelia verbrannte, stieg ein verzweifelter Schrei in ihrer Kehle auf. Sie preßte beide Hände auf den Mund und dämpfte ihn zu einem gequälten Stöhnen. Wieder und wieder wurde sie von heftigen Weinkrämpfen geschüttelt, und ein unsäglicher Schmerz erfüllte ihr Herz.

Sie wußte nicht, wieviel Zeit vergangen war, als ein Windstoß ihr eine nasse Haarsträhne ins Gesicht blies, die sie mechanisch wegwischte. Sie drückte ihre Wange an die Stallwand und hieb mit der Faust auf die Ziegelsteine ein. Als sie sich an der rauhen Oberfläche die Haut abschürfte, sog sie scharf die Luft ein und schüttelte sich. Sie konnte nicht einfach hierbleiben und sich ihrem Kummer hingeben. Ophelia war zwar tot, aber die anderen benötigten ihre Hilfe.

An die Mauer gestützt, erhob sie sich. Dann atmete sie ein paar Mal tief durch, wischte sich das Gesicht mit ihrem Kleid ab und hob ihre Decke auf. Mit zitternden Händen und lautlos vor sich hin weinend half sie den Bediensteten von Maitland House, Eimer mit Wasser zu füllen.

Sie wußte nicht, wie lange sie in dem Regen gestanden und Wasser gepumpt hatte. Sie wußte nur, daß ihre Hände taub von der Kälte und ihre Gefühle wie abgestorben waren. Ihre ganze Aufmerksamkeit galt dem Heben und Senken des Pumpenschwengels, bis das Klappern von Hufen und das Knirschen von Wagenrädern sie ablenkte.

Der Sturm ebbte allmählich ab, als mehrere Männer in den Hof ritten, gefolgt von einem Fuhrwerk, auf dem noch mehr Männer saßen. Ein Stalljunge übernahm ihre Arbeit an der Pumpe, so daß Kate den Ankömmlingen entgegeneilen konnte. Der Anführer der Gruppe zügelte sein Pferd, beugte sich zu ihr herab.

»Sind alle in Sicherheit? Wo ist Lady Ophelia?«

Es war de Granville.

Kate wischte sich den Schweiß und den Regen vom Gesicht und zog die Decke um ihre Schultern. »Sie wurde eingeschlossen ... vom Feuer eingeschlossen.« Ihre Stimme klang leblos und wie von weit her. Sie drehte sich um und eilte zum Haus.

De Granville schwang sich vom Pferd. Er rannte an ihr vorbei durch die Tür. Es nahm Kates ganze Konzentration in Anspruch, einen Fuß vor den anderen zu setzen. Der Regen war in ein feines Nieseln übergegangen, als de Granville wieder auftauchte. Sein Gesicht war rußgeschwärzt.

Der Marquis rief nach jemandem, der Fulke hieß. Als Kate an der Vordertreppe ankam, redeten der Marquis und ein anderer Mann auf Crossthwaite, den Butler von Maitland, ein.

Schließlich gelang es ihr, soviel Energie aufzubringen, daß sie sich ins Haus und in den ersten Stock hinaufschleppen konnte. Die gute Arbeit der Männer und der Regen hatten das Feuer mehr oder weniger auf Ophelias Zimmer beschränkt, die Wand zu Kates Zimmer war ebenfalls ein Raub der Flammen geworden.

Der Flur hinter ihrer Zimmertür war eine schwarze, verkohlte Höhle. Immer wieder kamen Kate Männer entgegen, die verbranntes Holz hinaustrugen. Mit jedem Schritt wurde der Boden wärmer, aber sie ging unbeirrt weiter, den Blick statt auf das Loch gerichtet, das einst die Tür zu Ophelias Zimmer gewesen war.

Eine Barriere aus weißer Seide türmte sich vor ihr auf. Sie blickte zum Marquis de Granville auf. Sein Gesicht war ruß- und schweißverschmiert, und das feuchte Hemd klebte ihm am Körper. Im Lichtschein einer Kerze leuchteten seine Augen wie grünes Glas. Kate trat zur Seite, um ihre Suche nach Ophelia fortzusetzen, aber der Marquis versperrte ihr den Weg.

»Das ist zu gefährlich. Aber wir hatten Glück. Das

Feuer hat ein Loch durch das Dach gefressen, so daß der Regen beim Löschen half.«

Sie schob seinen Arm weg. »Sie waren drin.« Sie machte noch einen Schritt nach vorn, als lange Finger sie am Arm festhielten.

»Ihre Herrin ist tot. Was von ihr übrig ist, ist kein Anblick für eine Frau.«

Kate schüttelte seinen Arm ab. Tränen begannen wieder über ihr Gesicht zu strömen. »Ich weiß, daß sie tot ist. Sie ist nicht mit meiner Mutter, Tante Emeline und mir nach draußen gekommen. Ich weiß, daß sie verbrannt ist, seit wir das Haus verlassen haben.«

Ohne die Entschuldigungen des Marquis zu beachten, stürmte Kate davon, hinaus auf die Veranda, wo Sophia und Tante Emeline standen. Als sie näher kam, erkannte sie den Marquis, der mit ihrer Mutter sprach. Kate blieb verwirrt stehen, bis ihr klar wurde, daß der Mann vor ihr nicht de Granville war. Er war älter als der Marquis. Nachdem sie sich die Augen trockengerieben hatte, bemerkte sie die sehr aufrechte Haltung und die silbernen Strähnen im schwarzen Haar.

Hinter ihrem Rücken näherten sich schwere Schritte. Die kräftigen Finger umklammerten erneut ihren Arm. Sie wollte gerade protestieren, als der ältere Mann etwas sagte.

»Alexis, ich habe den Damen die Gastfreundschaft von Burg Richfield angeboten.«

Die Finger schlossen sich noch fester um ihren Arm. Kate wandte den Kopf und sah, wie sich die kühn geschwungenen Augenbrauen zusammenzogen. Das Kinn wurde hart und nach unten gebogene Lippen formten die Worte: »Der Teufel soll dich holen, Fulke.«

Kapitel 4

Alexis blieb wie erstarrt stehen, die Hand noch immer um den Arm der fremden Frau geklammert. Wind blies ihm ins Gesicht, konnte die Hitze in seinen Wangen jedoch nicht kühlen. Um Selbstkontrolle ringend, ließ er den Arm los. Ophelia war tot, doch in ihm regten sich keinerlei Gefühle, die etwas mit Trauer zu tun hatten. Der Krieg hatte ihm alle derartigen Empfindungen genommen. Er schämte sich.

Seine Gemütsverfassung hatte sich seit seiner Rückkehr von der Krim nur wenig stabilisiert, und nun eröffnete ihm Fulke in aller Seelenruhe, daß er diese Familie von gesellschaftlichen Bergziegen in sein Haus eingeladen hatte. Am liebsten hätte er alle angeschrien, daß die tote Frau eine seiner Geliebten gewesen war und er ihre Angehörigen mit deren Trauer nicht in seinem ohnehin schon von Schwermut erfüllten Heim haben wollte. Doch statt dessen neigte er den Kopf und murmelte eine Entschuldigung. Fulke kam ihm zu Hilfe.

»Mein Cousin hat sich noch nicht ganz von seinen Kriegswunden erholt.« Fulke beugte sich über die leise schluchzende Emeline und tätschelte ihre Hand. »Ich fürchte, die Aufregung geht über seine Kräfte, und dadurch hat er für einen Moment seine Manieren vergessen. Mit Ihrer Erlaubnis werde ich Ihren Umzug veranlassen.«

Alexis bemerkte, daß die junge Frau vor ihm bei Fulkes Worten den Kopf schüttelte. Er müßte sich bei ihr noch dafür entschuldigen, daß er sie für eine Hausangestellte gehalten hatte, fiel ihm plötzlich wieder ein.

»Miss, ich weiß nicht einmal Ihren Namen.«

Die Dame drehte sich um, und Alexis wurde von einem Paar goldbrauner Augen eindringlich gemustert.

»Mein Name ist Katherine Ann Grey.«

»Ja, richtig. Miss Grey. Lady Ophelia erwähnte, daß Sie und Ihre Mutter zu Besuch seien. Was mit Ihrer Kusine geschah, tut mir leid.«

»Was Sie nicht sagen.«

Warum sah sie ihn nur an, als sei er ein ekliger, fetter Wurm, wie man sie für gewöhnlich unter Holzstümpfen fand? »Mein Cousin hat recht. Maitland House wird für einige Zeit unbewohnbar sein.«

»Mylord, so rußig und verkohlt wie dieses Haus auch sein mag, so ist es doch immer noch wesentlich gemütlicher als die Carson Desert oder ein Leinenzelt in San Francisco im Winter. Ich komme auch so zurecht.«

Ihre unerwartet kühle Zurückweisung veranlaßte Alexis, die Frau zum erstenmal richtig anzusehen. Sie war ein kleines Ding, das ihm kaum bis zur Schulter reichte, und das Haar klebte ihr an Kopf und Rücken. Trotz der Dunkelheit und obwohl es naß war, war sein kupferner Glanz nicht zu übersehen. Sie hatte eine durchnäßte Decke um die Schultern gezogen. Er konnte die feinen blauen Adern auf ihren blassen Handrücken erkennen.

Während sie sich wie zwei wütende Katzen anfunkelten, wurde Alexis neugierig. Wo zum Teufel war die Carson Desert? Was hatte diese junge Dame dort verloren? Und was ihn am meisten interessierte, wie sah sie aus, wenn sie nicht klatschnaß und rußverschmiert war?

»Was sagten Sie gerade?«

»Wir gehen in dieses Haus im Dorf.«

»Sie meinen das Gasthaus *Queen of Scots?* Dort hat sich seit der Restauration nicht viel getan. Außerdem ist das kein Ort für Damen.«

»Sie würden staunen, wo Damen überall hingehen, wenn sie dazu gezwungen sind.«

Alexis reckte sich und bedachte die widerspenstige kleine Person mit seinem Burgherrenlächeln. »Erlauben Sie, daß ich selbst entscheide, was für eine Dame das richtige ist, die unter meinem Schutz steht. Sie, Ihre Mutter und Lady Emeline sind meine Gäste.«

Er verbeugte sich und entfernte sich, ehe sie widersprechen konnte. Als er hörte, daß sie ihm folgte, ging er mit weitausholenden Schritten ins Haus, wo er sich unter die Männer mischte, die die Besitztümer der Maitlands in Sicherheit brachten, bevor diese forsche Miss Grey noch etwas erwidern konnte.

Der Umzug der Damen zog sich in die Länge, so daß fast schon der Morgen graute, als Alexis in sein Bett stieg. Seine Muskeln schmerzten und seine Lungen brannten, aber er schlief ohne Träume von Blut und toten Männern. Das war eine unerwartete Gnade.

Die Nachmittagssonne weckte ihn. Er lag noch mit geschlossenen Augen im Bett, als Meredith mit Tee hereinkam. Längst hatte er aufgegeben herauszufinden, woher der Mann wußte, wann er aufwachte.

»Tee, Mylord Oberst.«

»Meredith, bitte. Ich habe schon vor Wochen meinen Abschied genommen«, wies Alexis ihn zurecht, ohne die Augen zu öffnen.

»Entschuldigen Sie bitte, Mylord. Macht der Gewohnheit.«

Meredith hielt ihm die Tasse hin, so daß Alexis das Aroma des Tees riechen konnte. Alexis atmete tief ein und fühlte sich fast schon wieder wie ein Mensch. Blind tastete er nach der Tasse und schlürfte genüßlich das heiße Getränk.

»Danke. Jetzt geht es mir besser.«

Der Kammerdiener wußte aus Erfahrung, daß sein Herr nun bereit war, sich dem neuen Tag zu stellen. Er half ihm in einen Morgenmantel aus gestreifter Seide.

»Diese Frauen«, begann Alexis.

»Lady Emeline, Mrs. Grey und Miss Grey.«

Alexis nickte und blickte in den Rasierspiegel. Ihm war fast, als freue er sich zum erstenmal seit vielen Monaten auf etwas, das nichts mit seiner Pflicht zu tun hatte, auch wenn es nur darum ging, die Heiratspläne einer jungen Dame und ihrer Mutter zu vereiteln.

»Ist sie schon auf?«

»Welche, Mylord?« Meredith seifte ihn mit Rasierschaum ein.

»Miss Grey natürlich.«

»Miss Grey ist schon seit ein oder zwei Stunden auf, Mylord. Sie hat die Wirtschafterin gebeten, ihr die Burg zu zeigen, aber wo sie im Moment ist, weiß ich nicht.«

»Ich glaube, ich ziehe heute meine neue Morgenjacke an. Und die schwarze Seidenkrawatte. Wissen Sie, daß Lady Ophelia in der vergangenen Nacht verstorben ist?«

»Ja, Mylord. Erlauben Sie mir, mein Beileid auszusprechen.«

»Danke. Sie war ein Bergziege, aber sie hatte ein gutes Herz. Einst glaubte ich fast ...«

Alexis erlaubte Meredith, ein heißes Tuch auf sein Gesicht zu legen und war froh, daß sein Diener nichts sagte. Meredith hatte ein unglaubliches Gespür für seine Stimmungen, weshalb er auch schon seit etlichen Jahren bei Alexis war. Alexis konnte sich jederzeit sicher sein, daß er ihn auch ohne viele Worte verstand.

Als er sein Hemd halb übergezogen hatte, erstarrte er mitten in der Bewegung.

»Die Bergziegen greifen an, Meredith.«

Der Kammerdiener hielt den Ärmel des Hemdes in die Höhe, damit der Stoff nicht knitterte. »Ja, Mylord.«

»Miss Grey und ihre Mutter haben es wahrscheinlich auf einen Titel abgesehen.«

»Zweifellos.«

»Dann muß ich zusehen, daß ich heute zu tun habe – wie auch an allen anderen Tagen, solange sie hier sind. Bitten Sie Major ... Mr. Beaufort, mich nach Dower House zu begleiten. Das wird mich lange genug fernhalten. Und sorgen Sie dafür, daß sie mir nicht folgen.«

Meredith nutzte die Gelegenheit, um Alexis das Hemd vollends überzuziehen. Er nickte.

»Sie lungert wahrscheinlich im Speisezimmer herum«, überlegte Alexis. »Fest entschlossen, sich auf mich zu stürzen.«

»Ich befürchte, es wartet eine Menge Bewunderung auf Sie, Mylord.«

Alexis schloß die Augen, während Meredith ihm in die Jacke half und seine Krawatte richtete. »Was ich am meisten hasse, sind Schuldgefühle. Damen scheinen nichts anderes zu tun zu haben, als darauf zu warten, daß man erscheint. Egal, was man macht, ob Jagen, sich um Geschäfte kümmern, Lesen, sobald man damit fertig ist, stehen sie bereit und wollen einem eine Freude machen. Was ihnen nur selten gelingt. Eine Freude machen, meine ich. Wie oft mußte ich mir schon den neusten Klatsch über die Königin anhören oder die Erörterung, was vornehmer ist, einen Blumenstrauß oder eine Riechflasche mit zu einem Ball zu nehmen.«

»Damen sind eben feinfühlige Wesen.« Meredith trat einen Schritt zurück, um sein Werk mit einem zufriedenen Blick zu mustern.

»Feinfühlig? Ich weiß nicht. Mutter auf jeden Fall nicht. Manchmal glaube ich, das weibliche Zartgefühl ist wie das feine Netz auf einem Damenhut. Dieses federleichte Ding ist wesentlich stabiler als man meinen möchte. Manche Frauen verfügen über einen absolut eisernen Willen.« Alexis atmete tief durch. »Ich bin bereit. Danke.«

Er steuerte auf das kleine Speisezimmer zu, und es überraschte ihn nicht, daß Iago ihm nicht entgegenkam.

Der Hund hatte es aufgegeben, auf Alexis zu warten und war statt dessen auf die Vogeljagd gegangen. Alexis hielt kurz inne, bevor er die Tür zum Speisezimmer öffnete. Ein angenehmes Kribbeln breitete sich in ihm aus. Die Aussicht, Miss Greys Bemühungen abwehren zu müssen, war doch nicht so lästig wie er erwartet hatte.

Selbstbewußt öffnete er die Tür, trat ein und runzelte verwundert die Stirn. Sie war nicht da. Egal. Sie würde sicherlich jeden Moment auftauchen. Das Mädchen hatte vermutlich ihre Zofe angewiesen, ihr Bescheid zu geben, sobald er erschien. Alexis läutete nach Tee. Gemächlich nahm er ein üppiges Frühstück zu sich. Er hatte die Bediensteten gebeten, die Tür offenstehen zu lassen. Niemand kam. Er verlangte mehr Tee.

Den Blick düster auf die Tür gerichtet, rührte er in seiner Tasse. Die *Times* lag ungeöffnet neben seinem Teller. Er trommelte mit den Fingern darauf. Er stocherte mit der Gabel im Obstsalat, konnte sich aber nicht überwinden, noch mehr zu essen. Der Teufel sollte ihn holen, wenn er nur hier herumsaß, während sie irgendwo die Zeit mit Handarbeiten totschlug oder ein Seegrasalbum bastelte.

Grimmig schob er den Stuhl zurück, und genau in diesem Augenblick ging die Tür zur Bibliothek auf der anderen Seite des Flurs auf. Heraus trat niemand anders als Kate Grey mit einem fremden Mann.

Alexis starrte die beiden fassungslos an. Das Mädchen war die ganze Zeit mit einem Mann in diesem Zimmer gewesen. Allein. Er musterte ihren Begleiter. Das einzige, was ihm auffiel, war die große Nase und der Adamsapfel. Der Kleidung nach ein Geschäftsmann.

Das beruhigte ihn ein wenig, so daß er als nächstes Miss Grey betrachtete. Sein tadelnder Blick war jedoch die reinste Vergeudung, denn Miss Grey war noch immer in ihr Gespräch mit dem Mann vertieft. Dichte, bronzefarbene Locken waren aus dem Gesicht gekämmt und fielen ihr offen über den Rücken. Er konnte sich nur mühsam beherrschen, hätte er sie doch am liebsten zum Fenster gezerrt, um zu sehen, wie die Sonne ihr Haar in Flammen setzte. Als sie sich bewegte, fiel ihm ihre natürliche Anmut auf. Sie trug ein schwarzes Kleid mit Spitzen am Hals und an den Ärmeln. Bei ihrem Anblick wurde ihm nicht übel wie bei anderen Frauen, die ihre Röcke wie Kirchenglocken schwangen. Sie hatte keinen Reifrock an, registrierte er. Eine Dame mit Verstand. Und eine, deren Körper es wert war, daß man sich durch zwölf Unterröcke arbeitete.

Sie redete noch immer mit dem Adamsapfel. Verärgert schob Alexis den Stuhl mit soviel Lärm wie nur möglich an den Tisch. Miss Grey warf ihm einen kurzen Blick zu, unterbrach sich jedoch nicht, lächelte auch nicht. Alexis schritt zur Tür und hörte, was sie sagte.

»Da nun sämtliche Angehörige von uns außer Großtante Emeline tot sind, muß ich mich selbst um alles kümmern. Soviel ich weiß, hinterließ sie Maitland House meiner Mutter, so daß ich die Reparaturarbeiten in die Wege leiten muß. Und was die Eisenbahnaktien betrifft, so möchte ich diese so schnell wie möglich in meinen Besitz bekommen, bevor sie nach New York gelangen. Sie reisen also am besten heute noch ab.«

Der Mann sagte etwas, was Alexis nicht hören konnte. Dann verbeugte er sich vor Miss Grey, nickte Alexis respektvoll zu und ging.

Alexib blieb vor seinem Gast stehen. Ihr Nicken war wesentlich weniger respektvoll als das des Adamsapfels.

»Guten Tag, Miss Grey.«

»Ja, guten Tag.«

Sie starrte ihn an. Alexis lächelte. Sie starrte ihn noch immer an. Es war nicht der bewundernde Blick, den er gewöhnt war. Es war ein aufrichtiger ›Was bilden Sie sich überhaupt ein, wer Sie sind‹-Blick. Sie mußte ihr unmanierliches Verhalten bemerkt haben, denn plötzlich senkte sie die Lider.

»Bitte entschuldigen Sie mich«, sagte sie. »Ich muß wegen der Reparaturen nach Maitland House.«

Überrascht erwiderte Alexis schnell: »Ich wollte gerade im Garten spazierengehen.«

»Viel Vergnügen.«

Nun war es an ihm, sie mit großen Augen anzustarren. Sie hatte die Gelegenheit, ihn zu begleiten, ungenutzt verstreichen lassen. Es hatte sich angehört, als sei sie nicht einmal daran interessiert, was er tat oder wohin er ging. Sie hatte tatsächlich vor, nach Maitland zu gehen. Und sie nannte ihn auch nicht ›Mylord‹. Sie nannte ihn überhaupt nichts. Störrische kleine Barbarin.

»Dazu besteht kein Grund.«

Sie hatte sich bereits von ihm abgewandt und drehte sich noch einmal um. »Wie bitte?«

»Mein Cousin und ich werden alles für Sie erledigen, Miss Grey. Es besteht kein Gund, daß Sie sich mit Details herumplagen, mit denen andere sich besser auskennen.«

Alexis war für einen Moment abgelenkt, als Miss Grey die Hände in die Hüften stemmte. Das war eine Geste, die wohlerzogene Damen normalerweise vermieden, doch Miss Grey schien damit wohlvertraut.

»Danke für Ihr Angebot, aber wenn ich eine Goldmine, eine Reederei und all die anderen Geschäfte meiner Familie leiten kann, sollte ich keine allzu großen Schwierigkeiten mit dem Wiederaufbau eines Hauses haben.«

Mit diesen Worten ging sie davon. Alexis sah ihr regungslos nach. Sie ließ ihn tatsächlich stehen wie einen Lakaien. Mit drei großen Schritten war er neben ihr.

»Ich werde Sie begleiten, Miss Grey.«

»Ich habe eine Zofe.«

Er griff nach ihrem Ellbogen und führte sie zur Treppe. »Ich lasse die Kutsche vorfahren.«

»Mylord.« Meredith kam mit Valentine Beaufort im Schlepptau auf ihn zu. »Ich habe Mr. Beaufort gefunden.«

»Und?« fragte Alexis. Er umschloß den Ellbogen von Miss Gray noch fester, damit sie ihm nicht weglaufen konnte.

»Dower House . . .« erwiderte Meredith. »Ihre Lordschaft sagten doch, . . .«

»Ich gehe zuerst nach Maitland House. Lassen Sie die Kutsche vorfahren.«

Meredith entfernte sich nach einem verwirrten Blick auf seinen Herrn. Alexis drehte sich zu Val um und stellte ihm Miss Grey vor. Val balancierte auf seiner Krücke und brachte eine Verbeugung zustande. Alexis nutzte die Anwesenheit einer dritten Person und schickte Miss Grey nach oben, um sich eine Stola zu holen. Er hoffte, daß sie vor Val nicht unhöflich zu ihm sein würde — und behielt recht.

Nachdem sie weg war, sah Val ihn düster an. »Du weißt genau, daß ich nicht gern nach Dower House gehe. Hör endlich auf, mich dazu zwingen zu wollen.«

Alexis nahm Vals Arm und führte ihn langsam zur Bibliothek. Val humpelte schweigend neben ihm her.

»Du kannst den Männern nicht ewig aus dem Weg gehen«, sagte Alexis.

»Die meisten von ihnen sterben wegen dieses verdammten Krieges. Ich werde nicht hingehen.«

»Du hattest den Mut, eine ganze Geschützstellung von Russen in die Luft zu sprengen, aber du kannst nicht zu den Männern gehen, die in demselben Krieg verletzt wurden?«

Alexis half Val in einen Stuhl neben den Glastüren, die auf die Terrasse führten.

Val lachte unsicher. »Die berühmte Sprengung der Leichten Brigade.« Augen, die ein inneres Fieber leuchten ließ, sahen zu Alexis auf. »Ich kann es nicht fassen. Das ganze Land ist außer sich vor Begeisterung darüber, daß Cardigan mit uns in das Tal des Todes ritt. Was interessiert es die Leute schon, ob russische Gewehre ganze Abteilungen der Lanciers ausradierten? Du hast es ja selbst gesehen.«

»Nicht doch, Val. Wie oft müssen dir die Ärzte noch sagen, daß du niemals gesund werden kannst, wenn du dich so quälst.«

»Alle meine Männer wurden getötet. Zerfetzt. Es regnete Blut.« Versunken in seinen Erinnerungen sprach Val mehr zu sich selbst. Er rieb mit den Händen über die Schultern seiner Jacke, immer wieder, als sei sie schmutzig. »Meine Kleider waren getränkt mit dem Blut meiner Männer.« Die Hände verharrten, und Val blickte an Alexis vorbei auf den nahen Wald. »Ein Auge klebte auf meinem Ärmel.«

Alexis stellte sich direkt vor seinen Freund. »Val.«

Sein Freund reagierte nicht. Er kniete nieder und schüttelte ihn am Arm. »Val.«

Val sah ihn starr an.

»Erinnerst du dich daran, wie du dich in der Schule immer mit der halben Rudermannschaft angelegt hast?« fragte Alexis.

»Na und?«

»Hör mir zu. Der gute alte Percy Cheswit saß auf dir und wollte dir dein Gesicht plattdrücken.«

Val lächelte andeutungsweise. »Ich war an seinem fetten Hals abgerutscht. Ich wollte ihn erwürgen, weil er mich einen Bastard genannt hatte.« Er sah Alexis in die Augen. »Du hast ihn von mir heruntergezogen und ihn die Treppe hinuntergeworfen. Ich habe damals zum erstenmal erlebt, wie jemand zwei Ruderer allein durch seinen Blick eingeschüchtert hat.«

»Es war nicht der Blick, sondern die Angst, mich zum Feind zu haben, die sie zurückhielt. Und du, jähzorniger

Teufel, du hast so gelacht, daß du nicht einmal mehr aufstehen konntest. Du lagst nur da und bekamst fast keine Luft mehr vor Lachen. Ich habe viel Zeit damit verbracht, dich davon zu überzeugen, daß du auf die Anspielungen über deine Abstammung etwas gelassener reagieren müßtest.«

Sie sahen sich an. Keiner von beiden lächelte.

»Würdest du mir einen Gefallen tun?« fragte Alexis.

»Selbstverständlich.«

»Würdest du in den Garten gehen und Blumen für mich pflücken?«

»*Ich* soll *Blumen* holen?« Val klang, als wüßte er nicht einmal so genau, was eine Blume war. »Warum?«

»Ich möchte sie jemandem schenken.«

»Aber du hast Dutzende von Dienern, die das tun können.«

»Ein Diener nähme es niemals so genau. Ich möchte nur die vollkommensten Blumen. Sie sind für Miss Grey.«

Ein flüchtiges Lächeln erschien auf Vals Gesicht. »Dieses Haar.«

»Ja, und wenn du schon dabei bist, kannst du auch gleich welche für Dower House besorgen. Denk daran, nur die schönsten Blumen zu nehmen. Sieh dir alle genau an.«

Val seufzte. »Ist das deine Therapie für zerstörte Seelen?«

»Ich wette einen jungen Jagdhund darauf, daß du dich danach besser fühlst. Aber du mußt versprechen, dir wirklich Mühe zu geben.«

Während sein Blick über den Garten schweifte, nickte Val. »Ich werde es tun. Aber nur, um dich nicht nach Dower House begleiten zu müssen.«

»Du kennst mich tatsächlich sehr gut«, stellte Alexis fest.

Meredith erschien. »Mylord, Miss Grey steigt gerade in die Kutsche. Sie ließ sich nicht dazu bewegen zu warten.«

»Der Kutscher wird nicht ohne mich losfahren. Dieses verflixte kleine Frauenzimmer.«

Er ließ sich Zeit, seinen Ausgehrock anzulegen, setzte seinen Hut auf und schlenderte gelassen hinaus. An ihrer steifen und aufrechten Haltung sah er sofort, wie aufgebracht sie war. Sie würdigte ihn keines Blickes.

Alexis ließ sich neben ihr nieder und musterte sie von der Seite. »Maitland House, bitte«, wies er den Kutscher an.

Schweigend fuhren sie los. Anscheinend genügte es der jungen Dame, die Landschaft zu betrachten, ohne ein Wort mit ihm wechseln zu wollen. Wußte sie denn nicht, wie man einen Mann unterhielt?

»Ihre Kusine zu verlieren, ist eine schreckliche Tragödie.«

Miss Grey wandte ihm so ruckartig den Kopf zu, daß die Bänder ihres Huts nur so flogen. Sie sah ihn kurz an, ehe sie etwas sagte.

»Ophelia war eine liebende Frau und mußte, wie ihre berühmte Namensvetterin, jung sterben, nur daß sie nicht ertrank, sondern verbrannte.« Ihre Lippen zitterten. Sie preßte sie zusammen.

Alexis schüttelte den Kopf. »Denken Sie nicht immer darüber nach. Außerdem muß sie schon lange vorher am Rauch erstickt sein.«

»›Ich dacht' dein Brautbett hätt' ich, schöne Jungfer/ und nicht dein Grab gestreut.‹«

»Zitieren alle Amerikaner Shakespeare, Miss Grey?«

»Warum dieser ungläubige Unterton, Mylord? Sie hat nicht geschrien.«

Er hob seine Augenbrauen und lehnte sich zurück. »Wie bitte?«

»Ophelia hat nicht geschrien. Ich hätte sie sonst gehört.«

»Wenn sie den Rauch im Schlaf eingeatmet hat, ist sie nicht davon aufgewacht.«

Wieder sah sie ihn so merkwürdig an. Er kam sich vor wie eine pestverseuchte Ratte. Hübsche Frauen sollten einem Mann so etwas nicht antun.

»Mir ist aufgefallen, daß Ophelia gestern abend nach dem Essen extrem nervös war«, erwiderte sie. »Sie flatterte so aufgeregt hin und her, daß ihr Rock Feuer fing. Ich mußte die Flammen ersticken.«

Er schüttelte den Kopf. »Ophelia war immer leichtsinnig.«

Miss Grey blickte ihn noch immer an wie Justitia persönlich. »Mitten in der Nacht hörte ich sie noch durchs Haus schleichen. Was glauben Sie, was sie so lange wachhielt?«

»Ich weiß es nicht.« Alexis begann, sich unter den forschenden Blicken dieser jungen Dame unbehaglich zu fühlen. Eine völlig neue Erfahrung. Frauen sahen ihn oft an, aber er hatte den Verdacht, daß Miss Greys Gründe anderer Natur waren. Er starrte zurück, und nach einer Weile richtete sie ihre Aufmerksamkeit auf den Rücken des Kutschers.

In dem folgenden längeren Schweigen musterte Alexis Miss Grey, und Miss Grey ignorierte Alexis. Je länger sie ihn ignorierte, desto wütender wurde er.

»Sie kommen aus Amerika, Miss Grey.«

»Ja, aber Mutter ist Engländerin. Sie ist die Schwester von Ophelias Vater. Mutter heiratete einen Gentleman aus Virginia.«

»Ich kann mich noch dunkel daran erinnern, daß darüber gesprochen wurde, als ich ein Kind war. Aber Sie erwähnten San Francisco, das liegt doch in Kalifornien.«

»Das ist richtig. Wir schlossen uns '49 dem *Overland Trail* an. Mein Vater stieß vor ein paar Jahren auf Gold, und Mutter wollte zurück nach England.«

»Sie müssen darüber sehr froh sein.«

Da war er wieder. Dieser Blick.

»Miss Grey, als Ihr Gastgeber fühle ich mich verpflichtet, Sie davor zu warnen, Männer anzusehen, als seien sie widerliches Gewürm. Das ist ziemlich rüde und nicht besonders damenhaft.«

Er lächelte, hielt jedoch den Atem an, als er die feuersprühenden Funken in ihren Augen entdeckte, die ihren Zorn verrieten. Er war so fasziniert, daß er mit dem Gedanken spielte, sie noch weiter zu provozieren. Leider hielt in diesem Moment die Kutsche vor Maitland House. Bewundernd sah er zu, wie Miss Grey ganz allein aus der Kutsche stieg. Sie öffnete die Tür, nahm ihre Röcke in eine Hand und schwang sich die Treppe hinunter, bevor der Lakai bei ihr war. Als sie auf dem Boden stand, drehte sie sich noch einmal zu ihm um.

»Sie hatten recht.«

»Womit?« fragte Alexis.

»Ich habe Sie tatsächlich angesehen, als seien Sie ein Wurm.«

Mit diesen Worten ging Katherine Ann Grey die Treppe von Maitland House hinauf und ließ den sprachlosen Marquis mit hochroten Wangen zurück. Es bestand kein Zweifel, daß sie nicht im geringsten an seinem weiteren Bleiben interessiert war.

Alexis blieb noch eine Weile in der Kutsche sitzen und starrte ihr mit offenem Mund nach. Es war unglaublich. Sie war einfach aufgestanden und davongegangen. Es war ihr egal, ob er sie für damenhaft hielt oder nicht. Seine Mißbilligung scherte sie nicht. Er wünschte, sie wäre einer seiner Männer, damit er sie unter Arrest setzen könnte.

Alexis sprang aus dem Gefährt und folgte mit weitausgreifenden Schritten der ungehobelten Miss Grey. Dieser jungen Dame mußte eine Lektion erteilt werden. Respekt hatte sie ihm gefälligst entgegenzubringen. Höflichkeit und Respekt.

Im Salon entdeckte er sie. Mit gebeugtem Haupt stand sie neben einem einfachen Holzsarg. Als er sich neben sie stellte, hörte er, wie sie unterdrückt aufschluchzte. Er mußte sich beherrschen, um ihr nicht die Tränen von der Wange zu tupfen, und vergaß darüber seinen Ärger.

Sie legte ihre behandschuhten Hände auf den Sargdekkel. »Ich habe Angst davor hineinzuschauen.«

E zog sie weg und führte sie zur Eingangshalle.

»Es gibt nichts zu sehen«, sagte er. »Tun Sie es nicht.«

In der Halle stellte er sich so vor sie hin, daß sie vor den Blicken der Hausangestellten, die hin und her eilten, abgeschirmt war. Sie wischte sich die Tränen vom Gesicht und bearbeitete ihr Taschentuch so gewalttätig, daß er befürchtete, es würde zerreißen. Gerade als er dachte, sie würde ihn darum bitten, sie nach Hause zu bringen, drehte sie sich um und stieg die Treppe hinauf.

»Warten Sie.« Er eilte ihr nach.

»Ich möchte ihr Zimmer sehen.«

»Aber warum?« Er stieg über ein Stück verbranntes Holz und reichte Miss Grey helfend die Hand, die sie zu seiner Überraschung annahm.

»Ich möchte wissen, wodurch das Feuer ausgelöst wurde.«

»Wahrscheinlich ein Funke aus dem Kamin oder eine umgestürzte Kerze.«

Miss Grey ging weiter. »Ich möchte es wissen.«

Crossthwaite, der die Aufräumungsarbeiten überwachte, begegnete ihnen auf dem Treppenabsatz und führte sie in Ophelias Zimmer. Der Fußboden war verbrannt, nur ein kleines Stück hinter der Schwelle war noch intakt. Alexis blickte in das schwarze Loch. Von den wertvollen Möbeln waren nur verkohlte Skelette übriggeblieben.

»Haben Sie eine Vorstellung, was das Feuer verursacht haben könnte?« fragte Miss Grey Crossthwaite.

»Wir vermuten, daß es eine Kerze war, Miss, die auf dem Tisch neben dem Lehnstuhl am Kamin stand. Lady Ophelia war vor dem Stuhl zu Boden gestürzt.«

»Aber ich hörte sie nicht schreien.«

»Sie muß in dem Stuhl eingeschlafen sein und die Kerze dabei umgestoßen haben«, meinte Alexis.

»Das ist auch meine Vermutung, Mylord. Lady Ophelia war noch vollständig bekleidet.« Crossthwaite zögerte einen Moment, ehe er fortfuhr. »Wir fanden die Überreste eines Reifrockgestells und Schmuck.«

Miss Grey schüttelte den Kopf. »Ich habe sie immer wegen dieses törichten Reifrocks gewarnt.«

Alexis nahm ihren Arm und zog sie sachte von dem Zimmer fort. »Sie brauchen sich nicht schuldig zu fühlen, weil Sie nichts hörten. Offensichtlich schlief sie ziemlich fest und wachte nicht mehr auf. Vielleicht hat sie ein Glas Milch getrunken und ist darüber eingeschlafen.«

»Vielleicht«, sagte Miss Grey. »Crossthwaite, Sie wissen ja, was mit Lady Ophelias Hinterlassenschaften zu geschehen hat. Außerdem müssen die Stalltiere und die Hausangestellten vorläufig umziehen. Ich lasse Tuchhändler und Möbellieferanten aus London kommen. Lord Sinclair schickt Zimmerleute. Sie können allen ausrichten, daß niemand entlassen wird. Die Gehälter werden weiterbezahlt werden. Wenn die Reparaturarbeiten abgeschlossen sind, werden Mrs. Grey und Lady Emeline hier wohnen. Sie werden das gesamte Personal behalten.«

»Sehr wohl, Miss.«

Während sie ihre Anweisungen gab, kam Alexis sich reichlich überflüssig vor. Kaum hatte sie ausgesprochen, eilte sie auch schon aus dem Haus, und Alexis folgte ihr zur Kutsche, wie ein Page, der der Herrin einer mittelalterlichen Burg diente.

Auf dem Heimweg übten sie sich in höflicher Konversation. Er sagte etwas und war froh, wenn sie antwortete. Während der ganzen Zeit belauerten sie sich wie Hund und Katze, die zusammen in ein Zugabteil eingesperrt waren. Schließlich mußte er aber doch seinem Verdruß Luft machen.

»Also wirklich, Miss Grey, Ihre ganzen Aktivitäten sind reichlich unnötig. Ich würde mich glücklich schätzen, das alles für Sie zu übernehmen, besonders jetzt, in Ihrer Trauer um Ihre Kusine.«

Er mußte sich verhört haben. Es konnte einfach nicht möglich sein, daß eine Dame das Wort kannte, das er meinte, gehört zu haben, als sie sich zu ihm umdrehte.

»Nein danke. Ich will Ihre Hilfe nicht, Marquis. Ist es Ihnen schon jemals in den Sinn gekommen, daß manche Frauen es sich nicht leisten können, völlig zusammenzubrechen, wenn schlimme Dinge passieren? Nicht alle haben wir große, starke Männer, die sich um uns kümmern. Nicht alle von uns brauchen welche.« Ihre Stimme brach, doch sie schluckte und fuhr fort. »Glauben Sie vielleicht, ich würde lieber in einem dunklen Zimmer sitzen und den ganzen Tag weinen? Nein, danke, Sir. So, die Kutsche hat angehalten. Meinen sie, Sie könnten einer armen schwachen Törin heraushelfen?«

Sobald ihr Fuß den Boden berührt hatte, entschuldigte sich Miss Grey damit, daß sie sich um die Dinge, die aus ihrem Zimmer gerettet worden waren, kümmern und Papiere durchsehen mußte. Alexis hatte den Eindruck, daß sie mehr um ihre Geschäftsunterlagen besorgt war als um ihre Garderobe. Als sie vor ihm die Treppe hinaufging, konnte er sich nicht entscheiden, was bewundernswerter war, ihr Hüftschwung oder das Spiel der Sonnenstrahlen auf ihrem Haar. Da der größte Teil ihres Haars von ihrem Hut bedeckt war, entschied er sich für die Hüften.

Erst als sie außer Sichtweite war, konnte er wieder klar

denken. Je länger er nachdachte, desto mehr flammte sein Unmut wieder auf. Nichts hatte sich an diesem Nachmittag so entwickelt, wie er es erwartet hatte. Überdies hatte ihn eine schöne junge Frau gerade stehen lassen, um sich um Geschäftsbriefe zu kümmern. Und sie hatte ihn indirekt einen Wurm genannt und ihm Gefühllosigkeit vorgeworfen. Es mußte an ihrer amerikanischen Kinderstube liegen. Miss Grey fehlten Manieren. Man mußte sie mit der feinen Gesellschaft konfrontieren, damit sie erlebte, wie eine Dame einen Herrn behandelte. Wenn sie mit eigenen Augen sah, wie Carolina Beechwith sich ihm gegenüber verhielt oder Hannah, Fulkes Frau, dann würden sich ihr die Augen schon öffnen.

Kapitel 5

Kate stürmte durch die große Halle, und das Echo ihrer Schritte brach sich an den Steinmauern. Dieser Raum war mehr eine Höhle als alles andere. In der Mitte der Halle blieb sie stehen und sah sich suchend um. Sie war so wütend auf diesen eingebildeten Pfau von Marquis gewesen, daß sie vergessen hatte, welche Tür hinausführte. Eins, zwei, drei, vier, fünf. Sie gab es auf, Türen zu zählen, die mit ihren identischen Spitzbogen alle gleich aussahen. Jede konnte die richtige sein. Hoch über sich entdeckte sie die Musikantengalerie, wie es die Haushälterin genannt hatte. Das war der falsche Weg.

Als sie spürte, wie sie zu zittern begann, griff sie energisch nach ihren Röcken. Wie konnte dieser Mann ihr nur unterstellen, daß es ihr gleichgültig war, daß Ophelia ... Nein, sie durfte nicht daran denken, sonst würde sie auf der Stelle anfangen zu weinen, und alle würden sie hören. Arbeit wartete auf sie, viel Arbeit, das beste Mittel gegen ihren Kummer.

»Sie sind eine von diesen Amerikanerinnen.«

Kate fuhr überrascht herum und suchte mit den Augen die verschiedenen Nischen nach einem menschlichen Wesen ab.

»Ophelia ist tot, wie ich höre.«

Da entdeckte Kate die Eigentümerin dieser durchdringenden, jagdhornähnlichen Stimme. Eine Frau in Schwarz stand in einer Fensternische neben einer Ritterrüstung. Geblendet durch das Sonnenlicht hinter der Frau, kniff Kate die Augen zusammen und ging ein Stück auf sie zu.

»Ja, sie ist tot. Es war schrecklich.«

Kate blieb wenige Schritte vor der Frau stehen, die auf sie herabblickte. Schlagartig wurde ihr klar, daß sie es mit einem weiteren Mitglied der Familie de Granville zu tun hatte. Auch sie besaß diesen langgliedrigen Körper, eine weibliche Version des eckigen Kinns und diese würdevolle Haltung, die sie an eine Königin auf dem Weg zur Guillotine erinnerte.

Die Frau erwiderte nichts. Kate wartete, aber die Frau war abgelenkt von einer feuchten schwarzen Nase, die sich unter ihrem Rock hervorwühlte. Sie bückte sich und nahm eine kleine Fellkugel hoch, die an Asthma zu leiden schien. Viel zu fett für seine eigenen Beine, keuchte und schnaufte und grunzte das Hündchen, während die Frau auf es einsprach.

»Mein kleines Püppchen ist heute schlecht aufgelegt. Ja, das ist er. Er ist ein kleiner, mißgelaunter, süßer Fratz. Sein Papa wird mein kleines Püppchen schimpfen müssen.«

Die Frau nahm den Hund auf den Arm und sah Kate an. »Mein Mann kann es nicht ausstehen, Terrence atmen zu hören. Deshalb gehen wir in der Halle spazieren. Wir sind schon ziemlich alt und können kaum noch sehen oder hören, aber wir gehen immer noch gern ein bißchen spazieren. Sie sind eine von diesen Amerikanerinnen, und ich bin Juliana de Granville. Nennen Sie mich Lady Juliana. Sie dürfen meine Hand nehmen.«

Ohne recht zu wissen, was sie tat, gehorchte Kate. »Lady Juliana ... aber ich dachte, Ihr Gatte sei ...«

»Heute morgen in die Stadt geritten. Ich bin es langsam überdrüssig, ohne ihn auskommen zu müssen, wenn ihn der König zu einer Konsultation kommen läßt. Wer sind Sie?«

»Ich bin Katherine Grey, Ophelias Kusine.« *Diese Frau spricht über ihren toten Mann, als sei er noch am Leben. Und sie glaubt, König William sei noch auf dem Thron.*

»Sie halten sich keinen Grizzlybären als Haustier, oder?« fragte Lady Juliana.

Kates Augen weiteten sich. »Nein, Madam.«

»Oder tragen eine Pistole in einem Halfter.«

»Nicht in England.«

»Und Sie haben keine Indianer dabei?«

»Indianer mögen die Weißen nicht besonders«, erwiderte Kate. »Nein.«

»Dann können Sie bleiben.« Lady Juliana nahm Terrence in den anderen Arm und liebkoste das hechelnde Tier, während sie Kate musterte. »Sie sind eine höfliche und vernünftige junge Frau. Keine Indianer, keine Bären. Ich habe beschlossen, Sie zu mögen.«

»Danke, Lady Juliana.«

»Das bedeutet, daß ich Sie vor meinem Sohn warnen muß.« Juliana sah sich nach allen Richtungen um, bevor sie leise weitersprach. »Alexis ist, nun ja, kein Junge mit ausgeglichenem Gemüt. Der Marquis und ich haben es mit ihm nicht leicht. Ich möchte Ihnen Einzelheiten ersparen, Miss Grey, aber Alexis kann sehr falsch sein. Er hat einige schlimme Dinge getan, seien Sie also vorsichtig.«

»Danke für die Warnung, Mylady.« Kate trat einen Schritt zurück, als Lady Juliana sich auf die Galerie zu in Bewegung setzte.

»Die Tür, die Sie suchen, ist die dritte von links am anderen Ende der Halle, Miss Grey.«

»Danke«, rief Kate ihr nach.

Ohne ein weiteres Wort verschwand Lady Juliana hinter einer anderen Tür. Wieder war Kate allein in der großen Halle.

Ein Haus voller hochnäsiger und übergeschnappter Menschen, dachte sie. Großartig. Sie preßte die Handflächen gegen die Schläfen und stöhnte. Die arme Ophelia war tot, und sie saß bei wildfremden Leuten fest. Die arme, schöne Ophelia. Kate fluchte leise, während erneut Tränen über ihr Gesicht rannen. Der Gedanke, daß Ophelia gelitten haben könnte, war ihr unerträglich. *Lieber Gott, bitte laß es wahr sein, daß sie geschlafen hat.*

Ophelia mochte ja manchmal so lästig wie ein ausgehungerter Moskito gewesen sein, aber sie hatte ein gutes Herz gehabt. Es war schließlich nicht ihre Schuld gewesen, daß sie dazu erzogen worden war, das Dummchen zu spielen. Arme Ophelia. Arme, arme Ophelia.

Ärgerlich über sich selbst, wischte sich Kate die Tränen ab. Der heutige Tag war bisher eine einzige Nervenprobe. Gleich nachdem sie aufgewacht war, hatte sie darum gebeten, durch diesen verflixten Irrgarten geführt zu werden, aber sie hatte sich trotzdem verlaufen.

Castle Richfield stand auf einem Hügel, umgeben von Feldern, Bächen und Baumgruppen. Seine eine Wand grenzte direkt an einen steilen Felsen über dem Fluß. In der vergangenen Nacht waren sie über die Brücke geritten, die über diesen Fluß führte, aber erst im Tageslicht hatten sich die gewaltigen Ausmaße der Burg offenbart.

Der Grundriß war fast rechteckig, und sie hatte mindestens sechs Türme gezählt, die einen Innenhof umschlossen, der größer war als einige der kalifornischen Goldgräberstädte. In diesem Innenhof befand sich das älteste Gebäude der Burg, der Burgfried. Die Türme waren durch wuchtige Wehrgänge miteinander verbunden, und die Haushälterin hatte erzählt, daß die de Granvilles im Lauf der Jahrhunderte einen Raum nach dem anderen innerhalb dieser Wehrgänge an das Hauptgebäude angebaut hatten.

Das war auch der Grund für Kates Problem. Es gab jede Menge Seitenflügel und Zimmerfluchten. Sie brauchte fast eine Karte, um zu ihrem Zimmer zu finden. Nachdem sie durch die von Lady Juliana beschriebene Tür getreten und einem Flur gefolgt war, stand sie in erneuter

Verwirrung vor einer Treppe. Ein Diener mit einem Tablett kam an ihr vorbei.

»Oh, Miss. Tee gefällig?« Die Tür, die er öffnete, gab den Blick auf einen Salon in annehmbarer Größe frei. Leider hielten sich Menschen darin auf. Sie wollte sich unauffällig wieder entfernen, aber ...

»Miss Grey.«

Ertappt! Kate rang sich ein Lächeln ab und betrat den Salon. Fulke kam auf sie zu, nahm die dargebotene Hand und küßte sie.

»Die Zeit verging wie im Flug«, sagte sie. »Ich war mir nicht bewußt, daß es schon so spät ist.«

»Das ist doch nicht schlimm«, antwortete Fulke, wobei er sie weiter in den Raum hineinführte. »Ihre Mutter, Lady Emeline und Lady Juliana zogen es vor, in ihren Zimmern Tee zu trinken.« Er blieb vor einer Frau in den Mittdreißigern stehen, die eines dieser Kleider anhatte, die Kate verabscheute — übersät mit Volants und Blumenschmuck, eingefaßt mit Spitzen, aufgeplustert und ausgepolstert, unpraktisch und umständlich. »Hannah, meine Frau, Miss Grey aus San Francisco. Die Kusine der lieben Lady Ophelia.«

Kate mußte sich vorbeugen, um die leisen Grußworte der Frau zu verstehen. Hannah gehörte zu der Sorte Frauen, die Kate oft bewundert hatte. Ihre Haut war noch nie mit einem Sonnenstrahl in Berührung gekommen und war makellos und frei von Sommersprossen. Ihr Gesicht war von einem vollkommenen Oval, ihr Mund in einem vollendeten Bogen geschwungen, die Augen von jenem Blau, das Männer Gedichte schreiben ließ. Das Beneidenswerteste an ihr jedoch war ihr Haar, das kein bißchen auffallend war. Es war von einem hübschen, normalen Braunton. Kate schüttelte Hannahs Hand und ermahnte sich, nicht der Sünde des Neids zu verfallen.

»Und natürlich Alexis«, fuhr Fulke fort.

Fast ein wenig brüsk nickte Kate der schweigenden Gestalt vor dem marmornen Kaminsims zu. Bestimmt hatte er sich mit Absicht dorthin gestellt, damit ihr der Kontrast zwischen seinem Haar und dem weißen Marmor ins Auge stach, dachte sie. Sie ließ sich von Fulke zu einem Sofa führen, wo ihr Hannah Tee einschenkte und Häppchen anbot.

Wenn sie Hannah ansah, konnte Kate so tun, als sähe sie den Marquis nicht, und ihn doch gleichzeitig heimlich mustern. Als die Tür von einem Diener geöffnet wurde, kniete er nieder und breitete die Arme aus. Ein schwarzweißes Fellbündel schoß an Kate vorbei, und der englische Springerspaniel landete auf seinem Schoß. Begleitet von Fulkes gemurmeltem Tadel und Hannahs empörten Ausrufen, begrüßte er den Hund.

»Hallo, Iago, alter Knabe.« Alexis lachte und schob Iagos Schnauze von sich weg, bevor der Hund vor lauter Begeisterung sein Gesicht ablecken konnte.

Iago machte noch einen letzten freudigen Luftsprung, bellte einmal und setzte sich neben seinen Herrn.

»Tee, Iago.« Der Marquis gab dem Spaniel einen harten Keks.

Der Hund verschlang den Keks und ließ sich vor dem Kamin nieder. Alexis nahm neben Fulke auf dem Sofa Platz, das den Damen gegenüberstand.

»Wir sprachen gerade«, nahm der Ältere die Unterhaltung wieder auf, »über Alexis' letzten Besuch am Hofe. Meinem Cousin wurde eine Privataudienz gewährt, weil Ihre Majestät davon gehört hatte, daß er verwundete Soldaten hier in Dower House aufgenommen hat. Was für einen Eindruck machte Ihre Majestät?«

»Tugendhaft und stocksteif wie eh und je«, antwortete Alexis. »Viktoria vergöttert Prinz Albert; er ist ein besessener Schüler. Sie sind beide so furchtbar bieder und rechtschaffen. Schon nach zehn Minuten war ich versucht, etwas absolut Schändliches zu tun, zum Beispiel den Prinzen zu fragen, ob er mit mir in ein Bordell geht.«

»Alexis«, mahnte Fulke den Marquis, der ihn nur angrinste.

»Redlichkeit muß nicht immer langweilig sein«, sagte Fulke.

»Aber Sünde ist niemals langweilig, lieber Cousin.«

Hannah räusperte sich mißbilligend, während Kate ein Gähnen unterdrücken mußte. Sie suchte Zuflucht in den kleinen Blumensträußchen an Hannahs Kleid, die sie zu zählen begann. Der Marquis unterbrach sie jedoch dabei, als er plötzlich aufstand, ihre Hand an seine Lippen führte und sich für sein unschickliches Benehmen entschuldigte. Auch nachdem er sich wieder gesetzt hatte, sah er sie unverwandt an, doch sie hielt den Blick auf ihre Teetasse geheftet.

Fulke ergriff wieder das Wort. »Hatte dir Ihre Majestät etwas Bestimmtes mitzuteilen?«

Alexis stellte seine Teetasse ab und fuhr mit dem Finger den Tellerrand entlang. »Das Regiment hat mir zu ungeahnten Ehren verholfen, zumindest nach Ansicht der Königin. Die Greuel des Kriegs haben mich in einen höheren Stand erhoben als meine Herkunft. Unsere Viktoria liebt Märtyrer und überhäuft sie mit ihrer Gunst. Zügle dich, Fulke. Ich sagte dir bereits, daß ich nicht in die Politik gehe. Ich habe nicht vor, für den Rest meines Lebens in Regierungstinte zu schwimmen. Das ist vielleicht eine Arbeit für dich, aber nicht für mich.«

Hannahs sanfte Stimme schwebte durch den Raum: »Ich glaube, Fulke ist sich deiner Pflichten gegenüber Richfield bewußt. Er möchte, daß du zu Hause bleibst ... zur Abwechslung.«

Der Marquis streifte Hannah mit einem kühlen Blick, bevor er sich wieder an Fulke wandte. »Ich bin doch zu Hause.«

»Hannah, meine Liebe, wir haben einen Gast«, erinnerte Fulke seine Frau.

Kate machte eine ausweichende Geste und meinte: »Tun Sie, als sei ich gar nicht da.«

»Sie müssen wissen«, fuhr Fulke erklärend fort, »daß man mich gebeten hat, für die nächste Wahl zu kandidieren. Meine Frau ist besorgt, weil sie meint, daß Alexis noch nicht allein zurechtkommt.«

Kate musterte den durchaus gesund wirkenden Marquis und hob die Brauen. Er zog einen Mundwinkel leicht nach oben, sah sie kurz an und widmete seine Aufmerksamkeit wieder dem Hund.

»Warum spannst du alle auf die Folter, werter Beschützer?« fragte der Marquis Fulke. »Du wirst dir doch nicht die Chance entgehen lassen wollen, dem ganzen Königreich vorschreiben zu können, wie es seine Regierungsgeschäfte führen soll, oder?«

Fulke lief rot an. »Es geht allein darum, der Königin und dem Königreich zu dienen.«

Soweit Kate es beurteilen konnte, war der Marquis der einzige, der sich in dem anschließenden Schweigen wohl fühlte.

Offensichtlich fühlte Hanna sich verpflichtet, diesen Verstoß gegen den guten Ton wieder auszubügeln. Kate hatte inzwischen gelernt, daß für eine englische Dame jegliche Abweichung von geistiger Konversation einen Verstoß gegen den guten Ton bedeutete. Hannah wandte sich an den Marquis. Die braunen Locken in ihrem Nakken fielen ihr über die Schultern. Die Finger, die den Teelöffel hielten, waren vor Anspannung fast blau.

»Dein Ruf als Held ist in London Tagesgespräch, Alexis. General Abercrombies Frau schwärmte davon, wie großartig dir die Uniform steht und wie elegant die Kavallerie aussieht.«

Kate entging nicht die plötzliche Angespanntheit des

Marquis bei der Erwähnung der Generalsgattin. Hannah dagegen bemerkte nichts davon. Sie war viel zu sehr darauf konzentriert, das, was sie in Wirklichkeit sagen wollte, hinter einem aufgesetzten Lächeln zu verstecken.

Der Marquis lehnte sich auf dem Sofa zurück, hob die Tasse an die Lippen und sah Hannah über den Rand hinweg an. Sie errötete und senkte die Augenlider.

Alexis schenkte Kate ein engelhaftes Lächeln. »Wenn man Männer kommandiert, ist es außerordentlich wichtig, elegant auszusehen. Finden Sie nicht auch?«

»Polierte Knöpfe und bunte Uniformen sind meiner Meinung nach höchstens dazu gut, den Russen eine Zielscheibe zu bieten.«

Der Marquis neigte beifällig den Kopf.

Fulke hob die Augen zu dem Gott, den er so oft anrief, seufzte und erklärte seiner Frau: »Meine Liebe, damit ein Offizier von seinen Männern Gehorsam erreicht, benötigt er Autorität und militärische Sachkenntnis.«

»Natürlich, Fulke.«

Kates ohnehin dünner Geduldsfaden riß endgültig bei diesem familiären Scharmützel. Sie haßte verschlüsselte Botschaften und Anspielungen. Sie hätte sich schon früher zurückgezogen, hätte sie nicht den Verdacht gehabt, daß der Marquis nur darauf wartete. Als Hannah jedoch weiterhin haarsträubende Komplimente verstreute, gab Kate auf.

Müdigkeit vortäuschend floh sie und ließ die drei im Salon zurück. Diese sogenannte Teestunde kam ihr eher wie die gesellschaftliche Version der Schlacht von Balaclava vor. Sie war sich nicht sicher, was in dieser Familie vor sich ging, aber es war genauso kompliziert wie die Burganlage. Auf der Suche nach ihrem Zimmer hastete sie die Treppe hinauf und betete dabei, daß sie es fand, ohne Terrence und Lady Juliana noch einmal zu begegnen.

Nach der Teestunde suchte Alexis in Dower House, eine halbe Meile von Castle Richfield entfernt, Ablenkung von dem Zwist mit Miss Grey und seiner Familie. Hannahs Anspielungen gingen ihm allmählich auf die Nerven. Sie wollte ihm auf diese Weise zu verstehen geben, daß sie über Abercrombies Frau Bescheid wußte. Zum Glück war ein Ende des Aufenthalts von Fulke und seiner Frau abzusehen. Inzwischen haßte er es, das Opfer ihrer Reibereien zu sein; und manchmal kam er sich vor wie ein Stück Fleisch, an dem zwei wilde Hunde zerrten. Das einzig Gute daran war, daß seine Gedanken dadurch vom Krieg abgelenkt wurden, zumindest für eine Weile.

Alexis blieb vor dem Hauptportal von Dower House kurz stehen und sammelte sich. Im Grunde hatte der Krieg für ihn niemals aufgehört. Auf der Krim war die Armee weniger vom Feind aufgerieben worden als durch ihre eigene Unfähigkeit. In dem primitiven Land hatte sie unter anderem stark unter dem Mangel an Lebensmitteln und medizinischer Versorgung gelitten. Alexis und die anderen Offiziere der Kavallerie der Schweren Brigade hatten versucht, ihre Männer aus eigener Tasche zu versorgen, aber es gab kaum etwas zu kaufen. Cholera und Ruhr grassierten. Im Winter mußten die Männer ohne Stiefel durch den Schnee marschieren. Nach Balaclava lagen die Verwundeten stundenlang ohne medizinische Versorgung und ohne Wasser zwischen den Toten.

Bei Balaclava war es auch geschehen, daß Vals Leichte Brigade durch einen widersinnigen Befehl vernichtet worden waren, der die Kavallerie auf eine russische Geschützstellung hatte losstürmen lassen. Eineinhalb Meilen waren sie durch ein Tal geritten, unter heftigstem Beschuß von den Hügeln auf beiden Seiten. Alexis konnte sich noch deutlich an das Unverständnis unter seinen Kameraden bei der Schweren Brigade erinnern, die diesen selbstmörderischen Angriff beobachtet hatten.

Über sechshundert Mann ritten den Angriff, weniger als dreihundert kamen zurück. In dem völligen Durcheinander, das der Schlacht folgte, suchte Alexis nach Val. Er fand seinen Freund halb unter einem Pferd ohne Kopf begraben. Seine Uniform war blutgetränkt und verschmiert mit den Innereien von Mensch und Tier. Er zog Val unter dem Kadaver hervor, lud ihn auf sein Pferd und brachte ihn in Sicherheit, trotz der Verwundungen, die er sich dabei durch Granatsplitter an Arm und Schulter zuzog.

Das war im Oktober gewesen. Zwei Monate des Grauens folgten. Er hatte Val auf sein Schiff gebracht, zusammen mit so vielen Männern, wie es aufnehmen konnte, und hatte es in ein Lazarett verwandelt. Wäre er nicht selbst verwundet worden, befände er sich noch immer dort und müßte zusehen, wie Männer starben, nur weil sie so gedankenlosen Dummköpfen unterstellt waren wie Vals Kommandeur, dem Grafen von Cardigan.

Seit Januar war er nun schon zu Hause. Er hatte Val mitgenommen, weil dessen Vater zu alt und gleichgültig war, um ihn zu pflegen. Erst im März waren sich die Ärzte sicher gewesen, daß der Patient mit dem Leben davonkommen würde. Alexis' Freude über diese Nachricht war bald schon wieder in Besorgnis umgeschlagen, denn die Greueltaten, die Val erlebt hatte, hatten seine Seele noch schwerer verwundet als seinen Körper.

Nachdem er Dower House betreten hatte, ging Alexis an Reihen von Betten mit verwundeten Männern vorbei. Angefangen hatte das Ganze mit seinem Lazarettschiff. Die meisten Männer konnten sich keine ärztliche Behandlung leisten, zumindest keine solche, die sie heilte statt sie vollends umzubringen. Nach seinen Erfahrungen auf der Krim war Alexis' Vertrauen in die Regierung stark erschüttert, so daß er die Männer mit nach Hause genommen hatte. Die anderen Offiziere hatten davon gehört und ihn gebeten, ihre eigenen Verwundeten ebenfalls nach Dower House bringen zu dürfen.

Alexis hatte daraufhin Ärzte, Assistenten, Köche und Pflegepersonal eingestellt. Er tauschte sich brieflich mit Miss Florence Nightingale aus, die ihm wertvolle Ratschläge erteilte. Inzwischen benötigte er einen Verwalter und mehr Räume. Die Neuankömmlinge mußten im Keller untergebracht werden.

Als Alexis in dem mit Kerzen beleuchteten Raum im Untergeschoß ankam, wäre er fast über das Bett eines Infanteristen gestolpert. Der Mann war bewußtlos, und ein Arzt beugte sich gerade über ihn, zog dann das Laken über den Kopf des Mannes und stand auf.

»Vorbei, Mylord. Wir konnten ihm nicht mehr helfen.«

»Ich wünschte nur, er hätte seine letzten Tage im Sonnenlicht verbringen können«, seufzte Alexis.

»Er hätte es nicht einmal bemerkt. Aber Sie haben recht, wir brauchen dringend neue Räume.«

»Ich kann das Haus vergrößern lassen«, erwiderte Alexis. »Aber das dauert seine Zeit, und der Lärm und der Schmutz würden die Patienten stören. Ich brauche ein größeres Haus. Diese vielen Kerzen und Lampen sind gefährlich. Letzte Nacht hat es erst gebrannt.« Er dachte an Ophelia und ihr zerstörtes Heim.

»Maitland House.«

»Mylord?«

»Ich weiß, wo ich ein größeres Haus herbekommen könnte. Entschuldigen Sie bitte, Doktor.«

Er hielt seinen Besuch kurz und machte sich eilends wieder auf den Weg zurück zur Burg. Als seine Kutsche über die Brücke ratterte, überlegte er noch immer, welche Summe er Miss Grey für Maitland House anbieten sollte. Er konnte ihr ebensogut ein Angebot für den gesamten Besitz machen, wenn ihr ohnehin alles gehörte. Dann würde er auch den Turm zurückbekommen und hätte keine Lücke mehr in seinem Land. Gleichzeitig hätte er sich dieser Bergziegen entledigt. Schade, daß ihr Anwalt bereits weg war. Wie war sein Name doch noch? Poggs? Er hätte gleich mit Poggs sprechen und den Verkauf vorbereiten können. So aber mußte er den ganzen Vorgang Miss Grey erklären und konnte dabei nur hoffen, daß sie alles begriff.

Natürlich konnte er sie nicht finden. Sie war ohne Begleitung zu Fuß weggegangen, und keiner wußte wohin. Alexis mußte sich damit begnügen, seinem eigenen Rechtsbeistand zu schreiben.

Sein Sekretär legte ihm gerade den Brief zur Unterschrift vor, als Fulke ihm einen Besuch abstattete. Alexis zeichnete den Brief ab und schickte den Sekretär hinaus. Prompt breitete Fulke einen Stapel Papiere vor ihm aus.

»Unterschreib«, forderte sein Cousin ihn auf.

Während Alexis die Schriftstücke durchlas und unterzeichnete, nahm Fulke in dem Lehnstuhl vor dem Schreibtisch Platz.

»Wie ich sehe, sind meine Einnahmen gestiegen«, sagte Alexis ohne aufzublicken.

»Du brauchst dich nicht bei mir zu bedanken«, antwortete Fulke.

»Das hatte ich auch nicht vor. Warum bezahlte ich Badger Snead eine Unterstützung?«

»Er hat beide Beine gebrochen, als er die Häuser der Pächter mit Stroh eindeckte.«

»Wieder getrunken?«

»Ja. Alexis ...«

»Mhm.«

Fulke wartete, bis Alexis von den Papieren aufblickte. »Ich habe jemanden eingeladen.«

»Du weißt doch, daß du einladen kannst, wen du willst.«

»Ich habe mit Lady Juliana darüber gesprochen. Sie

stimmt mir zu, daß es ungeachtet unserer Gefühle unsere Pflicht als Christen und Untertanen ist zu helfen.«

Alexis legte die Schreibfeder weg, ging um den Tisch herum und lehnte sich dagegen.

»Wenn ich dich von Christenpflicht sprechen höre, bricht fast die Ruhr wieder bei mir aus. Heraus mit der Sprache: Wer ist es?«

»Der Graf von Cardigan.«

Alexis war wie vom Donner gerührt. Allein die Erwähnung dieses Namens verursachte ihm körperliche Schmerzen. »Nicht einmal, wenn die Königin persönlich darum bäte.«

»Das hat sie aber getan«, sagte Fulke. »Das heißt, seine Königliche Hoheit hat in Ihrem Namen darum gebeten.«

Alexis schenkte zwei Gläser Whiskey ein und reichte Fulke eins davon. »Wenn du ihn in mein Haus bringst, könnte es sein, daß ich ihn ins Verlies werfe«, sagte er dabei leise.

»Hab Erbarmen, Alexis.« Fulke stand auf und ging zum Kamin. »Der Graf erhielt bereits Morddrohungen.«

»Gut«, erwiderte Alexis. Fulke warf ihm einen finsteren Blick zu, woraufhin er grinste und sein Glas zu einem Toast hob. »Auf James T. Brudenell, den Grafen von Cardigan. Möge er in der Hölle sein Quartier aufschlagen.«

»Laß bitte diese Reden.«

Alexis trank sein Glas aus. »Cardigan ist ständig in Skandale verwickelt. Er ist öfter an Duellen und Prozessen beteiligt als jeder andere, den ich kenne. Er ist arrogant, dumm und furchtlos. Wußtest du, daß er die Offiziere unter seinem Kommando bespitzelt? Daß seine Adjudanten sich in Schränken verstecken und Gespräche belauschen? Wenn er nicht so mutig wäre, würde ich ihn eine Ratte nennen. Da er mutig und ein verdammt guter Reiter ist, nenne ich ihn einen selbstsüchtigen Idioten. Er kommt mir nicht ins Haus.«

Fulke nahm einen Brief aus der Rocktasche und reichte ihn Alexis. Dieser sah sich kurz das königliche Siegel an, ehe er ihn auf den Tisch warf und den Kopf schüttelte.

»Er kommt morgen«, sagte Fulke.

»Tatsächlich? Dann lasse ich eine Kanone auf die Brustwehr stellen. Ich werde ihn nicht verfehlen wie die Russen. Großer Gott! Fulke, dieser Mann hat völlig sinnlos hunderte von Männern in den sicheren Tod geschickt.« Alexis spürte, wie er die Kontrolle über sich zu verlieren drohte. Seine Stimme wurde mit jedem Wort lauter und hallte schließlich durch den Raum. »So verdammt sinnlos! Val lebt in einem ständigen Alptraum. Du warst nicht dort. Du hast nicht gesehen, wie Körper ohne Köpfe auf den Pferden weiterritten. Zur Hölle mit dir, Fulke. Wie konntest du mir nur diesen grausamen Dummkopf aufhalsen?«

»Alexis!«

Fulke trat rasch neben Alexis und packte sein Handgelenk. Alexis sah auf seine Hand hinunter. Er hatte das Glas zerdrückt. Whiskey und Blut tropften zu Boden. Fulke bog ihm die Finger auf und entfernte die Scherben. Dann schob er Alexis in den Lehnstuhl, wickelte seine Hand in ein Taschentuch und läutete dem Butler.

Alexis musterte seine Hand, während Fulke mit dem Tuch die Schnittwunden betupfte. »Es ist zu spät, um ihm abzusagen, nicht wahr?«

»Ja. Du mußt dich in Vergebung üben. Die Wege des Herrn sind unerforschlich, und du kannst im Moment vielleicht nicht verstehen, was Er damit bezweckt, den Grafen hierherzubringen.«

»Ach, Gott hat dir gesagt, daß du mich und Val mit Cardigan zusammenbringen sollst? Dir macht das ja nicht viel aus. Du gehst in ein paar Wochen nach Hause, aber ich sitze hier mit ihm fest, verflucht soll er sein.«

»Ich habe dich schon einmal gebeten, nicht so gotteslästerliche Reden zu führen. Ich werde versuchen, ihn, so gut es geht, von dir fernzuhalten. Der Zweck der Einladung war nur, ihn so lange von seinem Haus zu entfernen, bis sich diese Drohungen als falsch erwiesen haben oder der Übeltäter gefaßt ist.« Fulke zog einen weiteren Glassplitter aus Alexis' Hand. »Es tut mir leid, Alexis. Als der Prinz das Problem erwähnte, bot ich mich an, ohne lange nachzudenken.«

»Du kannst es wettmachen, indem du den Bastard dazu bringst, meinen Invaliden zu helfen. Einige ihrer Familien haben kein Einkommen. Und halte ihn von Val fern. Halte ihn so weit wie möglich von ihm fern.«

Kapitel 6

Er beobachtete sie, dieser Bastard. Er beobachtete sie, weil er wissen wollte, ob sie die richtige Gabel benutzte. Dieses Schwein. Nein, er war zu schlank für ein Schwein. Er war eine Schlange. Eine überhebliche, hübsche Schlange — schwarz und giftig.

Kate ließ ihre Hand über der Dessertgabel kreisen, um den Marquis von Richfield ein wenig zappeln zu lassen, bevor sie zum Suppenlöffel griff. Als sie sein Gesicht sah, mußte sie beinahe kichern. Es zeigte die gleiche Enttäuschung wie das von Zachary, wenn einer seiner Streiche nicht den gewünschten Erfolg hatte. Der Gedanke an ihre Brüder machte sie wehmütig. Sie vermißte sie. Zachary war mit seinem Hauslehrer in San Francisco. Robbie in Harvard. Auch die langen Briefe konnten das Heimweh nicht verhindern.

Ohne sich an dem Tischgespräch zu beteiligen, gab sich Kate abwechselnd der Trauer um die Toten und ihrer Wut über den Marquis hin. Sie mußte dafür sorgen, daß die Instandsetzung von Maitland House so schnell wie möglich durchgeführt wurde, damit sie der herablassenden Gönnerschaft de Granvilles entrann.

Er erinnerte sich nicht an sie. Sie dagegen erinnerte sich noch lebhaft an die entsetzliche Erniedrigung jenes Abends, als er sie öffentlich zurückwies. Für ihn war es, als seien sie einander noch nie begegnet. Außerdem nahm er sich die Unverschämtheit heraus, sie zu behandeln, als sei sie schwachsinnig, nur weil sie eine Frau war.

Ein Diener bot ihr Brot an. Sie schüttelte den Kopf und versuchte, damit auch ihre düstere Stimmung abzuschütteln. Je schneller sich Mama in Maitland House im

Schoße der feinen Gesellschaft ihrer Träume etablierte, desto schneller konnte sie nach Hause zurückkehren. San Francisco war vielleicht voll von Spielern, Seeleuten und australischen Sträflingen, aber wenigstens gab es dort keine englischen Aristokraten.

»Miss Grey, wie geht es Lady Emeline?«

Kate lächelte Fulke Sinclair an. Er war ein gutherziger Mann. Es war nicht seine Schuld, daß er so fürchterlich rechtschaffen war. Vielleicht hatte ihn seine Arbeit für die Regierung so ausgelaugt, daß er nicht anders konnte, als seine Frau wie ein Kind zu behandeln und anderen Leuten ständig etwas vorzupredigen.

»Tante Emeline kommt nur sehr schwer über all das hinweg, was geschehen ist«, antwortete Kate. »Ich muß sie immer wieder daran erinnern, wo sie ist und warum sie hier ist. Ich hoffe, sie bald nach Maitland House zurückbringen zu können.« Sie wollte eigentlich noch weitersprechen, aber Lady Julianas ärgerliche Stimme übertönte alle anderen.

»Meine liebe Mrs. Grey, ich beschäftige mich nicht mit den leidigen Sprößlingen von König William.«

Kate ballte die Hand, die in ihrem Schoß ruhte, zu einer Faust. Fulke hatte sie vor dem Essen kurz zur Seite genommen und ihr erklärt, daß Lady Juliana ab und zu eine ›schlechte Phase‹ hätte, es ihr heute aber gut genug ginge, um mit ihnen zu speisen. Leider paßten Lady Juliana und Mama nicht besonders gut zusammen. Mama klatschte leidenschaftlich gern über die Königsfamilie, und die illegalen Söhne und Töchter von Königin Viktorias Onkel waren eines ihrer Lieblingsthemen. Lady Juliana hingegen tauschte nicht gern Klatschgeschichten aus. Zumindest nicht mit Damen, die unter ihrem Stand waren.

Was reizte Lady Juliana an Mama? Juliana gehörte zu den wenigen Menschen, vor denen Kate sich fürchtete.

Das hatte nichts mit ihren ›schlechten Phasen‹ zu tun. Längst hatte sich Kate von ihrer ersten Begegnung mit ihr erholt. Vielleicht war es Lady Julianas Körpergröße. Sie war fast so groß wie ihr Sohn. Seit dem Tod ihres Mannes und ihrer Tochter stets in schwarz gekleidet, dominierte sie die feine Gesellschaft der gesamten Grafschaft allein durch ihre Abstammung und ihren starken Willen.

Juliana legte den Löffel weg. Kate ahnte, daß ihrer Mutter eine Zurechtweisung drohte. Fulke kam Sophia zu Hilfe, bevor Kate etwas sagen konnte.

»Miss Grey, sagten Sie nicht, Ihr Vater stammte aus Virginia?« fragte Fulke mit lauter Stimme, um die Aufmerksamkeit auf sich zu ziehen.

Dankbar nickte Kate und lächelte ihm erneut zu. »Ja, aber wir siedelten nach Kalifornien über, als ich noch ein junges Mädchen war.«

»Virginia«, mischte sich der Marquis ein. Er lehnte sich entspannt in seinem Stuhl zurück und hob eine Braue. »Bestimmt waren die Greys vornehme Plantagenbesitzer — und besaßen eigene Sklaven. Sagen Sie, Miss Grey, haben Sie ihre Sklaven mit nach Westen genommen?«

Dieser Angriff kam so unerwartet, daß es eine Weile dauerte, bis Kate antworten konnte. Am liebsten hätte sie ihm ihre Suppe ins Gesicht geschleudert, aber dann wäre Mama tausend Tode gestorben.

»Nein, Mylord, wir nahmen die Sklaven nicht mit. Dazu muß ich Ihnen erklären, daß mein Vater eine starke Abneigung gegen die Sklaverei verspürte, weshalb er auch aus der Familie verstoßen wurde. Wir gingen alle zusammen nach Westen, weil er gezwungen war, Virginia zu verlassen. Allerdings wäre er ohnehin wegen seiner ablehnenden Haltung gegen die Sklaverei nicht länger dort geblieben.« Kate verschränkte die Hände und sah den Marquis direkt an. »Die Sklaverei in meinem Land ist übrigens vergleichbar mit der hoffnungslosen Lage der englischen Armen in Städten wie London, wo Kinder in rattenverseuchten Arbeitshäusern vierzehn Stunden am Stück arbeiten.«

De Granvilles Blick hätte sicherlich viele junge Damen eingeschüchtert.

»Das ist wohl kaum das gleiche«, sagte er.

»Ach«, erwiderte Kate, »entschuldigen Sie. Ich wußte nicht, daß Sie es gutheißen, wenn Kinder sich zu Tode arbeiten.« Kate wandte sich an Hannah. »Lady Sinclair, ich interessiere mich sehr für Geschichte und finde diese Burg hochinteressant. Könnte ich Sie dazu überreden, sie mir zu zeigen?«

Hannah warf dem Marquis einen ängstlichen Blick zu. »Ich ... ich ...«

»Ausgezeichnet!« Julianas kräftige Stimme dröhnte durch den Raum. Kate wäre vor Schreck beinahe das Weinglas aus den Fingern geglitten. »Ausgezeichnet, Miss Grey. Ich werde Sie Kate nennen.«

Kate musterte Lady Juliana mißtrauisch.

»Es kommt nicht oft vor, daß mir eine junge Dame begegnet, die die Charakterschwächen hinter dem anziehenden Äußeren meines Sohnes erkennt. Und es passiert noch seltener, daß diese junge Dame aufrichtig genug ist, um ihre Abneigung gegen ihn zu zeigen.«

Niemand bewegte sich. Juliana lächelte und prostete Kate zu, als hätte sie das Essen gelobt und nicht ihren eigenen Sohn beleidigt. In der folgenden betretenen Stille mußte Kate unwillkürlich den Marquis ansehen.

Seine Wangen waren gerötet. Die Hand neben seinem Teller war so verkrampft, daß die Knöchel weiß hervortraten. Er starrte seine Mutter an, ohne ein Wort zu sagen. Langsam und behutsam streckte er die Finger aus, bis seine Hand flach auf dem Tischtuch lag. Dabei ließ er keinen Moment seine Mutter aus den Augen, die damit beschäftigt war, eine Katze und einen Affen zu ihren

Füßen mit Essensresten zu füttern. Kate konnte die Intensität des Blicks spüren. In diesem Moment existierte für den Marquis niemand außer seiner Mutter. Schließlich senkten sich dann doch die dichten Wimpern und verbargen jede Gemütsregung, die seine Augen vielleicht verraten hätten.

Um ihn herum kam nach und nach wieder ein Gespräch in Gang. Fulke hielt Sophia und Hannah einen Vortrag über die große Ausstellung wissenschaftlicher Wunder vor wenigen Jahren. Der Marquis hielt den Blick gesenkt.

Kate wollte etwas warten, um ihn abzulenken. Sie konnte nur ahnen, was er empfinden mußte. Eine so grausame Demütigung vor anderen Leuten für so einen stolzen Charakter!

Da erwachte er aus seiner Erstarrung. Er stützte die Ellbogen auf den Tisch, stürzte seinen Wein hinunter und sah Fulke an. Röte und Verschlossenheit waren verschwunden. Seine Lippen verzogen sich amüsiert bei der erzwungenen Konversation seines Cousins.

»Aber Fulke«, unterbrach er ihn, »du hast den Damen noch gar nichts über die Ansichten meines Freundes, Mr. Darwin, über die Evolution des Lebens erzählt. Oder über Geologie. Erzähl doch Mrs. Grey etwas darüber, wie man herausgefunden hat, daß die Erde noch viel älter ist als bisher angenommen.«

Nun war es Fulke, der errötete. »Es gehört sich nicht, Sir, solche Themen in der Anwesenheit von Damen auszusprechen.«

Alexis lachte und spottete weiter. Kate stieß verächtlich die Gabel in ihr Bratenstück. Es war töricht von ihr gewesen, Mitleid mit diesem Mann zu haben. Lady Juliana kannte ihren Sohn besser als jeder andere. Alexis de Granville wies wahrhaftig gewisse hinterhältige Züge auf. Soweit Kate bisher feststellen konnte, verstand er sich meisterlich darauf, andere mit Worten zu quälen. Sie war jedoch nicht bereit, sein nächstes Opfer zu werden.

Nach dem Abendessen saß Kate so lange wie sie es ertragen konnte, mit den anderen Frauen im Salon und hörte zu, wie ihre Mutter mit Hannah plauderte. Unvermutet blickte Sophia ihre Tochter an und lächelte dabei so glücklich, daß sich Kates Augen mit Tränen füllten. Kate hatte schon befürchtet, dieses Lächeln nie wieder zu sehen. Sie lächelte zurück und rüstete sich für einen weiteren langweiligen Abend, da sie wußte, wieviel Mama an ihrer Anwesenheit lag.

Sie gab ihr Bestes und bemühte sich redlich. Aber als das Gespräch sich Ophelias tragischem Tod zuwandte, floh Kate. Ihre Trauer war noch immer zu frisch, um sie mit jemandem zu teilen. Sie schlüpfte hinaus auf den Flur und raffte ihre Röcke mit beiden Händen, um über die Treppe nach oben in ihr Zimmer zu eilen. Zwar verdrängte sie den Gedanken schnell wieder, aber sie mußte sich eingestehen, daß sie dem Marquis aus dem Weg ging. Sie traute dem Mann nicht. Nach der Erfahrung wie er sie bei ihrem ersten Zusammentreffen gedemütigt hatte, war sie in seiner Gegenwart stets auf eine neuerliche Beleidigung gefaßt. Außerdem war er Ophelias Liebhaber gewesen.

»Miss Grey.«

Kate schrie leise auf und fuhr herum. Ausgerechnet Granville!

»Höllenfeuer! Müssen Sie sich so anschleichen?« Sie legte die Hände auf die Brust, in der ihr Herz raste.

Der Marquis schlenderte äußerst lässig von der Türschwelle des Eßzimmers auf sie zu. Die Tür war geschlossen. Er hatte sie in aller Gemütsruhe beobachtet. Kate erklomm die erste Stufe, um den Abstand zwischen ihnen zu wahren.

»Höllenfeuer?« wiederholte er. »Was für ein Ausdruck für eine vornehme junge Dame.«

»Ich kenne noch ganz andere«, sagte Kate. »Was wollen Sie?«

»Ich würde gern etwas mit Ihnen besprechen. Schütteln Sie nicht gleich den Kopf, Miss Grey. Es dreht sich um etwas Geschäftliches. Ich hätte mich an Ihren Mr. Poggs gewandt, aber Sie schickten ihn ja bereits weg.«

Sie verschränkte die Arme vor der Brust. »Was gibt es?«

De Granville streckte die Hand aus. Es war offensichtlich, daß er nicht gewillt war, auf der Treppe mit ihr darüber zu sprechen. Kate nahm die Arme herab. Sie hatte nicht vorgehabt, ihm die Hand zu reichen, doch er nahm sie sich einfach und ließ sie in seiner verschwinden. Sie wollte sich wehren, doch er ließ sie nicht los, und da sich seine warme Haut ganz angenehm anfühlte, war sie einen Moment abgelenkt und erlaubte ihm, sie in einen kleinen Salon zu führen.

Ein Feuer brannte bereits im Kamin, er mußte dieses Treffen also geplant haben. Er führte sie zu einem Stuhl. Bestimmt hatte er den größten ausgewählt, damit sie sich möglichst klein vorkam. Ihre Füße reichten nicht einmal bis zum Boden, und um sie noch mehr zu erniedrigen, brachte er ihr einen Schemel. Diese Schlange!

Ein Diener erschien mit einem Tablett. Kaffee. Was hatte er nur vor?

»Ich mag Kaffee nicht«, sagte sie.

»Sie mögen ihn dünn mit viel Sahne und Zucker«, widersprach der Marquis. Er goß Sahne in eine Tasse, bis sie halb voll war.

»Woher wissen Sie das, und warum interessiert Sie das?«

De Granville reichte ihr die Tasse und blieb neben ihr stehen, während sie einen vorsichtigen Schluck nahm. Köstlich. Sie trank noch einmal.

Er ging neben ihr auf die Knie. Ihre Tasse klirrte gegen die Untertasse.

»Miss Grey, Sie tun es schon wieder.«

»Was denn?«

»Mich ansehen, als wäre ich Mist, der an Ihren Schuhsohlen klebt. Ich verstehe das einfach nicht. Ich kenne Sie kaum, und trotzdem scheinen Sie mich zu verabscheuen.«

Er legte seine Hand auf ihre Stuhllehne. Sie sah ihm ins Gesicht. Irgendwie hatten sich seine Augen verändert. Sie hatten einen fast schläfrigen Ausdruck angenommen, und doch funkelten sie lebhaft. Wie flaschengrüne, leuchtende Magnete hielten sie ihren Blick fest. Sie vergaß ihre Wut. Sie war so von diesen Augen gefangen, daß sie erst bemerkte, daß er sich zu ihr vorgebeugt hatte, als sein Mund dem ihren schon zu nahe war, um ihm auszuweichen. Seine Zunge glitt sacht über ihre Lippen. Als sie kurz zwinkerte, löste sein Mund die Zunge ab.

Es war ein so angenehmes Gefühl, daß sie beschloß, ihre Abneigung für den Moment über Bord zu werfen. Sie genoß die Berührung, auch wenn er eine Schlange war.

Er löste sich so weit von ihr, daß sich ihre Lippen kaum noch berührten und flüsterte: »Kleine Wilde.« Dann nahm er ein zweitesmal Besitz von ihrem Mund. Unvermittelt riß er sich von ihr los, als etwas klirrte.

Kate hielt noch immer ihre Tasse in der Hand, die heftig zu zittern begonnen hatte. Nach Atem ringend nahm sie die zweite Hand zu Hilfe. Der Marquis griff nach der Tasse und setzte sie auf einem kleinen Tisch neben dem Kamin ab, ehe er sich mit dem Rücken zum Feuer danebenstellte.

Zwar hatte sie mit allem möglichen gerechnet, aber nicht damit, daß er sie küssen würde. Sie hatte die Hände in ihrem Schoß fest ineinander verschlungen. Ihre

Brüste kribbelten, ganz zu schweigen von anderen Stellen. Sie hatte den Verdacht, daß sie zum erstenmal körperliche Erregung erlebte. Patience hatte ihr vor langer Zeit dieses Gefühl beschrieben, aber ihre Ausführungen waren ziemlich unzugänglich gewesen.

»Ich muß mich entschuldigen, Miss Grey.«

Die Röte in ihrem Gesicht ging in ein dunkles Purpur über. »Es tut Ihnen leid, daß Sie mich geküßt haben. Ich weiß nicht, warum Sie es getan haben, aber . . .«

»Es tut mir nicht leid, daß ich Sie geküßt habe«, unterbrach er sie. »Ich habe mich entschuldigt, weil ein Gentleman sich solche Freiheiten nicht herausnehmen sollte.«

»Wenn es Ihnen nicht leid tut, dann machen Sie sich um den Rest kein Kopfzerbrechen. Mir ist es lieber, wenn Sie ehrlich sind anstatt höflich.«

De Granville neigte den Kopf. Sein Lächeln verriet seine Verwirrung. »Miss Grey, so jemand wie Sie habe ich noch nie getroffen.«

»Worüber wollten Sie mit mir sprechen?« Die alte Gereiztheit in seiner Nähe setzte wieder ein. Je länger sie mit ihm zusammen war, desto mehr bereute sie den Kuß.

Der Marquis nahm in dem Stuhl, der ihr gegenüberstand, Platz und schenkte sich Kaffee aus einer anderen Kanne ein.

»Ich wollte mit Ihnen über Maitland House reden. Vor langer Zeit gehörte das Anwesen meiner Familie, und ich würde es nun gern von Ihnen zurückkaufen.«

»Tut mir leid, aber ich kann es nicht verkaufen. Mama möchte dort wohnen. Wissen Sie, während ihrer ganzen Ehe hat sie bereut, England verlassen zu haben. Sie hat immer davon geträumt, nach Hause zurückzukehren und sich wieder in den vornehmen Kreisen zu bewegen. Nach Papas Tod ist das alles, was ihr noch etwas bedeutet.«

Der Marquis setzte seine Tasse ab, beugte sich vor und stützte seine Unterarme auf die Schenkel. »Ich verstehe

Ihre Vorbehalte, aber ich möchte das Haus aus einem bestimmten Grund. Ich habe die Aufgabe übernommen, Kriegsverwundete gesundzupflegen. Im Moment befinden sie sich in dem alten Dower House, aber das Gebäude ist in einem schlechten Zustand, und wir haben nicht genügend Räume. Bestimmt verstehen Sie, wie wichtig es ist, daß sie richtig gepflegt werden können.«

»Natürlich«, sagte Kate. »Aber Sie können dieses alte Haus ja modernisieren. Dagegen kann ich Mama nicht den Ort ersetzen, wo sie aufgewachsen ist.«

»Miss Grey, ich mußte einige Männer bereits im Keller unterbringen.«

»Ein Anbau an Dower House wird weniger Zeit in Anspruch nehmen als die Reparaturen in Maitland House.«

Der Marquis stand auf und bedachte sie mit einem finsteren Blick. Kate reckte das Kinn und trotzte seinen Einschüchterungsversuchen.

»Ich biete Ihnen doppelt soviel, wie es wert ist«, sagte de Granville. »Auf dem Grundstück steht ein alter Turm, der einst meiner Familie gehörte. Ich möchte das Land und das Haus, Miss Grey.«

»Sie können es nicht bekommen«, antwortete Kate und stand ebenfalls auf. Das also war die Erklärung für das gemütliche Zimmer, den perfekt abgestimmten Kaffee und den Kuß. Er hatte gedacht, eine Berührung von ihm genügte, daß sie ihm hörig wurde. »Sie brauchen das Haus nicht unter allen Umständen, und es steht auch nicht zum Verkauf.« Unter dem eisigen Blick des Marquis marschierte sie zur Tür. Als er etwas murmelte, fuhr sie zu ihm herum. »Was sagten Sie?«

»Ich sagte ›Bergziege‹.«

Kates Stimme blieb ruhig. »Wie bitte?«

»Ihre Mama möchte gern die soziale Leiter erklimmen, und Sie sorgen dafür, daß sie eine Chance bekommt, auf Kosten von verstümmelten und sterbenden Männern.«

De Granville stolzierte an ihr vorbei und öffnete die Tür für sie. Er verbeugte sich. »Bergziege«, Miss Grey.«

So wütend, daß sie am liebsten geschrien hätte, ließ Kate es nicht dabei bewenden, diesen Mann zu beschimpfen. Sie ballte statt dessen die Faust und rammte sie ihm in den Bauch. Der völlig überrumpelte Marquis ging keuchend in die Knie. Kate stürmte an ihm vorbei. Draußen traf sie Valentine Beaufort.

»Suchen Sie den Marquis?« fragte sie.

Der junge Mann blieb stehen und nickte.

Sie zeigte auf die offene Tür hinter ihr. »Er ist da drin, die Schlange.«

Alexis stand noch immer zusammengekrümmt da und rieb sich die schmerzende Stelle, als ein Paar Schuhe und die Spitze einer Krücke in seinem Blickfeld erschien.

»Hattest wohl eine Auseinandersetzung mit der kleinen Amerikanerin, altes Haus.«

»Sie hat mich geschlagen.« Er klang wie ein zehnjähriger Junge, der gerade sein erstes blaues Auge abbekommen hatte. »Sie hat mich geschlagen.«

»Ich bin sicher, daß du es verdienst hast«, meinte Val. Er humpelte zu einem Stuhl und ließ sich hineinfallen. »Fulke und ich finden ohnehin, daß es dir nicht schaden würde, wenn noch mehr Frauen dir eins verpaßten, statt die Beine breit zu machen.«

Alexis musterte Val und nahm ihm gegenüber Platz. »Hmmm.«

»Ich kenne diesen Blick. Tu es nicht.« sagte Val.

»Ich will Maitland House für die Männer.«

»Alles, was du willst, ist Rache für den Boxhieb.« Val bohrte die Spitze seiner Krücke in Alexis' Bein. »Du ärgerst dich nur, weil sie nicht nach dir lechzt.«

»Soweit werde ich sie schon noch bringen. Es wird ihr nur guttun. Im Moment steckt sie ihre Nase ständig in

Dinge, die man Männern überlassen sollte. Anmaßendes Frauenzimmer. Jemand muß ihr zeigen, warum Gott sie mit einem solchen Körper ausgestattet hat. Wenn ich das erst getan habe, wird sie mir ihr Haus und alles, was ich sonst noch will, verkaufen.«

Val rutschte auf seinem Stuhl nach vorn und legte seine Hand auf Alexis' Arm. »Das paßt nicht zu dir. Du handelst nie vorsätzlich niederträchtig, Alexis. Zumindest nicht unschuldigen Mädchen gegenüber.«

»Ich werde nicht niederträchtig sein. Miss Grey muß ein wenig zurechtgestutzt werden, und ich werde ihr den Gefallen tun, diese Aufgabe zu übernehmen.«

»Ach!«

»Was soll das heißen, ›Ach‹?«

»Es geht doch nur um deinen Stolz und dein Jagdfieber, sei ehrlich. Ich werde Miss Grey die Blumen bringen, die ich für dich pflücken mußte, und sie bei dieser Gelegenheit kennenlernen.«

»Sie gehört mir, Val.«

»Das bedeutet doch wohl nicht, daß ich nicht ihre Bekanntschaft machen darf.«

»Es bedeutet, daß ich dich im Verlies ankette, wenn du irgend etwas darüber hinaus versuchst. Und nun erklär mir, wo du beim Abendessen warst.«

Val wich seinem Blick aus. »Ich war müde vom Blumenpflücken.«

Alexis ging zu Val. »Aber du hattest genügend Zeit, dich auszuruhen. Komm.« Er nahm Vals Arm.

»Wo gehen wir hin?« erkundigte sich Val widerstrebend. »Ich sagte dir bereits, daß ich nicht nach Dower House mitkomme.«

»Du wirst dort gebraucht. Du mußt hingehen.«

»Ich will nie mehr Männer ohne Arme und Beine sehen.«

»Das ist nicht der Grund«, widersprach Alexis.

»Du hast Angst.«

»Bezeichne mich nicht als Feigling, verdammter Idiot.« Val wandte sich ab und humpelte allein zur Tür.

»Du hast Angst, sie kennenzulernen und dann sterben zu sehen.«

Val drehte sich um, während seine zitternde Hand nach der Türklinke griff. »Wenigstens habe ich keine Angst vor meinen eigenen Träumen. Außerdem bin ich nicht der einzige, der sich vor seiner Vergangenheit versteckt.«

»Ich lasse eine Kutsche vorfahren«, sagte Alexis. »Wir nehmen ein paar von deinen Blumen mit nach Dower House. Dann kannst du auch gleich den neuen Arzt kennenlernen.«

Alexis ging erneut zu Val, nahm seinen Arm und führte ihn von der Tür weg.

»Du warst eifersüchtig auf deine Schwester, Alexis, und du kannst es nicht vergessen. Du hast mir erzählt, wie sie dich immer in Schwierigkeiten brachte, Dinge auf dich schob, die in Wirklichkeit sie angestellt hatte, und wie du die Prügel dafür abbekamst.«

Alexis zerrte an Vals Arm. Die Krücke rutschte weg, so daß er Val stützen mußte.

»Dein Ablenkungsmanöver funktioniert nicht. Ich brauche Hilfe in Dower House. Jemand muß dafür sorgen, daß Lebensmittel bestellt werden und das Personal seine Arbeit tut. Ich schaffe nicht alles allein.«

»Deine Schwester ist tot, und dein Vater auch«, sagte Val, während Alexis an einer Kordel zog, um den Butler herbeizurufen. »Löse dich endlich von der Vergangenheit.«

Alexis antwortete nicht. Er gab dem Butler Anweisung, Kutsche und Blumen bringen zu lassen und wartete mit einem wutschäumenden Val. Er half seinem Freund in die Kutsche, und sie fuhren schweigend nach Dower House. Durch die Fenster konnte Alexis das gelbe Licht der Lampen und den Schatten einer Krankenschwester erkennen. Er sah Val kurz an. Sein Freund studierte eingehend die Blütenblätter einer Rose.

»Meinst du, sie haben inzwischen gelernt, daß man die Kavallerie nicht gegen Artillerie einsetzen kann?« fragte Val.

»Ich glaube nicht. Val, Russell informiert das Land darüber, was wirklich vor sich geht. Die Generäle und die berittene Garde können die Katastrophe nicht länger vertuschen, weil Russell darüber in der *Times* berichtet.«

Val lachte ein gequältes Lachen. »Wie heißt das alte Sprichwort? Etwas mit dem Teufel, der das Tageslicht haßt?«

Alexis stieg aus und wartete auf Val.

»Es bedarf einer anderen Art von Mut, sich dem Leben zu stellen, als dem Tod ins Auge zu blicken«, stellte Alexis fest. »Letzteren hast du bewiesen, jetzt zeig mir auch ersteren.«

Val warf ihm die Rose zu. »Ich werde nicht Cäsars Sklaven spielen.«

»In Ordnung.« Er fiel auf die Knie. »Würdest du bitte aussteigen, wenn ich vor dir im Schmutz knie und dich darum bitte?«

Val erhob sich taumelnd und sah Alexis verdrossen an. »Steh auf, du Dummkopf. Steh auf, sagte ich, und hilf mir aus dieser verdammten Kutsche. Du warst schon immer viel zu redlich. Eigentlich hättest du Hilfspfarrer werden sollen.«

Beladen mit Blumen betraten sie Dower House. In der Eingangshalle blieben sie stehen, um ihre Blumenkörbe abzuladen. Plötzlich hörten sie einen Schrei. Val erstarrte. Seine Augen weiteten sich, und sein Gesicht verlor alle Farbe. Alexis packte seinen Arm und wollte in die Richtung eilen, aus der der Schrei gekommen war. Val widersetzte sich, so daß Alexis fast gestürzt wäre. Ein Arzt hastete an ihnen vorbei in den Raum, aus dem weitere Schreie drangen.

»Wir werden ihm helfen, Val. Nichts kann so schlimm sein wie der Krim-Krieg, Val.«

Sein Freund hörte ihn nicht. Sein Blick war in die Ferne gerichtet. Er zog die Schultern ein und rieb die Ärmel seiner Jacke.

»Ich ertrage es nicht«, stammelte Val. »Mach es weg. Es sind Fleischfetzen. Sein Fleisch.«

»Zur Hölle.« Alexis atmete tief durch und schlug Val ins Gesicht.

Val zuckte zurück und wollte sich wehren, aber Alexis ließ ihn nicht los und schüttelte ihn grob. Diesmal schrie Val auf und fuhr herum. »Du verdammter Idiot, was fällt dir ein.«

»Schon viel besser«, stellte Alexis fest.

»Bald findest du das nicht mehr.« Val holte mit der Faust aus.

Alexis hob beide Hände. »Glaubst du nicht, daß wir in genug Kämpfe verwickelt waren?«

Val ließ den Arm sinken. Dann seufzte er und fuhr sich über die Stirn. »Gott, es ist wieder geschehen. Ich wußte, daß es so kommen würde. Ich war wieder dort, in jenem Tal des Blutvergießens. Gott, man sollte mich einsperren.«

»Dann wirst du dich nie deiner Angst stellen.« Alexis streckte eine Hand aus. »Komm schon, alter Schulkamerad. Wenn du eine Schlägerei mit der Rudermannschaft überstanden hast, schaffst du das auch.«

»Ich würde mich lieber noch einmal verprügeln lassen.«

Alexis schmunzelte, als sie gemeinsam den Krankensaal betraten, in dem Betten in zwei Reihen standen. Der Arzt saß neben dem ersten Bett auf der rechten Seite, ein schluchzender Mann lag darin.

»Ich dachte, ich sei wieder dort, Doktor«, stammelte

der Mann. »Ich lag in einer Schmutzlache und sah, wie das Blut aus mir herausströmte. Ich werde verrückt, ja das werde ich. Man wird mich ins Irrenhaus bringen.«

Val trat bei jedem Wort näher an das Bett heran. Nachdem der Arzt den Verwundeten beruhigt hatte, beugte sich Val zu ihm vor.

»Sie haben auch diese entsetzlichen Alpträume am hellichten Tag?«

Der Mann, der mit seiner roten Nase und den unrasierten Wangen aussah wie eine Gestalt von Dickens, nickte mit dem verbundenen Kopf. »Ja, Sir, und eines Tages stecken sie mich deswegen noch in ein Irrenhaus.«

»Aber nein«, widersprach Val. »Oder, Doktor?«

»Ich glaube kaum.«

»Ich werde es nicht zulassen«, versicherte Alexis dem Patienten. »Schließlich hatten Val und ich die gleichen Fantasien. Meine sind schon fast weg, nicht wahr, Val?«

»Ja, und ... und meine lassen auch allmählich nach. Wenn so viele von uns darunter leiden, ist das vielleicht einfach ein Warnsignal, daß unser Verstand an seinen Grenzen angelangt ist.«

»Meinen Sie wirklich, Sir?«

Val nickte.

Alexis stand still dabei, während die beiden sich unterhielten. Val war zwar noch ziemlich blaß, aber seine Verfassung schien sich allmählich zu bessern. Als die Farbe in seine Wangen zurückkehrte, entspannte sich Alexis ein wenig. Bevor sie sich verabschiedeten, versprach Val, am nächsten Tag wiederzukommen und für den Verletzten einen Brief nach Hause zu schreiben.

Wieder auf der Burg angekommen, führte der erste Weg der beiden Männer in den Salon, wo Alexis einen Whiskey einschenkte und Val das Glas in die Hand drückte.

»Trink«, forderte er ihn auf. »Betrachte es als Belohnung

für gehorsames Verhalten.« Als Val das Getränk in einem Schluck hinunterstürzte, wußte Alexis, daß sein Freund Ablenkung brauchte. »Nimm noch einen und tu mir einen Gefallen. Sag mir, wie ich Miss Katherine Grey verführen könnte. Ich werde es genießen, diese Kratzbürste zu entwaffnen.«

Leute zu entwaffnen war seit langem Alexis' Spezialität. Schon als Junge war er von Fulke bestraft worden wenn er alles tat, um seine Mitmenschen für sich einzunehmen. Das hatte ihn damals maßlos verwirrt, denn er hatte damit nichts Böses beabsichtigt. Als Jüngling von fünfzehn Jahren hatte er dann herausgefunden, daß sein Cousin Charme mit Verführung gleichsetzte, und daß Verführung eine Sünde war. Alexis hatte Fulke aufgefordert, keinen Heiligen aus ihm machen zu wollen, da er ohnehin durch und durch verderbt sei.

Er erinnerte sich, wie sein Vater erwähnt hatte, Fulkes Vater sei so religiös gewesen, daß er jeden Tag dreimal zur Kirche ging. Fulke sprach selten über ihn, und wenn, dann nur um zu bemerken, daß er fast ein Heiliger gewesen sei, mit einer Abscheu von ›fleischlicher Schwäche‹. Er hatte Fulke täglich vor dem Übel gewarnt, das Frauen für diese Welt bedeuteten, und seine Meinung mit Bibelzitaten unterlegt. Je älter Fulke wurde, desto mehr glich er seinem Vater. Alexis war froh, daß diese unnatürliche Frömmigkeit erst in den letzten Jahren über Fulke gekommen war.

An diesem Abend schlief Alexis über der Überlegung ein, wie er bei Miss Grey vorgehen sollte. Val war ihm keine große Hilfe gewesen. Er wurde jäh aus dem Schlaf gerissen, als ihn jemand schüttelte. Er fuhr auf, schlug mit der Faust nach seinem Angreifer, der daraufhin auf ihn stürzte.

»Verdammt nochmal!«

Alexis erstarrte. »Val?«

Komplett angezogen und mit blutiger Lippe richtete Val sich auf. Er sank auf das Bett und berührte vorsichtig seinen Mund.

»Ich war auf dem Weg zur Bibliothek, als ich dich stöhnen hörte«, sagte Val. »Ich kann überhaupt nicht schlafen, und du schläfst und findest keine Ruhe. Wir sind vielleicht ein Paar.«

Alexis atmete schwer. Er bewegte die Hand, mit der er Val geschlagen hatte. Da er schwieg, stand Val auf und wollte gehen.

»Val.«

Der junge Mann drehte sich um.

»Merci, mon ami.«

»N'importe«, erwiderte Val. Alexis stieg aus dem Bett. »Wo gehst du hin?«

»Der Morgen graut schon.«

»Alexis, nein.«

»Verfluchtes Pech, daß du mich nicht begleiten kannst.«

Val humpelte zurück zu Alexis. »Geh nicht. Du hast es nicht mehr getan, seit wir zurück sind. Fang nicht wieder an.«

Alexis streifte sich bereits seine Hose über. »Du hast einmal zu mir gesagt, ich sei der beste Reiter in England.«

»Nur wenn du nicht gerade versuchst, schneller als das Licht zu sein.«

Alexis konzentrierte sich auf seine Stiefel, damit er nicht antworten mußte. Er stopfte das Hemd in die Hose und rief Val nach. »Schick mir niemanden nach. Es nützt sowieso nichts, und ich werde dich hinterher zur Rechenschaft ziehen.«

Eine zugeschlagene Tür war die Antwort.

Kapitel 7

Kate hatte die ›Hintertür‹ von Castle Richfield gefunden. Natürlich war es keine gewöhnliche Tür, sondern ein gewaltiges Tor, das von zwei Wehrtürmen flankiert wurde. Der Pfad, der dahinter begann, führte zu den Ställen. Nach dem Streit mit dem Marquis über Maitland House am vorigen Abend wollte sie wenigstens für eine Weile den hohen Mauern und den vergoldeten Täfelungen entfliehen.

Ihre Gedanken kreisten ständig um seine Worte. *Verstümmelt, verstümmelt, verstümmelt.* So hatte er die Männer in Dower House beschrieben und war damit schuld daran, daß sie ihren Standpunkt ändern mußte. Schlimmer noch, sie konnte ihn nicht mehr so gänzlich verabscheuenswert finden, weil inzwischen der Verdacht in ihr aufkam, daß er ein Herz besaß. Ein großes, mitfühlendes Herz paßte nicht zu einer Schlange.

Nach ihrer Auseinandersetzung hatte sie spät abends noch das Invalidenheim des Marquis besucht. Um sich nicht eingestehen zu müssen, daß er sie beeindruckt hatte, war sie allein hineingegangen und hatte sich einer Krankenschwester vorgestellt.

»Die meisten Cholerakranken überstehen die Heimreise nicht«, hatte die Frau ihr erklärt. »Seine Lordschaft sagt, daß sie die vielen Leichen manchmal in den Hafen werfen mußten. Er sagt, daß seine Männer tagelang weder die Kleider wechseln noch die Pferde absatteln konnten.« Die Krankenschwester zeigte auf einen mageren Mann in einem Stuhl. »Deshalb erliegen sie der Krankheit so rasch. Schon bevor sie krank werden, sind sie völlig ausgezehrt.«

»Aber warum?« Kate hielt die Hände krampfhaft ineinander verschlungen und versuchte, den Mann, der auf einer Bahre hereingetragen wurde, nicht anzusehen. Er hatte keine Beine.

»Warum diese Vergeudung, meinen Sie?« Die Schwester lächelte. »Seine Lordschaft sagt, in der Armee habe sich seit Wellington und Napoleon nichts geändert. Unfähigkeit hat überhand genommen. Die Offiziere hatten anscheinend nur Kekse und Salzfleisch, und davon auch nicht genügend. Sie mußten Türen und Möbel als Brennholz verwenden. Die Verpflegung der Mannschaften war noch schlechter, und das, bevor sie verwundet wurden.«

»Wie viele?« fragte Kate. Ihr Mund war trocken. »Wie viele Tote?«

»Das weiß ich nicht, Miss. Tausende und abertausende. Ich weiß nur, daß seine Lordschaft sagte, die Russen hätten bevorzugt auf Offiziere geschossen. Das ganze Gold und die leuchtenden Uniformen, wissen Sie. Außerdem reiten sie immer vor ihren Männern her und bieten so hervorragende Zielscheiben. Seine Lordschaft erzählte mir, daß die Debretts völlig ausgemerzt wurden.«

»Die Debretts?«

»Die Adligen, Miss. Die Offiziere, die jungen Aristokraten. Bald werden keine mehr übrig sein.«

Kleinlaut war Kate auf die Burg zurückgekehrt. Sie mußte die Antwort, die sie dem Marquis gegeben hatte, widerrufen, und sich damit seiner Schadenfreude aussetzen. Na ja, Mama und Tante Emeline würde es sicherlich gefallen, verwundete Soldaten zu bemuttern.

Als Belohnung für diese schwierige Entscheidung gönnte sich Kate einen Ausritt. Nicht einen damenhaften Ausritt. Einen wilden, schweißtreibenden Ritt nach Pionierart. Dafür hatte sie einen geschlitzten Rock angezogen, ihre Jacke am Hals nicht zugeknöpft und keinen dieser lächerlichen Hüte mitgenommen, die ohnehin nur davonflatterten. Ihr Haar hatte sie im Nacken zusammengebunden. Sie wollte diesen Ausritt richtig genießen.

Als sie sich dem Stallgebäude näherte, hörte Kate ein Geräusch hinter sich. Das Knirschen von Schuhsohlen auf dem sandigen Weg, begleitet von einem gleichmäßigen *tapp, tapp, tapp.* Sie blickte über die Schulter und eilte den Weg, den sie gekommen war, wieder zurück, um den leidgeprüften jungen Mann, Valentine Beaufort, am Arm festzuhalten.

»Immer schön langsam, Mr. Beaufort. Sie fallen noch, wenn Sie so weitermachen.«

Beaufort stützte sich schwer auf seine Krücke und keuchte. Kate fiel die wächserne Gesichtsfarbe und der Schweiß auf seiner Stirn auf.

»Ich werde ... verdammt. Entschuldigen Sie.« Er holte tief Luft. »Es niemals schaffen.«

»Was ist passiert?« fragte sie.

»Nichts, was Sie beträfe, aber ich danke Ihnen, Miss Grey.«

»Muß Ihnen ziemlich wichtig sein, daß Sie Ihren Hals dafür riskieren.« Sie durchwühlte ihre Tasche, und wischte mit ihrem Taschentuch Beauforts Stirn ab.

Val ließ sie einen Moment gewähren, ehe er den Kopf abwandte. »Noch nie in meinem Leben hat mir eine Dame das Gesicht abgewischt. Ist das ein amerikanischer Brauch?«

»Tut mir leid, ich habe es schon wieder getan, wie? Meine einzige Ausrede dafür sind meine beiden jüngeren Brüder, hinter denen man ständig her sein muß. Sie hören mir ja gar nicht zu.«

Er musterte ihren Rock und ihre Stiefel. »Sie reiten aus.« Er nagte an seiner Unterlippe und sah Kate aufmerksam an. »Irgendwann reizt er den Teufel einmal zu oft. Heute könnte es soweit sein. Miss Grey, dürfte ich Sie um einen Gefallen bitten?«

Kate hörte ihm zu, konnte jedoch Vals Besorgnis nicht teilen. Wenn der Marquis sich beim Sprung über einen Zaun das Genick brechen wollte, war das seine Sache. Da sie jedoch ohnehin ausreiten wollte und der arme Mann so besorgt war, versprach sie ihm, die Strecke zu nehmen, die er ihr beschrieb, und nach Alexis de Granville Ausschau zu halten. Sie behielt jedoch für sich, daß sie die Route teilweise schon von ihren Ausflügen mit Ophelia kannte.

Nachdem sie Val ein letztesmal versichert hatte, daß sie eine geübte Reiterin war, machte sie sich auf die Jagd nach der Schlange. Wenn sie galoppierte, konnte sie ihn vielleicht einholen, bevor er zu diesem lebensgefährlichen Sprung über Fleet's Ditch ansetzte. Sie nahm eine Abkürzung über die Hügel in das nächste Tal und ließ ihr Pferd hinaus auf die freie Fläche traben, wo prompt ein schwarzer Blitz an ihr vorbeischoß. Sofort wechselte sie wieder zum Galopp und setzte der dunklen Gestalt nach. Sie stellte sich in die Steigbügel und trieb den Wallach mit Pfiffen an. Er war ein kräftiges Pferd mit einem Schuß Vollblut und würde das Jagdpferd des Marquis leicht einholen.

Alles, was sie von Pferd und Reiter sehen konnte, war ein schwarzer Schweif und die schlanke, vorgebeugte Gestalt eines Mannes. Kurze Zeit später war sie bereits hinter ihm, zog leicht nach links, pfiff noch einmal und spürte, wie der Wallach weit ausholte. Als sie gleichauf waren, rief sie dem Marquis zu: »Morgen!«

Er antwortete nicht. Schweiß strömte ihm übers Gesicht. Das schwarze Haar flatterte um seinen Kopf, und sein Blick war auf den Boden geheftet. Sie entdeckte ein Leuchten in seinen Augen, das ihr nicht gefiel. Er war kalkweiß. Er ritt, als sei er mit dem Pferd verwachsen, und sie konnte sehen, wie seine Muskeln arbeiteten. Sie rief noch einmal, diesmal lauter.

»Morgen!«

Sein Kopf fuhr herum. Er schien sie tatsächlich erst jetzt zu bemerken und ließ sofort die Zügel locker. Sein Pferd wurde umgehend langsamer.

Der Marquis wandte ruckartig den Kopf wieder ab und konzentrierte sich auf den Weg. Ohne ein Wort zu wechseln, fielen sie in einen langsamen Trab und schließlich in Schritt. Trotz ihres eigenen heftigen Atems konnte sie hören, wie er nach Luft rang. Roß und Reiter waren völlig naß.

»Was machen Sie hier?« keuchte er.

»Ich bin ausgeritten und habe Sie gesehen. Ich dachte, ich könnte Ihnen geradesogut gleich sagen, daß ich meine Meinung geändert habe.«

»Wer hat Ihnen gesagt, wo ich bin? Val?«

»O ja, natürlich. Ich habe nichts besseres zu tun, als die Gegend nach einem Wahnsinnigen abzusuchen, der es aufregend findet, nur zum Vergnügen das Leben seines Pferds zu riskieren.«

Sie zügelte ihr Pferd neben dem Marquis, der stehengeblieben war. Er starrte sie ungläubig an.

»Sie reiten im Herrensattel, wie ein Mann.«

»Ich reite im Herrensattel wie eine Frau.«

»Wir kehren um, bevor Sie jemand sieht«, sagte der Marquis und trieb ihr Pferd vor sich her. »Ich kann es nicht glauben. Ich kann es einfach nicht glauben.«

Kate hob die Augen zum Himmel.

»Es ist so unweiblich, so unschicklich.«

»Sie sind nur wütend, weil ich Sie eingeholt habe«, stellte sie fest.

Verächtlich reckte sie das Kinn. Der Marquis musterte sie. Sein Blick wanderte von ihrem Gesicht zur Brust, hinunter zur Hüfte und wieder zurück zur Brust. Sie schnaubte und blickte starr geradeaus.

»Sie haben mich nicht eingeholt«, erwiderte er. »Mich

hat noch nie jemand eingeholt. Und von jetzt an reiten Sie im Damensattel.«

»Nein.«

»Das war ein Befehl, Miss Grey.«

»Ich weiß, Mr. de Granville.«

Sie konnte hören, wie er mit den Zähnen knirschte. Er war noch wütender als ein gefangener Waschbär. Sie grinste.

»Niemand«, fauchte der Marquis, »niemand hat mich je ›Mister‹ genannt.«

»Gefällt es Ihnen nicht? In Ordnung, ich werde mir etwas anderes einfallen lassen. Wie wäre es mit ›verknöchert‹ oder ›prüde‹? Das paßt zu Ihren überheblichen Vorbehalten meinen persönlichen Gepflogenheiten gegenüber.«

»Prüde!«

Der Marquis wollte nach ihr greifen. Sie wich ihm aus und trat dem Pferd in die Seiten. Er jagte sie den ganzen Weg zurück zum Stall. Zu ihrem Glück war sein Pferd bereits müde. Sie spürte, daß er noch immer aufgebracht war, als sie ihr Tier dem Stallknecht überließ. De Granville stieg ebenfalls ab und warf die Zügel einem anderen Knecht zu. Der Knecht lenkte ihn mit einer Frage ab, und Kate nützte die Gelegenheit, sich davonzumachen. Hinter einer Biegung des Fußwegs zur Burg fiel plötzlich jemand über sie her und zerrte sie zu einer nahen Baumgruppe.

Während sie hinter dem Mann herstolperte, der sie überfallen hatte, erhaschte sie einen Blick auf leuchtend schwarzes Haar.

»Lassen Sie mich los«, schrie sie.

Der Marquis beachtete sie nicht, sondern zog sie hinter sich her zu einer Lichtung. Da sah sie den Baumstumpf, den er ansteuerte. Eine böse Ahnung stachelte ihren Kampfgeist an.

»Dieser kleinen Wilden muß man ein wenig Respekt eintrichtern«, hörte sie ihn murmeln.

De Granville setzte sich auf den Stumpf und legte sie quer über seinen Schoß. Kate war bereit. Anstatt sich zu wehren, ließ sie den Kopf nach unten hängen. Als der Marquis seine Arme über ihren Rücken und ihre Schenkel legte, beugte sie sich noch tiefer nach unten, bis kurz vor seinen Schenkel, öffnete weit ihren Mund und biß zu.

Sein Aufschrei war eine einzige Wohltat und machte die Demütigung erträglicher. De Granville riß ihren Kopf an den Haaren hoch und schob sie von seinem Schoß auf den Boden. Kate landete auf ihrem Hinterteil, war jedoch sofort wieder auf den Beinen, bereit für die nächste Attacke.

Diese blieb jedoch aus, denn der Marquis blieb auf dem Baumstumpf sitzen, rieb sich den Schenkel und fluchte. Ein wilder Blick traf sie.

»Das hätte fast geblutet, verflucht nochmal.«

»Idiot.« Sie legte die Hände auf die Hüften, um deren Zittern zu vertuschen. »Sie sollten über die Folgen Ihrer Handlungen vorher nachdenken. Als Mädchen mußte ich mich auf dem Overland Trail gegen alle möglichen Gefahren wehren. Indianerüberfälle, betrunkene Goldgräber, aufdringliche Spieler. Glauben Sie wirklich, ich lasse mich von Ihnen übers Knie legen? Ich gebe nicht so schnell auf. Da müßten Sie schon zu härteren Bandagen greifen. Oder ist es das, was Sie wollen?«

De Granville starrte sie an und rieb noch immer geistesabwesend seinen Schenkel. Ohne Vorwarnung stand er auf und griff nach ihrer Hand. Gegen ihren heftigen Widerstand führte er sie zum Mund. Sie spürte nur den Hauch einer Berührung seiner warmen Lippen auf ihrer kalten Haut.

»Ich bin beschämt«, gestand er, »und bitte Sie um Vergebung. Ihre Abneigung gegen mich ist nichts gegen die Abneigung, die ich selbst gegen mich verspüre.«

Zu ihrer eigenen Überraschung glaubte ihm Kate. Sie konnte den Kummer in seinen Augen sehen, und diese abgrundtiefe Traurigkeit gefiel ihr nicht.

Sie zog ihre Hand zurück und rieb sich die Oberarme. »Es tut mir leid, daß ich Sie prüde genannt habe. Nach dem, was Ophelia sagte, sind Sie sicher nicht ... Oh!«

Sein leises Lachen konnte ihre Verlegenheit nicht mindern. Am liebsten wäre sie davongelaufen, doch er stellte sich ihr grinsend in den Weg.

»Miss Grey, mit Ihnen zusammenzusein ist, wie wenn man ein Glas Whiskey nach dem anderen hinunterstürzt. Wollen wir einander verzeihen?«

Warum war auf einmal alles anders? überlegte Kate verwirrt. Vielleicht weil er plötzlich so dicht vor ihr stand. Ihr Blick wurde von der glatten Haut unter seinem Hemdkragen angezogen.

Sie befeuchtete die Lippen. »Ja, Vergebung ist eine gute Idee.«

»Sie hätten das nicht tun sollen«, sagte der Marquis.

»Was?«

»Das.« Er senkte den Kopf und strich mit der Zunge über ihre Lippen. Er flüsterte: »Sie hätten es nicht tun sollen, aber ich danke Gott, daß Sie es getan haben.«

Sie hatte genügend Zeit. Er umschloß sie langsam mit seinen Armen, und sie hätte sich leicht dagegen wehren können. Sie wollte es nicht.

Er legte seinen Mund auf ihren und fuhr mit seiner Liebkosung fort. Sie genoß die warmen, feuchten Lippen, die Art, wie er gleichmäßig an ihrem Mund sog. Erst nach einer Weile erkannte sie die Bedeutung dieser rhythmischen Bewegungen, denn seine Hüften rieben sich im gleichen Takt an ihren. Ein heißes, brennendes Begehren baute sich in ihrem Schoß auf, und ihre Brüste kribbelten. In diesem Moment setzte das bißchen Verstand, das ihr geblieben war, auch noch aus, und sie überließ sich völlig ihrem Körper und erwiderte den Druck seiner Hüften.

Sein Mund wanderte nun über ihren Hals. Kate hatte noch nie einen Mann in den Armen gehalten, aber ihre Hände wußten instinktiv, was ihm gefiel. Sie glitten unter seine Jacke und streichelten den noch immer feuchten Stoff über seiner Brust. Als Antwort darauf umfaßte er ihre Hinterbacken und preßte sie noch enger an sich.

Tapp, tapp, knirsch, tapp, tapp, knirsch.

Der Marquis löste sich von ihr, Kate legte den Kopf an seine Brust und stöhnte. Jäh hob er ihr Kinn an und küßte sie noch einmal. Dann schob er sie von sich und strich ihr eine Locke aus dem Gesicht. Er glättete ihre Jacke und rückte seine eigene ebenfalls zurecht. Dann nahm er sie am Arm, führte sie zurück auf den Weg.

Seine routinierte Reaktion erweckte Kates gesunden Menschenverstand wieder zum Leben. Sie hatte keine Ahnung, warum dieser Mann sie küssen wollte. Zwar wußte sie, warum Männer im allgemeinen küßten, aber es war ihr ein Rätsel, warum gerade dieser Mann gerade diese Frau küssen wollte.

Als sie sich Valentine Beaufort näherten, schossen ihr alle möglichen Gedanken durch den Kopf. Der Marquis mußte sie hübsch finden, sonst würde er sie kaum küssen wollen. Vor noch nicht allzu langer Zeit jedoch hatte er nicht einmal mit ihr tanzen wollen. Er fand sie unterhaltsam, aber er billigte ihr Benehmen nicht. Er mochte sie, aber er mochte sie auch nicht. Er beleidigte sie, dann küßte er sie.

»Miss Grey«, sagte er leise, »mein besorgter Freund nähert sich uns. Bevor wir bei ihm sind, möchte ich Sie bitten, mich mit meinem Vornamen anzusprechen, und ich erbitte die gleiche Gunst von Ihnen.«

»Einverstanden, Lord Alexis.«

»Nein. Alexis, einfach Alexis.«

Kate lächelte Val zu, der fast schon in Hörweite war, und er lächelte zurück.

»Vorsicht«, mahnte sie. »›Und der Teufel grinste, denn seine liebste Sünde ist Stolz, der Bescheidenheit verhöhnt‹.«

Sie hörte, wie er scharf Luft einsog und verblüfft auflachte. »Sie kleines Biest.«

Sie ging ein paar Schritte voraus und blickte über die Schulter zurück. Die unverhüllte Sinnlichkeit traf sie unvorbereitet. Er war völlig davon eingehüllt und strahlte sie in heißen Wellen aus, die über sie hinwegströmten. Dabei lächelte er sie an wie ein Heiliger.

Schnell drehte sie sich wieder zu Val um und floh vor Alexis de Granville in die Sicherheit, die die Nähe seines Freundes bot.

Noch nie zuvor war er von einer jungen Dame mit Poesie beleidigt worden. Alexis blieb stehen, um Kate Grey von hinten zu bewundern. Ein Blaustrumpf, dessen Haar leuchtete wie die Abendsonne. Ihre Schlagfertigkeit ließ auf einige Erfahrung im Umgang mit rivalisierenden Männern schließen. Inzwischen stand sie neben Val und unterhielt sich mit ihm, wobei sie mit der Reitpeitsche gegen ihre Stiefel schlug. Die schwarze Rute holte dazu weit aus und schnitt durch die Luft.

Diese simple Bewegung genügte, um die Erinnerung wachzurufen. Alexis wollte sich dagegen wehren, doch es war zu spät. Von einem Moment auf den anderen war er wieder ein zwölfjähriger Junge, einsam und wütend. Er saß auf seinem Pferd und sah zu, wie sein Vater und seine Schwester auf ihn zugaloppierten. Eifersucht nagte an seinem Herzen. Er war noch immer völlig außer Atem von der Anstrengung, die beiden im Wettrennen zu schlagen. Blindwütiger Zorn brodelte und nagte in seinem Innern. Vater hielt sein Pferd zurück, damit Thalia gewann. Die verwöhnte, liebliche Thalia kam auf ihn zugestürmt. Er konnte sehen, wie der Schleier ihres Hutes flatterte.

Alexis griff mit schweißfeuchten Händen nach seinen Zügeln. Während er dort saß und seinen Groll nährte, wurde Thalia zwischen den beiden riesigen Eichen, die die Ziellinie bildeten, jäh aus dem Sattel gefegt. Im ersten Moment sah es so aus, als sei sie mit Absicht vom Pferd gesprungen. Ihre Hände flogen nach oben, und ihr Körper wurde zurückgerissen. Rote Flüssigkeit war plötzlich überall, und irgendwie brach Thalia auseinander. Ihr Kopf löste sich von ihrem Rumpf. Alexis erstarrte. Seine Augen nahmen etwas auf, was sein Verstand nicht begreifen konnte.

Dann ein markerschütternder Schrei und das Dröhnen von Hufen. Alexis schrie gellend auf. Das Pferd seines Vaters stolperte über Thalias Körper. Sein Vorderhuf knickte ein, und Pferd und Reiter fielen übereinander. Alexis trieb sein Pferd an, aber das Tier verweigerte jede schnelle Gangart. Er stieß ihm die Sporen in die Flanken, aber es ging nur im Schritt. Da er spürte, daß seine eigenen Beine ihren Dienst verweigern würden, mußte er hilflos mitansehen, wie sein Vater von dem Gewicht des Pferdes erdrückt wurde.

Ein Kichern vertrieb das Bild von Blut und toten Körpern. Alexis schüttelte den Kopf. Lange konnte er nicht wie versteinert mitten auf dem Weg gestanden haben, sonst hätten Val und Kate etwas bemerkt. Er stopfte die Hände in die Hosentaschen, damit niemand sah, wie sehr sie zitterten.

In der vergangenen Nacht hatte er wieder von Thalia und Vater geträumt. Wenn Val ihn nicht geweckt hätte, wäre der Alptraum weitergegangen, und er hätte wieder seine eigene Hysterie, die anschließende Abgestumpftheit und den Verlust der Erinnerung durchlebt. Zum Schluß sah er sich immer in der Kapelle knien, wo er verzweifelt Gott fragte, ob es wirklich er gewesen war, der die Angelschnur zwischen den Bäumen gespannt hatte, um den Tod seiner Schwester und seines Vaters herbeizuführen. Val hatte dem grauenvollen Traum ein Ende gesetzt, aber die Verzweiflung und der Wunsch, allem zu entfliehen, war geblieben. Wie so oft hatte er auch diesmal zu dem einstigen Mittel gegriffen, das Erlösung brachte. Diesmal war er dabei allerdings von einer rothaarigen Elfe gestört worden, die aus heiterem Himmel neben ihm aufgetaucht war und ihm ›Morgen‹ zugerufen hatte.

Alexis lächelte. Überrascht, daß er lächeln konnte, wurde er wieder ernst. Er wartete. Da war es wieder. Er lächelte. Wo war die Niedergeschlagenheit, die sich normalerweise nach einem Todesritt seiner bemächtigte?

Er zog es vor, diese Frage nicht zu beantworten, sondern gesellte sich zu seinem Freund und Kate Grey.

»Ein Gast ist eingetroffen«, sagte Val. »Fulke bat mich, dich zu suchen.«

»Der Herr möge mir beistehen«, erwiderte Alexis. »Ich hoffe, es ist nicht Sir Eustace. Er will die Pfründe von Heppleton für seinen Sohn. Sein Sohn ist todlangweilig und voll frommer Reden. Andererseits, wenn ich es recht bedenke, sind solche Eigenschaften die richtigen Voraussetzungen für einen Kirchenmann.«

Alexis stellte sich neben Kate und bot ihr seinen Arm. Sie nahm ihn, und zu dritt gingen sie zurück zum Haus. Er war stolz darauf, daß er auf der ganzen Strecke kein einziges Mal mit ihr stritt. In der großen Halle blieben sie stehen. Durch die offenstehenden Flügel einer Tür in der Nähe des Eingangs sahen sie einen Mann, der sich mit Fulke unterhielt.

»Zum Henker!« Val machte einen unsicheren Schritt auf die beiden zu.

Schnell schob Alexis Kate zur Seite und machte einen Satz auf seinen Freund zu. ›Zum Henker‹, beschrieb seine eigenen Gefühle ziemlich genau. Er hatte Cardigan vergessen. Da stand er mit seinem gelockten Haar und dem eleganten Schnurrbart, nichts ahnend von der Gefahr, in der er schwebte. Alexis schnappte Vals Arm. Val schüttelte ihn ab und strebte ungerührt weiter auf den Grafen zu. Alexis stürzte ihm nach und entriß seinem Freund die Krücke. Val taumelte. Beherzt packte Alexis ihn am Jackenkragen und zog ihn zu sich heran, wobei er dessen Fäusten geschickt auswich.

Alexis warf die Krücke Kate zu. Wie er es nicht anders erwartet hatte, fing das Mädchen sie auf. Von hinten wand er seine Arme um Val, ignorierte dessen wüste Flüche und trug ihn mehr oder weniger zu einer Seitentür.

»Gut gemacht, Miss Grey ... Kate. Val hat die Fassung verloren und sollte jetzt ein wenig ruhen. Umpf!« Für einen verletzten Mann waren Vals Schläge ziemlich kräftig. Er umklammerte ihn noch fester. Auf Kates bohrende Fragen schüttelte Alexis nur den Kopf. »Bitte, lenken Sie die beiden ab, bis ich zurückkomme. Tun Sie mir den Gefallen?«

»Ich halte mich in einer Burg voller Irrer auf«, murrte sie. »Ja, in Ordnung, ich gehe schon.«

Alexis schob Val aus der großen Halle hinaus und schlug die Tür hinter sich zu. Val bekam eine Truhe zu fassen und stützte sich darauf.

»Du bist zu schwach, um gegen mich eine Chance zu haben«, stellte Alexis fest.

»Ich werde ihn umbringen. Ich werde ihm das Herz mit eigenen Händen aus dem Leib reißen.«

»Du kannst kaum gehen. Sieh dich doch an. Du taumelst durch die Gegend wie ein neugeborenes Kalb. Du hast schwarze Ringe unter den Augen, und deine Haut ist eiskalt. Die Ärzte haben dir immer und immer wieder gesagt, daß du erst genesen kannst, wenn dein Kopf deinem Körper Ruhe gönnt.«

Val machte einen Satz auf die Tür zu. Alexis fing ihn im letzten Moment auf, bevor er zu Boden stürzte.

»Laß mich los, du Bastard.«

»Du hast heute schon einiges hinter dir. Du bist die ganze Nacht durch die Burg geschlichen, hast mich aus dem Bett geschmissen, Miss Grey aufgestöbert, damit sie mir nachreitet. Jetzt ein verfluchter Mord. Ich glaube, ich sperre dich besser in dein Zimmer. Hör auf, dich gegen mich zu wehren, oder ich werfe dich die Treppe hinunter.«

Wenige Minuten später stieß Alexis zu Fulke, Kate und dem Grafen von Cardigan im Salon. Er hatte sich nicht umgezogen, aber Cardigan war ein fanatischer Reiter und würde ihm seine Reitkleidung nicht übelnehmen. Es wäre ihm auch völlig egal gewesen. Er war viel zu sehr darauf konzentriert, sich zusammenzureißen, damit er den Mann nicht aus dem Haus wies. Damit würde er nur die Königin verärgern.

Allerdings hatte er sich völlig umsonst Gedanken gemacht, denn Cardigan schien es völlig egal zu sein, wo sein Gastgeber war. Er hatte nur Augen für Kate Grey. Während Kate ihm Kaffee einschenkte, hörte Alexis Cardigan zu und bemühte sich, seine Haßgefühle im Zaum zu halten.

»Hätte mich den Feiglingen gern selbst gestellt«, sagte der Graf gerade. »Völlig unmöglich, sie zu finden. Schickten mir anonyme Briefe voller Beleidigungen und Vorwürfe. Ihre Majestät bat mich, hierherzukommen, solange die amtlichen Stellen die Sache untersuchen.«

Alexis nickte wortlos. Fulke überbrückte das Schweigen.

»Was genau steht in den Briefen, James?«

Cardigan errötete und zwirbelte seinen Schnurrbart. Alexis fühlte sich um sechs Monate zurückversetzt zu jenem Tag voller Blut. Cardigan hatte an der Spitze der Leichten Brigade auf seinem Pferd gesessen und hatte seinen Bart gezwirbelt, während er mit dem Grafen von Lucan stritt. Hätten sich die beiden nicht wie Primadonnen um das Kommando gestritten, hätten sie sicherlich um Klärung des Befehls gebeten, auf den hin hunderte von Männern abgeschlachtet worden waren.

»Und sie bezichtigen mich der Lüge!« hörte er Cardigan sagen. »Der Lüge! Sie behaupten, ich hätte Lucan nicht darum gebeten, den Befehl zu hinterfragen.«

Kate setzte ihre Tasse ab und musterte den aufgebrachten Mann. »Warum haben Sie sich nicht geweigert, Mylord?«

Alexis hätte sich fast an seinem Kaffee verschluckt, aber der Graf richtete seine himmelblauen Augen auf das Mädchen, und seine Wut schien augenblicklich zu verrauchen.

»Meine liebe Miss Grey«, sagte er. »Natürlich versteht eine Dame nichts von der Pflicht eines Soldaten. Ein Soldat gehorcht seinem Vorgesetzten.«

»Sie sagten, dieser Oberbefehlshaber, Lord Raglan, war ein Schreibtischgeneral. Seine letzte Schlacht, an der er teilnahm, war die gegen Napoleon in Waterloo. Niemand hätte Ihnen einen Vorwurf daraus gemacht, wenn Sie sich geweigert hätten, sich selbst und eine ganze Brigade dem sicheren Tod auszuliefern, oder?«

»Doch, Miss Grey, das hätte man.«

»Nun, mir scheint, daß ein Mann, der seine eigenen Leute nicht versorgen kann, der sie verhungern läßt und ihnen keine medizinische Versorgung —«

»Miss Grey«, unterbrach sie Alexis.

Er konnte den gereizten Unterton, mit dem er sie anfuhr, nicht verhindern. Sie stocherte in offenen Wunden. Cardigan hatte diesen in die Ferne gerichteten, gequälten Gesichtsausdruck, den er bei Val schon so oft gesehen hatte. Er hoffte, daß seine eigene Miene nicht so viel von seiner Pein verriet.

Zum Glück rettete Fulke die Situation.

»Darf ich Ihnen Ihr Quartier zeigen, James? Juliana hat Sie in den Prachtgemächern untergebracht. Sicher werden Sie zu schätzen wissen, daß Sie in den gleichen Räumen schlafen wie einst Heinrich VIII. Wenn man hingegen seinen blutrünstigen Ruf bedenkt, werden Sie vielleicht doch nicht so ungestört schlafen.«

Alexis erhob sich mit den anderen, folgte dem Grafen und Fulke jedoch nicht. Allerdings bemerkte er den Blick, den Cardigan und Kate austauschten. Der Graf blickte über Fulkes Schulter und musterte sie mit dem gleichen durchdringenden Blick, mit dem er Prinz Alberts Husaren inspizierte.

Kate tat etwas, was Alexis noch bei keiner jungen Dame erlebt hatte. Sie starrte neugierig und abschätzend zurück. Zum Teufel mit ihr! Die Tür wurde geschlossen, das setzte dem Kontakt zwischen den beiden ein Ende.

Alexis nahm mit einer heftigen Bewegung die silberne Kanne und schenkte sich noch eine Tasse Kaffee ein. »Miss Grey.« Er war zu erbost, um sie ›Kate‹ zu nennen. »Ich muß darauf bestehen, daß Sie wenigstens einen letzten Rest von Schicklichkeit im Umgang mit meinen Gästen wahren. Vielleicht ist es in einem unterentwickelten Land wie den Vereinigten Staaten jungen Damen erlaubt, mit Männern mit der Dreistigkeit einer Dirne umzugehen, aber in meinem Haus erwarte ich eine gewisse Einhaltung der gesellschaftlichen Regeln.«

Sie stand auf. Seine Wut wurde von ihrem geteilten Rock, der am Hals geöffneten Bluse und den ungezähmten Locken geschürt.

»Wie war noch das Wort, das Sie benutzten?« fragte sie ruhig.

Der Wunsch, sie zu beschämen, war übermächtig. »Dirne.«

»Sie nennen mich eine Hure?«

Wie es ihm schon viel zu oft bei Katherine Ann Grey geschehen war, so konnte er sie auch jetzt nur mit offenem Mund anstarren.

»Ich fragte, ob Sie mich eine Hure nennen?«

Er schüttelte verneinend den Kopf.

»Das ist auch gut so, denn dann brauche ich Sie jetzt auch nicht einen engstirnigen, verklemmten Idioten zu nennen.«

Sie stolzierte aus dem Salon und schlug krachend die Tür hinter sich zu.

Alexis nahm seinen Löffel und rührte abwesend in seiner Tasse.

»Verklemmt! Das wird Ihnen noch leid tun, Kate Grey.«

Kapitel 8

Kate stampfte den Flur hinunter und murmelte dabei vor sich hin.

»Ich kann es nicht glauben, daß ich das wirklich gesagt habe. Ich habe einen Adligen verklemmter Idiot genannt. Mama wird tot umfallen, wenn sie das herausfindet, aber das ist mir egal. Er ist verklemmt.«

Eine Tür zu ihrer Linken öffnete sich, und ein goldenes Seidenäffchen schoß hinter schwarzen Seidensatinröcken hervor. Beim Anblick der winzigen Kreatur blieb Kate verdutzt stehen.

»Miss Grey.« Lady Juliana nickte ihr von der Türschwelle aus zu. »Kate.«

Das Seidenäffchen kletterte an Kates Rock hinauf. Kate erwischte es in Taillenhöhe und trug es in das Zimmer zurück. Lady Juliana lächelte sie an. Juliana lächelte nur selten, und Kate hatte sie noch nie lachen sehen.

Juliana nahm ihr das Äffchen ab. »Meine Liebe, ich hörte Ihren bedauerlichen Wortwechsel mit meinem Sohn.«

»Es tut mir leid, Madam.«

»Das braucht es nicht.« Juliana streichelte das lange Fell des Äffchens. Auf einem Sofa hinter ihr schliefen drei Persianerkatzen.

»Ich habe Sie beobachtet. Mein Sohn hat Ihre Abneigung verdient. Er ist das genaue Gegenteil seines Vaters, der der Inbegriff eines vollkommenen Mannes war. Sehen Sie, Miss Grey, Alexis ist ständig auf der Jagd nach Frauen, genau wie ein Tiger Antilopen jagt. Sie sind das erste Mädchen, das ihm Paroli bietet, und das einzige, das ihn richtig eingeschätzt hat.«

Worauf wollte diese Frau hinaus? »Ich verstehe nicht

ganz, Madam. Ihr Sohn und ich, wir vertragen uns nicht besonders, das stimmt.«

»Genau! Sie können natürlich nicht wissen, daß Alexis sich sonst mit allen bestens verträgt. Er verträgt sich mit jeder Frau, die es ihm wert ist, mit dem Finger nach ihm zu schnippen.« Juliana setzte das Seidenäffchen auf den Boden und legte die Hand auf Kates Arm. »Ich bewundere Sie. Vor dreißig Jahren noch hatten alle Mädchen Verstand und Mut wie Sie. Heutzutage benehmen sich alle, als sei es ein Verbrechen, klug oder mutig zu sein.«

»Danke, Madam.«

»Ich werde Sie protegieren.«

Kate runzelte die Stirn. »Mich protegieren?«

»Sie gesellschaftsfähig machen.« Juliana hob eine dicke, cremefarbene Katze hoch und begann sie zu streicheln. »Offen gesagt, Kate, ich kann Ihre Mutter nicht ausstehen. Sie hat kein Rückgrat. Und dann dieses gezierte Getue. Ich hasse Geziertheit.«

»Sprechen Sie nicht über meine Mutter wie eine —«

»Still, Kind. Sie können Geziertheit genausowenig ausstehen wie ich. Das sehe ich jedesmal deutlich in ihrem Gesicht, wenn Sophia ihr Riechsalz benützt. Seien Sie doch ehrlich.«

»Aber ...«

»Sie ist Ihre Mutter. Wir wollen nicht mehr über dieses Thema sprechen. Ich werde Sie protegieren. Wir sind in dieser Saison wegen Alexis' und Vals Verletzungen nicht nach London gefahren, aber ich kann ein paar kleinere Abendgesellschaften geben. Das ist ohnehin viel besser für Sie. Ich werde junge Männer mit Charakter einladen.«

Nachdem sie Kate einige ihrer möglichen Verehrer beschrieben hatte, schob sie sie sanft aus dem Zimmer. »Und jetzt gehen Sie besser, meine Liebe. Ich muß alles genau planen.«

Als Kate protestieren wollte, fiel die Tür bereits ins

Schloß. Sie hörte, wie eine Katze miaute und das Seidenäffchen quiekte. Kate schluckte und ging weiter. Zwar kannte sie Lady Juliana erst seit kurzem, aber sie wußte bereits, daß es sinnlos war, dieser Frau zu widersprechen. Wenn sie sich etwas in den Kopf gesetzt hatte, hielt sie so stur daran fest wie Königin Viktoria persönlich.

»Mich protegieren«, sagte sie zu sich selbst. »Das kann ich gerade noch brauchen, einem Haufen boshafter Snobs vorgeführt zu werden. Was in ...«

Jemand hämmerte gegen die Tür und rief etwas. Kate folgte dem fernen Geräusch. Die Burg besaß Schlafräume auf den verschiedenen Ebenen. Das Poltern kam vom zweiten Stock, aus dem Flügel, den der Marquis und seine Familie bewohnten. Sie schien auf dem richtigen Flur zu sein, denn das Klopfen wurde lauter. Schließlich fand sie die Tür und blieb davor stehen.

»Alexis!« schrie ein Mann. »Alexis, du verdammter Bastard, laß mich raus.«

»Mr. Beaufort?« sagte Kate.

»Bitte, lassen Sie mich heraus!« rief Val.

Der Schlüssel steckte nicht im Schloß. Kate suchte den Boden ab. Ganz in der Nähe lag ein Messingschlüssel. Rasch schloß sie die Tür auf, die mit einem Ruck aufgerissen wurde. Val stand vor ihr und stützte sich schwankend auf seine Krücke. Er war hochrot und atmete schwer. Er starrte sie an mit wildem Blick.

»Wo ist er?« keuchte er, nachdem er sich bedankt hatte.

»Sie meinen den Grafen? Man zeigt ihm gerade seine Gemächer. Versuchen Sie bloß nicht, ihn zu finden. Sie wissen, daß Sie viel zu schwach sind, um irgend etwas auszurichten.« Kate nahm Vals Arm und zog ihn sacht mit sich den Flur hinunter. »Mr. Beaufort, Sie müssen dieses explosive Temperament beherrschen lernen. Zu Hause in San Francisco haben wir auch jede Menge Verbrecher, zum Beispiel die Sydney Ducks. Sie halten den

Grafen für Ihren Sydney Duck und würden ihn am liebsten am nächsten Baum aufknüpfen wie die *vigilantes* — die Mitglieder einer Selbstschutzgruppe bei uns in Amerika — die Ducks. Das Problem ist nur, *vigilantes* sind keine Richter, genausowenig wie Sie.«

»Doch, ich bin einer.«

Sie zerrte an seinem Arm. »Streiten Sie nicht mit einer Dame. Und sagen Sie nur nicht, ich würde mich nicht wie eine Dame benehmen. Das habe ich oft genug von Lord Alexis zu hören bekommen.«

Val lächelte. »Beachten Sie ihn einfach nicht. Alexis sucht immer nach der vollendeten Dame. Sobald er seine Traumfrau gefunden hat, wird er sie heiraten. Sie soll den Fluch, der auf ihm lastet, durch ihre Respektabilität ausgleichen, verstehen Sie?«

»Fluch? Das wußte ich gar nicht. Ich habe bisher noch nicht bemerkt, daß sich jemand in seiner Gegenwart bekreuzigt hätte, um das Auge des Teufels abzuwenden.«

»Das werden Sie auch nicht. Man beleidigt reiche, blaublütige Adlige nicht, die zufällig auch noch mit der Königin verwandt sind. Man warnt aber seine heiratsfähigen Töchter vor ihm. Leider hat die Warnung zur Folge, daß sich diese Töchter dem genannten Adligen geradzu zu Füßen werfen.«

»Wie verwirrend.«

»Damit, Miss Grey, habe ich genug gesagt. Alexis läßt mich auspeitschen, wenn er es herausfindet.«

»Warum haben Sie dann etwas gesagt?«

»Rache, Miss Grey. Kleinliche, hinterhältige, wohltuende Rache. Haben Sie den ›Mitternachtstraum‹ gelesen? Ich habe das Gefühl, daß Sie Alexis von einem würdevollen Theseus in einen verzauberten und verwirrten Lysander verwandeln.«

Sie blieb stehen, weil sie mittlerweile an der Treppe angekommen waren, die zu ihrem Zimmer führte.

»Sie haben sich getäuscht«, antwortete sie. »Seine hochwohlgeborene Lordschaft hat sich bereits gewandelt. Allerdings nicht in Lysander, sondern in Bottom. Und wenn Sie sich richtig erinnern, hat sich Bottom die meiste Zeit wie ein kompletter Dummkopf aufgeführt.«

Am späten Nachmittag machte sich Alexis erneut auf die Suche nach Kate. Seit er sie zuletzt gesehen hatte, versuchte er, nicht ständig an sie zu denken. Er hatte noch nie versucht, nicht an eine Frau zu denken. Es war noch nie nötig gewesen. Der Versuch mißlang, er machte sogar den Fehler, die Erinnerung daran, wie sie diesem hirnlosen Cardigan zugelächelt hatte, zuzulassen.

Sofort hatte das Blut in seinen Adern zu kochen begonnen. Was er jetzt brauchte, war ein Streit. Nicht ein Streit mit irgend jemandem, sondern ein Streit mit Katherine Ann. Katie Ann. Mit der vorlauten, anmaßenden Kate Ann. Er fand sie im Küchengarten, wo sie Unkraut ausstach.

»Warum wühlen Sie im Dreck, Miss Grey?«

Die kleine Schaufel prallte auf einen Stein. Erdkrumen trafen Kate im Gesicht, und sie fluchte.

»Höllenfeuer. Müssen Sie sich an Leute heranschleichen und sie hinterrücks anschreien?«

Alexis betrachtete seine makellos weißen Manschetten, ehe sein Blick zu dem Schmutzfleck auf Kates kleiner Nase wanderte. Er grinste, als sie ausspuckte, nahm ihr die Schaufel aus der Hand und wischte ihr Gesicht mit der Schürze, die sie umgebunden hatte, ab.

»Ich habe Sie gefragt, warum Sie im Garten meiner Köche herumwühlen?«

»Zu Hause habe ich mich auch immer um den Garten gekümmert. Ich vermisse diese Arbeit.«

»Sind Sie fertig?« Er streckte die Hand nach ihr aus, ohne ihr die Gelegenheit zu geben, nein zu sagen.

Sie nahm die Hand und stand auf. »Ich schätze, das bin ich.« Sie legte die Hände auf den Rücken und richtete sich kerzengerade auf. »Du liebe Güte. Ich habe schon lange nicht mehr im Garten gearbeitet. Warum lachen Sie?«

»Ich habe noch nie gesehen, wie eine Dame ihre Arme nach hinten und die Brust nach vorn gestreckt hat. In meinem ganzen Leben noch nicht.« Er lachte erneut über ihre verständnislose Miene und deutete auf ihre Brust. »Ihre Haltung, Katie Ann. An Zurückhaltung und Schicklichkeit scheint es jenseits des Atlantiks zu fehlen.«

Sie nahm die Schaufel und knuffte ihn damit. »Sie brauchen mir nicht zu sagen, was junge Frauen zu tun oder nicht zu tun haben und worüber sie sprechen sollen, Alexis de Granville. Grinsen Sie mich gefälligst nicht so an. Und nennen Sie mich nicht Katie Ann. Mein Vater war der einzige, der mich so nannte.«

»Er muß ein mutiger Mann gewesen sein.« Er hielt ihre Hand fest. »Ein mutiger Mann, der eine so aufbrausende Tochter großgezogen hat, Katie Ann.«

Er ließ es zu, daß sie ihm die Hand wieder entriß. Man konnte förmlich zusehen, wie es in ihr zu brodeln begann. Am liebsten wäre sie ihm an die Gurgel gesprungen. Ihre Wangen waren erhitzt, ihre Augen sprühten unverhüllten Zorn. Er fühlte sich auf einmal so lebendig wie schon lange nicht mehr.

»Sie Hornochse.«

»Bitte.« Er hob beide Hände in spöttischem Protest. »Ich bin sehr sensibel, Katie Ann. Ich erzittere bei dem Gedanken, was Sie mir als nächstes an den Kopf werfen.«

»Fahren Sie zur Hölle«, knirschte sie, drehte sich um und marschierte durch den Garten zur Küchentür.

»Kommen Sie zurück, Lady Höllenfeuer«, rief er ihr nach. »Ihnen werden doch nicht schon die Worte ausgegangen sein!«

Nach ihrem Gespräch mit Lady Juliana verstrichen mehrere Tage, an denen sich Kate vorkam wie ein zum Tode verurteilter Gefangener, der auf den Henker wartet. Selbst Ophelias Bestattung, die an einem unangebracht schönen Tag stattfand, konnte Juliana nicht von ihren Plänen für eine Hausparty ablenken. Kate würde ihr Ehrengast sein. Es fiel Kate nicht leicht, sich auf ihre Geschäfte zu konzentrieren, bei dem Gedanken, daß sie bald von geschliffenen jungen Männern und Frauen umgeben sein würde, die sie für einen ausgemachten Trampel halten mußten.

Sophia war außer sich vor Entzücken. Obwohl Ophelias Tod sie tief getroffen hatte, erholte sie sich schon deshalb schneller von ihrem Kummer, weil sie unter ihren Landsleuten war. Außerdem fand sie großen Trost darin, Bekannte aus Kindheitstagen zu empfangen, mit denen sie ihre Freundschaften aufleben ließ.

Für Kate waren Mamas Freunde kein besonderer Trost, sie machten sie nur noch nervöser. Kate hatte Angst. Sie wußte rein gar nichts über Hauspartys, und nun stand eine drohend am Horizont. Wovor sie am meisten Angst hatte, waren die Gespräche. Sie hatte nie gelernt, sich über nichtssagende Dinge zu unterhalten. Neckereien waren für sie ungleich komplizierter als die Technik eines Dampfschiffs. Andere Mädchen konnten, ohne mit der Wimper zu zucken, einem Mann dümmliche Komplimente machen. Wenn Kate das gleiche versuchte, kam sie sich so lächerlich vor, daß ihr Gesicht rot anlief und ihr Mund sich weigerte, Worte zu bilden.

Vornehme Herren wollten sich nicht über Dinge unterhalten, die sie interessant fand. Sie wollte nicht darüber sprechen, wie man Gold wusch oder Handelsware von Hawaii oder China einführte. Mit Sicherheit wollten sie nichts von den Werken von Hawthorne oder Longfellow wissen. Sobald sie versuchte, über die Unruhen in Kansas wegen der Sklaverei oder die Probleme der skavenhaltenden und freien Staaten zu sprechen, erntete sie nur verständnislose Blicke — außer von dem Marquis von Richfield.

Er redete als einziger mit ihr über diese Dinge. Er war nicht gelangweilt. Kein bißchen. Im Gegenteil, es schien ihm eine besondere Freude, die Themen, die ihr am Herzen lagen, anzusprechen und ihre Argumente zu widerlegen, nur um sie bloßzustellen. Diese Schlange.

Er ließ ihr keine Ruhe. Kate bemühte sich schon, ihm so gut es ging aus dem Weg zu gehen, damit sie nicht wieder mit ihm streiten mußte, besonders nach der Szene im Küchengarten. Sie verbrachte viele Stunden in Besprechungen mit Mr. Poggs, doch sobald sie vor die Tür trat, war Alexis da, kam gerade zufällig an ihrer Tür vorbei oder spielte draußen mit seinem Hund. Wenn sie sich mit einem Buch in eine einsame Ecke des Burghofs stahl, spazierte er vorbei, weil er angeblich seine Obstbäume inspizieren mußte. Der Mann war ein einziges Ärgernis.

Außerdem verhielt er sich äußerst unfair. Zuerst provozierte er eine Auseinandersetzung, dann hielt er ihr vor, undamenhaft zu streiten, wenn sie sich verteidigte. Nachdem er sie vier Tage lang solchermaßen verfolgt hatte, war Kate soweit, daß sie darüber nachdachte, sich von Kalifornien eine Kampftruppe und einen Strick kommen zu lassen.

Am vierten Tag gab sie es endgültig auf, Alexis de Granville jemals zu verstehen. Sorgfältig hatte sie ein Versteck ausgewählt, wo sie in Ruhe lesen konnte. Im roten Salon, im Zedernholzsalon und in der Waffenkammer hatte er sie bereits aufgestöbert. Diesmal suchte sie im Uhrturm Zuflucht.

Der Turm war im vierzehnten Jahrhundert gebaut worden und hatte mehr als fünfzig Kammern. Er stand hinter dem riesigen Außenturm vor der Zugbrücke. Sie wählte eine unbewohnte Kammer, die vollstand mit mittelalterlichen Möbeln. Der Kamin war so groß, daß ein Mann darin stehen konnte. Was ihr am besten gefiel, war das rautenförmige Fenster, durch das die helle Morgensonne schien.

Sie zog einen schweren Stuhl ans offene Fenster, machte es sich darin bequem und schlug das Buch auf. Durch das Fenster sah sie nur herrlich blauen Himmel und eine kleine Zirruswolke. Das einzige Geräusch war das gelegentliche Rascheln der Buchseiten, wenn ein Luftzug hereinwehte. Nach und nach versank sie in einer sonnendurchfluteten Welt mit wunderschönen Worten.

»Grrrrr . . . wuff.«

Kate zuckte zusammen. Ihr Knie stieß gegen die Armlehne des Stuhls und sie schrie leise auf. Ein kratzendes Geräusch kam von der Tür, die sich langsam unter dem Gewicht von Iagos Schulter öffnete. Der Spaniel stürmte auf sie zu, landete mit den Vorderpfoten auf ihrem Schoß und bellte noch einmal.

»Iago!« schimpfte sie und schob den Hund hinunter. »Geh weg, du frecher Hund.«

Iago wühlte mit dem Kopf in ihrem Rock. Sie stand auf und zog den Hund an seinem Halsband von sich weg.

»Komm schon, Iago. Wenn du nicht hinausgehst, findet er mich noch.«

Sie wollte das Tier gerade hinausschubsen, als der Marquis über die Schwelle trat.

»Da bist du ja, alter Knabe«, stellte er fest. »Kate, was für eine Überraschung!«

»Das kann glauben, wer will. Er hat mich jetzt schon dreimal aufgespürt.«

»Ich weiß. Seltsam, nicht? Wir gehen spazieren, und sofort macht er sich auf die Suche nach Ihnen.«

Iago bellte, stupste Alexis mit der Schnauze und rannte wieder nach draußen.

»Und wohin geht er jetzt?« fragte Kate und versuchte, sich ihren Verdruß nicht anmerken zu lassen.

Der Marquis hob in gespielter Verzweiflung die Hände. »Ich weiß auch nicht. Manchmal habe ich den Verdacht, er macht gemeinsame Sache mit Kobolden, so spurlos, wie er hin und wieder verschwindet. Was lesen Sie da?«

Ehe sie ihn daran hindern konnte, griff er nach dem Buch, das noch immer auf dem Stuhl lag.

»Le Morte d'Arthur«, las er. »Ich hätte nicht gedacht, daß Sie so etwas Romantisches überhaupt lesen. Ritterliche Kavaliere und Hofdamen. Sind Sie eine Romantikerin, Miss Grey?« Er wartete ihre Antwort nicht ab. »Soll ich Ihnen etwas vorlesen?«

Wieder gab er ihr keine Gelegenheit zu antworten, sondern begann sofort zu lesen, noch während er sie zum Stuhl geleitete. Kate runzelte unwillig die Stirn, als er sich zu ihren Füßen niederließ, und zwar so dicht, daß er fast ihre Knie berührte. Noch nie hatte ein Mann ihr vorgelesen. Sie war so überrumpelt, daß sie ihn gewähren ließ. Zuerst war ihr unbehaglich, doch der Klang seiner Stimme lullte sie ein und ließ sie ihre Verärgerung vergessen. Es war eine tiefe, sanfte Stimme, gefühlvoll und vibrierend. Bald begann ihr Körper an den seltsamsten Stellen zu kribbeln. Das Kribbeln lenkte sie völlig vom Inhalt der Worte ab, und sie lauschte nur noch dem Klang dieser Stimme. Als er den Arm auf dem Stuhl aufstützte, rückte sie ein wenig zur Seite, damit er Platz hatte.

Er blickte auf und lächelte. Ohne in das Buch zu sehen, sprach er weiter. »›Dann suchte Sir Mordred die Gunst von Königin Guinevere zu erlangen durch Briefe und Lieder, auf redliche Weise und unredliche Weise, um sie aus dem Tower von London zu locken; doch all dies vergeblich, denn sie antwortete knapp, freimütig und unumwunden, daß sie sich lieber selbst erschlüge, als ihn zu ehelichen‹.«

Kate sah auf ihn hinunter. Ein erregtes Schaudern breitete sich in ihr aus. Seine Stimme schlug sie in ihren Bann. Sie verwob sich mit den Sonnenstrahlen, der frischen Luft, dem Geruch alten Holzes und der Wärme seines Körpers und verzauberte sie. Sie bewegte sich nicht. Noch kämpfte ihr Argwohn gegen die Verzauberung. Seine Augen waren unverändert auf sie gerichtet. Als er ihre Hand nahm und zum Mund führte, zuckte sie zusammen.

»Wäre ich Malory«, sagte er, »dann hätte Guinevere feuerrotes Haar und Haut so makellos schimmernd wie Porzellan. Sie hätte rehbraune Augen und kleine Hände, die völlig in meinen verschwinden.«

Seine Hand legte sich auf ihre. Sie beugte den Kopf und sein Mund hob sich ihr entgegen, berührte ihre Lippen, die sich so selbstverständlich öffneten, als seien sie dafür geschaffen.

Alle Widerstände waren vergessen. Sie wollte ihn küssen, also küßte sie ihn auch. Zögernd legte sie dabei die Hände auf seine Brust. Als hätte er nur auf diese Geste gewartet, zog er sie in seine Arme und küßte sie heftig. Seine Hand strich über ihren Arm nach oben und berührte die Seite ihrer Brust. Diese leichte Berührung genügte, um den Wunsch in ihr zu wecken, sich an ihn zu pressen.

Plötzlich wurde sie hochgehoben und auf einen Teppich auf dem Fußboden gelegt. Er ließ sich auf ihr nieder, und sie wollte schon den Mund öffnen, um zu protestieren.

»Schsch.« Er knabberte an ihrer Unterlippe, bevor er wieder von ihrem Mund Besitz nahm.

Es war ein wundervolles Gefühl, seinen Körper auf sich zu spüren. All ihre Bedenken wurden bedeutungslos unter der süßen Last dieses geschmeidigen männlichen Körpers. Als Alexis ihre Schenkel auseinanderdrückte, gab sie bereitwillig nach. Die plötzliche, intime Berührung ihrer Hüften, ihrer Lenden entfachte eine glühende Leidenschaft. Sie wollte mehr von ihm, immer mehr, wehrte sich auch nicht, als er ihren Hals küßte, ihre Brüste entblößte und sie berührte. Auch schrie sie nicht auf, als er an ihrer Brust sog und mit den Zähnen daran knabberte.

Kate hörte ihren eigenen lauten Atem. Ihre Haut brannte. Erfüllt von dem Erlebnis ihrer ersten sinnlichen Erregung, legte sie die Hand auf seine Wange. Sie war ebenfalls erhitzt. Daß er genauso erregt zu sein schien wie sie, stachelte ihr Begehren nur noch mehr an. Das Ziehen in ihrem Schoß wurde immer unerträglicher. Sie hob ihm die Hüften entgegen. Alexis fluchte und zerrte an ihren Röcken, die er vor lauter Ungeduld zerriß. Sie konnte die kühle Luft an ihren nackten Beinen spüren. Etwas Warmes legte sich auf ihr Knie. Seine Hand. Sie zuckte ein wenig zusammen, als die Hand unaufhaltsam nach oben wanderte, bis zu dem Dreieck zwischen ihren Schenkeln.

Diese hauchzarte Berührung brach plötzlich den Bann. Es war einfach zu viel. Ihre Empfindungen waren zu überwältigend. Seine sich bewegenden Hüften und sein saugender Mund waren zu viel. Kate versuchte aufzubegehren. Er beachtete es nicht. Sie wand sich, doch er drückte sie mit seinem Gewicht zu Boden, drängte seine Hüften gegen sie. Sie wollte ihren Mund lösen. Er ließ es auch zu, um sofort ihre Brüste mit der Zunge zu liebkosen. Sie rang nach Luft, während er seine Hose aufknöpfte. »Nein«, flüsterte sie heiser, wurde jedoch sofort von seinem Mund zum Schweigen gebracht. Panische Angst kühlte ihr Begehren, als sein hartes Geschlecht sie streifte. Diese Berührung löste den Impuls aus, der ihr gefehlt hatte.

Kate drehte den Kopf zur Seite. »Nein!«

Er starrte auf sie hinunter. Sein Gesicht war schweißfeucht, sein Blick wild. Er schloß die Augen und bewegte die Hüften. Sie spürte sein festes Glied an ihrer Öffnung. Er war dabei, in sie einzudringen!

»Alexis, hör auf«, flehte sie.

»Nein«, ich kann nicht. Großer Gott, ich kann nicht.«

Sie griff mit beiden Händen in sein schwarzes Haar und riß seinen Kopf zurück. »Doch, du kannst es. Du mußt.«

Er packte ihre Handgelenke, zwang sie, sein Haar loszulassen, und löste seine Hüften von ihr. Beim Anblick seines haßverzerrten Gesichts, setzte ihr Herz für einen Augenblick aus.

»Zur Hölle mit dir«, knurrte er. »Du verdammte, kleine Schlampe, ich sollte dich ...« Er verstummte, musterte ihr Gesicht. Dann gab er ihre Handgelenke frei. »Du weißt nicht einmal, wovon ich spreche, habe ich recht?«

Ihr Herzschlag beruhigte sich ein wenig. »Nein, nein.«

Im Nu hatte sich Alexis erhoben, stand neben ihr und ordnete seine Kleidung. Mit dem Rücken zu ihr hielt er sich an den Armlehnen des mittelalterlichen Stuhls fest und forderte sie auf, sich zu bedecken. Verwirrt und voller Schuldgefühle, gerade als hätte sie jemanden grausam gefoltert, gehorchte sie. Als sie fertig war, blieb sie mit untergeschlagenen Beinen sitzen und wartete. Alexis blieb noch einige Minuten abgewandt stehen. Das einzige Geräusch war sein heftiges Atmen.

»Bist du fertig?« fragte er schließlich.

»Ja.«

Er drehte sich zur ihr um, umklammerte jedoch immer noch den Stuhl. »Seit ich fünfzehn war, ist mir das nicht mehr passiert. Das ist schlimmer als die Folterbank.«

»Es tut mir leid«, antwortete Kate kleinlaut. Sie wagte eine Frage. »Geht es dir gut?«

»Ich werde mich erholen.«

Sie befeuchtete die Lippen und versuchte, bei ihren nächsten Worten nicht zu erröten. »Am Anfang war es so wunderschön. Ich wußte nicht, daß ich Angst bekommen würde und dich dadurch so verletze.«

Leises, männliches Lachen hallte durch den Raum, doch sie fühlte sich nicht gekränkt. Er blickte zur Zimmerdecke und schüttelte den Kopf.

»Ich habe deine Unschuld zu spät erkannt. Es war meine Schuld. Ich verwechselte Verstand und Eigensinn mit sexueller Erfahrung.«

»Ich hätte es trotzdem wissen müssen.«

Er stützte die Unterarme auf die Rückenlehne des Stuhls und lächelte sie ungläubig an. »Woher hättest du es wissen sollen?«

»Patience hat es mir erklärt. Es ist schon eine Weile her, aber ich hätte mich daran erinnern müssen. Sie sagte, Männer würden so ... so — ich weiß nicht, wie ich sagen soll, aber sie sagte, daß sie in diesem Zustand sehr verletzlich seien. Das habe ich vergessen, und es tut mir leid. Weinst du?«

Sie sprang auf, eilte zu Alexis und legte den Arm um seine Schultern. Er hatte den Kopf auf die Arme gebettet und bebte am ganzen Leib.

Als er den Kopf hob, sah sie, daß er lachte. Sie grinste zurück.

»Auf meine Ehre«, keuchte er. »Du bringst mich noch ins Irrenhaus, bevor der Monat zu Ende ist. Mir ist, als sei mir die Seele aus dem Leib gerissen und in Stücke gehackt worden.«

»Das klingt ja schrecklich.«

Er legte den Finger auf ihre Nasenspitze. »Nein, das ist es nicht. Im Gegenteil, ich kann mich nicht erinnern, wann ich mich jemals so lebendig gefühlt hätte.«

»Heißt das, daß du mir nicht böse bist?«

Er küßte sie auf die Wange. »Ja, meine unwissende, kleine Neunmalschlaue.«

Sie lächelte ihn an, aber ihr fiel keine Erwiderung ein.

Er hatte ihren wunden Punkt getroffen, ihre sexuelle Unerfahrenheit, aber das brauchte er nicht zu wissen. Sie verstand nicht, was zwischen ihnen geschehen war, befürchtete jedoch, daß er es verstanden hatte. Sie zog es vor, das Thema zu wechseln.

»Alexis, du hast mich nicht ausreden lassen, als ich dir neulich sagte, ich hätte meine Meinung geändert.«

»Worüber?« fragte er, während er ihr Buch unter dem Teppich hervorzog.

»Über deine kranken Soldaten. Ich habe beschlossen, sie in meinem Haus aufzunehmen. Findest du nicht auch, daß wir uns schnellstens auf die Suche nach einem Architekten machen sollten, damit der Umbau beginnen kann?«

Sein triumphierender Blick ließ sie stutzen, doch als er ihre Hand nahm und ihre Handfläche küßte, vergaß sie ihre Irritation wieder.

»Danke, kleine Wilde.«

Als sie gemeinsam den Uhrturm verließen, ging ihr der Gedanke durch den Kopf, daß Alexis de Granville vielleicht doch keine so widerliche Schlange war.

Kapitel 9

Er konnte das spöttische Gelächter seiner Vorfahren, zumindest der männlichen, förmlich hören. Er hatte Kate gehen lassen. Damit nicht genug, er hatte sie auch noch zur Bibliothek begleitet, damit sie ihrem verdammten Mr. Poggs schreiben konnte. Als Alexis die große Halle durchschritt, fiel sein Blick auf ein Wandgemälde, das einen Kämpfer darstellte, der hilflose Sachsen niedermetzelte. Dieser wilde Krieger, Norman Philippe de Granville, hätte nicht aufgehört, ehe er es dem Mädchen nicht fünf- oder sechsmal gegeben hätte. Mit eingezogenen Schultern eilte Alexis an dem Bild vorbei, als befürchte er, der schwarzhaarige Lord würde ihn verhöhnen.

Großer Gott, er mußte seine Dummheit teuer bezahlen. Noch immer war er aufs Höchste erregt, und er schaffte es gerade noch in sein Zimmer, ehe er die Beherrschung verlor. Mit einem Knall warf er die Tür hinter sich zu, stürmte zu seinem Schreibtisch und fegte sämtliche Bücher und Papiere zu Boden.

Dann blieb er inmitten des Durcheinanders stehen, ballte und öffnete die Fäuste und knirschte mit den Zähnen, während er sich nach etwas umsah, das er zerschmettern konnte. Er entdeckte ein griechische Vase und steuerte darauf zu. Genau in diesem Augenblick klopfte der bedauernswerte Meredith an und trat mit einem Briefumschlag ein.

»Auf den Boden, Meredith!«

Meredith ließ sich gerade noch rechtzeitig auf Hände und Knie fallen. Das kostbare Gefäß zerbarst an der Wand über seinem Kopf in tausend Teile. Meredith zuckte nicht mit der Wimper. Er erhob sich, rückte seine

Krawatte zurecht und stellte sich zwischen Alexis und eine Glasfigur. Alexis mußte wohl oder übel von seinem Ziel ablassen. Mit mordlustigem Blick starrte er seinen Diener an.

Meredith ignorierte den Blick und reichte ihm ungerührt den Umschlag. »Mylord.« Als Alexis unwillig knurrte, drehte er den Umschlag um, so daß Alexis den handgeschriebenen Absender lesen konnte.

Alexis entriß ihm den Umschlag, öffnete ihn und las die Nachricht. Mit dem Rücken zu Meredith atmete er tief ein und stieß die Luft stöhnend wieder aus.

»Ich werde unverzüglich nach Heppleton reiten, Meredith.«

»Ich habe Ihren Anzug bereitgelegt, Mylord.«

»Gut.« Er gab die Nachricht und den Umschlag an den Diener zurück. »Verbrenn den Brief wie immer. Ich komme gleich.«

Meredith steckte den Brief ein und ging zu der Tür, die in Alexis' Schlafzimmer führte.

Alexis stützte sich schwer auf den Tisch und schloß die Augen.

»Meredith.«

»Ja, Mylord.«

»Danke.«

»Mannestreue, Mylord. Verantwortung ist unzertrennlich verbunden mit der Position.«

Gedankenversunken ließ Alexis sich von Meredith in seine Kleider helfen. Wie ein oder zwei Tage einen Menschen von Grund auf verändern konnten! Nach Balaclava hätte er das eigentlich wissen müssen. Dennoch konnte er es nicht fassen, daß er sich bereits nach seiner kurzen Bekanntschaft mit Miss Grey vorkam wie ein verliebter Papagei. Klar geworden war ihm dies erst durch die Nachricht von Carolina, denn er konnte den Gedanken kaum ertragen, zu der Frau zu gehen. Aber er mußte es tun, es war seine Pflicht. Ophelia war der Ersatz für Carolina Beechwith gewesen, hatte davon allerdings nichts geahnt. Er hatte sich nach und nach von Carolina gelöst, bevor er auf die Krim geschickt worden war, doch sie hatte sich geweigert, seine Andeutungen zu verstehen. Sie lebte noch immer in der Hoffnung auf eine Versöhnung und wartete auf eine Gelegenheit, die Beziehung, die er innerlich schon längst beendet hatte, wieder aufleben zu lassen. Dies war das erstemal, daß sie sich seit seiner Genesung treffen würden.

Alexis wußte hinterher nicht mehr genau, wie er dorthingekommen war, aber bald schon ging er auf das Fallgitter und die Zugbrücke zu, hinter der ein Stallbursche mit seinem Pferd wartete. Er trat in die Dunkelheit des Torbogens zwischen den beiden Wachtürmen. Das Sonnenlicht zu beiden Seiten des Bogens ließ die Dunkelheit noch schwärzer erscheinen. Alexis schlug sich mit der Reitpeitsche gegen den Schenkel und sah wie jedesmal hinauf zu den Pechnasen, als erwarte er, dort einen Wachsoldaten aus dem Mittelalter zu sehen, der siedendes Pech auf ihn herabgoß.

Draußen kaute Theseus genüßlich an einer Karotte. Zwei Gestalten bogen um die Ecke und traten in den Durchgang. Fulke und Hannah. Wunderbar. Fulke hatte beschlossen, genau an diesem Tag mit seiner Frau einen Spaziergang zu machen. Alexis setzte ein nichtssagendes Lächeln auf und begrüßte die beiden. Wie er es nicht anders erwartet hatte, schickte Fulke seine Frau weg, ehe sie ein Wort sagen konnte.

Während Hannah sich mit flatternden Bändern und Rüschen entfernte, blieb Fulke vor Alexis stehen. Die Spitzen des Fallgatters hingen wie die Klauen eines wilden Tieres über ihm.

Alexis sah Fulke an. »Sie existiert für dich nur, wenn sie um dich ist, nicht wahr?«

Fulke streifte die Handschuhe ab, ohne seiner Gattin nachzublicken. »Wer? Hannah? Denk immer an die Worte von Paulus. ›Weib, unterwerfe dich deinem Manne wie dem Herrn.‹ Sie muß sich mit mir beschäftigen, nicht ich mich mit ihr.«

»Fulke, du läßt sie verhungern.«

»Vergiß Hannah. Wir kommen nun schon viele Jahre gut miteinander aus, und du willst mich doch nur ablenken. Valentine hat heute morgen versucht, Cardigan zu fordern.«

Alexis tippte mit der Reitgerte gegen seinen Stiefel. »Nur versucht?«

»Ich konnte es gerade noch verhindern. Du solltest ihn doch von ihm fernhalten.«

»Er hätte in Dower House sein sollen.«

»Er hat dem Grafen aufgelauert«, erwiderte Fulke.

»Ich werde mich darum kümmern.« Alexis wollte an Fulke vorbeigehen, aber der ältere Mann trat ihm in den Weg.

»Ich weiß genau, wo du hingehst. Mrs. Beechwith kam gestern abend ohne ihren Gatten von London zurück.«

»Woher weißt du das? Ich habe es eben erst erfahren.«

»Natürlich vom Dienstpersonal. ›Enthalte dich der fleischlichen Lüste, die die Seele martern‹, Alexis.«

»Meine Güte, heute predigst du aber wieder. Man sollte meinen, du hättest alle Hände voll zu tun, den Lieblingssoldaten der Königin zu hätscheln. Oder hängt deine schlechte Laune damit zusammen, daß du zwanzig Minuten mit deiner Gattin verbracht hast?«

Alexis war nicht auf Fulkes Angriff vorbereitet. Sein Cousin entriß ihm die Reitpeitsche und holte damit aus. Sie schwebte drohend über Alexis' Kopf. Der Marquis ignorierte sie und sah Fulke nun fast in die Augen.

Fulke ließ die Peitsche sinken. »Du bringst mich dazu zu vergessen, daß du kein kleiner Junge mehr bist. Die

Vergeltung wird vom Herrn erfolgen müssen, wie mir scheint.«

Alexis streckte die Hand aus, und Fulke gab ihm die Peitsche zurück. Die Dunkelheit des Torbogens schloß sich um Alexis, als er sich an jene ersten Tage nach dem Tod seines Vaters erinnerte, in denen Fulke versucht hatte, ihn zu trösten, während alle anderen mit seiner Mutter beschäftigt gewesen waren.

»Ich erwarte immer noch, daß Er mich jeden Moment züchtigen könnte«, meinte Alexis. »Ich warte schon seit langem auf die Strafe durch den Herrn, habe sogar versucht, ihm dabei behilflich zu sein, aber ... Was machst du da?« Alexis wollte zurückweichen, aber Fulke hielt seinen Arm mit festem Griff umklammert.

»Wann wirst du mir endlich glauben?« zischte Fulke. »Du warst völlig hysterisch, aber du hast mich zu deinem Vater und Thalia geführt. Du hast dich nicht versteckt wie jemand, der eines Mordes schuldig ist. Das habe ich dir schon hundertmal gesagt. Du bist nicht fähig, etwas so Ungeheuerliches zu tun.«

Kopfschüttelnd löste Alexis die Hand seines Cousins von seinem Arm. »Das weißt du nicht mit Gewißheit. Wenn ich mich nur erinnern könnte. Ich kann mich an nichts erinnern, was war, bevor Thalia ... und Vater unter seinem Pferd begraben wurde. Ich erinnere mich nur noch daran, daß ich ihn gehalten habe. Er war so schwer. Die Toten sind sehr schwer, Fulke.«

Die schrecklichen Bilder stürmten wieder auf ihn ein, doch bevor sie ihn überwältigen konnten, berührte Fulke ihn an der Wange.

»Mein lieber Junge, ich kenne dich besser als jeder andere auf dieser Welt, und ich kann dir versichern, daß du genausowenig in der Lage bist, ein solches Verbrechen zu planen, wie du ein Kätzchen mit dem Bajonett aufspießen könntest.«

Er klopfte Alexis auf die Schulter. »Als du in der Kavallerie warst, ging es dir besser.«

»Dort war ich entweder zu erschöpft vom Exerzieren oder abgelenkt von den Unmengen von Blut, das andere Menschen verströmten.«

»Bevor sie umgekommen sind, warst du ganz anders«, entgegnete Fulke. »Nein, hör mir zu. Du weißt nicht mehr, wie es war. Ja, es hat auch Streitigkeiten gegeben, das gibt es in jeder Familie. Aber du hast dir immerzu überlegt, wie du deinen Eltern eine Freude machen könntest. Ich kann mich noch erinnern, daß du dein Taschengeld von sechs Monaten für einen Schal für Juliana ausgegeben hast.«

»Hör auf.« Alexis zuckte zusammen, so laut dröhnte seine eigene Stimme in dem Durchgang. »Verstehst du denn nicht? Was ich auch getan habe, ich konnte sie nicht dazu bringen, mich zu lieben. Sie liebte nur Vater und hatte keinen Platz in ihrem kleinen Herzen für mich oder für Thalia.«

Er lehnte sich an die Mauer aus Stein. »Als ich fünf oder sechs war, ließ mich Vater zum erstenmal allein ausreiten. Nicht weit und nicht sehr lange, aber ich war stolz. Kaum war ich von meinem Pony gesprungen, rannte ich zu Mutter, um es ihr zu erzählen. Sie wollte es nicht hören.« Alexis fuhr mit der Hand über den kalten Stein. »Sie war böse mit mir, verstehst du? Sie war böse, weil Vater sich die Zeit genommen hatte, mir reiten beizubringen, anstatt bei ihr zu sein. Sie sagte, er hätte das den Pferdeknechten überlassen sollen. Sie sagte, kein Vater sollte mit seinem Sohn spielen oder ihm etwas beibringen, was das Personal gerade so gut tun könnte. Zuviel Vertrautheit, sagte sie. Je älter ich wurde, desto weniger schien sie mich ertragen zu können. So ist das doch in unserer Familie, nicht wahr. Fulke? Wir versuchen, so zu leben, daß wir einander nicht zu vertraut werden.«

»Du weißt, daß ich deine Meinung nicht teile. So war es nicht, als ich die Verantwortung für dich übernahm.«

Alexis stieß sich von der Wand ab und lächelte. »Nein, du warst gut zu mir, selbst als ich das nicht wollte. Ich verstehe nur nicht, warum du nicht gut zu Hannah sein kannst.«

»Das bin ich.«

»Großer Gott, ich befürchte, das glaubst du wirklich. Du solltest Frauen eine Chance geben, Fulke. Sie machen dieses Leben lebenswert. Ich muß gehen. Eine Dame wartet auf mich.«

Diesmal stellte sich Fulke ihm nicht mehr in den Weg. Als er jedoch in das Sonnenlicht hinaustrat, rief er ihm nach:

»Miss Grey ist auch nicht geeigneter als Carolina Beechwith.«

»Fahr zur Hölle, Fulke.«

Es war ein Ritt von fast einer Stunde zum Haus der Beechwiths außerhalb von Heppleton. Ezra Beechwith war ein alter Mann mit genügend Geld, um eine junge, hübsche Frau zu kaufen, jedoch ohne genügend Verstand, es trotzdem zu lassen.

Ezra hatte Verpflichtungen in der Stadt, die ihn ständig nach London riefen. Alexis vermutete, daß Ezras häufige Abwesenheit seine Antwort auf die unerfüllbaren Bedürfnisse seiner Frau waren, der er so Gelegenheit gab, diese zu befriedigen.

Die Beechwiths wohnten auf Lonsdale Hall, einem barocken Landsitz, umgeben von Eiben. Außer Carolina hielt sich nur noch ihre Zofe im Haus auf. Das Mädchen führte ihn über einen weißgetünchten, gewölbten Flur zum herrschaftlichen Schlafzimmer. Carolina hatte die Vorliebe, in prachtvollem Rahmen zu sündigen.

Der Raum wurde lediglich vom Feuer im Kamin erhellt.

Carolina wartete am Fuße des scharlachroten Prunkbetts auf ihn und streckte die Hand nach ihm aus.

Er hörte, wie die Tür hinter ihm leise geschlossen wurde. Zögernd blieb Alexis in der Mitte des Raums stehen. Caroline rief mit dunkler Stimme seinen Namen, aber er gab vor, damit beschäftigt zu sein, Hut, Handschuhe und Reitgerte abzulegen.

Unglückseligerweise wartete Carolina jedoch auf ihn, so daß er gezwungen war, zu ihr zu gehen. Er verbeugte sich, als sie noch einmal die Hand nach ihm ausstreckte, war jedoch nicht darauf gefaßt, daß sie sofort beginnen würde, ihm die Kleider vom Leib zu zerren. Er sah, wie ihr Mund sich ihm näherte.

»War ... mmmmmpf!«

Ehe er wußte, wie ihm geschah, hatte sie ihn gegen das Bett gedrängt, hatte ihn hineingestoßen und lag nun auf ihm.

»Verflixt, Carolina, warte.«

Jeder weitere Protest war unmöglich, denn Carolina fiel hungrig über seinen Mund her. Als sie seine Jacke aufknöpfte, versuchte er, sich aufzurichten, aber sie drückte ihn sofort zurück auf die Matratze. Sie riß sein Hemd auf und grub die Zähne in seine Schulter. Ärgerlich griff er in ihr Haar und zog ihren Kopf zurück.

»Hör auf.«

Sie zollte ihm keinerlei Beachtung. Ihre Fingernägel gruben sich in seine nackte Haut, und sie begann, an seinen Lippen zu saugen, dann seinen Hals mit den Zähnen zu bearbeiten.

Er schaffte es, die Arme freizubekommen, und versuchte erneut, sich aufzurichten. »Verdammt nochmal, Carolina, warte. Au!«

»Entschuldige.« Sie küßte die gerötete Stelle an seinem Hals.

Er drehte den Kopf fort von ihrem fordernden Mund,

und seine Arme sanken herab. Sich auf die Unterlippe beißend, starrte er die tanzenden Schatten an der Wand an, während er darüber nachsann, ob es eine Methode gab, sich dieser Frau unter Wahrung der gebotenen Höflichkeit zu entledigen. Gleichzeitig überlegte er, wie lange er wohl noch auf Katie Ann warten mußte.

Wieder wurden seine Lippen bearbeitet. Er riß sich los und wand sich unter Carolina hervor. Er blieb neben der verwirrten Frau im Bett sitzen und hieb mit der Faust auf die Matratze ein.

»Zum Teufel!« Warum sollte er sich eigentlich nicht vergnügen nach all dem, was Kate ihm angetan hatte? Er hatte es nicht nötig, ständig an sie zu denken. War es das rote Bett? Erinnerte es ihn an ihr Haar? Großer Gott, wie sehr er sich wünschte, daß sie es wäre, die ihn berührte. Der Krieg mußte daran schuld sein, dachte er. Das viele Leid hatte seinen Geist verwirrt.

Carolina saß neben ihm und fuhr mit dem Finger zart über seine Lippen. »Mylord, nicht ich bin die Wilde, sondern du.«

Er erstarrte. »Wie bitte?«

»Du hast mich kleine Wilde genannt.«

»Tausend Höllenhunde.«

Wie von der Tarantel gestochen sprang er auf und zog sich zum Kamin zurück. Dort starrte er blicklos ins Feuer. Es dauerte eine volle Minute, bis er registrierte, daß Carolina neben ihm stand und ihn mit Fragen bedrängte.

Er hielt sie an den Armen fest. »Es tut mir leid. Es ist nur ... ich mache mir Sorgen um die Männer in Dower House. Heute ist kein guter Tag für mich.«

»Du machst dir zu viele Sorgen, Alexis. Du kümmerst dich um zu viele Menschen. Kein Wunder, daß du aufgewühlt bist.«

Er fuhr sich stöhnend übers Gesicht. »Du kannst dir gar nicht vorstellen, mit was für Leuten ich zu tun habe.«

Er hob den Kopf und sah sie finster an. »Aber noch ist es ihnen nicht gelungen, einen anderen Menschen aus mir zu machen. Ich werde mich nicht ändern. Sie können mich nicht dazu zwingen.«

Er packte Carolina am Arm. »Komm zu unserer Hausparty.«

»Aber deine Mutter ...«

Carolina lebte in der ständigen Angst, aus den vornehmen Kreisen ausgestoßen zu werden, wenn ihre Indiskretionen ans Tageslicht kämen.

»Meine Mutter bemerkt nur, was sie bemerken möchte. Sie wird es nicht wagen, dich zu ächten. Bitte, Carolina.« Er küßte sie auf die Stirn, die Nase, den Hals. »Komm zu mir, bleib bei mir.«

Ganz wie es seiner Absicht entsprochen hätte, war Caroline nicht in der Lage, ihm einen Wunsch abzuschlagen.

Um ein Haar hätte sie mit Alexis de Granville in einem Uhrturm geschlafen. Mehr als zwei Stunden waren vergangen, und Kate konnte noch immer nicht fassen, was sie getan hatte. Fast getan hätte. Teilweile getan hatte. Nachdem er sie zur Bibliothek begleitet hatte, versuchte sie an Mr. Poggs zu schreiben. Es ging nicht. Sie wünschte sich nichts sehnlicher, als der übertriebenen Pracht der Burg zu entkommen und niemanden sehen zu müssen, der mit Alexis verwandt war. Von diesem Wunsch getrieben, eilte sie durch endlose Flure und Zimmerfluchten, bis sie schließlich den Wintergarten fand. Dort spähte sie zuerst hinaus, um sicherzugehen, daß sich niemand im Garten aufhielt, ehe sie hinausstürmte.

Ich habe es nicht getan. Ich glaube es einfach nicht. Ich glaube es einfach nicht. Ich habe es nicht getan. Mama wäre entsetzt.

Kate blieb neben einem kunstvoll gestutzten Strauch

stehen und rang nach Atem. Der Garten bestand aus geometrisch angeordneten niedrigen Hecken mit Rosenstöcken in der Mitte. Hier konnte man sie von weitem schon sehen. Sie hob ihre Röcke und Unterröcke und rannte auf die Bäume zu, die die Burg umgaben. Eine Marmorbank stand unter einer riesigen Kiefer. Darauf ließ sie sich niedersinken und schlug mit der Faust auf den Marmor ein.

»Ich glaube es nicht.« *Bumm.* »Es ist nicht wahr.« *Bumm.* »Ich glaube es nicht.« *Bumm, bumm, bumm.*

Kate schlang die Arme um ihren Oberkörper und wiegte sich vor und zurück. Wie hätte sie ahnen können, daß eine Berührung von ihm so gänzlich anders war als die eines stinkenden Goldgräbers? Es war nicht gerecht. Er hatte sich verändert. Er hatte sich aus einer Schlange in einen schmerzlich schönen Alp verwandelt und Gefühle in ihr wachgerufen, von deren Existenz sie bis dahin nur aus Gesprächen mit Patience gewußt hatte. Zu wissen, daß es bestimmte Gefühle gab, war etwas ganz anderes, als diese am eigenen Leib zu spüren. Patience hatte vergessen, sie auf diesen kleinen Unterschied hinzuweisen. Es war die Schuld von Patience, daß Kate diesem lüsternen Charmeur erlaubt hatte, sich Freiheiten herauszunehmen.

Freiheiten durfte man auf keinen Fall gewähren. Das war eine Grundregel. Mama sagte, daß Männer Mädchen, die Freiheiten gewährten, nicht mit Respekt behandelten. Andererseits ... Alexis war hinterher ganz und gar nicht respektlos zu ihr gewesen. Im Gegenteil, er hatte sie mit Rücksicht und Zuvorkommenheit behandelt, als hätte er Angst gehabt, sie zu verletzen. Der Mann war ein Rätsel. Wie sollte sie ihm jemals wieder gegenübertreten? Er hatte sie an ihren intimsten Stellen berührt, und sie sollte wieder mit ihm zu Abend essen, sich mit ihm über belanglose Dinge unterhalten?

»Miss Grey.«

Kate seufzte und blickte auf. Hannah Sinclair kam auf sie zu. Sie trug einen halbvollen Korb mit frühen Rosen, und eine zierliche Schere baumelte an einem Band von ihrem Handgelenk. Ihr feingeschnittenes Gesicht war beherrscht, und ihre Lippen waren zu einem Anstandslächeln verzogen. Kate rückte ein Stück zur Seite, um ihr Platz zu machen. Hannah plauderte aufgeregt über die Gäste, die am nächsten Tag zu der Hausparty kommen sollten. Der Herzog von Soundso wurde erwartet, irgendein deutscher Prinz sowie Lord und Lady Irgendwer. Kate hörte ohne großes Interesse zu und roch an einer Rose. Geistesabwesend berührte sie ein Blütenblatt mit der Fingerspitze.

»Lady Hannah, Sie sind doch eine verheiratete Frau.«

Hannah unterbrach die Aufzählung der Gäste und nickte.

»Verlieben sich Männer auf die gleiche Weise wie Frauen?«

Hannah senkte den Blick auf den Korb in ihrem Schoß. »Ich glaube nicht, Miss Grey.«

»Oh.«

Kates Enttäuschung mußte ihr deutlich anzusehen gewesen sein, denn Hannah tätschelte ihr tröstend den Arm.

»Die Hauptinteressen und Ziele eines Herrn liegen auf weltlichem Gebiet, meine Liebe. In herausragenden Leistungen und Ehrenpflichten, wie denen von Lord Fulke in Regierungsgeschäften oder denen von Lord Alexis in der Kavallerie. Frauen dagegen sind für Heim und Kinder bestimmt.«

»Aber es muß doch so etwas wie Liebe geben.«

»Nun, meine Teuerste …« Hannah errötete und zupfte unbehaglich an den Rosen in ihrem Korb. »Das muß man als eheliche Pflicht ertragen. Ihre Mutter hat Ihnen das doch bestimmt erklärt.« Ihre Stimme senkte sich zu einem Flüstern. »Eine Pflicht, um der Kinder wegen. Gott hat mich noch nicht damit gesegnet, aber ich hoffe, daß Er es bald tun wird.«

»Das verstehe ich nicht«, erwiderte Kate mit wachsender Verwirrung. »Gott hat Frauen und Männer geschaffen, und wenn wir dabei Genuß empfinden, dann sicherlich, weil das im Sinne des Herrn ist.«

»Miss Grey!«

»Sie können mir nicht erzählen, daß die Millionen von Kindern auf der Welt von Frauen empfangen wurden, die nur ihre Pflicht erfüllten und alles mit zusammengebissenen Zähnen und gefühllosen Körpern über sich ergehen ließen.«

Zum erstenmal erhob sich Hannahs Stimme über ein sanftes Murmeln hinaus. »Bitte!«

»Beruhigen Sie sich, ich sage ja schon gar nichts mehr.« Kate erhob sich. Sie verschränkte die Hände auf dem Rücken und wippte auf den Fersen. Hannah stellte den Korb weg und zog ein unnützes Spitzentaschentuch aus ihrem Täschchen. Damit betupfte sie die Oberlippe, während sie Kate ängstlich betrachtete.

»Lady Hannah, möchten Sie einen Blick in Mutters neue Modezeitschrift werfen?«

»Oh ... mmmmm ... ja.«

Kate hakte sich bei Hannah unter, und gemeinsam gingen sie zurück zum Burghaus.

»Würde es Ihnen etwas ausmachen«, fuhr Kate fort, »mir bei meinem Kleid für die Party morgen abend behilflich zu sein? Ich verstehe nicht viel von Mode, wissen Sie. Und ich möchte doch besonders hübsch aussehen. Mehr als hübsch.«

»Sie wollen wunderschön sein«, stellte Hannah fest. Die Herausforderung ließ ihre Augen leuchten.

»Glauben Sie, daß das möglich ist?«

»Aber natürlich.«

Sie gingen geradewegs in Kates Zimmer und breiteten sämtliche Kleider aus, die sie besaß. Sophia gesellte sich zu ihnen, und zum erstenmal machte es Kate Spaß, Kleider anzuprobieren. Nicht, daß ihr nichts an Kleidern gelegen wäre. Sie störte nur, was die Mode vorschrieb, nämlich daß Damen zu viel von allem tragen mußten. Spitzen zum Beispiel. Hannah trug Spitzen an ihrem Halsausschnitt, an den Ärmeln, am Saum. Ihr Taschentuch war damit eingefaßt, ihre Haube, selbst ihre Schuhe. Dann die Bänder. Alles was nicht mit Spitzen verziert war, war dafür mit Bändern beladen. Sogar an der Haube hingen Bänder, die ihr über den Rücken fielen. Hannahs Stimme war nie lauter als ein Flüstern, aber ihre Kleidung war ein optischer Aufschrei. Kate mußte zugeben, daß ihre eigene Mutter nicht viel besser aussah.

Schließlich fand ein Kleid die Billigung aller, wenn Hannah auch fand, daß ihm ein wenig Spitze am Halsausschnitt fehlte. Sie entfernte sich, um eine Schneiderin zu suchen, während Sophia eine Schatulle mit Schmuck und eine Schachtel mit Bändern und Schleifen holte.

Kate beobachtete im Spiegel, wie ihre Mutter verschiedenen Tand abwägend an ihren Hals oder ihr Haar hielt und dabei ein Kinderlied vor sich hinsummte. Kate sah das lächelnde Gesicht ihrer Mutter im Spiegel.

»Jetzt bist du wieder glücklich, nicht wahr, Mama?«

Sophia unterbrach ihr Tun für einen Moment. »Ja, Katie. Obwohl ich deinen Vater sehr vermisse, wenn ich nicht mit irgend etwas beschäftigt bin. Aber es gibt viele Möglichkeiten, mich abzulenken.«

»Es ist mehr als nur Ablenkung.«

»Ja, da könntest du recht haben.« Sophias Augen verschleierten sich. »In Amerika gehörte ich nie richtig dazu. Alle dachten, ich sei kühl und arrogant. Niemand verstand, wie schwierig alles für mich war. Amerikaner sind so offen, Kate. Selbst die vornehme Familie deines Vaters in Virginia war viel zu ... zu frei. Ich war vorher nie mit Menschen zusammen, die ihre Gedanken so frei äußerten. In Kalifornien war es noch schlimmer. Du kannst dich nicht daran erinnern, wie schlimm es am Anfang war. Keine Zivilisation. Keine Kirchen, wenig Bücher, keine Schulen. Fast keine Frauen, mit denen man sich unterhalten konnte. Die wenigen Frauen, die dort waren, hatten keine Vorstellung von dem Leben in England. Ich gab sehr viel auf, um bei deinem Vater zu sein.«

»Was hast du aufgegeben, Mama?«

»Oh, all dies.« Sophia machte eine ausladende Geste. »Ich war so jung. Ich wußte nicht, wieviel mir daran lag, mich in bestimmten gesellschaftlichen Kreisen zu bewegen. Die Hauspartys und Bälle, die Hausbesuche, die Jagden. Mit all diesen Dingen war ich aufgewachsen, und erst als ich davon nichts mehr hatte, erkannte ich, was ich aufgegeben hatte.«

Kate seufzte, als Sophie ihr eine Perlenkette umlegte. »Du hast ein Talent dafür, dich zu amüsieren. Du kannst bis zwei Uhr morgens aufbleiben, ohne einzuschlafen. Du findest sogar Gefallen an Hausbesuchen. Ich wette, Papa lächelt in diesem Moment vom Himmel auf dich herunter.«

»Dein Vater hatte nicht viel übrig für die feine Gesellschaft.«

»Papa war der verständnisvollste Mann, der mir je begegnet ist«, sagte Kate. »Anders als manche Männer, die ich kenne, die vor allem Demut erwarten.«

»Ach, jetzt verstehe ich dein plötzliches Interesse an Kleidern.«

Kate senkte die Lider. »Ich weiß nicht, wovon du sprichst.«

»Mein kleines Mädchen wird eine wahre ›Belle‹ sein,

wie man in Virginia sagt.« Sophia drückte liebevoll Kates Schultern. »Warte nur bis morgen abend. Denk aber daran, daß zuviel Klugheit nicht gut ist. Auch wenn du wunderhübsch bist, darfst du einem Gentleman nicht das Gefühl geben, daß er unwissend ist, und trotzdem seine Bewunderung erwarten.«

Kate nahm eine Schleife und setzte sie sich wie eine Krone auf das Haupt. »Ich werde den ganzen Abend kein vernünftiges Wort von mir geben.«

Wie sich herausstellte, mußte Kate sich nicht darum sorgen, sie könnte etwas allzu Intelligentes sagen. Sie war so in das Korsett gepreßt, das ihr Mama aufgenötigt hatte, daß sie nur kurze, atemlose Sätze äußern konnte. Einer Krinoline hatte sie sich allerdings widersetzt. Zu frisch war noch die Erinnerung an Ophelia. Mama zuliebe hatte sie dafür mehrere gestärkte Unterröcke in Kauf genommen.

Der lästigen Zeremonie des Ankleidens folgten viele anstrengende Stunden. Den ganzen Tag schon waren Gäste eingetroffen, bis sämtliche Zimmer belegt waren. Juliana stellte Kate jedem Gast vor, und Kate vergaß den Namen sofort wieder. Im Lauf des Abends gelang es ihr aber, sich wenigstens einige wenige einzuprägen.

Eingezwängt in ein schwarzes Abendkleid aus Seide — da sie noch immer Ophelias wegen in Trauer war, hatte sie sich wenigstens über die Farbe keine Gedanken machen müssen — aß Kate sich häppchenweise durch ein Essen mit elf Gängen. Das Dinner wurde im großen Speisesaal eingenommen. Es war das erstemal, daß Kate diesen prunkvollen Raum zu Gesicht bekam, und als sie ihn betrat, mußte sie sich zusammennehmen, um nicht die weiß-goldene Vertäfelung, die zwölf Fuß hohe, goldbemalte Stuckdecke und die lebensgroßen Gemälde in reich verzierten Rahmen mit offenem Mund anzustarren. Sie war sich sicher, daß das Gemälde auf der einen Seite Karl I. darstellte. Auf der anderen Seite des Raumes hing ein Rubens.

Juliana hatte Val Beaufort zu Kates Tischnachbarn auserkoren. Zu ihrer Bestürzung fand sie sich neben drei Ehrenwerten wieder, und zwar den drei ehrenwerten Misses Dinkle. Bei den jungen Damen handelte es sich um die Töchter eines Vicomtes oder Barons, Kate konnte sich nicht genau entsinnen. Merry und Cherry Dinkle waren Zwillinge. Sie standen in ständigem Wettstreit, welche von beiden geistloser war, und hatten die Angewohnheit, die kleinen Sträuße, die sie bei sich trugen, im Gleichtakt kreisen zu lassen.

Die ehrenwerte Miss Georgiana Dinkle war nicht viel besser. Sie ging auf Zehenspitzen und hatte eine so nasale Aussprache, daß Kate sie am liebsten gefragt hätte, ob sie aus Texas stamme.

Nach der Hälfte des Essens war es Kate gelungen, sich die Namen einiger Gäste in ihrem Kopf einzuprägen. Da war zum Beispiel das, was sie als das Kontingent der großen Schönheiten bezeichnete — die Komtess von Landsborne, Mademoiselle St.-Germain und Lady Fiona Churchill-Smythe. Alle drei waren Kate auf Anhieb unsympathisch. Keine von ihnen hatte ein Korsett an, das quietschte, alle drei konnten sich in ihren Krinolinen fortbewegen, ohne in Türrahmen steckenzubleiben und jede von ihnen meldete alleinige Besitzansprüche auf Alexis de Granville an. Das waren genügend Gründe für ihre spontane Abneigung.

Alexis, so stellte Kate fest, besaß einiges Geschick darin, mit den verschiedenen Damen, die es auf ihn abgesehen hatten, zu flirten. Er flatterte wie ein Schmetterling von einer zur andern, umging geschickt die ehrenwerten Dinkles und Mama Dinkle und verbrachte die meiste Zeit mit einer Frau namens Carolina Beechwith. Alle schienen

Mrs. Beechwith zu mögen, aber Kate hatte noch keine Gelegenheit gehabt, ihre Bekanntschaft zu machen.

Glücklicherweise war sie während des Essens der Verpflichtung enthoben, Konversation zu machen, da alle gebannt den Worten des Grafen von Cardigan über den Krim-Krieg lauschten. Während Kate dem Bericht über den Angriff der Leichten Brigade zuhörte, behielt sie Val wachsam im Auge. Zu ihrer Überraschung hielt dieser während der ganzen Zeit den Blick auf seinen Teller geheftet. Als Cardigan zum Ende gekommen war, entspannte sie sich ein wenig, doch in diesem Moment sah Val auf und richtete seine Augen auf den Grafen. Wenn es einen Einblick in die Hölle gab, dann in diesen blauen Augen. In ihnen war alles, das Feuer, die Folterbank, schaurige Teufel und die Gier nach Blut. Kate legte ihre Hand auf die von Val. Er blinzelte und sah sie an.

»Keine Angst«, beruhige er sie. »Alexis hat mir Wachhunde zur Seite gestellt. Colonel Maude und Sir Humphrey. Sobald ich mich Cardigan zu nähern versuche, zerren sie mich weg.«

»Gut«, atmete Kate auf.

»Seit Ankunft der Gäste ist er ohnehin von Frauen umringt. Ich verstehe das nicht. Sie lieben ihn. Schon immer. Wußten Sie, daß er wegen sträflicher Konversation vor Gericht stand?«

»Was ist das?«

Val lachte verächtlich. »So, Miss Grey, nennt das Gesetz die Verführung der Frau eines anderen Mannes.«

Kate betrachtete das gezierte Gehabe der Frauen, die in der Nähe des Grafen saßen, und hob eine Augenbraue.

»Ja«, bestätigte Val. »Das kommt schon fast an den de Granville Charme heran, nicht wahr?«

Kate richtete ihre Aufmerksamkeit auf das Ende der Tafel, wo Alexis Hof hielt. Wie widerlich, dachte sie. Lady Churchill-Smythe beugte sich vor und nahm jedes seiner

Worte in sich auf, als sei er der Erzbischof von Canterbury. Mademoiselle St.-Germain warf ihm glühende Blicke zu, die er gelassen erwiderte, und die Komtess von Landsborne berührte ihn sogar. Kate war froh, als die Damen sich endlich zurückzogen. Hätte sie noch länger mitansehen müssen, wie sich diese Frauen zum Narren machten, hätte sie noch selbt ein Glas Portwein gebraucht.

Die Damen versammelten sich im Roten Salon. Kaum hatte Kate den Raum betreten, wünschte sie sich ein Paar dunkler Augengläser herbei. Der Salon verdankte seinen Namen der rotlackierten Vertäfelung. Mit den goldenen Verzierungen, den roten, italienischen Seidenvorhängen, roten Damastsofas und Stühlen war dieses Zimmer für Kate ein ähnlicher Schock wie das goldene Speisezimmer. Mit Sophia an ihrer Seite machte sie einen Rundgang. Sophia strahlte dabei zufrieden, so glücklich war sie, sich in der ›Creme‹ der feinen Gesellschaft zu bewegen. Kate war nach wie vor überwältigt.

Als sie an einem Spiegel vorbeikamen, der all' das Rot auch noch widerspiegelte, zuckte sie zusammen.

»Es hat den Anschein, als hätte jemand eine Vorliebe für rot, wie?« fragte sie ihre Mutter.

»Behalte deine Gedanken bitte für dich, Kate. Dieser Raum ist fast dreihundert Jahre alt. Das Gemälde dort ist ein Raphael, und Lady Juliana sagte, daß dieser Tisch einst Marie Antoinette gehörte.«

»Er ist rot.«

Sophie griff nach ihrer Riechflasche. »O Kate, bitte sei leise.«

Widerstrebend ließ Kate sich in eine Ecke neben einen Porzellanschrank zerren. »Dein Benehmen muß heute besonders tadellos sein. Lady Juliana kocht vor Wut«, mahnte Mama.

»Aber ich habe doch gar nichts getan. In letzter Zeit.«

»Nicht deinetwegen. Wegen des Marquis. Er hat sie hierhergebracht.«

»Wen?«

»Sie«, wiederholte Sophia ängstlich flüsternd. Sie nickte in die Richtung der drei Dinkles.

»Die Dinkles?«

»Nein, sie.«

Kate erkannte neben den Dinkles die attraktive Gestalt von Caroline Beechwith.

»Mrs. Beechwith?« Kates Hände und Füße verloren alles Gefühl, und ihr schien plötzlich, als betrachte sie alles aus weiter Ferne.

»Ja, diese Beechwith Person.« Sophia trat näher an Kate heran und wandte der Frau, über die sie sprachen, den Rücken zu. »Sie ist seine, seine ... Und er hat sie in sein Haus gebracht. Es ist eine Beleidigung. Du darfst nicht mit ihr sprechen. Meide ihre Nähe so gut es geht.«

»Sträfliche Konversation«, murmelte Kate.

Ihre Mutter redete weiter auf sie ein, doch Kate hörte ihr nicht zu. Zum erstenmal sah sie Carolina Beechwith richtig an. Die Frau hatte dichtes, braunes Haar, das im Licht glänzte, und rosarot schimmernde Lippen. Ihr Gesicht war eher eckig, aber da ihre Augen so groß und rund waren, fiel es kaum auf. Diese Augen waren von einem so dunklen Blau, daß man unwillkürlich an tropische Vögel und Lapislazuli denken mußte.

Mrs. Beechwith und Alexis. Mrs. Beechwith lebte in Heppleton. Mrs. Beechwith hatte einen wesentlich älteren Gatten, einen Gatten, der häufig unterwegs war. Mrs. Beechwith hatte außerdem Alexis.

Kate wurde plötzlich übel. Ihr Korsett war viel zu eng. Das ganze Essen, das sie zu sich genommen hatte, steckte irgendwo zwischen ihrem Hals und ihrem Magen fest und war auf dem besten Weg, wieder hochzukommen.

Sie hatte sogar Geschmack, diese Mrs. Beechwith. Sie

trug ein Kleid aus perlgrauem Seidensatin ohne den ganzen Schnickschnack, mit dem alle anderen Frauen sich ausstaffiert hatten. Noch schlimmer, sie war so klug, ein hochgeschlosseneres Dekolleté zu wählen. Kate sah auf ihre eigene Brust hinunter. Hannah hatte darauf bestanden, daß Schultern und Brustansatz bei Abendgesellschaften gezeigt wurden. »Ich komme mir vor wie eine dieser Figuren am Bug eines Schiffes«, hatte Kate protestiert.

Mrs. Beechwith hatte in die richtige Richtung gedacht. In all dieser wippenden Blöße fiel man eher durch Zurückhaltung auf.

»Mama, sagtest du, Lord Alexis hätte Mrs. Beechwith eingeladen? Wann?«

»Das weiß ich nicht«, erwiderte Sophia. »Aber Lady Juliana wußte bis gestern nichts davon.«

»Gestern.« Das war der Tag, an dem er zu ihr in den Uhrturm gekommen war. Der Tag, an dem sie fast mit ihm ...

Die Männer traten in den Raum und übertönten mit ihren tiefen Stimmen die leise Unterhaltung. Im Nu war Kate von drei Herren in schwarzen Jackets umringt. Lady Juliana stellte sie als einen Gelehrten aus Cambridge, einen Geistlichen und einen Lord vor. Dabei erwähnte sie Kates Interesse an Literatur, und die drei Augenpaare begannen zu leuchten. Zu ihrer Überraschung fand sie sich mitten in einer echten Unterhaltung wieder. Leider war sie jedoch zu tief verletzt, um dieses Ereignis richtig genießen zu können.

Während sie mit den drei Herren über Blake, Dryden, Wordsworth, Thackerry, Trollope und Dickens sprach, beobachtete sie Alexis de Granville, der während dieser Zeit von Dinkle über Dinkle und Dinkle zur Komtess und Mademoiselle flanierte und dabei ständig in Mrs. Beechwiths Nähe blieb.

Ihre Übelkeit kehrte zurück. Sie war so vertieft in das Liebespaar, daß sie kaum bemerkte, wie der Graf von Cardigan zu ihnen getreten war und das Trio höflich entlassen hatte. Der Graf bot ihr den Arm und führte sie zu einer Ottomane. Sie gestattete ihm, neben ihr Platz zu nehmen. Kate fragte sich, ob er mit Absicht das kleine Sofa gewählt hatte, auf dem nur sie beide Platz hatten. Alexis und diese Frau konnte sie nun allerdings nicht mehr sehen.

Sie nahm das schwarzeingefaßte Tüchlein aus ihrer Rocktasche und wrang es mit solcher Inbrunst, als sei es der wohlgestaltete Hals von Alexis de Granville.

Der Graf von Cardigan beugte sich zu ihr herüber und berührte ihren Rock mit einem Finger.

»Wie bitte?« fragte Kate.

»Ich fragte, ob Sie mich meiden, Miss Grey.«

»Aber nein, natürlich nicht, Mylord.«

»Ich dachte, Sie hätten für Soldaten vielleicht nicht viel übrig.«

Sie zwang sich, sich auf den Grafen zu konzentrieren. »Ich habe nicht das geringste gegen Soldaten.«

Cardigans Blick wanderte von ihrem Gesicht bis zu ihren Füßen hinunter und wieder hinauf, ohne einen Zentimeter auszulassen. Kate mußte sich davon abhalten, die Schultern einzuziehen, damit ihre Brust kleiner wirkte. Ärgerlich über ihr schulmädchenhaftes Verhalten, rang sie sich ein Lächeln ab. Sein Bart war elegant gestutzt, und an seinen Schläfen ringelten sich weiche Locken.

»Miss Grey, ich hoffe, daß Sie mir erlauben werden, mehr Zeit mit Ihnen zu verbringen. Wenn Sie mir die kleine Freiheit gestatten, möchte ich Ihnen gestehen, daß Ihre Schönheit in mir den Wunsch aufkeimen läßt, als amerikanischer Gentleman geboren zu sein und nicht als Engländer.«

Da Kate nicht sonderlich darin geübt war, Komplimente

entgegenzunehmen, wußte sie nicht, was sie antworten sollte. Wenigstens errötete oder kicherte sie nicht. Sie bedankte sich schlicht. Die bewundernde Neigung seines Hauptes bestätigte die Richtigkeit ihrer Entscheidung.

Der Erfolg des Kompliments ermunterte den Grafen offensichtlich zu weiteren Schmeicheleien. Bald schon kam sich Kate vor wie ein Rumkuchen, der mit Glasur überzogen wird. Ihr Unbehagen verwandelte sich in Verwunderung, als der Mann ihre Hand nahm, sie küßte und anschließend so schnell wieder in ihren Schoß zurücklegte, daß sie fast schon dachte, sie hätte sich die Berührung nur eingebildet. In diesem Moment traf ihr Blick zufällig den des Marquis von Richfield auf der anderen Seite des Raumes, und sie erschrak über dessen Ingrimm.

Was für einen Grund hatte er, dermaßen wütend auf sie zu sein? Diese Schlange! Er hatte sich neben den Spirituosenschrank gestellt und ließ sie und den Grafen nicht aus den Augen. Sie straffte die Schultern und bedachte Cardigan mit einem weiteren Lächeln. Als sie wieder in seine Richtung blickte, reichte Alexis Mrs. Beechwith gerade ein Glas Wein.

»Höllenfeuer«, knirschte Kate.

Der Graf lachte. »Was für ein Ausdruck.«

Lady Juliana war ihre Rettung. Sie bat die Anwesenden auf den Zwischenwall der Burg, um die Umgebung bei Mondschein zu betrachten.

Der Graf bot ihr den Arm. Kate nahm ihn, und gemeinsam mit den anderen Gästen folgten sie Lady Juliana.

»Ich muß zugeben, Miss Grey, daß es nicht die Landschaft ist, die ich im Mondschein bewundern möchte«, flüsterte ihr der Graf zu.

Kapitel 10

Alexis hatte es so eingefädelt, daß er sich mit dem Dekan und der alten Lady Wickworth hinter Cardigan und Kate einreihte. Der Bastard würde diese Frau auf keinen Fall verführen, und wenn er ihn in die Folterkammer sperren mußte.

Seit Cardigan sich Kate genähert hatte, ging ihm die Folterkammer nicht mehr aus dem Kopf. Er hatte nur mit äußerster Anstrengung die Beherrschung bewahrt. Als sie diesen Speichellecker auch noch anlächelte, nachdem er ihr die Hand geküßt hatte, hatte Alexis die Foltergeräte, die im Keller vor sich hinrotteten, vor seinem geistigen Auge Revue passieren lassen.

Daumenschrauben waren zu zahm. Da war der Eisenstuhl schon besser, auf dem man das Opfer über einer lodernden Flamme schmoren ließ.

Der Graf legte einen Arm um Kates Taille, um ihr die Stufen zum Zwischenwall hinaufzuhelfen.

Er könnt die Stiefel nehmen. Hohe Lederstiefel wurden dem Opfer über die Füße gezogen, dann goß man kochendes Wasser darüber, das durch das Leder drang und das Fleisch darunter verbrühte. Immer noch zu zahm. Und Cardigans Füße waren ohnehin zu klein.

Er durchforschte sein Gedächtnis. Heißes Pech. Strekken mit einem Zweihundertfünfzig-Pfund-Gewicht. Das war doch schon besser.

Cardigan flüsterte etwas in Kates Ohr, das sie zum Lachen brachte.

Er könnte den Bastard auch in die Dubliette werfen — das kleine schwarze Loch unter der Folterkammer, das gerade groß genug war, daß ein Mann darin liegen konnte. Wenn sich erst die Aufregung um sein Verschwinden gelegt hätte, könnte er Cardigan immer noch auf die Folterbank bringen.

Völlig versunken in seine Fantasien, vergaß er ganz, mit dem Dekan und Lady Wickworth Schritt zu halten. Als er auf dem Wall ankam, hätte seine kalte Wut dem grausamen Philippe de Granville alle Ehre gemacht. Cardigan hatte sich wie eine Zecke an Kate gehängt und ließ nicht mehr von ihr ab. Alexis spähte hinter einer Komteß und dem Jagdmeister, der gerade seine Beute ins Visier nahm, hervor, als eine Flut von Dinkles über ihn hereinbrach.

»Ohhhhhhh, Mylord, zeigen Sie uns doch bitte, wo man die beste Aussicht hat«, zwitscherte Miss Cherry Dinkle.

Alexis wollte sich unauffällig zurückziehen, doch sie hatten ihn eingekreist. Georgiana Dinkle schnappte sich seinen rechten Arm und ließ ihn nicht mehr los. Merry Dinkle machte eine Flucht nach links unmöglich, indem sie ihre Blumen fallen ließ, die er für sie aufheben mußte. Als er sich wieder aufrichtete, war sein bis dahin freier Arm ebenfalls vereinnahmt. Es blieb ihm nichts anderes übrig, als sich seinem Schicksal zu beugen.

Ergeben erläuterte er die Sternenbilder, die Berge und Täler auf dem Mond, die Hügel in der Ferne, und mußte sich ständig beherrschen, um bei den Ohhhhs und Ahhhhs, die seine Erklärungen begleiteten, keinen Schreikrampf zu bekommen. Hätte er dabei nicht versucht, Kate und ihren Begleiter weiterhin zu beobachten, hätte er sich vermutlich nicht dazu überlisten lassen, Miss Georgia Dinkle den Wachturm zu zeigen.

Sie betraten den Turm vom Wehrgang aus. Ein Priester bei der Beerdigung eines Kindes hätte kaum ernster sein können als Alexis.

Er führte die junge Dame die Wendeltreppe hinunter, zeigte ihr die Munitionskammern, Wachräume und Vorratskammern, aber die Dinkle schien mehr an einem der Schlafzimmer interessiert.

Sie drückte eine schwere Eichentür auf und stürmte in einen Raum aus dem fünfzehnten Jahrhundert mit dunkler Vertäfelung, Portraits aus der Tudor-Epoche und einem schmalen Bett.

»Oh, wie klug von Ihnen, Lord Alexis, einen solchen Raum in der Nähe zu haben.«

Sein Selbsterhaltungstrieb, der ihn eigentlich schon längst hätte warnen sollen, regte sich plötzlich. Seit seinem fünfzehnten Lebensjahr war er ständig das Opfer weiblicher Intrigen gewesen. Er konnte sie förmlich riechen. In diesem Fall roch sie nach Zitronenaroma und war eine spindeldürre Dinkle mit Fingern wie Spinnenbeine und einem Körper wie ein zehnjähriger Junge.

Er hatte die Klage wegen nichteingehaltenen Versprechens verdient, die er auf sich zukommen sah, und verfluchte sich, weil er zu sehr durch Kate abgelenkt gewesen war.

Alexis stand vor einer Kleidertruhe am Fußende des Betts. Die Dinkle hatte sich zwischen ihm und der Tür, die halb offen stand, aufgebaut. Von weitem konnte er ein dünnes, schrilles Rufen hören, die Stimme von Mama Dinkle. Alexis machte einen Schritt auf die Tür zu. Eine Musketenkugel in Seide und Spitzen traf ihn. Er stolperte rücklings auf die Kleidertruhe mit Miss Georgiana Dinkle auf sich.

»Oh, Mylord, oh, oh, oh, oh.« Die Ohs wurden lauter und lauter. Mama Dinkles Rufe kamen näher.

Alexis wühlte sich durch etliche Lagen von Unterrökken. »Nicht schon wieder!«

»Oh nein, oh nein! Bitte, Mylord!«

Alexis schob das Mädchen zur Seite und sprang auf. Miss Dinkle landete mit den Röcken über dem Gesicht auf dem Boden. Alexis rannte aus dem Zimmer. Als er oben auf dem Wehrgang ankam, hörte er Mama Dinkle ganz in seiner Nähe jammern.

»Georgiana, meine Liiiiiebe, wo bist du?«

Alexis hastete in der entgegengesetzten Richtung über den Wehrgang davon. Die Jagdhunde hatten Witterung aufgenommen, aber diese Ratte würde sich nicht fangen lassen. Der Eingang zu einem anderen Turm tat sich vor ihm auf. Er hastete hinein, und rannte ungeachtet der Dunkelheit die gewundene Treppe hinunter. Hinter einer scharfen Biegung prallte er plötzlich mit dem Kopf gegen etwas Hartes. Er hörte einen leisen Aufschrei, als er zurücktaumelte und sich die Stirn hielt. Eine kleine, schwarze Gestalt kauerte auf den Stufen zu seinen Füßen und stöhnte.

»Auuuuu.«

Er griff nach ihren Armen und zog sie hoch. Sie hatte ebenfalls eine Hand an die Stirn gelegt. Nebeneinander lehnten sie sich mit dem Rücken an die Wand und hielten sich den Kopf. Alexis erholte sich als erster und half ihr, sich aufzurichten. Kaum stand sie einigermaßen sicher, ballte sie die Hand zu einer Faust und rammte sie ihm in den Bauch.

»Du hast mir wehgetan.« Sie fuhr herum und spähte angestrengt die dunkle Treppe hinunter. »Er kommt.«

»Wer?«

»Der Graf. Ich muß mich verstecken.«

»Ich auch.« Er griff nach Kates Hand und stürmte wieder die Treppe hinauf. Oben angekommen, drückte er sich flach an die Wand, vergewisserte sich vorsichtig, daß sich niemand auf dem Wehrgang aufhielt und lief mit Kate an der Hand dorthin zurück, wo er hergekommen war. Die Jagdgesellschaft der Dinkles hatte sich auf der Suche nach ihm vermutlich geteilt.

Im Wachturm, ganz in der Nähe des Schlafzimmers, in dem die Dinkles ihre Falle aufgestellt hatten, befand sich eine Abstellkammer. Dort zog Alexis seine Begleiterin hinein und ließ erst da ihre Hand los. Sie drückte die Tür zu und legte lauschend das Ohr daran.

Der Raum war voller Kisten mit Werkzeugen, Ketten und Nägeln. Alexis schob einige davon zur Seite und kniete auf den Boden. Mit Hilfe einer Eisenstange löste er einen großen Stein, es zeigte sich ein schwarzes Loch. Er tastete sich mit einem Bein hinein und fand eine Stufe, über die Schulter zurückblickend, streckte er die Hand nach Kate aus.

»Hier geht es hinaus.«

»Bist du sicher?«

Er umfaßte ihr Handgelenk, zog sie mit einem Ruck zu sich heran und schob sie in die dunkle Öffnung. Er konnte ihren Atem unter sich hören, als er den Stein wieder zurückschob. In dem pechschwarzen Gang tasteten sie sich nach unten.

»Ich hasse so etwas«, murmelte sie.

»Als Junge versteckte ich mich immer hier vor meinen Lehrern. Das war ganz praktisch.«

Schließlich kamen sie am Ende der Treppe an. Als Alexis die Tür aufdrückte, lag vor ihm verlassen der Rasen des Innenhofs im silbrigen Licht des Mondes. Zusammen mit Kate schlüpfte er hinaus. Über ihren Köpfen hörte er eine Männerstimme, die leise Kates Namen rief.

»Verdammt nochmal«, fluchte Alexis. »Komm.«

Wieder nahm er Kates Hand und lief los. Im Schatten der Wand stahlen sie sich um die beiden Türme und eilten auf das am weitesten entfernte Gebäude der Burg zu — den Burgfried. Erst nachdem sie dessen sichere Mauern betreten hatten, blieben sie stehen und rangen nach Luft.

»Der Burgfried wird gerade renoviert«, erklärte Alexis nach einer Weile.

»Hier wird man uns kaum suchen.«

»Weißt du eigentlich, daß ich für jeden Schritt von dir zwei machen muß?« fragte Kate.

Er lächelte über die heftigen Atemstöße, die noch immer aus ihrer Richtung kamen.

»Das nächste Mal werde ich daran denken. Irgendwo hier drin müssen auch Lampen sein.«

Vorsichtig suchte er den Raum ab, bis er gegen einen Tisch stieß. Er zündete eine der Lampen an und ging zurück zu Kate.

Sie lehnte noch immer an der Wand neben der Tür. Alexis blieb mit einem Ruck stehen, als der Lichtschein sie erfaßte. Das Haar fiel ihr völlig zerzaust um Gesicht und Schultern. An ihrem Hals war eine rote Druckstelle, und der Ärmel ihres Kleides war zerrissen.

Er trat einen Schritt näher und berührte eine Locke. Sie wich vor ihm zurück.

»Ich werde ihn umbringen«, sagte Alexis.

»Unsinn.«

»Du weißt nicht, was das bedeutet. Ich muß ihn zum Duell fordern.«

Vergeblich versuchte sie, den Ärmel wieder über die Schulter zu ziehen. »Ich habe die Sache mit dem Grafen bereits erledigt.«

»Was hast du getan?«

»Ich habe ihm eins auf die Nase gegeben.«

Alexis senkte die Lampe ein wenig. »Herr im Himmel.«

»Meine Hand tut weh.«

»Laß mich mal sehen.«

Er zog sie zum Tisch, wo er die Lampe abstellte und Kates Hand untersuchte. Die Haut über den Knöcheln war gerötet und angeschwollen.

»Kannst du die Finger bewegen?« fragte er. Die kleinen Finger bewegten sich.

»Deine Hand wird ein paar Tage schmerzen, aber sie ist nicht gebrochen. Du mußt sie in kaltem Wasser baden.

Während du das machst, werde ich mich um Cardigan kümmern.«

»Kümmere dich lieber um Mrs. Beechwith«, erwiderte sie. »Ich kann Cardigan selbst im Zaum halten.«

»Woher weißt du ... Das solltest du doch nicht ... *Nom de Dieu*. Das Ausmaß, in welchem du über meine Angelegenheiten Bescheid weißt, ist höchst unziemlich, Miss Grey. Kein Wunder, daß du noch nicht verheiratet bist. Eine anständige Frau tut zumindest so, als wisse sie nichts. Nimm dir ein Beispiel an Hannah.«

Alexis hatte noch einiges zu sagen, doch ihr ›Was für ein widerliches Gewürm unter meinen Füßen‹-Blick brachte ihn zum Schweigen.

»Ha!«

»Was meinst du mit ›Ha!‹?«

»Ich meine ›Ha!‹. Lady Hannah spricht von Tischbeinen als ›Stützen‹ und bedeckt sie mit kleinen Röcken, weil sie sie sonst zu obszön findet. Sie tut so, als sei ein Frauenkörper ein Stück gefühlloses Holz.«

Eine ihrer langen Locken war ihr über die Schulter gefallen und hatte sich zwischen ihre Brüste gelegt. Alexis war sich nicht sicher, was ihn wütender machte, daß sie Hannah verspottete oder daß er diese Locke nicht berühren durfte.

»Wir sprachen gerade darüber, warum du Cardigan erlaubt hast, dich auszuziehen«, knurrte er.

Alexis hatte sich schon oft vorgestellt, wie es wäre, wenn Kate die Beherrschung verlor. Vergleiche mit dem Tanz auf einem feuerspeienden Vulkan, dem Sprung von einer steilen Klippe und ähnliche gefahrvolle Situationen waren ihm dabei stets in den Sinn gekommen. Er war ein wenig enttäuscht, als sie sich breitbeinig auf die andere Seite des Tisches stellte und sich mit den Händen abstützte.

»Erlaube mir, daß ich etwas klarstelle«, fauchte sie. »Ich

mag dich nicht. Du hast meine Cousine verführt. Sie war vielleicht flatterhaft und leichtsinnig, aber ihr Herz war größer als ganz Kalifornien. Wenn du nicht darauf bestanden hättest, sie an jenem Abend zu besuchen, wäre sie vielleicht nicht eingeschlafen und hätte dabei die Kerze umgestoßen.«

»Wie bitte?«

»Ich bin noch nicht fertig. Sie ist tot, und jetzt versuchst du, mich zu verführen. Ich bin ja vielleicht keine richtige Dame, aber ein Dummkopf bin ich auch nicht. Du flatterst wie ein Schmetterling durch die Gegend, setzt dich mal auf eine Tulpe, nippst an einer Rose, landest auf einer Iris. Aber versuch nicht, auf mir zu landen, mein Herr, sonst reiße ich dir die Flügel aus.«

Alexis war noch immer mit der Bemerkung am Anfang ihres Redeschwalls beschäftigt. »Ich war am Abend des Brandes nicht bei ihr.«

»Ach nein?«

»Miss Grey.« Er richtete sich zu seiner vollen Größe auf. »Niemand hatte je Anlaß, an meinem Wort zu zweifeln.«

»Tz, na so was! Dann gewöhnst du dich besser daran.«

»Mach kein so selbstzufriedenes Gesicht. Es sind nicht meine Worte, an denen man bald zweifeln wird.«

»Wovon redest du?«

Er verschränkte die Arme und lächelte. Sie funkelte ihn ungehalten an, wobei sie die Hände in die Hüften gestemmt hatte, was ihre wohlgeformte Figur zur Geltung brachte.

»Du bist schon lange von den anderen fort. Ich auch. Die Dinkles hätten keinen besseren Plan aushecken können.« Er schlenderte um den Tisch und blieb dicht vor ihr stehen. »Die ganze Burg weiß inzwischen, daß wir beide fehlen, und du kannst eine deiner kostbaren Goldminen darauf verwetten, daß dir niemand glauben wird, daß wir uns die ganze Zeit nur unterhalten haben.«

Um seine Worte zu unterstreichen, griff er nach der aufreizenden Locke. Seine Finger strichen dabei über ihre nackte Haut, und sie schrak zurück. Er ließ die Haarsträhne erst los, als sie daran zog. Dann grinste er sie triumphierend an.

Sie ließ ihm keine Zeit, seinen Sieg auszukosten. »Tut mir leid, wenn ich dich enttäuschen muß. Von mir aus können sie denken, ich unterhielte ein ganzes Regiment. Es ist mir völlig gleichgültig.«

»Man wird dich aus der feinen Gesellschaft verstoßen.«

»Wollte ohnehin nie dazugehören.«

Er machte einen weiteren Schritt auf sie zu. »Du wirst ruiniert sein.«

»Kleider kann man ruinieren, Kuchen kann man ruinieren, manchmal zerfallen auch Städte zu Ruinen, aber Frauen überleben, Mylord. Es wird dich trösten zu wissen, daß ich damit leben kann, wenn halb England denkt, ich sei ein gefallenes Mädchen.«

Er fluchte leise, und seine Gedanken überschlugen sich. »*'De l'audace, encore de l'audace, et toujours de l'audace', ma petite.* Dir ist es vielleicht egal, aber deiner Mutter nicht. Wenn du so weitermachst, wird sie niemals am Hofe Hände küssen.«

Die Einsicht, die sich auf ihrem Gesicht abzeichnete, wog den Ärger auf, der ihretwegen in ihm brodelte. Fast. Die Betroffenheit in ihren Augen traf ihn.

»Ich kann nichts mehr tun«, flüsterte sie. »Du sagtest selbst, es sei zu spät.«

Er konnte dem Verlangen nicht widerstehen, ihre Hand zu nehmen, und zu seiner Überraschung ließ sie ihn gewähren. Wahrscheinlich hatte sie es gar nicht bemerkt.

»Es tut mir leid«, erwiderte er. »Ich hätte Cardigan in seine Schranken weisen müssen, aber ich war abgelenkt.«

»Von den Dinkles.«

»Sie stellten mir eine Falle. Großer Gott, ich habe es satt, ständig auf der Hut zu sein. Mademoiselle St.-Germain hat auch schon versucht, mich an sich zu binden. Natürlich auf Französisch. Sie dachte, in einer Fremdsprache könnte ich mich nicht wehren. Während des Krieges legte sich die Tochter eines Infanteriekommandeurs in mein Zelt. Lieber Gott, wir waren auf der Krim.« Er stöhnte. »Es gibt zu viele Frauen in meinem Leben.«

Kate stieß einen tiefen Seufzer aus. »Der Graf verfolgte mich sogar noch mit blutender Nase. Wenn er mich ruiniert hat, werde ich sein Gesicht ruinieren.«

Gleichermaßen niedergeschlagen sahen sie auf die Lampe. Plötzlich lachte Alexis auf. Kate warf ihm einen düsteren Blick zu, als er sich zu ihr umdrehte und sie an den Schultern faßte.

»Kleine Wilde, was hältst du von einer gehörigen Portion Rache?«

»Das wäre wunderbar.«

Er trat zurück, beugte sich über ihre Hand und führte sie zu seinem Herzen. Dabei sah er sie verzückt an.

»Dann erweise mir die Ehre, dich mit mir zu verloben, meine Liebe.«

Die kleine Hand wurde ihm jäh entzogen. »Kröte.«

»Nur für ein paar Monate. Zum Schutz, für deinen Ruf.« Ihre Hände ruhten wieder auf ihren Hüften. »Für deine Mutter.«

»Für Mama?« Kates Schultern sanken herab. Sie rieb sich die schmerzende Stelle an der Stirn. »Ein paar Tage.«

»Monate.«

»Tage.«

»Drei Monate.«

»Wochen.«

»Denk an Mama«, erinnerte sie Alexis. »Es ist nur ein vorübergehendes Arrangement.«

»Sechs Wochen.«

»Ich beuge mich deinen Wünschen.«

»Irgendwie fällt es mir schwer, das zu glauben. Was machst du da?«

Alexis hatte ihre Verwirrung ausgenutzt, um sie in seine Arme zu ziehen. Er legte seine Hand in ihren Nacken und senkte seinen Mund zu dem ihren. Bevor er sie küßte, sagte er: »Ich besiegle unser Abkommen.«

Den Kuß spürte er bis in seine Lenden. Er hatte den ganzen Abend versucht, sie nicht ständig anzustarren, hatte nur hin und wieder beiläufige Blicke über ihr Gesicht und ihr Dekolleté wandern lassen, da jeder weitere Blick seinen Appetit angeregt und sein Innenleben in Wallung gebracht hätte. Blicke allein genügten ihm nun nicht mehr. Seine Hand umfaßte wie selbstverständlich ihre Brust.

Ehe er recht begriff, was geschah, hatten sich die weichen Lippen und die Brust von ihm gelöst, und ihm war, als hätte ihm jemand die Haut bei lebendigem Leib abgezogen. Er fiel rückwärts gegen den Tisch, wo er mit geschlossenen Augen liegenblieb, schwer atmend und mit hochrotem Kopf wie ein verliebter Schuljunge. Verlegen grinste er Kate an, die sich in eine dunkle Ecke zurückgezogen hatte.

»Ich bringe dich jetzt zurück zum Wohnhaus«, sagte er. »So wie du aussiehst, kannst du dich unmöglich sehen lassen.«

Vergeblich versuchte sie, ihr Haar zu ordnen. »Ich weiß.«

»Ich werde ihnen erklären müssen, warum wir so lange weg waren. Ich sage einfach, du seist so überwältigt, daß du dich zurückziehen mußtest.«

»Ich? Überwältigt?«

Seine Augen verengten sich. »Du bist also nicht überwältigt. Vielleicht kannst du wenigstens so tun. Mir zuliebe. Du kannst mich als deinen Verlobten ohnehin nicht mehr wie einen Aussätzigen behandeln.«

Er bot ihr den Arm an. Sie zeigte die gleiche Begeisterung wie ein Kind, dem ein Zahn gezogen werden muß, als sie ihn annahm. *Bei den Ahnen der Königin,* fluchte er im stillen. Noch immer war er hochgradig erregt, während sie kühl wie ein Bergsee wirkte.

Als sie aus dem Burgfried traten, bedeckte Alexis die kleine Hand auf seinem Arm mit seiner großen, damit sie sie ihm nicht wegziehen konnte. Er hatte sechs Wochen Zeit, vielleicht auch mehr. Bevor diese sechs Wochen um waren, würde diese kleine Wilde keinen Gedanken mehr an Eisenbahnen, Goldminen, Mr. Poggs, ja selbst Mama verschwenden. Wenn er erst mit ihr fertig war, würde sie genauso an ihm hängen wie Carolina Beechwith. Sie würde sehnsüchtig auf ihn warten, auf seine Stimmungen eingehen und stets bedacht sein, ihm eine Freude zu machen. Er dachte dabei an ganz bestimmte Freuden.

Es kam selten vor, daß er die Macht, die er über andere Leute besaß, bewußt einsetzte, denn meistens bedeutete dies eine ermüdende Vernarrtheit, wie bei Carolina geschehen. Sich Kate Grey hörig zu machen, war jedoch nicht das gleiche. Sie war angriffslustig wie eine Hornisse und voller unbewußter Sinnlichkeit. Er wollte, daß sie sich nach ihm verzehrte. Schließlich sollte sie ruhig genauso leiden wie er.

Kapitel 11

Kate löste die Bänder ihrer Kopfbedeckung und nahm sie ab. Sie hoffte, daß diese Geste den Arzt, der ihr den Weg versperrte, endlich davon überzeugte, daß sie nicht unverrichteter Dinge wieder gehen würde. Sie hatte den Marquis in Dower House aufgestöbert, und niemand, schon gar kein alter, mürrischer Gockel, würde sie davon abhalten, mit ihm zu sprechen.

»Sie können mir ruhig verraten, wo er ist«, sagte sie, während sie die Haube zusammen mit ihren Handschuhen demonstrativ auf einem Tisch ablegte. »Ich suche ihn in allen Zimmern, wenn es sein muß.«

»Miss Grey, der Marquis ist bei einem kranken Mann, der den Tag vielleicht nicht überlebt.«

»Oh.«

Zufrieden, daß es ihm geglückt war, sie in ihre Schranken zu weisen, ließ der Mann sie am Eingang stehen und verschwand nach oben. Kate zögerte. Zwei Helferinnen gingen vorbei und ein Hausmädchen mit einem Staubtuch. Sie war gekommen, um Alexis de Granville den Kopf dafür zu waschen, daß er sie dem Zorn verschmähter Frauenherzen ausgesetzt hatte. In der ganzen Burg gab es keine einzige Frau — außer Mama und Lady Juliana —, die sie nach der Verkündigung von Alexis am vergangenen Abend nicht haßte. Mrs. Beechwith war den ganzen Tag nicht aus ihrem Zimmer gekommen, und eine von den Dinkles hatte versucht, sie zu treten. Dieser Tritt hatte das Faß zum Überlaufen gebracht.

Doch er war bei einem Sterbenden. Irgendwie war sie davon ausgegangen, daß der Marquis Dower House aus der Ferne leitete. Keine Sekunde war es ihr in den Sinn gekommen, daß er sich persönlich um den Patienten kümmern könnte. Kate beobachtete unauffälig das Hausmädchen, das sich über ein Geländer gebeugt hatte und wie verrückt staubwischte. Sonst war niemand zu sehen.

Auf Zehenspitzen schlich Kate an der Treppe vorbei und schob vorsichtig eine Schiebetür auf. Vor ihr lag ein Zimmer mit vielen Fenstern, in dem sich ein Bett an das andere reihte. In jedem Bett lag ein Patient. Mehrere Frauen in schwarzen Kleidern und weißen Schürzen eilten geschäftig hin und her. Kate schlüpfte in den Raum, schloß die Tür hinter sich und stieß gegen eine Frau, die einen Stapel frischer Bettwäsche trug.

»Oh, entschuldigen Sie bitte«, sagte Kate leise. »Wo finde ich den Marquis?«

Die Frau mußte sich strecken, um Kate über die Wäsche hinweg sehen zu können. »Ach, Sie sind es, Miss Grey. Seine Lordschaft ist in dem Alkoven da drüben.«

Kate dankte der Frau und begab sich langsam zu dem Erker am Ende des Raumes. Die meisten Männer, an denen sie vorbeikam, schliefen. Ein paar warfen sich unruhig von einer Seite auf die andere, manche sahen sie neugierig an. Freundlich lächelte sie ihnen zu. Als sie das Bett im Alkoven sah, blieb sie stehen.

Ein blutjunger Mann, kaum mehr als ein Junge, lag darin. Sein Gesicht war geisterhaft bleich und von einem Schweißfilm überzogen. Wo die Beine hätten sein sollen, sah man nur Laken. Er lag unbeweglich mit geschlossenen Augen da und flüsterte dem Marquis etwas zu. Alexis saß neben dem jungen Soldaten auf der anderen Seite des Betts. Er mußte sich weit vorbeugen, um zu verstehen, was der Verletzte sagte.

Kate zwängte sich hinter eine Säule des Bogenganges, der den Alkoven von dem restlichen Raum abtrennte. Die Stimme des Soldaten war schwach, und er atmete unregelmäßig.

»Meine Frau und das Baby.«

»Sie hätten sie nicht wegschicken sollen«, meinte Alexis.

»Wollte nicht, daß sie mich so sieht. Ein halber Mann. Weniger als ein halber.« Die Augenlider des Soldaten flatterten. Er atmete pfeifend ein und begann zu husten. Alexis stützte ihn, so daß er einen Schluck Wasser trinken konnte. »Wollte nicht, daß sie mich gehen sieht, Mylord. Wollte nicht, daß sie sieht, daß ich Angst habe.«

»Sie werden nirgendwohin gehen«, widersprach Alexis.

Ein heftiger Hustenanfall schüttelte den geschwächten Körper. Alexis legte einen Arm um den jungen Mann und hielt ein Tuch vor seinen Mund. Als er es wieder wegnahm, war es blutgetränkt. Alexis ließ das Tuch fallen und rief den Namen des Soldaten, der in seinem Arm zusammenbrach.

Eine magere Hand krallte sich in Alexis' Jacke und versuchte, ihn näher heranzuziehen. Alexis beugte sich vor, um das Flüstern des Sterbenden besser zu verstehen. Die Hand, die sich in seinen Jackenaufschlag gekrallt hatte, wurde plötzlich schwer. Das Flüstern erstarb.

Instinktiv wollte Kate zu den beiden Männern treten, konnte sich jedoch nicht von der Stelle rühren. Alexis blieb über den toten Mann gebeugt sitzen, noch immer gehalten von der leblosen Hand.

»›Auch wenn' ich die Schwingen des Morgens mir anlege‹«, flüsterte er, »›und in den entlegensten Welten der See untertauche / wird mich deine Hand noch leiten, und deine Rechte wird mich halten.‹«

Magisch angezogen von seiner Stimme, verließ Kate ihr Versteck. Nichts ließ darauf schließen, daß Alexis sie bemerkt hatte. Als sie behutsam die Hand des Toten von seiner Jacke löste, sagte er nichts. Sie legte die Hände auf seine Schultern. Noch immer keine Reaktion. Kate rief eine Krankenschwester herbei. Nachdem sie die Frau gebeten hatte, sich um den Toten zu kümmern, schüttelte sie Alexis am Arm. Er sah sie an, schien nicht überrascht. Eine blasse Linie zog sich um seinen Mund, und in seinen Augen schimmerten ungeweinte Tränen.

Er lächelte sie an. »Ich glaube nicht, daß unsere Verbündeten, diese türkischen Söhne Allahs, das wert sind. Was meinst du?«

»Höllenfeuer«, antwortete Kate. Sie zog an seinem Arm, und er erhob sich gehorsam. Auf seine Instinkte als Gentleman vertrauend, legte sie die Hand auf seinen Arm. Sofort winkelte er den Arm ab, um sie zu stützen, legte seine andere Hand auf die ihre und ging mit ihr hinaus. Sie waren bereits draußen auf dem Rasen, als er stehenblieb.

»Was hast du hier verloren?«

Er hatte sich erholt.

»Ich ... äh ... der Antiquitätenhändler und der Tuchhändler kommen nachher, um Aufträge für Maitland House entgegenzunehmen. Ich dachte, da es schließlich deine Männer sind, die dort untergebracht werden, möchtest du vielleicht auch dabei sein.«

»Das geht nicht. Ich werde ausreiten.«

Sie musterte seinen angespannten Körper und seine Miene. »Du meinst einen der ›Löwe jagt Gazelle‹-Ritte?«

»Ich spreche von einem ganz normalen Ausritt.«

»Was hast du ...«

»Wo sind deine Haube und deine Handschuhe?« Er drohte ihr mit dem Finger. »Du bist jetzt mit mir verlobt. Ich werde es nicht zulassen, daß du unziemlich gekleidet durch die Gegend rennst.«

»Ach, tatsächlich?«

»Ja, tatsächlich. Und noch etwas. Du mußt damit aufhören, absichtlich meine Familie und meine Freunde mit deinen blaustrümpfigen Ansichten und männlichen Verhaltensweisen zu schockieren. Du bist nun einmal mit dem Körper einer Frau ausgestattet, Miss Grey, überlaß es den richtigen Männern, sich wie solche zu benehmen.«

Ihr lag bereits eine scharfe Erwiderung auf der Zunge, als sie seine verkrampfte Haltung und seine wächserne Blässe bemerkte. Ihre Verärgerung konnte sie aber dennoch nicht ganz unterdrücken.

»Ich weiß, daß du wegen des Todes des Jungen aufgebracht bist, aber du solltest deine Gefühle nicht an mir auslassen.«

»Verdammt.«

Er schüttelte ihre Hand ab und wandte sich ab. Da sie nur seinen Rücken sah, konnte sie nur raten, was in ihm vorging. Unvermittelt fuhr er wieder herum und riß sie in seine Arme. Dann küßte er sie. Es war ein harter, wütender Kuß, und er hob sie dabei auf. So abrupt, wie er sie an sich gerissen hatte, so jäh stellte er sie wieder auf den Boden und fluchte noch einmal.

»Ich schlage vor, du läßt mich jetzt gehen, sonst könnte es nämlich sein, daß ich dich in den Uhrturm schleppe.«

Alexis drehte sich auf dem Absatz um und ging steil davon. Kate sah ihm noch eine Weile nach, ehe sie nach Dower House zurückkehrte, um Haube und Handschuhe zu holen. Ihre Lippen brannten noch immer von dem Kuß. Höllenfeuer. Ohne nennenswerte Mühe hatte er erneut ihr Begehren entfacht. Was passierte, wenn er sich mehr Mühe gab, hatte sie ja bereits erfahren.

Vielleicht hätte sie ja doch mit ihm zum Uhrturm gehen sollen. Einerseits wollte sie es, andererseits konnte sie nicht. Gerade erst hatte sie entdeckt, daß sie den Mann mochte. Sie war es nicht gewöhnt, ihn zu mögen. Sie war es gewöhnt, ihn für eine Schlange zu halten. Und, was noch schlimmer war, sie befürchtete, daß sie Alexis de Granville zu viele Gefühle entgegenbrachte. Unter anderem auch sehr verwirrende Gefühle. Wie zum Beispiel Begehren. Sie wollte ihn ausziehen, seine Muskeln spüren, die Hand über seine weiche Haut gleiten lassen.

Das Begehren war noch erträglich gewesen, solange sie ihn verabscheut hatte, aber so langsam schälte er sich Stück für Stück aus seiner Schlangenhaut. Er war Val ein treuer Freund. Er kümmerte ich um die verletzten Männer. Er war intelligent, mutig, schön, nett. Nett war vielleicht nicht das richtige Wort. Verständnisvoll.

Außerdem war er in der Brandnacht nicht bei Ophelia gewesen. Alexis mochte ja ein anmaßender Snob sein, aber ein Lügner war er nicht. Sie hatte schon von anderer Seite erfahren, daß der Marquis sich an jenem Abend bis spät in die Nacht hinein mit Fulke unterhalten hatte. Es war ziemlich frustrierend, herausfinden zu müssen, daß ihr vermeintlicher Feind Tugenden besaß.

Er war ein reicher Mann. Er hätte das Soldatenheim einfach nur finanzieren können, ohne sich persönlich um irgend etwas zu kümmern. Er hätte sich das viele Leid ersparen können. Statt dessen teilte er seine eigene Kraft mit anderen, und nachdem sie ihn am Sterbebett des jungen Soldaten gesehen hatte, befürchtete sie, daß er dabei zuviel von seiner Kraft einbüßte.

»Ich glaube, ich werde verrückt«, murmelte sie. »Ein Kuß, und ich bin so berauscht wie eine Ziege, die in ein Whiskey-Faß gefallen ist.«

Sie band ihre Haube fest, streifte die Handschuhe über und machte sich wieder auf den Weg zur Burg. Er würde bestimmt schäumen vor Wut, wenn sie ihm einen Stallburschen nachschickte. Aber so etwas würde ohnehin niemand vom Personal wagen. Warum unternahm er nur diese waghalsigen Ritte? Etwas plagte, ja peinigte ihn. Merkwürdige Dinge lösten das Bedürfnis in ihm aus, über Felder zu rasen und über Hecken zu springen. Ein Streit mit Fulke war ein sicherer Auslöser. Kates dumpfe

Schritte auf der Zugbrücke begleiteten ihre Gedanken. Je länger sie nachdachte, desto weniger wurde sie schlau aus Alexis de Granville. Verliebt zu sein war noch komplizierter als eine Übersetzung aus dem Lateinischen.

Sie stolperte über ihre eigenen Beine, blieb stehen, hob den Blick zum Fallgatter. Verliebt?

Verliebt. Höllenfeuer. Was dachte sie da nur?

Verliebt. In diesen provokanten, mit Zauberkräften versehenen Aristokraten?

Über Liebe gab es kein Grammatikbuch. Kein Lehrer konnte ihr eine mathematische Formel geben, mit der sie ausrechnen konnte, ob sie verliebt war oder nicht. Kate dachte an all die Geschichten, die sie über Liebe gelesen hatte, während sie die Stufen zur Burg hinauflief.

Romeo und Julia war keine große Hilfe. Liebe auf den ersten Blick war nur eine Redensart, wie sie nur zu gut wußte. Eigentlich starben viel zu viele berühmte Liebespaare. Antonius und Kleopatra, Hamlet und Ophelia.

Noch immer in Betrachtungen über die Liebe vertieft, nahm sie erneut die Haube ab, als die Stimme eines Mannes sie hereumfahren ließ.

»Entschuldigen Sie bitte, Miss Grey.«

Es war der Butler von Richfield, Hazelton. Er schaffte es immer wieder, sie aus der Fassung zu bringen. Vielleicht auch, weil er eher wie ein Kabinettsminister aussah als wie ein Hausangestellter. Sie lächelte und nickte.

»Zwei Herren warten bereits auf Sie«, sagte er. »Ein Mr. Mungo Fettiplace und ein Mr. Osbert Snead.«

»Verflixt! Der Tuchhändler und der Antiquitätenverkäufer. Wo sind die beiden?«

»Im kleinen Salon, Miss.«

Das Gespräch mit Fettiplace und Snead zog sich fast bis zur Teestunde hin. Kate hatte ihre liebe Mühe, die Männer davon abzubringen, Maitland House mit unnötigem Krimskrams vollzustopfen. Als sie fertig waren, begleitete sie die beiden mit Musterbüchern und Entwürfen beladenen Männer zur Tür.

»Und denken Sie bitte daran«, ermahnte sie sie, »kein Geweih an der Wand. Keine ausgestopften Vögel unter Glas. Keine Deckchen. Keine Röckchen an Tischbeinen. Ich möchte viel Tageslicht, ein paar Gemälde, die ich selbst aussuche, ein paar Spiegel.« Als sie schon fast um eine Ecke gebogen waren, rief sie ihnen noch nach: »Keinen Schnickschnack.«

Fettiplace drehte sich zu ihr um. »Schnickschnack, Miss?«

»Künstliche Blumen, Wachsfrüchte, Seegrasbilder, Staubfänger, Mr. Fettiplace.«

»Wie Sie wünschen, Miss Grey.«

Als Fettiplace aus ihrem Blickfeld verschwunden war, mußte Kate in sich hineinkichern.

»Sie haben Stil, Kate. Schlichtheit und Eleganz.«

Kate drückte die Hände auf den Mund, um das Kichern zu ersticken. »Ich habe Sie gar nicht gesehen, Lady Juliana.«

Alexis' Mutter kam mit ihrem vierbeinigen Gefolge näher. Das Seidenäffchen rannte über den Flur und schlitterte in den Salon.

»Ich muß mit Ihnen reden, meine Liebe.«

Juliana schloß die Salontür hinter Kate und setzte sich zu ihr auf ein Sofa. »Diese Verlobung.«

»Ich kann mir vorstellen, daß Sie überrascht sind. Ich bin keine Engländerin und stamme auch aus keiner adligen Familie.«

Juliana tätschelte Kates Schulter. »Hören Sie mir erst mal zu, Kind. Ich mag Sie, und ich dachte, wir seien uns über meinen Sohn einig. Deshalb kann ich diese Verlobung nicht verstehen.«

»Ich habe meine Meinung eben geändert.«

»Das hätten Sie nicht tun sollen.« Julianas Blick flog unruhig durch das Zimmer. »Ihre ursprüngliche Meinung war richtig, aber wahrscheinlich waren Sie den Intrigen von Alexis zu lange ausgesetzt. Deshalb muß ich Ihnen die Wahrheit sagen.«

»Ach ja?«

Juliana blickte auf ihre Hände, die gefaltet in ihrem Schoß lagen. Sie begann, sich vor und zurück zu wiegen. »Mein Sohn ist schlimmer als Kain.«

Kate schüttelte den Kopf, aber Juliana sah sie nicht an.

»Wissen Sie, warum mein Sohn reitet, als sei der Teufel persönlich hinter ihm her? Weil es tatsächlich so ist. Und zwar seit er meinen Mann und meine Tochter umgebracht hat. Damals war er zwölf.«

»Nein.«

Juliana wiegte sich jetzt schneller. »Es ist wahr, auch wenn es nie bewiesen werden konnte. Erst stritt er mit den beiden, dann ging er hinaus, um eine Angelschnur quer über den Weg zu spannen, den sie immer zum Wettrennen nahmen. Thalias Kopf wurde vom Rumpf abgetrennt, mein Mann von seinem Pferd erschlagen. Der einzige Zeuge war Alexis — denn er war derjenige, der die Falle gestellt hat.«

Juliana hielt inne und richtete gequälte Augen auf Kate. »Er sagt, er erinnert sich an nichts, was unmittelbar davor oder danach geschah. Man konnte nichts beweisen, und die Obrigkeit war nicht gewillt, einen Jungen zu verhaften, der plötzlich diesen Titel und eines der größten Vermögen in England geerbt hatte.«

Es war ausgeschlossen, dachte Kate. Der einfühlsame, großherzige Alexis ein Mörder? Sie versuchte, sich den Mann, den sie kannte, als blutrünstiges Monster vorzustellen, das imstande war, eine so grausame Tat zu planen. Lächerlich. Das ging völlig gegen seine Natur.

»Aber es wurde doch nichts bewiesen«, sagte sie. »Jemand könnte die Schnur dort aus einem anderen Grund angebracht haben, oder vielleicht hatte es jemand anders auf das Leben Ihres Gatten abgesehen.«

Kate verstummte unter dem starren Blick der Frau neben ihr. Juliana sprach weiter, als hätte Kate nichts gesagt.

»Mein Gatte war der Mittelpunkt meines Daseins. Mit ihm starb auch ich. Alexis erinnert sich vielleicht nicht daran, was geschehen ist, aber er glaubt noch immer, daß er der Mörder ist. Ich vermute, daß er sich der Kavallerie mit der Hoffnung auf einen frühen Tod angeschlossen hatte. Und dann ist da noch die Sache mit den Frauen.«

»Lady Juliana, ich glaube, Sie sollten mir das nicht erzählen.«

»Er hatte eine Mätresse. Als er noch ziemlich jung war. Sie verschwand eines Tages spurlos. Eine andere starb bei einem Kutschenunfall, der kein Unfall war. Die Frau eines Generals bei der berittenen Garde wurde vor zwei Jahren seine Geliebte. Jedermann wußte, daß sie junge, gutaussehende Kavallerieoffiziere mochte. Sie mochte sie besonders gern in den Ställen, bei Nacht, im Stroh, meine Liebe. Eines Morgens fand man sie in einer Pferdebox. Ein Pferd hatte ihr mit dem Huf den Kopf zerschmettert.«

»Das reicht!« Kate sprang auf und stellte sich vor Alexis' Mutter. »Das ist völlig ausgeschlossen. Alexis kann unmöglich all diese Dinge getan haben.«

»Er ist böse, meine Liebe. Und durchtrieben. Niemand glaubt mir. Es ist mir nie gelungen, Fulke zu überzeugen, aber ich muß Sie warnen. Von ihm geht große Gefahr aus.«

»Sie sagten, Lord Fulke hält ihn für unschuldig«, wandte Kate ein. «Lord Fulke ist einer der christlichsten Männer, die ich kenne. Wenn er von Alexis' Unschuld überzeugt ist, bin ich es auch.«

Juliana stand auf. Sie nahm ihr Seidenäffchen auf den Arm. Zwei Katzen und drei Pudel liefen zur Tür. »Das war ein Schock für Sie. Sie müssen alles erst verdauen, mein Kind. Ich hatte bei Gott lange genug Zeit, mich an den Gedanken zu gewöhnen.«

Die Witwe entfernte sich, und Kate versetzte dem Teppich unter dem Sofa einen Tritt mit dem Fuß.

Absurd. Ausgeschlossen. Wenn er gern töten würde, hätte ihm der Krieg gefallen. Niemand kann so viel Böses in seiner Seele beherbergen, ohne sich jemals preiszugeben.

Ihre Stiefelspitze bohrte sich in ein Sofakissen. Dieser schreckliche Gedanke mußte sich schon vor langer Zeit in Juliana festgesetzt haben und beherrschte inzwischen ihr ganzes Denken. Schließlich benahm sich diese Frau ohnehin ziemlich seltsam. All diese Haustiere, von denen niemand so recht wußte, wie viele es eigentlich waren. Manchmal vergaß sie, wer tot war und wer nicht. Dann ihre Schlaflosigkeit. Mama hatte gesagt, daß Lady Juliana nachts meistens auf der Couch lag, während eine Zofe ihr vorlas. Hin und wieder wanderte sie auch, gefolgt von der Zofe, von einem Zimmer zum anderen, bis zum nächsten Morgen.

Nein, man konnte sich nicht auf das verlassen, was Juliana sagte. Die Frau hatte jemanden gebraucht, den sie für ihr Unglück verantwortlich machen konnte, und anscheinend hatte sie dafür ihren Sohn auserkoren. Kein Wunder, daß Alexis Todesritte unternahm.

Die Teestunde war ein einziges Desaster. Alexis war nicht erschienen, wofür Kate dankbar war. Juliana warf ihr tiefbetrübte Blicke zu. Fulke war gereizt wie eine nasse Katze; er billigte ihre Verlobung mit seinem blaublütigen Cousin auch nicht. Die Dinkles saßen einträchtig zusammen und nährten ihren Haß, und Mrs. Beechwith schluchzte die ganze Zeit leise in ihr Taschentuch.

Val bedachte den Grafen Cardigan mit finsteren Blikken. Cardigan seinerseits fixierte Kate wie ein Fischadler einen fetten Karpfen. Offensichtlich hatte er seine Niederlage noch immer nicht verschmerzt und sann auf Rache, was nicht gerade zu ihrem Wohlbehagen beitrug.

Als Mademoiselle St.-Germain ihn für einen Augenblick ablenkte, schlüpfte sie aus dem Salon. Unglücklicherweise war ihm dies jedoch nicht entgangen, und er folgte ihr. Sie flüchtete sich in die große Halle. Kaum hatte sie die Tür hinter sich geschlossen, wurde sie zu ihrem Verdruß von Cardigan wieder aufgerissen. Langsam näherte er sich ihr.

»Ungebändigte, kleine Hexe«, knurrte er.

»Aber ich bitte Sie, Graf.« Sie wich vor ihm zurück und versuchte, nicht über seine geschwollene Nase zu lächeln.

»Ich mußte allen erzählen, ich sei die Treppe hinuntergefallen.«

Kate zog sich hinter einen Tisch zurück. »Lieber als schusselig gelten, als zugeben zu müssen, von mir geschlagen worden zu sein, wie?«

»Sie legen es darauf an, gezähmt zu werden, und ich werde Ihnen den Gefallen tun.«

Er machte einen Satz über den Tisch und packte ihren Arm.

»Lassen Sie mich los, Sie Taugenichts.«

»Ihr Wortschatz ist genauso unzivilisiert wie Sie.« Er zog sie zu sich heran. »Vor mir rannten Sie weg, aber de Granvilles Antrag nahmen Sie an. Hat er Sie gebändigt? Anscheinend nicht, so wie Sie sich noch zieren. Ich werde ihm den Gefallen tun und Sie gefügig machen.«

Kate wußte, daß sie im Moment keine Chance hatte, sich von dem wesentlich stärkeren Grafen zu befreien. Sie bot ihren ganzen Willen auf, um ihr Temperament zu zügeln, und erlaubte ihm, sie an sich zu ziehen. Seine Miene drückte zunächst Überraschung aus, denn lüsterne Begierde. Cardigan senkte den Mund auf ihren Hals und legte eine Hand auf ihr Gesäß. Während er solchermaßen beschäftigt war, hob Kate verstohlen ihre Röcke und tastete nach dem Messer, das sie seit ihrer ersten Auseinandersetzung bei sich trug.

Cardigan griff gerade nach ihrer Brust, als es ihr gelang, das Messer aus seiner Halterung an ihrer Wade zu ziehen. Sie riß sich von Cardigan los und hielt dem verblüfften Mann die Waffe unter die Nase. Fassungslos starrte er auf die blitzende Klinge.

»Lassen Sie mich in Ruhe, Graf, oder ich zeige Ihnen, wie unzivilisiert ich sein kann.«

»Großer Gott, Sie meinen es wirklich ernst«, stellte er fest. »Verdammt nochmal.«

So ein Mist, dachte sie, er war nicht wütend, sondern fasziniert. Als er zu lächeln begann, senkte sie das Messer. Zu ihrem Erstaunen nahm er ihre Hand und beugte sich darüber.

»Ich gebe mich für den Moment geschlagen«, sagte er, als er sich wieder aufrichtete und die Hand unter ihr Kinn legte. »Ich liebe die Jagd. Alle werden Ihnen bestätigen, daß ich der beste Jäger in ganz England bin. Früher oder später werde ich Sie erlegen, und ich werde jede Sekunde meines Triumphes genießen.«

Ehe sie reagieren konnte, hatte Cardigan sie auf den Mund geküßt und war verschwunden. Kate starrte ihm nach, wobei sie überlegte, ob der Mann womöglich an Nervenfieber litt. Schließlich ordnete sie ihn in die gleiche Kategorie ein wie ausgehungerte Goldgräber, betrunkene Spieler und Alexis de Granville.

Sie stand noch immer dort, als sie die Stimmen von Cardigan, Juliana und ihrer Mutter vernahm. Schnell steckte sie das Messer zurück und schlich auf Zehenspitzen durch die Halle, um dem Grafen nicht noch einmal begegnen zu müssen. Die Halle wirkte durch die vielen Rüstungen an den Wänden auf gespenstische Weise belebt. Am anderen Ende der Halle stand die Paraderüstung eines Alexis Phillipe de Granville aus dem sechzehnten Jahrhundert. Sie war mit goldenen und silbernen Schmiedearbeiten verziert, und als Kate sie betrachtete, vergaß sie den Grafen.

Vorsichtig berührte sie die Figur eines wilden Tieres aus Silber und Gold unter der linken Schulter. Dann maß sie ihre kleine Hand mit dem Panzerhandschuh. Plötzlich wurde eine Tür zugeschlagen. Sie fuhr herum. Fulke. Er sah aus, als hätte er gerade jemanden beim Kartenspielen in der Kirche erwischt. Er baute sich zwischen ihr und der nächstgelegenen Tür auf und kam ohne Umschweife zum Thema.

»Miss Grey, ich dachte, Sie seien andes als diese habgierigen Titeljägerinnen. Ich bestehe darauf, daß Sie die Verlobung lösen. So etwas nennt man Selbstbereicherung.«

»Aber ich —«

»Ich ließ mich durch Ihre amerikanischen Manieren blenden. Dabei hätte ich nicht vergessen dürfen, wie liederlich amerikanische Frauen sein können. Das ist auch der Grund dafür, warum sich Alexis wie ein räudiger Hengst aufführt, Ihr dirnenhaftes Benehmen. In geteilten Röcken und unschicklichen Kleidern herumzulaufen.«

Er hob den Arm und zeigte anklagend mit dem Finger auf Kate. Seine Größe und seine aufrichtige Entrüstung ließen in Kate unwillkürlich Schuldgefühle aufkeimen.

»›Alle Niederträchtigkeit der Welt ist gering gegen die Niederträchtigkeit einer Frau‹«, fuhr er fort. »Sie haben Alexis mit Ihrer obszönen Aufmachung und Ihrer unzüchtigen Zunge verführt.«

Kate blinzelte Fulke verständnislos an. »Mit meiner unzüchtigen Zunge?«

»Ich fordere Sie noch einmal auf, die Finger von dem Jungen zu lassen.«

Schnelle Schritte hallten durch den riesigen Raum.

Fulke wurde von Kate weggezerrt, und Kate erhaschte einen Blick auf die schlanke Gestalt des Marquis, ehe Valentine Beaufort sich zwischen Alexis und seinen Cousin schob. Seinem Freund zuliebe ließ Alexis tatsächlich von Fulke ab. Dafür lieferten sich die beiden Cousins mit den Augen ein Duell.

»Du vergißt dich, Sir«, sagte Alexis. »Du begibst dich in große Gefahr, wenn du solche Dinge zu meiner Verlobten sagst.«

»Es ist meine Pflicht, dich vor Sünde zu bewahren«, erwiderte Fulke.

»Wenn du noch einmal im selben Atemzug von Kate und Sünde sprichst, stopfe ich dich in diese Rüstung.«

Fulke fuhr sich mit der Hand durch das graue Haar. »Ich verstehe dich nicht, Alexis. Du hast dir doch sonst noch nie von deiner Fleischeslust dein Urteilsvermögen beeinträchtigen lassen.«

»Allmächtiger, ich werde dir beibringen, das Feingefühl meiner Herzensdame zu respektieren, und wenn ich dazu die Peitsche nehmen muß.«

Fulke schüttelte ungerührt den Kopf. »Du bist aufgebracht. Wir sprechen uns später, wenn du dich beruhigst hast.«

»Bleib hier, Fulke.« Alexis wollte ihn zurückhalten, doch Val stellte sich ihm in den Weg.

»Laß ihn gehen. Sobald es um Frauen geht, kann man ohnehin nicht vernünftig mit ihm reden. *Damnant quod non intelligunt,* mein Freund.«

Kate lachte und übersetzte: »Sie verdammen, was sie nicht verstehen.«

Alexis' mürrische Miene schmolz zu einem Lächeln. Er nahm Kates Hand. »Ich finde es selbst ein wenig schwierig, diese kleine Wilde zu verstehen. Apropos Wilde, ich sah gerade Cardigan. Er schien jemanden zu suchen. Kann es sein, daß du das bist?«

»Ja, aber sei unbesorgt. Ich habe Vorsichtsmaßnahmen getroffen.«

»Irgend etwas läßt mich zögern, mich nach diesen Vorsichtsmaßnahmen zu erkundigen«, sagte Val.

»Oh, es ist nichts Besonderes«, erwiderte Kate. »Nur ein kleines Messer.«

Beide Männer musterten ihr Kleid.

»Man kann es nicht sehen.«

Val räusperte sich und machte eine Verbeugung. »Ich verabschiede mich lieber, bevor ich etwas sage, wofür ich in die Ritterrüstung gesteckt werde.«

Kapitel 12

Nachdem Val die Halle verlassen hatte, beschäftigte sich Kate geflissentlich mit der Rüstung. Mit geheucheltem Interesse nahm sie einen der Metallfinger und bog ihn vor und zurück.

»Wo ist das Messer, Kate?«

Sie zögerte und drehte sich kurz zu ihm um. »An meinem Bein befestigt.« Sogleich kehrte ihre Aufmerksamkeit zu der Rüstung zurück. Ihre Hand wanderte zum Helmvisier hinauf, das sich wie eine Schnauze nach vorn wölbte.

»Katie Ann!«

Sie sah Alexis an, der noch immer Reitkleidung trug. Allerdings wies nichts an ihm auf die übliche Erschöpfung nach seinen Todesritten hin.

»Laß die Rüstung in Ruhe«, brummte er. »Bei dem Gedanken an das Messer ahne ich Schlimmes.«

»Du übertreibst.« Sie hielt es für weise, ihr letztes Zusammentreffen mit dem Grafen nicht zu erwähnen.

Alexis machte zwei bedrohliche Schritte auf sie zu.

»Ich werde ihm nur ein wenig Angst einjagen, wenn es unbedingt sein muß«, sagte sie rasch.

»Nein.«

»Ich dachte, das Messer wäre dir lieber als mein Revolver.«

»Großer Gott.« Alexis rieb sich die Schläfen, als plagten ihn plötzliche Kopfschmerzen.

»Ich kann auch den Revolver nehmen«, schlug sie vor.

»Nein, nein.« Er nagte nachdenklich an der Unterlippe. »Ich nehme nicht an, daß du in Erwägung ziehst, mich deinen persönlichen Schutz übernehmen zu lassen.«

»Warum nicht«, widersprach sie.

»Dein Messer gibst du aber trotzdem nicht her.«

Sie schüttelte den Kopf und grinste. »Soll ich dir zeigen, wie gut ich werfen kann?«

»Weißt du, daß meine Kavallerietruppen leichter zu führen waren als du?«

»Danke.«

Alexis erwiderte nichts. Er nahm ihren Arm und führte sie zu einer zerschlissenen Sitzbank, wo er sich neben ihr niederließ und ihre Hand nahm. Kate beobachtete fasziniert, wie ihre Finger in seiner Hand verschwanden. Die warme Berührung jagte ihr einen heißen Schauer durch den Arm, und sie spürte, wie ihr Magen zu kribbeln begann.

»Ich muß mich für meinen Cousin entschuldigen«, sagte er.

»Das mußt du nicht. Du bist nicht für seine schlechte Manieren verantwortlich. Ich mußte ohnehin fast lachen. Ausgerechnet mich als schamlose Verführerin hinzustellen.«

»Was gibt es da zu lachen?«

Sie senkte die Augen. »Ich gehöre kaum zu den Frauen, die Männer unwiderstehlich finden.«

Aus dem Augenwinkel nahm sie eine Bewegung wahr, und im nächsten Augenblick hatten sich bereits seine Lippen auf ihren Mund gesenkt. Sie sah die dichten schwarzen Wimpern vor sich, dann schloß sie die Augen und genoß die warme Berührung. Er gab sie wieder frei und lehnte sich zurück, um sie anzusehen. Seine Hand umfaßte zärtlich ihr Gesicht, und sein Daumen liebkoste ihre Lippen.

»Laß mich dir etwas erklären, was dir offensichtlich noch niemand gesagt hat«, sagte er leise. »Dein Gesicht ist ein liebliches Oval. Deine Augen gleichen in der einen Sekunde denen eines verwirrten Fohlens, können sich aber sofort in feurige Blitze verwandeln. Es kostet mich meine ganze Beherrschung, nicht in dein Haar zu greifen, wenn die Sonne es in seidig glänzende Flammen setzt. Ich kann schon gar nicht mehr zählen, wie oft ich kurz davor war, dich in das nächste Schlafzimmer zu zerren, um dich dort zu ... Nun, vielleicht führe ich diesen Gedanken lieber nicht zu Ende.« Er berührte mit dem Finger ihre Nasenspitze. »Du verstehst nicht, was ich meine, nicht wahr?«

Sie legte die Hände auf seine Brust und schob ihn von sich weg. »Als wir uns das erstemal begegneten, hieltest du mich nicht für so überwältigend.«

»Das war ja auch kurz nach einem Brand, meine kleine Unschuld. Selbst ich kann keine Dame hofieren, wenn vor meinen Augen ein Haus abbrennt.«

»Nein, ich meine letztes Jahr. Ophelia gab einen Ball, und du sagtest, du könntest nicht mit mir tanzen, weil du dir dein Bein verletzt hättest.« Sie wich Alexis' Blick aus, aber er blieb so lange still, daß sie ihn schließlich doch ansehen mußte. Er blickte mit gerunzelten Brauen auf sie hinunter.

»Ich war sehr weiß, und mein Haar war straff nach hinten gekämmt«, erklärte sie.

»Ach.« Er dachte kurz nach, dann keuchte er auf. »Das warst du unter all dem Puder? Sag nichts. Ophelia hat gesagt, daß du das tun sollst, nicht wahr?« Er seufzte. »Ich sagte tatsächlich, daß ich nicht tanzen könnte. Das war nicht richtig von mir.«

Kate nickte. Sie war allerdings nicht bereit, ihm zu gestehen, daß sie ihn danach mit einer anderen Frau hatte tanzen sehen. Er brauchte nicht zu wissen, wie verletzt sie damals gewesen war.

»Ich war wütend und ließ mich gehen«, sagte er. »Unglückseligerweise traf es dich. Ich hätte Ophelia am liebsten in den nächsten Schweinekoben geworfen.«

Er gab Kate frei und stand auf. Sie mußte den Kopf in den Nacken legen, um ihn anzusehen. Er beugte vor ihr das Knie und nahm ihre Hände.

»Du erlaubst nicht, daß ich mich für Fulke entschuldige, aber du mußt mir erlauben, daß ich das für mich selbst tue.«

Kate blickte auf den Boden. »Du warst gemein«, stellte sie fest und warf ihm einen kurzen Blick zu.

Er lächelte belustigt. »Du bist ein aufrichtiges kleines Ding. Kannst du mir verzeihen, daß ich ein solcher Dummkopf war?«

Mit hochrotem Gesicht nickte Kate. Alexis lachte erneut und küßte sie auf die Wange. Dann beugte er sich herab, um ihr in die Augen zu sehen.

»*Ich* müßte eigentlich verlegen sein«, schmunzelte er. »Es war doch meine Schuld.«

Als sie schließlich doch wagte, ihn anzusehen, war sie überrascht. Wenn er lachte, wirkte er längst nicht so einschüchternd. Kates Lippen kräuselten sich. Alexis hörte auf zu lachen. Sie sah, wie seine Miene sich wandelte. Unverwandt starrte er sie an, schloß die Augen und schluckte. Als er sie wieder öffnete, schrak sie vor den heißen Wogen zurück, die sie an die Wüste denken ließen, an Luft, in der sich Sonnenstrahlen spiegelten, an Oasen mit Palmen und an die prickelnde Gefahr eines sich sonnenden Löwen. Diese Bilder erinnerten sie an etwas. Er war erregt.

Warum sagte er nichts? Er blieb nur unbeweglich sitzen und übergoß ihren Körper mit dem siedenden Öl seiner Sinnlichkeit. Sie hatte den Wunsch, seine Lippen zu berühren. Wenn er nicht bald etwas sagte, befürchtete sie, sie würde ihre Hand auf sein Bein legen und die Finger in seine Muskeln vergraben. Die Versuchung wurde immer übermächtiger. Ihre Finger zuckten. Schuldbewußt sprang sie auf.

Mit raschen Schritten ging sie an Alexis vorbei, wich seinen Armen aus und redete darauf los.

»Ich muß jetzt aber wirklich einen Brief schreiben. Wenn ich mich nicht um meine Korrespondenz kümmere, meint Mr. Poggs womöglich, er könnte selbst mit meinen Beratern verhandeln. Morgen werde ich auch nach Maitland House reiten.«

Alexis hatte sich ebenfalls erhoben und blieb mit gesenktem Kopf und ihr zugewandtem Rücken vor ihr stehen. Er atmete tief durch, ehe er sich umdrehte.

»Das erinnert mich an etwas«, sagte er. »Wir haben noch immer nicht über dein provokantes Verhalten gesprochen. Jeder muß an sich arbeiten, auch du, Kate. Ich würde mich freuen, wenn du dir Lady Hannah zum Vorbild nehmen könntest.«

Kate errötete. »Ich habe nie behauptet, frei von Fehlern zu sein.«

»Trotzdem gehst du bei der geringsten Kritik in die Luft. Wenn dich jemals Männer unattraktiv gefunden haben, dann sicherlich wegen deines forschen Benehmens und nicht wegen deines Äußeren. Daran kann man weiß Gott nichts unattraktiv finden.«

»Wenn du mich nicht magst ...«

»Siehst du, genau das meine ich.« Er begann, vor ihr auf und ab zu gehen. »Ich mag dich, aber das Benehmen einer englischen Dame fällt auf den Mann zurück, zu dem sie gehört. Offiziell bin ich dein Verlobter, also übernehme ich bald die Verantwortung für dich, und zwar nicht nur, was deine Versorgung und dein Vermögen anbelangt, sondern auch für dein gesellschaftliches Gebaren. Ich kann nicht zulassen, daß du die halbe Grafschaft mit deinen Äußerungen vor den Kopf stößt.«

Kate schwieg kleinlaut. Sie kam sich vor wie ein junger Hund, der noch nicht stubenrein war. Da sie fürchtete, mit einem ihrer schillernden Schimpfworte, die sie von

Patience gelernt hatte, herauszuplatzen, drehte sie sich um und marschierte aus der großen Halle.

Wütend wie sie war, merkte sie kaum, wo sie hinging, bis sie sich plötzlich in dem Seitenflügel wiederfand, den sie und ihre Mutter bewohnten. Aus Sophias Zimmer hörte sie ihre Mutter singen. Kate klopfte an und trat ein.

Die Einrichtung des Raumes paßte zu ihrer Stimmung. Sämtliche Sitzmöbel waren mit stumpfem, braunem Stoff bezogen, die Tische waren aus schwarzem Marmor mit geschnitzten Beinen in der Gestalt von Widdern, die auf ihren Hinterläufen standen. Daß etwas alt und teuer war, schloß Geschmacklosigkeit anscheinend noch lange nicht aus.

Sophia saß auf einem kleinen Sofa am Fenster und stickte. Sie erhob sich und küßte Kate auf die Wange.

»Mein kleines Mädchen. Ich kann noch immer kaum fassen, daß sich mein kleiner Liebling einen Marquis geangelt hat.«

»Freu dich nicht zu früh«, sagte Kate. »Ich erwäge, meinen Fang in seinen abgestandenen Teich zurückzuwerfen.«

Sophia musterte Kate einen Moment, bevor sie antwortete. »Du bist erzürnt. Ist etwas passiert?«

Kate ließ sich auf das Sofa fallen, beugte sich vor und stützte die Arme auf die Knie.

»Er läßt mir keine Ruhe. Schlimmer als Fliegen auf einem Kuhfladen. Oh, entschuldige, Mama.«

Sophia nahm die Stickarbeit und setzte sich neben sie. »Ich weiß, daß es schwierig ist, verliebt zu sein, aber wenn du Probleme hast, meine Liebe, solltest du mit Alexis sprechen und nicht vor ihm davonlaufen.«

Kate sah ihre Mutter an. Es machte ihre Gefühle für Alexis irgendwie greifbarer, wenn jemand sie aussprach. Mama dachte natürlich, sie liebe Alexis.

»Woher wußtest du, daß du in Papa verliebt warst?«

Sophia verknotete die Enden des Garns und nahm ihre Schere in die Hand. Sie lächelte. »Ich wußte es lange gar nicht. Dein Vater war ein ständiges Ärgernis für mich. Er hänselte mich ununterbrochen. Wir stritten die ganze Zeit, obwohl ich es gar nicht wollte.«

»Du hast mit Papa gestritten?«

»Nur, wenn ich dazu gezwungen war. Beide wollten wir auf keinen Fall unsere Gefühle preisgeben, doch natürlich mußte er als Gentleman den ersten Schritt tun.«

»Ich bin sehr froh, daß ihr gestritten habt. Ich meine, das ... weißt du, ...«

»Dann fühlst du dich nicht mehr so allein.«

Kate lächelte und ließ sich zurückfallen. »Ich bin einfach nicht sicher. Liebe kann man nicht aus Büchern lernen, und Erfahrung zu sammeln, tut ziemlich weh.«

Sophia legte ihre Handarbeit in den Schoß und nickte. »Ich erinnere mich an dieses Gefühl.«

»Woher wußtest du letzten Endes, daß es so war?« forschte Kate.

»Ich brauchte geraume Zeit, bis ich mir schlüssig war, aber es gibt keine Formel dafür. Das hättest du gerne, nicht wahr, Kate, eine Formel, wie du und dein Vater sie immer verwendet habt, um so gräßliche mathematische Probleme zu lösen. Es gibt keine.«

»Ach.«

»Ich stellte mir jedoch eine Frage.«

Kate fuhr hoch. »Welche Frage?«

»Ich fragte mich, ob ich mir den Rest meines Lebens ohne deinen Papa vorstellen könnte. Was ich tun würde, wenn er nach Amerika zurückginge, und ich ihn nie mehr wiedersehen würde. Ich konnte den Gedanken nicht ertragen.«

Nachdenklich stützte Kate das Kinn in die Hand. Sie stellte sich vor, wie sie nach San Francisco zurückkehrte, in ihr großes Haus, ihr Familienunternehmen. Es würde keine auf geheimnisvolle Weise geplagte, schwarzhaarige Chimäre mehr geben, die sie mal verführte, mal kritisierte. Keine verbalen Ringkämpfe, keine Küsse und Berührungen, und niemals, niemals, niemals wieder könnte sie ihn an sich ziehen, um mit seinem Körper zu verschmelzen.

Ihn nie wieder sehen.

»Was soll ich nur tun?«

Sophia tätschelte ihre Hand. »Worüber habt ihr denn gestritten?«

»Er will, daß ich wie Lady Hannah bin.«

»Aha.«

»Was willst du damit sagen?« Kate stemmte die Hände in die Hüften.

»Naja, Kate, dein Starrsinn und deine Mißachtung der Konventionen haben dich nicht sehr weit gebracht.«

Kate beugte sich vor, legte das Gesicht in die Hände und stöhnte.

»Ich wollte mich nicht einmischen«, erklärte Sophia. »Aber wenn du weiterhin einen so stolzen jungen Mann von edler Abstammung öffentlich in Verlegenheit bringst, treibst du ihn vielleicht von dir fort. Kein Gentleman wünscht sich eine Frau, für die er sich schämen muß.«

Kate hob den Kopf und blickte ihre Mutter an. »Meinst du wirklich?« Sie faltete die Hände im Schoß und musterte sie. »Meinst du wirklich, daß er sich für mich schämt?«

»Ja, das befürchte ich«, antwortete Sophia. »Schon seit Jahren versuche ich, dir das zu sagen. Du schreckst Männer ab. Kate, eine Frau muß nachgeben, muß sich den Wünschen eines Gentleman beugen, muß ihm ein Heim schaffen, in das er sich zurückziehen kann und wo er sich umsorgt fühlt. Dafür wird dir Alexis seine Liebe und seinen Schutz geben.«

Kate preßte die Hände zusammen. »Mir war nicht klar, daß er sich für mich schämte. Ich dachte, er sei ganz einfach boshaft.«

Vielleicht hatte sie sich ja getäuscht. Schließlich dachten die meisten Frauen wie Mama, und Männer sowieso. Ein schrecklicher Verdacht beschlich Kate. Niemand stimmte mit ihr überein, vielleicht unterlag sie tatsächlich einem Irrtum, und alle anderen hatten recht? Sofort drängte sich ihr ein noch viel schrecklicherer Gedanke auf. Stimmte es wirklich, was Mama sagte? Trieb sie Alexis von sich fort? Bestürzt verdrängte sie alle weiteren Gedanken.

Ihr ganzes Leben lang ging es schon so. Sie machte etwas, was ihr vollkommen normal vorkam, zum Beispiel sich über Mathematik unterhalten, und Sophia tat, als hätte sie sich in der Kirche nackt ausgezogen. Sobald Kate die Reaktion ihrer Mutter bemerkte, schämte sie sich immer. Sie glaubte Mama, wenn sie sagte, daß kein Mann sie haben wollte, wenn sie sich weiterhin so benahm, weil sie das selbst schon lange befürchtete, ihre Furcht bisher jedoch hinter ihrem herausfordernden Verhalten und ihrer Feindseligkeit verborgen hatte. O Gott. Was für eine unerträgliche Vorstellung, daß Alexis sich für sie schämte.

»Ich schätze, ich muß mich ein wenig ändern«, bekannte sie.

»Anders geht es nicht, meine Liebe. Du willst doch bestimmt nicht, daß er zu dieser gräßlichen Beechwith Person zurückgeht.«

Einige Tage, nachdem er Kate wegen ihres ungebührlichen Benehmens zurechtgewiesen hatte, stand Alexis neben einem efeuberankten Baum in der Nähe der Ruinen von Thyme Hall und blickte Carolina Beechwith düster an. Sie hatte ihn von der restlichen Jagdgesellschaft weggelotst. Iago beschnüffelte einen Baum, und Theseus stand angebunden an einen jungen Baum neben Carolinas Stute.

Caroline hatte sich als unerwartet hartnäckig erwiesen. Seit sie von seiner Verlobung mit Kate erfahren hatte, mußte er fast eine Woche lang ihr hysterisches Flehen, ihre Vorwürfe und ihre Weinkrämpfe über sich ergehen lassen. Im Moment begann sie wieder zu weinen. Dabei verzerrte sich Carolinas Gesicht wie ein Wurm im Todeskampf, und das Kreischen und Jammern, das einen solchen Ausbruch begleitete, erinnerte ihn an Kobolde, böse Geister und verlorene Seelen. Alexis hielt sich die Ohren zu, als sie zu einem neuerlichen Schrei ansetzte.

»Aaaaaaaaaaaah!«

Iagos Kopf schoß in die Höhe. Seine Ohren stellten sich auf, soweit dies bei deren Größe möglich war. Als sich ein weiterer Schrei ankündigte, hob er die Nase und heulte voller Mitgefühl mit. Die Pferde wurden unruhig. Alexis schloß die Augen.

»Aaaaaaaaaaaaaah.« (Carolina). »Oooooooooo.« (Iago)

Carolina saß auf einer eingefallenen Mauer. Sie trat mit der Ferse heftig dagegen und riß den Mund auf.

Alexis eilte zu ihr und unterdrückte mit der Hand einen weiteren Heulton. »Das reicht. Du weinst jetzt schon so lange, daß du davon noch krank werden wirst. Außerdem bekommt Iago Ohrenweh, und die Pferde werden scheu.«

»Du ... hick ... liebst sie ... hick.«

»Mach dich nicht lächerlich«, erwiderte Alexis. Er schlug sich mit der Reitpeitsche auf die Handfläche. »Ich sagte dir doch, daß es sich um eine vorübergehende Vereinbarung handelt. Ich kann nicht heiraten.«

»Das glaube ich dir nicht. Wegen einer vorübergehenden Vereinbarung verfolgt ein Mann eine Frau nicht auf Schritt und Tritt, spricht von nichts anderem mehr und benimmt sich wie ein törichtes Kind.«

Vernunft zählte nicht zu Carolinas herausragenden Eigenschaften. Alexis gab den Versuch auf, legte seine Reitgerte weg und zog sie auf die Füße, um sie zu ihrem Pferd zu begleiten.

Sie öffnete jedoch den Mund, und er konnte bereits den nächsten Klageruf kommen sehen.

»Halt den Mund, Carolina.«

Ihr Mund schloß sich wieder, doch ihre Verblüfftheit hielt nur kurz an. Urplötzlich warf sie sich ihm in die Arme und klammerte sich an seinen Hals.

»Du willst keine Ehefrau«, keuchte sie atemlos zwischen zwei Küssen. »Das hast du selbst gesagt. Du willst mich.«

Ein vertrautes metallisches Kreischen ließ sie beide zusammenzucken.

»Alexis, liiiiiiieber Junge, wo sind Sie?«

Jetzt konnte er verstehen, wie sich eine bedrängte Jungfer fühlte, die von einem Drachen gerettet wurde. »Mama Dinkle«, seufzte er erleichtert.

Caroline zog sich hastig zurück, rückte ihren Hut zurecht und griff nach ihrer Reitgerte. Dann eilte sie zu ihrer Stute und sah Alexis erst wieder an, als sie im Sattel saß. Er salutierte spöttisch vor ihr.

»Warum diese plötzliche Eile?« wollte er wissen.

»Mach jetzt keinen Ärger«, antwortete Carolina. »Wir müssen aus unterschiedlichen Richtungen zu den anderen zurückkehren.«

»Kate hätte die Dinkles gebeten, sich zu ihr zu setzen.«

Carolina sah blasiert auf ihn hinunter. »Kate Grey ist keine Dame. Ich bin eine.«

Mit einem höhnischen Grinsen sah Alexis zu, wie Carolina ihr Pferd antrieb. »Ach ja«, rief er ihr nach. »Das hatte ich ganz vergessen.«

Iago bellte ihn an, und Alexis ging in die Knie. Der Spaniel wurde stets munter, wenn Carolina sich entfernte. Sein Schwanz wedelte stürmisch.

»Glücklich, alter Junge?« Alexis ließ sich auf den Hakken nieder, während er den Hund streichelte.

Seine Versuche, Kate für sich zu gewinnen, machten

ungewöhnlich schleppende Fortschritte, eine völlig neue Erfahrung für ihn. Es gab ein fast unüberwindliches Hindernis: ihren Intellekt. Kate besaß einen lebhaften, erschreckend scharfen Verstand, der niemals abschaltete. Schon mehrere Male hatte er geglaubt, sie in eine sinnliche Trance versetzt zu haben, doch jedesmal hatte sie sich im letzten Moment losgerissen. Allmählich sprach sie jedoch auf seine Taktik an.

Er war sich von Anfang darüber im klaren gewesen, daß es ein Fehler wäre, ohne Umschweife körperliche Hingabe von ihr zu erbitten. Das war fast immer ein Fehler. Blumige Komplimente oder Geschenke konnte sie nicht ausstehen. Auch überströmende Liebesschwüre hätte sie ihm nicht abgenommen. Folglich erschlich er sich mit Worten ihre Zuneigung, mit schönen Worten, die sie bezaubern und ihre Seele betören sollten.

Iago legte sich flach auf die Erde, und Alexis ließ sich neben ihm nieder, die Finger in sein weißes Fell vergraben. Wenige Frauen liebten Worte und Bilder auf die gleiche Weise wie Kate. Wenn er ihr einen Ausschnitt vorlas — immer getarnt als literarische Konversation — hörte sie ihm ruhig zu. Ihr Blick schweifte in die Ferne, ihr Atem wurde flach, und er wußte, daß sie in den Bildern, die seine Worte schufen, lebte. Es war eine Welt, die er ebenfalls kannte, eine Welt, die durch die Sprache geschaffen wurde und doch so wirklich war, daß er sie fast fühlen konnte. Wenn er sie so völlig hingerissen vor sich sah, wünschte er, ihr dasselbe Gefühl mit seinem Körper vermitteln zu dürfen, ihr eine Welt zu eröffnen, die noch viel schöner war als die, die er mit Worten beschrieb.

Iago stupste ihn mit der Nase. Alexis beugte sich vor. »›Meine Seele ist ein verzauberter Kahn, / der dahinschwebt wie ein schlafender Schwan / auf den silbernen Wogen deines süßen Gesangs.‹ Das gefällt ihr, alter Junge.«

Bei dem Versuch, Kate für sich zu gewinnen, hatte er Bescheidenheit und Geduld gelernt. Es war nicht nur sein Werben, das Geduld verlangte, sondern auch sein Versuch, ihr Benehmen in schicklichere Bahnen zu lenken. Seine Bemühungen trugen jedoch bereits erste Früchte. Während der vergangenen Tage hatte sie Mr. Poggs keinen einzigen Brief geschrieben, keine unweibliche Diskussion über den Preis von Holz und die Konstruktion von Schnellseglern geführt.

Zu seiner Überraschung hatte Kate sich sogar von ihren geteilten Reitröcken getrennt. Gestern hatte sie ihn mit einem Korsett und einer Krinoline verblüfft. Spitzen und Schleifen erschienen plötzlich an ihren Kleidern. Die Schleifen fand er allerdings fehl am Platz. Kate und Schleifen, das paßte irgendwie nicht zusammen. Das war, als legte man einem Amor Kleider an.

Theseus wieherte. Nach einem Blick auf seine Uhr stand Alexis auf. »Komm, alter Knabe«, sagte er zu Iago. »Ich muß mich langsam um die Fortschritte meiner Verlobten kümmern. Sie ist mit Hannah zusammen, und wenn ich nicht bald nach ihr schaue, benützt Kate womöglich die Riechflaschen der armen Frau zu Schießübungen.«

Kapitel 13

Alexis fand Kate und Hannah im Burghof, zwei winzig wirkende Gestalten vor den gewaltigen Burgmauern und Wachtürmen. Die Frauen hatten sich vor dem größten Feind einer Dame, der Sonne, unter eine alte Eiche zurückgezogen. Als er auf die beiden zuging, sah er, wie Hannah Kate Handzeichen gab. Kate begann, vor ihr hin und her zu gehen. Dabei machte sie kleine, zögernde Schritte, und ihre Hände hingen leblos an den Seiten herab.

Alexis mußte ein Lachen unterdrücken. Anscheinend hatte Hannah Kates Gang nicht gefallen. Diese junge Dame bewegt sich energisch und selbstbewußt, machte rasche, dynamische Schritte. Sie erweckte stets den Anschein, daß sie genau wußte, was sie wollte, und daß sie sich durch Hindernisse wie Schlammpfützen oder Pflastersteine nicht von ihrem Ziel abbringen ließ. Im Gegensatz zu den meisten Frauen, die geräuschlos dahinzuschweben schienen, schritt Kate entschlossen aus, ohne darauf zu achten, ob man ihre Schritte hören konnte. Nein, Hannah gefiel es bestimmt nicht, wie Kate ging.

Alexis mußte sich erneut beherrschen, als Kate eine Drehung machte, zu Hannah zurücktrippelte und vor ihrer Lehrerin stehenblieb.

»Guten Tag, meine Damen.« Er schloß beide in seine Begrüßung ein, hatte jedoch nur Augen für Kate. Sie fuhr herum und machte dabei ein Gesicht, als hätte man sie gezwungen, Kaulquappen zu essen.

»Höllenfeuer.«

Hannah seufzte, und Kate legte die Finger auf die Lippen. Alexis überging ihren Lapsus.

»Wie kommt ihr beiden voran?«

Hannah schwebte zu ihm herüber und sah ihn mit einem ihrer hilflosen Blicke an. »Wir üben geziemendes Auftreten. Davor versuchten wir uns in höflicher Konversation. Ich befürchte, Miss Grey weiß so wenig über die Gepflogenheiten der vornehmen Gesellschaft, daß es eher eine Lehrstunde wurde als ein Gespräch.«

»Ich kenne niemanden von diesen Leuten«, verteidigte sich Kate. Sie wand sich in ihrem Korsett, doch auf Hannahs Stirnrunzeln hin hielt sie still. »Nicht nur das. Ich kann nicht zeichnen, nicht singen und nicht Klavier spielen.«

Alexis ging zu Kate und nahm ihre Hand. »Mach kein so unglückliches Gesicht. Singen kann man lernen.«

»Nur, wenn du unbedingt leiden möchtest.«

Um ein ernstes Gesicht bemüht, dankte er Hannah und schlug vor, den Unterricht für den heutigen Tag zu beenden. Hannah war einverstanden; sie war immer einverstanden mit dem, was er sagte. Sie bot ihm eine kraftlose Hand zum Kuß und schenkte ihm ein schwaches Lächeln. Auf diese Art wollte sie ihn auf den Gegensatz zwischen Kates robuster Gesundheit und ihrer eigenen zarten Konstitution aufmerksam machen.

»Danke«, sagte sie. »Ich fühle mich ohnehin ziemlich erschöpft und werde den Rest des Nachmittags in meinem Zimmer verbringen, damit ich zum Abendessen wieder bei Kräften bin.«

Als sie allein waren, bot Alexis Kate an, ihr den Burgfried zu zeigen. Sie stimmte erfreut zu, und gemeinsam gingen sie in den alten Turm. Wegen der fünfzehn Fuß dicken Mauern und der spärlichen Sonnenstrahlen, die durch die schmalen Fensterschlitze hereindrangen, war es dort kühl und dunkel.

Sie betraten eine große, gewölbte Kammer. Durch die kleinen Fenster, die sich am Ende eines halbrunden

Durchgangs hinter der Galerie im zweiten Stock befanden, wirkte der Raum wie ein Heiligenschrein. Der Burgfried war das älteste Gebäude auf Richfield. Der Rest der Burg war nach und nach darumherum gebaut worden.

Sich einen Weg durch die Werkzeugkisten und Sägeböcke bahnend, führte Alexis Kate in die Mitte des Frieds. Neben ihnen war eine kreisförmige Feuerstelle in den Boden eingelassen. Er zeigte ihr die Holzgalerie, die im dürftigen Licht kaum zu erkennen war. Vor ihnen türmten sich Rüstungen und Waffen. Äxte, Knüppel und Speere ragten aus dem Stapel hervor.

»Ich lasse die Balken der Galerie abstützen oder ersetzen«, erläuterte Alexis. »Es ist sonst zu gefährlich, sie zu betreten. Deshalb mußten auch die Rüstungen und der ganze Plunder weggeräumt werden.« Er deutete auf eine sonnenbeschienene Stelle auf der Galerie. »Vor einer Schlacht sprach der Burgherr immer von dort oben zu seinen Männern, die hier unten standen, wo wir jetzt sind. Meine Vorfahren hängten außerdem Diebe und Mörder an einem Galgen unter dem Dach auf.«

»Ich hätte wahrscheinlich lieber wie ein Schlachtbanner von der Decke des Burgfrieds gebaumelt als in die Oubliette geworfen zu werden.« Sie erschauerte. Alexis führte sie wieder ins Freie. Es dauerte einen Moment, bis sich ihre Augen an das helle Licht gewöhnt hatten.

Alexis beugte sich vor und flüsterte in Kates Ohr: »Du bist die erste Frau, die ich kenne, die Trauerkleidung tragen kann, ohne fad auszusehen. Schwarz läßt deine Haare leuchten und deine Haut wie Schnee schimmern.«

Sie wandte sich um zu ihm. Als er ihr Lächeln sah, machte sein Herz einen Sprung.

»Ich finde, du bist auch ganz hübsch«, gestand sie.

»Hübsch!«

Sie nickte. »In San Francisco würden dir sämtliche Frauen nachjagen, und das soll etwas heißen bei dem

Männerüberschuß dort. Ich glaube, das hat damit zu tun, daß du aussiehst, als seist du einem deiner Gemälde entstiegen.«

»Wie bitte?«

»Zum Beispiel das in der großen Halle. Das mit dem Prinzen, der getötet wurde. Er hat ein Schwert in der Hand und reitet ein riesiges schwarzes Pferd. Wenn du einen Raum betrittst, sehen alle aus, als wollten sie jeden Moment vor dir auf die Knie fallen.«

»Ich glaube, du bildest dir etwas ein.«

Sie schüttelte den Kopf und machte eine ausladende Geste mit der Hand. »Für dich ist das alles selbstverständlich, und vermutlich hast du die Würde und Erhabenheit irgendwie von den Burgmauern in dir aufgesogen.«

»So, wie du das sagst, komme ich mir wie ein seniler Erzbischof vor.«

Sie schüttelte den Kopf. »Du verstehst nicht, was ich meine. Ich komme aus einer Stadt, die vor dem Goldrausch ein Dorf von weniger als zweihundert Einwohnern war. Das älteste Gebäude in San Francisco ist kaum älter als zehn Jahre. Aber hier ...«

Sie gingen weiter, und Kate betrachtete ehrfürchtig den Zwischenwall, die Türme und die Wehrgänge. Alexis betrachtete sie ebenfalls. Ihre Begeisterung war ansteckend.

»Hier kann ich die Zeit spüren«, fuhr sie fort. »Manchmal, wenn ich eine Steintreppe hinaufgehe, muß ich an all die Füße denken, die sie im Lauf der Jahrhunderte so abgenutzt haben. Und dann frage ich mich, ob wir uns wirklich so sehr von all diesen Menschen unterscheiden, wie wir glauben.«

Er wandte sich zu ihr und griff nach ihren Armen. »Genau das empfinde ich auch. Niemanden außer mir kümmert es, ob die ältesten Teile der Burg zusammenbrechen, ob der Burgfried neue Balken benötigt, ob die sächsischen und normannischen Manuskripte in der Bibliothek zu Staub zerfallen oder nicht.«

»Das ist nicht richtig.« Sie bohrte ihren Finger in seine Brust. »Die Menschheit ist schließlich nicht von allein in diesem modernen Zeitalter angekommen. Alles, was wir haben, basiert auf der Erfahrung und dem Wissen der vergangenen Jahrhunderte.«

»Genau das sagte ich neulich zu Val. Weißt du, was er geantwortet hat?«

»Nein.«

»Er sagte, wir alle wären besser dran, wenn wir wie die Indianer in Amerika in Stämmen lebten.«

»Ach, ich weiß nicht«, entgegnete Kate. Sie blickte zurück auf den moosbewachsenen Burgfried. »Mir gefällt es hier.«

»Das ist großartig. Endlich habe ich jemanden gefunden, dem ich all die schaurigen Geschichten über meine Familie erzählen kann. Würdest du gerne unseren Geisterturm sehen?«

Eifrig zupfte sie ihn am Ärmel. »Ja, zeig ihn mir. Jetzt gleich.«

Er nahm ihre Hand und ging mit ihr zu einem Rundturm an der Ostmauer, wo er die Tür zu einer engen Steintreppe öffnete. Kate zögerte mit einem Blick auf ihren Reifrock.

»Du mußt mir helfen, dieses Ding zusammenzudrücken, damit ich hindurchpasse.«

Es war zwar mit allerlei Schwierigkeiten verbunden, aber gemeinsam schafften sie es, Kate die Treppe bis zu der Kammer in der Spitze des Turms hinaufzumanövrieren.

Alexis mußte sich bücken, als er den Raum betrat. Kate wollte sich in eine schmale Nische mit einem rautenförmigen Fenster zwängen, um die Aussicht zu genießen, doch ihr Reifrock ließ dies nicht zu.

»Verdammt! Huch, ich meinte, du liebe Güte.«

Alexis schmunzelte. »Ich denke, wir sollten uns vorübergehend dem Diktat der Mode entziehen. Soll ich mich umdrehen?«

Sie nickte so begeistert, daß er lächeln mußte, während er sich der dunklen Wand zuwandte. Als er Stoff rascheln hörte, konnte er nicht widerstehen, einen Blick über die Schulter zu werfen. Kates Gesicht war gerötet von der Anstrengung, die unzähligen Schichten von Röcken hochzuheben, um an die Bänder heranzukommen, mit denen die Krinoline festgemacht war. Als sie den Blick hob, sah er schnell weg.

»Alexis.«

»Ja.«

»Wäre es sehr unschicklich, wenn ich dich um Hilfe bäte?«

Der Himmel war ihm freundlich gesinnt. »Ich werde es für mich behalten.«

»Könntest du dann dieses verfluchte, ich meine schreckliche Gestell losmachen?«

Er bemühte sich tunlich, ihren Körper nicht zu berühren, aber nachdem er die Knoten gelöst, das unhandliche Gestell über ihre Hüften gezogen und ihr geholfen hatte, herauszusteigen, zitterten seine Hände. Zwar lagen allerhand Stoffschichten zwischen seinen Fingern und ihrer Haut, aber er konnte dennoch genau die Umrisse ihrer Beine und ihres Gesäßes erkennen. Das war der Moment, in dem er beschloß, es nicht dabei bewenden zu lassen, ihr nur aus dem Reifrock zu helfen.

Mit wohleinstudierter Gelassenheit ließ er ihr Zeit, die Röcke zurechtzuschütteln, während er sich zu seiner vollen Größe erhob und die Hände um ihre Taille legte. Überrascht blickte sie zu ihm auf, ließ sich jedoch widerspruchslos zu dem Sitz am Fenster führen. Sie kniete sich darauf, und er öffnete einen Fensterflügel. Gleichzeitig steckten sie die Köpfe durch die Öffnung. Der Turm wirkte noch viel höher, weil er auf einem steilen, mit Moos überwucherten Felsen stand. Eine Brise verfing sich in Kates Haar, löste es und blies ihm eine Strähne ins Gesicht. Vorsichtig nahm er sie in die Hand und wickelte sie um seinen Finger. Kate zog rasch den Kopf zurück ins Zimmer, so daß er die Locke wieder freigeben mußte.

»Das war eins meiner ersten Projekte«, sagte Alexis, während Kate vor dem Fenster Platz nahm. »Der Raum hier benötigte neue Dachsparren und einen neuen Wandverputz. Die Möbel stammen alle noch aus der Zeit von James I.«

»Sieht alles reichlich unbequem aus.«

Er lächelte, als sie die Stühle aus dunklem, schwerem Holz betrachtete. Weit und breit gab es kein Kissen.

»Ich muß zugeben, daß am Bett Reparaturen vorgenommen worden sind. Es ist das Bett, in dem die Liebenden starben. Die Seile waren verrottet.«

Kate war unverzüglich auf den Beinen und ging hinüber zum Bett. »Was soll das heißen, ›in dem die Liebenden starben‹?«

Er schlenderte zu ihr und blieb neben ihr stehen. »Dieser Turm wird auch manchmal ›Lettices Turm‹genannt.« An einen Bettpfosten gelehnt, bewunderte er die wilden Locken, die sich um Kates Schultern kringelten. »Lettice war die einzige Tochter von Sir Richard Hopwolt, der die Burg übernahm, als meine Familie enteignet wurde, weil sie mit den Yorkisten gegen Heinrich Tudor gekämpft hatte. Lettice war verwöhnt, aber oft alleingelassen, wenn Sir Richard bei Hofe war.«

Kate testete die Matratze. »Und langweilte sich.«

»Sie vertrieb sich die Zeit mit dem jungen, hübschen Diener ihres Vaters. Dort drüben, über dem Kamin, hängt das Porträt von Lettice. Wie du selbst sehen kannst, war es kein Problem für sie, einem Mann den Kopf zu verdrehen. Der arme Kerl traf sich immer spät am abend in diesem Raum mit ihr. Er wußte, daß er sein Leben riskierte, aber er war so in sie vernarrt, daß ihm das egal war.«

Kate setzte sich aufs Bett und baumelte mit den Beinen. Sie sah auf ihre Füße hinunter, beugte sich dann vor, um den Fußboden genauer zu betrachten. »Alexis, da ist ein Fleck.«

»Ja.«

Ihre Augen wurden groß wie Untertassen, und er setzte sich schnell neben sie und legte den Arm um ihre Schultern. Er sprach leise weiter.

»Eines abends kam Sir Richard unerwartet nach Hause und erwischte die beiden in diesem Bett. Er geriet so außer sich, daß er dem Diener das Schwert durch die Brust stieß und ihn so auf der Matratze festnagelte. Dann zerrte er Lettice vom Bett und warf sie zu Boden. Genau hier. Er erstach auch sie.«

Kate schürzte die schöngeschwungenen Lippen und musterte noch einmal den kaum noch erkennbaren Blutfleck. Er beugte sich ebenfalls vor. Gemeinsam richteten sie sich wieder auf. Sie sah ihn an, ihre Gesichter berührten sich beinahe.

»Ich frage mich, ob diese Affäre mit ihm ihr das wert war«, überlegte Kate.

Ihre Wange zart mit den Fingern streifend, küßte Alexis ihren Mundwinkel. »Wenn du jemanden begehrst, bist du wie besessen davon, ihn auch zu bekommen.«

Ihre Brauen schossen in die Höhe. »Tatsächlich?«

»Tatsächlich. ›Vom Sinnesrausch der Leidenschaft erfüllt‹.«

Während sie über seine Worte nachdachte, hing sein Blick wie gefesselt an ihren roten Lippen. Er wollte sie gerade wieder küssen, als sie etwas sagte.

»Ist es das? Ein Rausch?«

Er mußte nicht lange fragen, was sie mit ›es‹ meinte.

»Ein wenig schon. Ein so übermächtiges Gefühl erfüllt alle Sinne, daß nichts anderes mehr existiert.«

Er stützte sich hinter ihrem Rücken auf einem Arm ab, und sie lehnte sich zurück, als er sich langsam zu ihr beugte. Mit seinem anderen Arm fing er sie auf, ließ sie behutsam auf die Matratze gleiten udn senkte die Lippen auf ihren Mund.

Ihre Wangen waren erhitzt, sie protestierte nicht. Bald atmeten sie beide heftig, und er fand es zunehmend schwieriger, einen kühlen Kopf zu bewahren. Trotz des verflixten Korsetts und ihres Mieders konnte er die Rundungen ihrer Brüste spüren. Seine Finger spielten mit den feurigen Locken, während seine andere Hand die Knöpfe ihres Kleides löste. Um ihr keine Zeit zum Nachdenken zu geben, zog er ihr Kleid rasch zur Seite, entblößte ihre Brust und legte den Mund darauf. Zu seiner Verblüffung umfing sie ihn mit den Armen und drückte sich an ihn.

Da er Gegenwehr erwartet hatte, geriet er ein wenig aus dem Konzept, und die Zügel, mit denen er bis dahin seine Leidenschaft im Zaum gehalten hatte, drohten ihm zu entgleiten. Er lag nun neben ihr, und sein Bein bewegte sich langsam aufwärts, bis es schließlich über ihrer Hüfte lag. Es genügte ihm nicht. Der Lust nachgebend, die ihn überschwemmte, schob er ihre Röcke hoch und ließ seine Hand zwischen ihre Beine gleiten.

»Oh, Höllenfeuer.«

Er hob den Kopf. »Habe ich dir wehgetan?«

Sie schien ihn nicht zu hören, sondern starrte den Betthimmel an. Dann schloß sie die Augen und hob ihm ihre Hüften entgegen. Alexis hielt den Atem an. Vorsichtig legte er die Wange an ihre Brust. Sie dachte nach.

»Ich kann es nicht mehr aushalten«, sagte sie schließlich mit bebender Stimme. »Ich habe mich gerade entschieden, Alexis. Lieber gebe ich mich jetzt dem Sinnesrausch hin als dieses schmerzliche Verlangen noch länger zu ertragen.«

Sein Kopf schoß mit einem Ruck in die Höhe, und er starrte ihr erhitztes Gesicht ungläubig an. Sie hatte beschlossen, sich ihm hinzugeben. Nach all seinen Bemühungen und Anstrengungen hatte sie die Entscheidung selbst getroffen. Es blieb ihm keine Zeit, länger darüber nachzudenken, denn Kate zog sein Gesicht zu sich herunter und begann, es mit Küssen zu bedecken.

»Gott«, murmelte er zwischen zwei Küssen. »Ich kann es auch nicht aushalten.«

Er schälte sie aus ihren Kleidern. Sobald sie nackt war, legte er sich auf sie. Er liebkoste ihre weichen Brüste, umspielte die Brustwarzen und drückte seine Hüften gegen sie. Sein Verlangen wurde immer drängender, und es wurde höchste Zeit, sich der Hose zu entledigen, bevor sie platzte.

Eine kleine Hand machte sich unter seiner Jacke zu schaffen, streichelte scheu seine Brust. Eine zweite Hand folgte, und zusammen zerrten sie ungeduldig an seinem Hemd.

»Darf ich dich nicht sehen?« Sie klang so unsicher und so enttäuscht, daß er unwillkürlich lächelte.

»Ich wollte dich nicht erschrecken.«

Er zog die Jacke und das Hemd aus, während er ihr Gesicht und ihre Brüste küßte. Stiefel und Socken folgten, gleich darauf die Hose. Wieder ließ er Kate keine Zeit, es sich anders zu überlegen. Sofort war er über ihr, drückte ihre Schenkel auseinander und legte sich auf sie. Als sein erwartungsvoll aufgerichtetes Geschlecht sie berührte, zuckte sie zusammen. Er murmelte beruhigende Worte, und sie entspannte sich wieder.

Er hatte die Verführung von Kate Grey bis zum letzten Kuß geplant. Dieser Plan löste sich jedoch in Nichts auf, sobald er seine Hüften zum erstenmal bewegte. Als sein hartes Fleisch sich in ihre feuchte Öffnung drückte, spürte er die kleinen Hände auf seinem Rücken, die gleich darauf — unfaßlich — zu seinem Gesäß wanderten und ihn an sich drückten.

Sie begehrte ihn! Sie genoß es genausosehr wie er. Ein unbändiges Glücksgefühl und Stolz erfüllte ihn. Die Blockade in seiner Seele fing an sich zu lösen. Erschreckt suchte er die Flucht vor seinen Gefühlen in seiner körperlichen Erregung.

Er bewegte sich nach unten, ließ seine Zunge um ihre Brustknospen kreisen, dann um ihren Nabel. Kates Hände wollten ihn zurückhalten, doch er nahm beide in eine Hand und ließ sie nicht mehr los. Sie gab einen schwachen Laut des Protests von sich, aber er arbeitete sich unbeeindruckt weiter nach unten vor, bis er die Locken zwischen ihren Schenkeln erreichte. Als er sie dort küßte, keuchte sie auf. Ihre Hände wanden sich in seiner. Sie versuchte die Beine zusammenzudrücken.

»Wehr dich nicht«, sagte er. »Laß mich dir den Weg zur Ekstase zeigen.«

Wieder senkte er den Mund auf sie herab. Zwar zog sie scharf den Atem ein, doch sie ließ ihn gewähren. Als seine Zunge die kleine Knopse fand, gab Kate endlich den letzten Rest an Widerstand auf und hob sich ihm entgegen.

Er setzte seine Liebkosungen fort, bis sie im Gleichklang mit seinem Rhythmus zu keuchen begann. Ihr Körper war mit einem Schweißfilm überzogen, seine Hände glitten über ihre Haut. Immer schneller wurden ihre Bewegungen, immer fester drückte sie seinen Kopf in ihren Schoß, und dann kam der erlösende Aufschrei. Er spürte, wie sich ihr Körper noch einmal emporhob, sich verkrampfte und wieder entspannte.

Das Gefühl des Stolzes kehrte kurz zurück, ehe seine eigene Lust nach Erfüllung suchte. Er preßte ihren zierlichen Körper an sich und öffnete noch einmal mit den Knien ihre Beine.

Er bedeckte ihr Gesicht und ihren Hals mit kleinen Küssen. Mit tränenfeuchten Wangen lächelte sie ihn an.

»Du bist wundervoll«, sagte er. »Kleine Wilde, gib mir jetzt den gleichen herrlichen Rausch.«

Sie umfaßte ihn mit den Armen und küßte ihn.

»Bleib ganz ruhig liegen«, flüsterte er, »und entspanne dich.«

Er legte die Hand unter ihre Hüften, hob sie ein wenig an und ließ sich auf sie herab. Als er sie berührte, vergrub sie das Gesicht an seinem Hals. Die Welt um ihn versank, und es existierte nichts mehr außer ihnen beiden. Langsam drang er in sie ein. Als ihr empfindliches Fleisch ihn warm umschloß, verließ ihn seine Selbstkontrolle, und seine Hüften stießen nach vorn. Er durchbrach einen hauchzarten Widerstand, und im gleichen Moment wimmerte Kate.

Er hatte noch nie zuvor einer Frau Schmerz zugefügt. Noch nie hatte er mit einer Jungfrau geschlafen, hatte es noch nie gewollt.

»O nein«, knirschte er.

Er biß die Zähne zusammen und wollte sich zurückziehen. Doch als er die Hüften bewegte, faßte Kate nach seinen Gesäßbacken und zog ihn wieder zu sich heran, überrascht verlor er für einen Augenblick das Gleichgewicht und drang wieder tief in sie ein. Er stöhnte und wollte sich ihr wieder entziehen. Als sein Glied die feuchte Grotte wieder beinahe verlassen hatte, kehrten die Hände zurück und stießen ihn wieder hinein.

»Nein«, keuchte er. »Ich tu dir weh.«

Kate atmete schwer. Ihr Gesicht war angespannt, doch sie weigerte sich, ihn freizugeben.

»Ich möchte deine Ekstase auch erleben«, erwiderte sie. »Der Schmerz ist nicht sehr groß, und es ist trotzdem sehr schön.« Sie hob den Unterleib an, nahm ihn tief in sich auf und Alexis gab dem kaum noch zu bändigenden Verlangen nach, sich in ihr zu bewegen. Die kleinen Hände, die auf seinem Rücken und seinem Gesäß kreisten, stachelten ihn an. Wieder versank die Welt um ihn herum. Erst langsam, dann immer schneller stieß er zu, völlig ausgeliefert seiner wilden Lust, bis schließlich seine geschwellten Muskeln sich zu einer gewaltigen Explosion zusammenzogen. Zum erstenmal in seinem Leben schrie Alexis seinen Höhepunkt hinaus. Er drückte den Rücken durch, drang noch einmal tief in sie ein, und genoß die erlösenden Schauer.

Schwer atemend brach er anschließend auf Kate zusammen. Ihre Arme umschlangen ihn. Er lächelte. »War ich ekstatisch genug?«

Sie drückte ihn. »Ja. Deine Kapitulation war äußerst angenehm.«

Er hob den Kopf und fluchte. Sie lächelte. Als er ihre gerötete Haut und ihr unordentliches Haar sah, lächelte er ebenfalls.

»Deine Kapitulation hat mir ebenfalls große Freude bereitet.« Er ließ sich neben ihr auf die Matratze gleiten und zog sie in die Arme.

»Danke«, flüsterte Kate.

»Wofür?«

»Dafür, daß du keine einseitige Kapitulation verlangt hast. Du hast mir genauso viel gegeben, wie du von mir bekommen hast.«

»Ich wußte nicht, daß ich so ... so ...« Er konnte die richtigen Worte nicht finden. »Kate, so ist es nicht immer.«

»Du meinst, es wird mir nicht immer gefallen?«

»Was ich meine ist, daß es mit anderen nicht immer ein Geben und Nehmen ist. Verdammt.«

»Ich weiß.«

Sie klang mitfühlend, und er erkannte, daß sie genauso überwältigt war wie er.

»Ich muß erst über das, was geschehen ist, nachdenken«, bekannte er.

»Ich auch.«

Sie legte die Hand auf seinen Schenkel und grub die Finger in seine Muskeln.

»Aber nicht jetzt«, fügte er hinzu.

»Nein, nicht jetzt.«

Er blieb still liegen, fasziniert von dem neugierigen Ausdruck auf ihrem Gesicht. Ihre Hand glitt zur Innenseite seines Schenkels und drückte leicht dagegen. Er spürte, wie er wieder erregt wurde. Regungslos blieb er liegen und atmete tief durch, als ihre Hand ihn erforschte. Als sie sein Glied berührte, zuckten seine Hüften.

»Meine Geliebte«, sagte er beherrscht. »Das machst du besser nicht noch einmal.«

»Aber ich möchte dich berühren. Oder muß ich warten?«

Er lachte gezwungen. »Ich hätte wissen müssen, daß du nicht die hysterische Jungfrau spielen würdest.« Die forschende Hand wurde zurückgezogen. »Nein! Du hast mich falsch verstanden. Ich bin hocherfreut.«

Er nahm ihre Hand und legte sie dorthin zurück, wo es ihn am meisten danach verlangte.

Kapitel 14

Alexis war auf dem Weg zu den Gemächern von Carolina Beechwith. Es war nach Mitternacht, und er war müde, aber er hatte es Carolina versprochen. Reden mußte er so oder so mit ihr, denn ihr letztes Zusammentreffen hatte bestätigt, daß er sich endgültig von dieser alten Verpflichtung trennen mußte. Besonders nach dem Nachmittag voller sinnlicher Ekstase mit Kate und deren Bemerkung auf der Treppe.

Mit geschürzten Röcken war sie ihm hinuntergefolgt, während er die verflixte Krinoline trug. Plötzlich waren die Schritte hinter ihm verklungen. Als er über die Schulter zurückblickte, sah er sie wie angewurzelt auf einer Stufe stehen und den Mörtel zwischen zwei Mauersteinen anstarren.

»Geht es dir nicht gut, mein Liebes?«

Langsam wandte sie den Kopf und sah ihn so erstaunt an, als hätte sie ihn völlig vergessen gehabt.

»Doch«, erwiderte sie. »Ich bin mir nicht sicher, aber ich glaube, ich bin jetzt ein gefallenes Mädchen.«

Sein Unterkiefer klappte herunter. »Das bist du nicht.«

»O doch. Mama hat strenge Ansichten über die Sittsamkeit einer Frau, weißt du. Ich bin ohne jeden Zweifel ein gefallenes Mädchen.«

»Aber jetzt laß dir doch —«

Kate sprach unbeirrt weiter. »Aber ich konnte nicht anders. Tatsache ist, Alexis, daß wir ein heilloses Durcheinander angestiftet haben.«

»Das verstehe ich nicht.«

»Ich kann keine Dame mehr sein. Schließlich schlafen Damen nicht mit Herren, solange sie nicht verheiratet sind. Und da du willst, daß ich anständig und sittsam und so weiter bin, scheint mir, daß ich dich nie wieder berühren kann.«

Es war ihr verdammter Verstand. Wenn sie nur nicht so verflixt intelligent gewesen wäre. Alexis lehnte den Reifrock an die Wand und ging zu ihr. Sie sah ihn voller Verwirrung an.

»Du kannst es nicht ausstehen, wenn ich mich nicht anständig benehme«, sagte sie.

Er küßte sie auf die Schläfe. »Das ist eine Ausnahme.« Er küßte sie auf die Lippen. Unwillkürlich brandete die Begierde wieder in ihm auf, und er drängte sich gegen sie.

Sie entzog ihm ihren Mund. »Das ist scheinheilig.«

Er hielt sie an den Händen fest und blickte ihr in die Augen.

»Du hast recht, kleine Wilde. Aber wenn ich meine Beziehungen in aller Öffentlichkeit zur Schau trage, bin nicht ich es, der darunter zu leiden hat. Genau wie du kann ich ohne die Billigung von Menschen leben, deren Gehirn so klein ist, daß es in eine Keksdose paßt. Aber Fulke, Hannah und meine Mutter können das leider nicht.«

Kate biß sich auf die Unterlippe. »Meine Mutter auch nicht.« Sie sah ihn mit zusammengekniffenen Augen an. »Ophelia auch nicht.«

Er küßte sie auf die Nasenspitze. »Ophelia gab niemals auf. Sie hatte sich in den Kopf gesetzt, die Herrin von Castle Richfield zu werden, und sie besaß enorme Ausdauer.«

»Das liegt in der Familie.« Kate erstarrte. »Psssst.«

Sie streckte den Kopf unter seinem Arm hindurch und lauschte.

»Was ist?«

»Ich höre die Dinkles.«

»Der Herr steh mir bei.«

»Schnell! Zum Zwischenwall. Wir laufen zum nächsten Turm.«

»Alles, bloß nicht jetzt den Dinkles in die Hände fallen!«

Alexis' eigenes Lachen riß ihn aus seinen Träumereien. Als er sich umsah, fand er sich auf der langen Galerie wieder, die die Familiengemächer mit den Räumen der Gäste verband. Der Flur mit seinen hohen Fenstern und der Eichenvertäfelung war von zwanzig silbernen Kerzenhaltern beleuchtet, die das Familienwappen trugen.

Seufzend blieb er neben einem Bild von Karl II. stehen. »Es muß getan werden, Eure Majestät. Sie sollten die Pflicht verstehen, die man einer Mätresse gegenüber hat.«

Karl sah ihn mit königlicher Herablassung an. Alexis seufzte noch einmal und setzte seinen Weg fort. Vor Carolinas Tür blieb er stehen, legte die Hand auf den Türknauf und zog sie wieder weg.

Während er die Holzmaserung der Tür studierte, spürte er, wie seine Stimmung ins Bodenlose fiel. Irgend etwas stimmte nicht mit ihm. Die Vorstellung, Carolina abwehren zu müssen — ihr womöglich sogar nachzugeben — erschreckte ihn und machte ihn wütend. Ständig mußte er daran denken, wie aufrichtig verwirrt Kate auf der Treppe des Geisterturms ausgesehen hatte. Ein gefallens Mädchen hatte sie sich genannt.

»Besser nicht«, sagte er zu sich selbst.

Er machte auf dem Absatz kehrt und nahm den gleichen Weg zurück. Als er die Tür zur Großen Galerie öffnen wollte, prallte er gegen ein Hindernis.

»Zum Teufel«, brummte Val.

Sein Freund machte einen Schritt zurück in den Lichtkreis einer Kerze, um Alexis vorbeizulassen. Val hielt ein schweres, langes Schwert in der Hand, dessen Klinge im Lichtschein blitzte. Noch heller aber leuchteten das blonde Haar und die haßerfüllten Augen.

»Was machst du mit dem Schwert?«

Val salutierte mit der Waffe. »Mademoiselle St.-Germain ist eine Dame mit merkwürdigem Geschmack.«

Alexis verschränkte die Arme vor der Brust und wartete.

»Ist ja schon gut. Es schien mir der perfekte Abend, um das gute alte England von einer Pestbeule namens James Brudenell, Graf Cardigan, zu befreien.«

Mit ausgestreckter Hand blieb Alexis vor Val stehen. Val sah ihn mit funkelnden Augen an, überließ ihm jedoch das Schwert.

»Der einzige Grund, warum ich es dir gebe, ist, daß du nicht bewaffnet bist und ich dich in einem Kampf nicht verletzen will.«

»Natürlich«, antwortete Alexis. »Hat nichts mit der Tatsache zu tun, daß du völlig erschöpft bist, weil du es den ganzen langen Weg hierher getragen hast und deine Arme zittern. Komm mit.«

Er stützte Val am Ellbogen, und gemeinsam gingen sie über die Galerie.

»Du hast deine Männer nie ausspioniert«, stellte Val fest.

»Natürlich nicht.«

»Aber er. Er hat auch versucht, einen Offizier dafür vor Gericht zu stellen, daß er den falschen Meßwein bestellt hatte. Sein Regiment war das teuerste bei der berittenen Wache. Alle Offiziere mußten mit den besten Vollblütern ausgestattet sein — für die Jagd, versteht sich —, sie aßen nur vom Feinsten und hatten die besten Schneider.«

»Aber er hat es nicht verdient, umgebracht zu werden, nur weil er eine Primadonna ist.«

Sie waren in Vals Gemächern angekommen. Alexis ging zielstrebig durch das Wohnzimmer auf den Spirituosenschrank zu und nahm eine Flasche Portwein heraus. Val lehnte das angebotene Glas ab. Alexis stützte den Ellbogen auf den Kaminsims und sah Val dabei zu, wie er vom Lehnstuhl zum Schreibtisch, dann zum Sofa und zum Fenster wanderte. Am Fenster verweilte er einen Augenblick, um in die Dunkelheit hinauszustarren.

»Dein Haß frißt an deiner Gesundheit«, stellte Alexis fest.

Vals Kopf flog herum, und er starrte ihn wütend an. »Du bist an jenem Tag ebenfalls im Blut gewatet.«

»Deshalb möchte ich auch die Wahrheit erfahren, Val.« Wieder mußte er sich mit dem blonden Hinterkopf begnügen.

Alexis stellte das Glas ab und stellte sich hinter seinen Freund. »Erzähl es mir.«

»Nein.«

Val legte seine Handfläche auf das Glas des Fensters. Alexis wußte, daß die Hand genauso kalt war wie das Glas.

»Dann werde ich dir sagen, was passiert ist«, sagte er. »Der Ritt durch das Tal des Todes dauerte zwanzig Minuten. Eineinhalb Meilen Kreuzfeuer der Artillerie. Zuerst sahst du nur die Schwerter in der Luft. Pistolen feuerten aus allen Richtungen. Alle schlugen wild um sich, zerhackten alles, was ihnen in die Quere kam. Rings um dich nichts als Schüsse, Explosionen von Minen, Kanonendonner, und je länger du geritten bist, desto mehr Männer fielen, bis die Erde von Menschen und Tieren bedeckt war.«

»Sei still!« Val kauerte sich auf dem Sitz vor dem Fenster zusammen.

»Du warst blutüberströmt, als ich dich fand, und halb unter deinem Pferd begraben.«

Val explodierte. Mit fliegenden Fäusten stürzte er sich auf Alexis, der sich duckte, ihn abfing und auf den Fenstersitz zurückdrückte. Gleichzeitig griff er nach den wild um sich schlagenden Armen. Er versuchte, sie festzuhalten und dabei weiterzusprechen.

»Erinnerst du dich noch an die Geräusche der Artillerie? Das harmlose, leise Zischen und Flirren, das den Männern die Köpfe abriß, ihnen die Beine und den Schwanz wegfegte oder vielleicht auch nur ein Auge oder den Unterkiefer?«

»Großer Gott, Alexis, nein!« Mit wütendem Aufschrei bäumte Val sich auf und brach sogleich wieder zusammen. Am ganzen Körper bebend vergrub er das Gesicht im Polster des Fenstersitzes.

Alexis schüttelte ihn. »Erzähl es mir.«

»Es dir erzählen?« Val wandte ihm sein tränenüberströmtes Gesicht zu. »Deine Seele möge zur Hölle fahren. Ich werde es dir erzählen, damit deine Nächte genau schrecklich werden wie meine. Ich ritt zurück. Ich konnte vor lauter Rauch kaum etwas erkennen, aber den Boden konnte ich sehen. Ich ritt auf einem Teppich aus Körpern, den Körpern meiner Freunde und meiner Männer. Atherton war neben mir, bis ihn eine Muskete erwischte und er zu Boden fiel. Ich wollte umkehren, konnte aber nicht wegen der Männer, die von hinten kamen. Sie schoben mich immer weiter, und die ganze Zeit hörte ich ihn meinen Namen rufen.«

Val schwieg einen Moment. Seine Gedanken waren weit fort, und er bemerkte weder, wie sein Körper bebte, noch daß Alexis ihn längst losgelassen hatte.

»Er rief nach mir«, fuhr Val fort, »flehte mich an, ihm zu helfen. Aber ich konnte ihn nicht sehen. Ich war zu dem Zeitpunkt noch nicht verletzt. Ich hätte ihn sehen müssen. Er schrie meinen Namen, wieder und immer wieder, bis ich ihn schließlich doch entdeckte. Als ich mein Pferd wendete, traf mich etwas. Wenn ich doch nur bei Bewußtsein gewesen wäre.«

»Aber du hast versucht umzukehren.«

»Man sagte mir später, daß sein Rückgrat teilweise zerfetzt war. Ich hätte ihn vielleicht retten können, bevor er zum zweitenmal getroffen wurde. Seither verfolgt er mich jede Nacht im Traum und schreit und schreit und schreit.« Val lachte leise. »Aber ich habe den alten Atherton ausgetrickst. Ich schlafe einfach nicht mehr. Findest du das nicht auch ganz schön schlau von mir?«

Vals Lachen wurde immer lauter. Alexis ließ sich auf die Fersen nieder und sah, wie das irre Lachen seinen Freund schüttelte. Er streckte die Hand aus und schlug ihm leicht auf die Wange. Val blinzelte und sah ihn kurz an.

»Was ist los, willst du eine Schlägerei, Alexis?«

»Du fühlst dich schuldig, weil du nicht einer von den Hunderten bist, die gestorben sind. Es war nicht deine Schuld. Atherton hätte von niemandem gerettet werden können. Wenn du sofort umgekehrt wärst, wärt ihr beide umgekommen.«

»Wir beide?« Val schüttelte den Kopf. »Nein, ich hätte ihn gerettet.«

»Woher willst du das wissen? Alle anderen starben auch.«

»Aber ich hätte ihn retten können.«

Alexis griff nach Vals Arm und zog ihn hoch. »Was hättest du getan? Sein Pferd war weg. Hättest du ihn zurückgetragen? Den ganzen Weg? Du warst bereits verletzt. Du wärst ebenfalls getötet worden.«

Val starrte Alexis an wie ein Schuljunge seinen Lehrer. »Ich wäre ebenfalls getötet worden.«

»Sag es noch einmal, lauter.«

»Ich wäre ebenfalls getötet worden.«

Alexis zog Val in sein Schlafzimmer, wo er ihn ins Bett

steckte, ihm ein Glas Wasser einschenkte und ein paar Tropfen aus einer Flasche hineinträufelte.

Er hielt Val das Glas vors Gesicht. »Trink das.«

»Ich möchte kein Laudanum. Du weißt, daß ich nichts davon nehme.«

»Wenn du es nicht freiwillig trinkst, werde ich dich dazu zwingen.«

Val nahm einen Schluck, schob das Glas wieder weg und ließ sich ins Kissen fallen.

»Sag es noch einmal.«

»Fahr zur Hölle! Na schön. Ich wäre auch getötet worden.«

»Und?«

»Und ich hätte nichts für ihn tun können, verdammt.«

»Und?«

»Bastard! Es gibt nichts, weshalb ich mich schuldig fühlen müßte.«

»Gut.« Alexis war schon halb zur Tür hinaus.

»Es ist ganz allein seine Schuld.«

Alexis stöhnte auf. »Wenn du erst einmal von etwas überzeugt bist, hältst du dich daran fest wie einer von diesen australischen Koalabären, die sich an ihren Baum klammern. Gute Nacht, Valentine.«

»Gute Nacht, Tyrann.«

In seinem Schlafzimmer zog Alexis sich rasch aus, griff nach seinem Morgenmantel und erstarrte, als er seine Hand auf dem Seidensatin sah. Sie zitterte. Die vergangenen Minuten hatten seine eigenen Alpträume aufleben lassen. Es würde bestimmt eine Weile dauern, ehe er an Schlaf denken konnte. Den Morgenmantel hinter sich herschleifend, trat er durch die Glastür auf seinen Balkon. Die Nacht war ungewöhnlich warm und ruhig.

Ein oder zwei andere Lichter brannten noch in der Burg. Die Wimpel auf den Wachtürmen hingen schlaff von ihren Fahnenmasten. Alexis atmete tief durch und fragte sich dabei, ob er vielleicht auch etwas von dem Laudanum hätte nehmen sollen. Er haßte es allerdings noch mehr als Val. Es erinnerte ihn an die Krim und an die Zeit nach Vaters und Thalias Tod, als Fulke es ihm einflößte.

Nein, er würde kein Laudanum trinken. Er schüttelte seinen Morgenmantel aus und wollte gerade den Arm durch ein Ärmelloch stecken, als er rechts von sich, drei Gemächer weiter, eine weiße Gestalt auf dem Balkon stehen sah. Hannah.

Sie stand regungslos in der Dunkelheit. Alexis ließ den Arm sinken. Die Falten des Morgenmantels umspielten seine nackten Beine. Er konnte ihre Blicke spüren. Sie bewegte sich nicht, sagte nichts, sah ihn nur an. Er drehte sich zur Seite, daß sie nur sein Profil sehen konnte, und schlüpfte bedächtig in das Kleidungsstück. Nachdem er den Gürtel in der Taille verknotet hatte, zog er sich in sein Zimmer zurück, ohne die Frau noch einmal angeblickt zu haben. Das mußte er nicht. Er wußte auch so, daß sie noch immer dastand und ihn beobachtete wie ein Falke seine Beute.

Auf dem Weg ins Bett verblichen die Gedanken an Hannah und wandten sich gegen seinen Willen wieder Kate zu. Kate, Kate, Katie Ann. Immer wieder hallte ihm der Name in den Ohren und weckte die Erinnerung an ihren Körper. Eine Stunde verging, noch eine, ohne daß er in den Schlaf fand. Sie war in seiner Nähe. Sie schlief in seinem Haus, und er fand keine Ruhe. Er hatte gedacht, daß es seinen Durst löschen würde, wenn er sie erst einmal besessen hatte, aber es war, wie wenn man Opium nahm. Er wollte mehr.

Er beobachtete die Uhr auf dem Kaminsims, konnte die schwarzen Zeiger im Mondlicht kaum erkennen. Sie schienen an einer Stelle angewachsen zu sein, und doch tickte die Uhr. Mit jedem Ticken wuchs seine Erregung.

Tick, tick, tick, tick. Er biß sich in die Innenseite seiner Wange. Der Schmerz half auch nicht.

»Himmelkreuzdonnerwetter.«

Alexis warf die Decke zurück, zog seinen Morgenmantel wieder über und schlüpfte aus dem Zimmer. Kurz darauf stand er vor Kates Tür. Er öffnete sie leise. Statt der erwarteten Dunkelheit empfing ihn der Schein einer brennenden Kerze. Kate saß in der Mitte ihres Bettes und blätterte in einem Buch.

»Kate.«

Sie fuhr herum und starrte ihn mit offenem Mund an. Dann umklammerte sie das Buch und drückte es an ihre Brust. Alexis näherte sich langsam dem Bett, überzeugt, daß sie ihn beschimpfen und aus dem Zimmer jagen würde. Unmittelbar neben ihr blieb er stehen und beobachtete fasziniert, wie der Schein der Kerze ihr Haar in Flammen zu setzen schien.

»Katie Ann«, flüsterte er.

Sie preßte das Buch noch fester an sich und starrte ihn verängstigt an. Ohne ihren Blick freizugeben, griff er nach dem Buch und löste es aus ihrer Umklammerung. Er ließ es zu Boden gleiten, legte eine Hand auf ihre Wange und spürte, wie sie zitterte. Ein nagender Zweifel beschlich ihn. Sie war so unerfahren, und er ließ ihr eigentlich keine Wahl. Zwar hatte er die Absicht gehabt, sie zu verführen, doch mußte er bald erkennen, daß er längst nicht so schlau war, wie er gedacht hatte. Er hatte sich selbst eine Falle gestellt.

Kate drehte den Kopf und küßte seine Handfläche. Alexis hielt den Atem an, und im gleichen Moment war jeder Zweifel vergessen. Er hatte einen Schatz entdeckt und war nicht bereit, ihn wieder aufzugeben. Noch nicht.

Behutsam kniete er sich auf ihr Bett und löste den Gürtel seines Morgenmantels, während er sie nach hinten drückte und sich auf sie herabließ. Ein feiner, fast durchsichtiger Stoff war ihm im Weg. Auf einen Arm gestützt, schob er ihr Nachthemd bis zur Taille hoch. Kate sagte immer noch nichts.

Sie starrte ihn unentwegt an, als könnten sich ihre Augen nicht von seinem Anblick lösen. Als er seine Hüften auf die ihren senkte, schloß sie die Augen. Gleichzeitig öffnete sie bereitwillig die Beine. Er vergrub das Gesicht in ihrem Hals.

»Ich kann nicht schlafen, weil ich die ganze Zeit an dich denken muß«, gestand er. »Ich begehre dich so sehr, daß es kaum zu ertragen ist. Hilf mir.«

Sie hob sein Gesicht an, damit sie ihn küssen konnte. »Ich habe das Gefühl, daß du beschlossen hast, dir selbst zu helfen.«

Er fuhr mit der Zunge liebkosend hinunter bis zu der Stelle, wo der Stoff ihre Brüste bedeckte. Ungeduldig grub seine Hand sich in das hauchdünne Material und zerriß es.

»Du hast recht«, sagte er. »Ich werde mir selbst helfen.«

Sein Mund umschloß ihre Brust und begann daran zu saugen. Ihre Hände umfaßten seinen Kopf und drückten ihn an sich. Als er an ihrer Brustwarze knabberte, hob sie sich ihm entgegen. Seine Hand wanderte zu ihrer Hüfte und glitt zu der Öffnung zwischen ihren Schenkeln.

»Öffne dich«, flüsterte er, »öffne dich weit für mich. Weiter. Noch weiter.« Seine Finger fanden ihren Weg. Die Spannung in seinen Lenden brachte ihn fast um den Verstand. Er dachte an die Uhr. Seine Finger bewegten sich im gleichen Rhythmus vor und zurück. Sie rieb sich an seiner Hand, stellte seine Selbstbeherrschung auf eine harte Probe. Ihre Hände kneteten sein Gesäß und wollten ihn zu sich heranziehen.

»Nein, noch nicht.«

Er bewegte sich nach unten, bis seine Lippen die feuchte Stelle fanden, an der seine Hände spielten. Wieder versuchte Kate, ihn nach oben zwischen ihre Beine zu ziehen. Um sie davon abzuhalten, küßte er die empfindlichste Stelle ihres Körpers.

»Nein«, keuchte er. »Öffne deine Beine noch weiter.« Er drängte ihre Schenkel mit den Händen auseinander und küßte sie noch einmal. Er spürte, wie sie die Beine schließen wollte. »Entspanne dich. So ist es gut. Spüre nur, was ich mit dir mache. Das ist alles, was ich will.«

Als sie so erregt war, daß ihre Hüften unkontrolliert zu zucken begannen, lachte er. »Wenigstens einmal tust du, was ich sage.«

Er hätte besser den Mund gehalten, denn Kate bäumte sich auf, streckte die Hand aus und umschloß sein Glied. Fast hätte er aufgeschrien, als sein geschwollenes Fleisch so unerwartet umschlossen wurde. Eine Berührung genügte, daß er sie zurück auf die Matratze warf und sie unter sich begrub. Sein Morgenmantel hing ihm noch immer um die Schultern. Er konnte ihre Fingernägel durch die Seide in seinem Rücken spüren.

»Der Morgenmantel«, ächzte er mit zusammengebissenen Zähnen.

Sie befreite ihn davon, während er bereits ihre Beine spreizte. Er versank tief in ihr und zog sich wieder weit zurück. Er hörte, wie sie tief Luft holte, wodurch sich ihre Muskeln zusammenzogen. Da gab er auf. Seiner wilden Lust nachgebend, bewegte er sich vor und zurück, immer wieder, immer heftiger. Fast traute er seinen Ohren nicht, als er ihre Forderung hörte.

»Schneller.«

»Verdammte Hexe«, keuchte er.

Als Rache zog er sich wieder weit zurück, ließ seine Hüften kreisen und drang tief in sie ein. Sie biß sich auf die Lippen und erschauerte in einem lustvollen Höhepunkt unter ihm.

Noch einmal stieß er heftig zu. »Schrei, Katie Ann.

Schrei laut. Ich möchte hören, wie du meinen Namen schreist.«

Die Antwort war ein langes, wütendes Stöhnen, dann bäumte Kate sich auf, um einen weiteren Stoß entgegenzunehmen, und schrie. Ihre Stimme löste auch bei ihm den höchsten Sinnestaumel aus, und mit den letzten, zuckenden Bewegungen ergoß er sich in sie. Anschließend brach er auf ihr zusammen, und es dauerte lange, bis er wieder in die Gegenwart zurückfand.

Seine Selbstkontrolle war gebrochen, ebenso sein Wille. Er tauchte das Gesicht in Kates Haar und gestand sich dabei die Wahrheit ein. Er war auf eine Eroberung aus gewesen und hatte sie auch gemacht. Allerdings war die Schlacht erfüllt von höchsten Genüssen, und das ganz allein wegen Kate. Er hatte schon vorher Frauen verführt und nichts anderes dabei verspürt, als vorübergehende Befriedigung. Es war Katie Ann selbst, diese kleine Wilde, die ihn peinigte, die ihm den Kopf verdrehte und die aus einem zivilisierten Mann einen kopflosen Narren machte.

Er seufzte und hob den Oberkörper an, damit er ihr Gesicht sehen konnte. Ihre Hände strichen noch immer über seinen Rücken. Nichts ahnend von seinem inneren Aufruhr, lächelte sie ihn an und küßte seine Nase.

»Ich habe mich danach gesehnt, daß du heute nacht zu mir kommst«, sagte sie. »Ich wünschte es mir mehr als alles andere, aber ich wagte nicht, dich darum zu bitten. Ich bin froh, daß du der Versuchung erlegen bist.«

»Als ich an deiner Tür stand, hätte mich nichts und niemand davon abhalten können, zu dir zu gehen.«

Überrascht von seinen eigenen Worten, fluchte Alexis. Er hätte sein Verlangen niemals eingestehen dürfen. Jetzt lächelte sie ihn an, als hätte er ihr Diamanten geschenkt. Großer Gott, sie bewegte schon wieder die Hüften. »Kate, nein. Das ist zu viel für dich. Verdammt, hör auf.«

Er kniff die Augen zu, während sie Arme und Beine um

ihn schlang und ihre Hüften kreisen ließ. Er spürte, wie ihre Muskeln arbeiteten, ihn in sich festhielten, und seine Gegenwehr erlahmte. Er wühlte mit den Händen in ihrem Haar, bewegte sich vor und zurück und gab sich erneut dem Sog seiner übermächtigen Gefühle hin.

Es war geplant, daß Kate mit Hannah, der Gräfin und den drei Dinkles ausgehen sollte, um den Armen ihren Reichtum vorzuführen. Hannah nannte es christliche Nächstenliebe. Kate wandte ein, daß es sinnvoller wäre, diese Menschen ein Handwerk lernen zu lassen, was bei Hannah auf taube Ohren stieß, denn dazu hätte man etwas organisieren und sich in das Geschäftsleben einmischen müssen. Eine Dame stand über solchen weltlichen Dingen und verstand außerdem viel zuwenig davon.

Kate war nicht in der Stimmung für Nächstenliebe. Am liebsten hätte sie sich irgendwo verkrochen, um über Alexis nachzudenken und darüber, was tags zuvor im Geisterturm und ihrem Schlafzimmer geschehen war. Nachdem sie Hannah eine freundliche Absage hatte zukommen lassen, zog Kate ein Reitkostüm mit langem Rock — einem einteiligen — an und ritt durch die Wälder, die Castle Richfield umgaben.

Sie ließ ihr Pferd auf einer Lichtung gleich neben den Ruinen von Thyme Hall, die sie bei einem früheren Ausritt entdeckt hatte, grasen. Dieses Haus war von einem von Alexis' Vorfahren, versteckt im Wald, für seine Mätresse gebaut worden. Cromwells Männer hatten es während des Bürgerkriegs niedergebrannt. Ursprünglich war das Haus aus roten Ziegelsteinen gebaut worden, die inzwischen längst von Moos und Efeu überwuchert waren. Überall lagen Haufen von Ziegeln, und sie mußte über etliche hinwegklettern, ehe sie das eigentliche Gebäude erreichte. Vor einer Mauer war eine kleine Grasfläche, wo sie sich gern niederließ, um in Ruhe zu schmökern.

Seit sie beschlossen hatte, Alexis zuliebe eine richtige Dame zu werden, hatte sie meistens an entlegenen Orten wie Thyme Hall gelesen. Diesmal vertiefte sie sich jedoch nicht sofort in das Buch, sondern lehnte sich mit dem Rücken an die Steinwand und sah hinaus auf das dichte Unterholz und die Wildblumen, die die Ruinen zu verschlingen drohten.

Sie hatte ein schlechtes Gewissen wegen der fehlenden Schuldgefühle, weil sie mit Alexis de Granville geschlafen hatte. Wieder stand sie vor dem alten Problem. Kate war mit den gesellschaftlichen Regeln nicht einverstanden. Sie waren nicht logisch. Wenn Alexis mit jemandem schlafen konnte, warum konnte sie es dann nicht? Außerdem irritierte es sie, daß alle anständigen, tugendhaften Menschen behaupteten, daß Frauen in Heim und Familie ihre Erfüllung fanden und die körperliche Seite der Ehe keinesfalls genossen. Gott sei Dank war ihr Patience zum richtigen Zeitpunkt begegnet.

Patience hatte sie aufgeklärt. Es sei eine Schande, zu verheimlichen, daß Frauen durchaus Wollust erleben können. Zwar erlebte Patience dies nicht mit ihren Kunden, aber sie hatte Kate versichert, daß ein Mann einer Frau den gleichen Genuß verschaffen konnte wie umgekehrt. Seit Alexis sie zum erstenmal geküßt hatte, vermutete Kate, daß Patience die Wahrheit gesagt hatte. Jetzt war sie sich sicher.

Aus der Tasche ihres Reitkostüms holte sie das kleine Buch, das sie mitgebracht hatte. Sie schlug es auf, starrte die Seiten an, ohne die Buchstaben zu erkennen. Es gab nur eine Lösung ihres Dilemmas. Sie mußte Alexis dazu bringen, daß er sie liebte. Verlobt waren sie ja bereits, und ihre Bemühungen um Sittsamkeit und Anstand hatten seinen Beifall gefunden. Sie würde ihn dazu bringen, daß er sie liebte, dann mußten sie die Vereinbarung nicht einhalten. Wenn sie ihm ihre Liebe bewies, indem sie sich in eine Dame verwandelte und mit ihm schlief, bis er vor Erschöpfung umfiel, würde er bestimmt für immer bei ihr bleiben.

Vorfreude durchzuckte sie. Sie war sich sicher, daß Alexis sie bereits ein klein wenig liebte, obwohl er es selbst vielleicht noch nicht wußte. All die Dinge, die er gestern mit ihr getan hatte, hätte er nicht tun können, ohne sie ein klein wenig zu lieben. Er war einfach großartig gewesen, genauso ungezügelt wie sie selbst.

Ihre Gedanken schweiften zu seinem prachtvollen Körper, und sie versank in ihren Tagträumen. Die Wärme der Sonnenstrahlen, der Geruch der feuchten Erde und die Windstille ließen sie schläfrig werden. Sie fuhr auf, als ganz in der Nähe ein Pferd wieherte.

Als sie Alexis' Stimme hörte, lächelte sie. Er war ihr gefolgt. Sie würde bleiben, wo sie war, damit er sie suchen mußte.

Schritte näherten sich. Zuerst knirschten Stiefelabsätze auf Kies, dann wurden die Schritte durch Gras gedämpft. Eine Reitpeitsche klatschte ungeduldig gegen einen Schenkel. Kate mußte lächeln. Ein sicheres Zeichen dafür, daß Alexis aufgebracht war. Sie wollte gerade aufstehen, um sich zu erkennen zu geben, als seine harte Stimme sie zurücksinken ließ.

»Bist du wahnsinnig? Mir eine solche Nachricht zukommen zu lassen!«

»Du bist jetzt schon seit Monaten zurück und hast nicht ein einziges Mal mit mir gesprochen«, ertönte Hannahs Stimme.

Alexis klang beherrscht. »Ich spreche jeden Tag mit dir.«

»Vor den anderen. Höfliche Nichtigkeiten. Du hast mich in all den Jahren, seit wir uns getrennt haben, nicht berührt.«

Mit trockenem Mund und kalten Händen drückte sich

Kate an die Wand und beobachtete die beiden durch die dichten Efeuranken.

Alexis stand aufrecht auf einem sonnenbeschienenen Fleck. Das helle Licht ließ seine Augen wie kaltes, grünes Wasser glänzen, und seine Miene verriet nichts außer einer vagen Abscheu.

»Tu mir das nicht an«, flehte Hannah, während sie auf ihn zuging. »Du schaust mich an, als wäre ich ein nichtsnutziges Dienstmädchen, das entlassen werden muß. Oh, spar dir deine Worte. Ich weiß, wie einschüchternd deine würdevolle Haltung sein kann. Immer wenn ich mit dir sprechen möchte, komme ich mir vor wie ein Untertan, der seinem König zu nahe tritt.«

»Dieses Gespräch ist mir zu dumm«, stellte Alexis fest. Er ging zu seinem Pferd.

Kates Herz wurde mit jedem Schritt, den er sich entfernte, leichter.

»Fulke hat sich nicht geändert«, sagte Hannah. »Er berührt mich nie.«

Alexis blieb mit dem Rücken zu ihr stehen.

»Ich brauche dich, Alexis.«

Nachdem er sich umgewandt hatte, schüttelte Alexis den Kopf. »Ich bin kein unschuldiger fünfzehnjähriger Junge mehr. Ich hätte niemals zulassen dürfen, daß du mich anfaßt. Ich habe Fulke damals hintergangen, aber ich werde es nicht noch einmal tun. In meinem Leben habe ich bereits viele Sünden begangen. Bitte mich nicht, eine davon zu wiederholen.«

»Ich brauche dich.«

»Warum mich? Bestimmt hast du auch noch andere gehabt.«

Hannah lächelte und hob die Hände in einer hilflosen Geste. »Du warst ein so wunderschöner, lieber Jüngling, und so nah. Jeden Tag sah ich dich bei deinen Fechtübungen, beim Schießen, beim Reiten. Einmal beobachtete ich dich sogar beim Schwimmen. Du hattest deine Kleider ausgezogen und warst in den See gesprungen. An jenem Abend waren deine Haare beim Abendessen noch feucht. Ich habe mir deinen Körper vorgestellt, feucht und warm und bereit. Ich mußte dich haben.«

»Halt den Mund!«

Hannah eilte zu ihm. Kate wäre fast aus ihrem Versteck gerannt, als sie sah, wie Hannah sich in seine Jacke krallte. Alexis versuchte, sie abzuschütteln, faßte nach ihren Händen und stieß sie zurück.

»Ich möchte Kinder«, wimmerte sie.

Ihre Worte ließen Alexis für einen Moment erstarren. »*Großer Gott*. Für was für ein Monster hältst du mich eigentlich? Ich werde es nicht tun.«

»Er kann nichts unternehmen. Was soll er auch schon sagen? Daß das Kind nicht von ihm ist, weil er schon seit Jahren nicht mehr mit seiner Frau geschlafen hat? Das wird er nicht zugeben, denn damit würde er eingestehen, daß er wegen seiner Eltern nur ein halber Mann ist. Wußtest du, daß sie ihn geschlagen haben, sobald er einer weiblichen Person gegenüber die geringste Zuneigung zeigte?«

»Hör auf«, rief Alexis, während er noch einmal versuchte, die Frau von sich zu lösen. »Es ist nicht Fulkes Schuld, was ihm in seiner Kindheit angetan wurde.«

»Aber was ist mit mir?« Hannah schüttelte Alexis. »Mein wundervoller Junge, du siehst ihm so ähnlich, daß niemand auf die Idee käme, das Kind sei nicht von ihm.«

»Außer Fulke selbst.«

Kate zuckte zusammen, als Alexis Hannah so ungestüm von sich stieß, daß sie stürzte. Ihr Mitleid war jedoch nur von kurzer Dauer, denn Hannah war sofort wieder auf den Beinen und verfolgte Alexis. Er war schon fast auf seinem Pferd, als sie ihn einholte und am Ärmel festhielt. Alexis fuhr herum und schüttelte ihre Hand ab.

Unglücklicherweise hatte er nicht hinter sich geblickt. Als er einen Schritt zurück machte, prallte er gegen einen Baumstamm.

Inzwischen waren sie zu weit entfernt, als daß Kate ihre Worte hören konnte. Sie schob ein Efeublatt zur Seite, damit sie wenigstens sehen konnte, was geschah. Als Alexis gegen den Baumstamm stolperte, preschte Hannah vor, nahm sein Gesicht in die Hände und küßte ihn. Alexis erstarrte. Dann packte er sie an den Schultern und schob sie weg. Unbeirrt ließ die Frau eine Hand nach unten gleiten. Alexis' Kopf ruckte zurück. Sein Mund öffnete sich, und Kate konnte fast hören, wie er aufkeuchte. Einen Augenblick lang blieb er unbeweglich stehen. Hannahs andere Hand näherte sich ebenfalls seinen Lenden. Diesmal konnte Kate ihn hören.

»Nein!« Er riß ihre Hände von sich weg. »Bei Gott, es gibt verdammt nochmal zu viele Frauen in meinem Leben.«

Er ließ seine Reitpeitsche drohend durch die Luft zischen, als Hannah wieder die Hand nach ihm ausstrecken wollte. Mit einem Satz war er auf Theseus und verschwand im Gehölz.

Kate sah, wie Hannah das Gesicht in den Händen verbarg und weinte. Es dauerte längere Zeit, bevor Hannah sich beruhigte. Nachdem sie die Ruinen verlassen hatte, zog Kate sich an der Mauer hoch. Ihre Beine waren verkrampft und schmerzten.

Dieses Weibstück. Scheinheiliges, intrigantes, hinterhältiges Weibstück. Nein, Hannah konnte nichts dafür. Fulke war das Monster. Nein, Hannah. Sie hatte Alexis verführt, als er fünfzehn war. Fünfzehn, verdammt noch mal.

»Höllenfeuer.« Kate nahm ihr Buch und machte sich auf den Weg.

»Wie viele Frauen hat er noch?« fragte sie die Bäume.

»Mal sehen, Mrs. Beechwith, die Gräfin, Lady Churchill-Smythe, die Dinkles, Mademoiselle St.-Germain und jetzt auch noch Hannah. Und Ophelia. Der Mann könnte seinen Lebensunterhalt als Zuchtbulle verdienen.«

Seufzend ließ Kate sich auf einer verfallenen Mauer nieder. Warum sollte er ausgerechnet sie lieben, da sich so viele hübsche und bereitwillige Frauen um ihn rissen? Ein noch weit betrüblicher Gedanke ging ihr durch den Kopf. Alexis war es gewohnt, daß man ihn hofierte, ihm schmeichelte und nachgab.

Bevor ihr Vater die Goldmine entdeckte, hatte Kate immer davon geträumt, schöne, teure Kleider zu besitzen. Nach ein paar Monaten bedeuteten ihr die Gewänder aus Seide und Satin jedoch auch nicht mehr als ihre alten aus Baumwolle. Gäbe es Diamanten soviel wie Sand, würde auch niemand sie mehr wollen.

Frauen, unzählig wie Sandkörner, warfen sich Alexis zu Füßen, so daß man kaum von ihm erwarten konnte, daß er sie wie Diamanten behandelte. Arme Hannah, arme Mrs. Beechwith und arme Ophelia.

Arme Kate.

O nein, nicht arme Kate.

Kate sprang auf und marschierte zu ihrem Pferd. »Passen Sie gut auf, Marquis. Dies ist ein Sandkorn, das sich in den dicksten und schwersten Diamanten verwandelt, den Sie je sahen.«

Kapitel 15

Nach der Szene auf Thyme Hall, die Kate miterlebt hatte, überraschte es sie nicht, als sie nach ihrer Rückkehr erfuhr, daß Alexis sein Arbeitszimmer aufgesucht, seinen Sekretär angefahren und anschließend zum Dower House davongestürmt war. Sie ging auf ihr Zimmer, um sich umzukleiden und das Buch zu verstecken. Das hatte sie sich angewöhnt, seit sie beschlossen hatte, sich zu ändern. Nur die allseits gebilligten religiösen Wälzer und Gedichtbände lagen noch offen herum.

Wordsworth war zum Beispiel erlaubt. Kate haßte Wordsworth. Dieses Gefasel über Krokusse und knospende Zweige und Wolken, einfach zum übelwerden. »O Kuckuck! Soll ich dich Vogel nennen, oder ruheloses Rufen?« Kate knirschte mit den Zähnen. Sie konnte noch immer Hannahs zarte Stimme diese Worte sagen hören.

Gerade schob sie ihr Buch unter die Matratze, als ihre Zofe mit einem Brief hereinkam. Eine halbe Stunde später rannte sie die Treppe hinunter, den Brief in der einen und ihrer Antwort darauf in der anderen Hand. Die letzten Stufen nahm sie mit wehenden Röcken, und kaum war sie unten angelangt, schoß sie um eine Ecke, wo sie plötzlich festgehalten wurde.

»Kate?«

»Höllenfeuer.«

Kate biß sich auf die Lippe. Es war Alexis. Er hatte sie dabei erwischt, wie sie rannte. Graf Cardigan und Lord Sinclair begleiteten ihn, und er sah sie mit gerunzelter Stirn so von oben herab an, wie er es immer tat, wenn er wütend war und es nicht zeigen konnte.

»Ist etwas passiert, meine Liebe?« fragte er kühl.

Etikette und Anstand vergessend, platzte Kate mit ihrem Ärger heraus. »Dieser Idiot Poggs hat meinen Schiffskonstrukteur gefeuert.«

Wäre sie nicht so aufgebracht gewesen, hätte sie vielleicht die Warnsignale verstanden: Alexis' angespannten Kiefer und Fulkes Stirnrunzeln. So aber fuhr sie unbeirrt fort.

»Es ist mir egal, ob Wainwright Bourbon trinkt und drei Dirnen in seinem Haus hält. Er baut die schnellsten Klipper der Welt und wird ein solches Schiff auch für mich bauen.«

Der Graf hüstelte. Fulke entschuldigte sich und nahm den belustigten Cardigan mit. Kate sah Alexis an und wollte davonstürmen. Er schnappte sie jedoch am Arm und zog sie in das nächstbeste Zimmer. Kaum hatte er die Tür hinter sich zugeschlagen, fuhr er sie an.

»Es ist eine Schande, wie du dich benimmst.«

»Es tut mir leid, aber Poggs —«

»Poggs ist mir völlig egal. Du hast dich selbst blamiert und mich dazu. Schon wieder. Und auch noch ausgerechnet vor Fulke und Cardigan. Damit hast du Fulke endgültig von deiner Lasterhaftigkeit überzeugt.«

»Aber Poggs —«

»Zum Teufel mit Poggs! Wie oft muß ich dich noch bitten, dich so zu benehmen, daß du die Ehre verdienst, Herrin von Castle Richfield zu werden?«

Beschämt senkte Kate den Kopf. Sie spürte, wie ihr Hals und ihr Gesicht heiß wurden, und sie schluckte den Kloß, der sich in ihrer Kehle bildete, hinunter. Alexis sprach weiter auf sie ein, aber sie hörte ihn nicht, so tief war sie erschüttert von der Demütigung. Tränen drängten sich in ihre Augen, und sie konnte nichts dagegen tun.

»*Großer Gott, laß mich nicht weinen.* Wieder schluckte sie. Ihre Augen füllten sich. Sie schloß sie in der Hoffnung, die Tränen damit zurückhalten zu können. Das wäre ihr vielleicht auch geglückt, hätte Alexis sie in diesem Augenblick nicht an sich gezogen.

Ohne Vorwarnung trug er sie zum Sofa, setzte sich mit ihr hin und drückte sie an seine Brust. Diese Umarmung löste den Tränenfluß endgültig. Sie hörte nur noch seine sanfte, tiefe Stimme, die ihr Entschuldigungen zuflüsterte.

»Ich habe es nicht so gemeint, kleine Wilde. Es tut mir leid. Weine nicht. Weine nicht. Ich sagte, du sollst aufhören zu weinen, Kate.« Er wurde etwas lauter. »Hör sofort auf. Ich komme mir schon vor wie ein Schuft.«

Sie schniefte, dann hickste sie und lächelte. Alexis holte tief Luft. Er legte die Hände an ihr Gesicht und hob es ein wenig an, um die nassen Wangen zu küssen, ihre Augen und schließlich ihren Mund.

Kate entfernte sich ein Stück von ihm und berührte seine Lippen. Wenn sie nicht vor Wut schmal und angespannt waren, waren sie wunderbar weich.

»Es tut mir leid«, sagte er.

»Mir auch.«

»Du bist aber auch so unberechenbar. Zuerst wütest du wie Medusa, aber sobald ich ärgerlich werde, zerschmilzt du wie frischgefallener Schnee.«

Kate errötete und hielt den Blick auf ihre Schuhspitzen gesenkt. Sie konnte mit den Füßen den Boden nicht berühren, wenn sie auf seinem Schoß saß.

»Mein Liebling.«

»Mmmmmmh.«

»Du weinst nicht oft, nicht wahr?«

»Selten.«

»Das ist wahrscheinlich der Grund.« Er zog sie wieder zu sich heran und drückte ihren Kopf fest an seine Schulter.

»Was meinst du?«

»Hannah weint die ganze Zeit. Georgiana Dinkle und ihre Schwestern auch, eigentlich fast alle Frauen, die ich kenne. Du weinst nie, deshalb hätte ich mir am liebsten die Zunge herausgeschnitten, als ich dich gerade weinen sah.«

»Mach das nicht.« Sie hob den Kopf und blickte ihm in die Augen. »Ich mag deine Zunge.«

Diese Bemerkung brachte ihr einen langen, feurigen Kuß ein. Ehe sie sich versah, lag sie auch schon rücklings auf dem Sofa, und Alexis Hände wühlten unter ihren Röcken. Es ging so schnell, daß sie erst protestieren konnte, als er bereits zwischen ihren Beinen lag. Sie hörte Stoff rascheln, und im nächsten Moment war er schon in ihr.

Wie konnte dies nur so schnell geschehen, fragte sie sich fassungslos. Er zog sich fast ganz aus ihr zurück, um wieder tief in sie einzudringen. Dabei stützte er sich mit den Händen ab und stieß so fest zu, daß sie fast geschrien hätte. Kate vergaß alles um sich herum. Nichts hatte mehr Bedeutung außer den Gefühlen in ihrem Schoß. Er bäumte sich auf und bewegte sich schneller und schneller. Um Erlösung von der ungeheuren Spannung zu finden, hob sie sich ihm im gleichen Rhythmus entgegen, bis sie schließlich aufschrie und sich fiebrig an ihn drängte. In den Momenten der höchsten Erfüllung spürte sie, wie auch er erschauerte und sich in sie ergoß.

Kate hielt Alexis fest umschlungen. Nach einer Weile hob er den Kopf, und sie tauschten einen Blick ungläubiger Verwirrung.

»Was ist geschehen?« fragte er.

»Wir vergaßen alles. Oh, Alexis, glaubst du, wir sind verderbt?«

»Du nicht«, sagte er. »Du warst es nicht, die die Tür abschloß, obwohl du wütend warst.«

»Es war mir egal, ob die Tür abgeschlossen war.«

Er grinste. »Das ist das größte Kompliment, das mir eine Frau je gemacht hat.«

Sie kicherte. Alexis hielt den Atem an, hob seinen Unterkörper ein wenig an und zog sich aus ihr zurück, während er sie küßte. Als Kate den warmen, klebrigen Samen auf ihrem Oberschenkel spürte, schob sie rasch ihre Röcke hinunter. Alexis knöpfte seine Hose zu.

»Du liebe Güte«, seufzte sie.

»Hier.« Er reichte ihr sein Taschentuch. Als sie errötete, drehte er sich um. »Es tut mir leid, Liebes. Das ist alles noch so neu für dich.« Als sie fertig war, setzte er sich neben sie. »Wir müssen über einiges nachdenken.«

»Ja, das müssen wir.«

»Normalerweise falle ich nicht über Jungfrauen her, mußt du wissen.«

»Du hast Angst, nicht wahr?«

»Wie ein Hase.«

Sie legte ihre Hand in seine. »Ich hoffte, du würdest es besser verstehen, wo du doch so viel Übung hast.«

»Nichts scheint mehr von Bedeutung zu sein, wenn ich in deiner Nähe bin.« Er drückte ihre Hand. »Ich bin anscheinend kurz davor, den Verstand zu verlieren.«

»Von meinem ist auch nicht mehr viel übrig.«

Sie ließ sich von Alexis auf die Beine helfen. Nach einem letzten Kuß schloß er die Tür auf.

»Ich gehe lieber, bevor ich noch einmal die Sinne verliere.« Er trat auf den Flur. »Ich werde dich zum Abendessen begleiten, falls ich mich bis dahin erholt habe.«

Kate lächelte. Als er sich entfernte, hörte sie ihn murmeln: »Ich muß etwas unternehmen. So kann es nicht weitergehen.« Als sie ihn fragen wollte, was er damit meinte, war er schon verschwunden. Sie unterdrückte eine dunkle Vorahnung und sah sich in dem Zimmer nach den Briefen um, die ihr während ihrer stürmischen Umarmungen abhanden gekommen waren. Bald war es

Zeit zum Abendessen, und obwohl schon etliche Gäste abgereist waren, war es dennoch ein schrecklich förmliches Ereignis. Sie mußte sich waschen und umziehen. Außerdem brauchte sie eine Ruhepause. Mit Alexis zusammenzusein war anstrengender als fünf Zuber Wäsche zu waschen.

Aus der Ruhepause wurde nichts. Zwar legte sie sich kurz hin, aber sie sah ständig Scharen von Frauen vor ihrem geistigen Auge, die sich vor die eleganten Stiefel von Alexis warfen. Ophelia war die erste, gefolgt von Hannah, der Gräfin und weiteren schönen, unbekannten Opfern. Alexis stand unbeweglich in einem Dunstkreis und nahm die Huldigungen gelassen entgegen. Bis sie sich ihm näherte. Er schnappte sie und zog sie zu sich heran. Dann verschwanden sie beide im Nebel.

Kate stöhnte und richtete sich auf. Trotz der Vorsätze, die sie sich in Thyme Hall gemacht hatte, hatte sie sich wieder wie ein Sandkorn benommen. Ihre einzige Entschuldigung war, daß Alexis genauso machtlos war wie sie.

Sie wollte nicht länger verwirrt sein. Es war höchste Zeit, daß sie sich Klarheit über einige Dinge verschaffte. Sie wollte wissen, was er für sie empfand. Sie wollte wissen, warum seine Mutter ihn bezichtigte, Verbrechen begangen zu haben, zu denen er nie im Leben imstande war. Und am allermeisten interessierte sie, ob er ihre Verlobung noch immer als Farce betrachtete.

Natürlich war er nicht gekommen, um sie zu begleiten. Kate vermutete, daß er etwas geahnt hatte und einer Aussprache aus dem Weg gegangen war. Wie schon so häufig bewies er auch jetzt wieder seine Unberechenbarkeit.

Sie ging statt dessen mit ihrer Mutter hinunter. Alle waren in dem prachtvollen, großen Speisezimmer versammelt, als sie eintraten, auch Alexis. Juliana begrüßte Kate und Sophia. Das märtyrerhafte Auftreten der Frau ärgerte Kate. Seit der Verkündigung ihrer Verlobung warnte Alexis' Mutter Kate in regelmäßigen Abständen vor ihrem bevorstehenden, schrecklichen Schicksal. Juliana wandelte seither in noch dramatischer zur Schau gestellter Trauer umher, die in besonders kraßem Gegensatz zu der Lebhaftigkeit ihres Pudels und des Seidenäffchens stand.

Sobald Alexis ihrer ansichtig wurde, gesellte er sich zu ihnen, wechselte ein paar höfliche Worte mit Mama und entfernte sich wieder. Anschließend unterhielt er sich mit dem Dekan, überschüttete die Dinkles mit Komplimenten und ermunterte den stillen und ernsten Valentine zu einem Flirt mit Lady Churchill-Smythe. Mit dem Grafen Cardigan tauschte er Jagderlebnisse aus, und er hänselte Fulke freundschaftlich. Es war nicht zu übersehen, daß er alles Erdenkliche auf sich nahm, nur damit er nicht mit ihr sprechen mußte.

Nach dem Essen, als sich alle in den roten Salon zurückzogen, wandelte sich ihre Niedergeschlagenheit in blanke Entrüstung. Wie konnte er es wagen, sie einfach nicht zu beachten? Sie war es doch nicht, die ihre Erregung nicht zügeln konnte. Es war nicht ihre Schuld, daß jedesmal das Feuer der Leidenschaft neu entfacht wurde, sobald sie zusammen waren. Außerdem war er derjenige mit dem hinreißenden Körperbau und dem erotischen Gang. Es war allein seine Schuld.

Kate saß auf einem feuerroten Damastsofa und gab vor, Juliana zuzuhören, die über die Königin und Prinz Albert sprach. Alexis schlenderte, ausnahmsweise allein, zu einem Fenster. Kate warf ihm einen düsteren Blick zu, aber er sah nicht zu ihr herüber. Plötzlich beugte er sich vor. Ohne zu irgend jemandem ein Wort zu sagen, bahnte er sich einen Weg durch das Meer aus Reifröcken und schlüpfte zur Tür hinaus.

Es dauerte zwar eine Weile, bis sie sich zum Fenster vorgearbeitet hatte, aber schließlich gelang es ihr. Zuerst sah sie nichts als schwarze Nacht. Als sie den Rasen unter dem Fenster jedoch gründlich mit den Augen absuchte, bewegte sich etwas. Ein Rock. Sie legte ihre Hand an die Glasscheibe und schirmte das Licht ab. Neben dem Rock befand sich ein langes, wohlgeformtes Bein in schwarzem Stoff, das nur Alexis oder Fulke gehören konnte. Fulke hielt sich im Salon auf.

»Höllenfeuer.« Kate drückte mit den Händen die Krinoline nach unten, während sie durch den Raum und über die Treppe nach unten eilte. Als sie auf dem Rasen ankam, waren die beiden jedoch bereits verschwunden.

»Diese Schlange«, murmelte sie, während ihre Augen die Dunkelheit zu durchdringen versuchten. »Dieser Wurm. Dieser doppelgesichtige, brünstige Hornochse. Zuerst behandelt er mich wie einen Schuhabstreifer, und dann hat er nichts anderes zu tun, als seinen Unaussprechlichen in die nächstbeste Weibsperson zu stecken, die willfährig ist.«

Sie marschierte auf den Geisterturm zu. »Wenn er in Lettices Zimmer ist, werde ich ihm seine hochherrschaftlichen Gerätschaften mit einer Schere abschneiden. Und ich werde nicht weinen. Später vielleicht, aber erst, wenn ich ihm gesagt habe, wohin er sich seine Verlobung stecken kann.«

Sie waren nicht im Geisterturm. Kate wollte lieber nicht darüber nachdenken, was sie getan hätte, wenn sie sie dort gefunden hätte. Ruhelos ging sie auf dem Rasen vor dem Turm auf und ab und brach dabei einen Zweig in kleine Stückchen. Die Burg war zu groß, um alle Räume zu durchsuchen. Höllenfeuer. Sie hätte ihn gern mit heruntergelassenen Hosen erwischt. Was sie brauchte, war eine Peitsche. Vielleicht fand sie eine im Burgfried. Die Tür des alten Turms war nicht abgeschlossen.

In der undurchdringlichen Dunkelheit tastete sie sich durch den Eingangsbereich, vorbei an der Treppe in die

Richtung des Tischs, den sie gesehen hatte, als sie mit Alexis hiergewesen war.

Von oben hörte sie plötzlich ein Rascheln, dann zwei dumpfe Schläge, erst einen leiseren, dann einen lauteren, und dann einen langen Schrei. Erfolglos bemühte sich Kate, etwas zu erkennen. Der Schrei endete in einem lauten Scheppern. Metall rieb sich an Metall, Stein und Holz. Etwas rollte an ihren Füßen vorbei. Kate blieb wie angewurzelt stehen, während sie herauszufinden versuchte, woher das Scheppern gekommen war.

In diesem Moment tauchte ein Lichtschein auf der Treppe auf, und eine Laterne, gehalten von Alexis, mit gelöster Krawatte und offenem Hemd, kam auf sie zu. Ihm folgte die heftig atmende Mrs. Beechwith.

»Kate?« Er blieb vor ihr stehen. »Was hast du gemacht?«

»Was beschuldigst du schon wieder mich, du Lüstling? Der Krach kam von dort drüben.«

»Was machst du hier?« wollte er wissen.

»Halt den Mund und gib mir die Laterne.« Sie nahm sie ihm aus der Hand und ging voran.

Überall lagen Waffen verstreut auf dem Boden. Piken, Äxte, Schwerter, Schilde und Streitkolben. Kate ging weiter, bis sie den Berg von Waffen und Rüstungen erreichte, den Alexis ihr gezeigt hatte. Im Schein der Laterne glänzte das Metall dumpf. Sie hielt die Laterne so hoch es ging und beleuchtete Brustharnische, Helme und Lanzen.

Im Lichtschein waren nun auch Tropfen einer Flüssigkeit zu erkennen, die auf das Metall gespritzt waren. Weiter oben wurden die roten Spritzer zu einem dünnen Rinnsal, das zu einem Arm führte. Kates Hand begann so stark zu zittern, daß sie die Laterne mit beiden Händen halten mußte. Sie nahm kaum wahr, daß Alexis sich hinter sie gestellt hatte, sondern starrte entsetzt den Körper an, der aufgespießt auf einem Jagdspeer und einer Hellebarde zuoberst lag.

Alexis stürzte an ihr vorbei. »Hannah?«

Kate hörte ein würgendes Geräusch hinter sich. Carolina Beechwith hielt sich die Hand vor den Mund, beugte sich nach vorn und floh.

Kate schluckte krampfhaft. Ihr wurde schwindlig, und ihre Arme wurden seltsam leicht. *Nimm dich zusammen. Du hast schon Schlimmeres gesehen. Denk an den Mann, den die Indianer in der Carson Desert erwischt haben.*

Sie sah, wie Alexis sich über den grotesken Haufen beugte, um nach Hannahs Handgelenk zu greifen.

»Mach dir keine Mühe«, sagte Kate. »Sie ist tot.«

»Wie konnte das geschehen?« Alexis schüttelte den Kopf, als könne er damit verleugnen, was er sah. »Großer Gott. Arme, arme Hannah.«

Kate wußte, daß sie etwas unternehmen mußte, um nicht länger die aufgerissenen Augen und den geöffneten Mund der Frau anzustarren. Sie zupfte Alexis am Ärmel.

»Sie ist gestürzt. Halt die Laterne bitte etwas höher. Ich bin nicht groß genug.«

Das Licht an Alexis' ausgestrecktem Arm gab den Blick auf eine Hand und einen Arm frei, die von der Galerie über ihnen baumelten. Ohne Zeit zu verlieren,. stürmte Alexis die Treppe hinauf, gefolgt von Kate.

Auf der Galerie blieb er kurz stehen. »Sei vorsichtig«, warnte er sie. »Manche Dielen sind morsch.«

Langsam gingen sie auf die Stelle direkt über Hannah zu. Mit dem Gesicht nach unten, den Arm durch das Geländer gesteckt, lag dort Graf Cardigan. Die Brüstung war an der Stelle zersplittert, an der Hannah abgestürzt war. Alexis reichte Kate die Laterne und drehte Cardigan auf den Rücken.

»Er wurde von hinten niedergeschlagen.« Alexis blickte sich um und hob einen Streitkolben hoch, der in der Nähe lag.

»Wahrscheinlich hiermit.«

»Ich verstehe das alles nicht«, sagte Kate.

Schweigend blieben sie neben dem Grafen stehen. Alexis bückte sich, um nachzusehen, ob er atmete, dann richtete er sich mit einem Ruck wieder auf und starrte in die Dunkelheit.

»Val.«

Kates Herzschlag stockte. »O nein. Der Graf hat sich wahrscheinlich Freiheiten herausgenommen, und Hannah geriet in Panik.«

»Und hat ihn mit dem Streitkolben erschlagen, den sie immer bei sich trägt?«

»Er hätte die ganze Zeit schon hier herumliegen können. Möglicherweise hat sie ihn erschlagen und dabei das Gleichgewicht verloren.«

»Aber was hat sie hier verloren? Und auch noch mit ihm?« Alexis fuhr sich mit der Hand durchs Haar.

»Vielleicht war sie auf der Suche nach einem willigeren Zuchtbullen als Vater für ihr Kind.«

Das war ein Schlag unter die Gürtellinie. Alexis zuckte zusammen und sah sie an, als hätte sie ihm eines der Schwerter in den Bauch gerammt. Er starrte sie schweigend an.

»Willst du nach ihrem Tod noch ihren Ruf ruinieren?« fragte er schließlich rauh, »oder ganz einfach nur Fulke unglücklich machen?«

»Keines von beiden«, erwiderte sie.

»Dann geh und hol meinen Diener. Sprich mit niemandem. Carolina hat sich wahrscheinlich in ihr Zimmer geflüchtet. Sie wird nichts sagen.«

Kate ging, und die nächsten Stunden erlebte sie wie durch einen Nebel. Der Graf wurde in sein Bett verfrachtet, und der Arzt wurde gerufen. Mehrere Diener befreiten Hannahs Leiche, während Alexis Fulke die Hiobsbotschaft überbrachte. Beamte kamen und gingen. Kate gab ihnen Auskunft, ebenso Alexis. Der neue Tag brach bereits an, als sie ins Bett kroch. Trotz des Schocks und ihrer Enttäuschung schlief sie fest bis zum Abend.

Als sie aufwachte, waren sämtliche Hausgäste abgereist, und der Graf war vom Polizeipräsidenten verhört worden. Cardigan konnte sich an nichts erinnern. Er hatte mit Lady Hannah auf der Galerie gestanden, als ihn etwas traf. Er wurde ohnmächtig und wachte in seinem Bett wieder auf. Das war alles.

Sophia setzte Kate von den Geschehnissen des Tages in Kenntnis, und dabei bekam Kate einen ersten Eindruck von der englischen Justiz im Umgang mit Aristokraten. Die Untersuchung war im Nu vorüber und alle Polizisten verschwunden.

»Sie haben Lord Fulke verhört«, erzählte Sophia. »Mr. Beaufort auch, ziemlich lange sogar. Aber Lord Alexis hat nicht erlaubt, daß sie ihn mitnehmen.«

»Wen?«

»Mr. Beaufort natürlich. Du weißt doch, wie sehr er den Grafen haßt.«

»Aber es gibt keinen Beweis.«

Sophia nickte. »Genau das sagte Lord Alexis auch. Mr. Beaufort war angeblich in seinem Zimmer, um sich nach dem Abendessen auszuruhen. Lord Alexis sagte, etliche Menschen hätten die Möglichkeit gehabt, Lady Hannah umzubringen. Er sagte außerdem, daß es in Dower House noch andere Offiziere gäbe, die den Grafen haßten. Er ließ es nicht zu, daß sie Mr. Beaufort mitnahmen.«

»Und was sagte Valentine dazu?«

»Oh, der hat den Marquis ganz schön wütend gemacht. Fast hätten sie sich geschlagen.«

»Mama, du sprichst in Rätseln.«

»Nun ja, der Marquis hat Mr. Beaufort vor dem Inspektor in Schutz genommen, aber Mr. Beaufort hat beiden gesagt, daß er den Unterschied zwischen einer Dame und einem Dummkopf kenne und ihm sicherlich kein

Fehler unterlaufen wäre, hätte er wirklich den Grafen in diese fürchterlichen Speere werfen wollen.«

»O nein.«

Sophia nickte eifrig. »Lady Juliana hat gelauscht und mir alles erzählt. Sie sagte, der Marquis hätte Mr. Beaufort aufgefordert zu schweigen und den Inspektor gebeten zu gehen. So ist also der Stand der Dinge. Die arme Lady Hannah ist tot, und niemand weiß, wer dafür verantwortlich ist und warum.«

Kate behielt ihre eigenen Vermutungen für sich. Val hätte in der Tat in einen Kampf mit Hannah geraten können bei dem Versuch, den Grafen zu töten, aber sie konnte sich nicht vorstellen, daß der junge Mann in Gegenwart einer Dame einen Anschlag verübt hätte. Von Sophia wußte sie, daß Fulke kurz nach ihr ebenfalls aus dem Salon verschwunden war. Fulke. Hatte er vielleicht etwas über Hannahs Untreue herausgefunden? Vielleicht hatte er die ganze Zeit schon davon gewußt und nur auf eine Gelegenheit gewartet, sie zu töten. Es war auch möglich, daß eine der genesenden Offiziere den Grafen ins Jenseits hatte befördern wollen und dabei versehentlich Hannah hinuntergestoßen hatte.

»Das Schlimmste weißt du ja noch gar nicht.«

»Was denn, Mama?«

»Lady Juliana hat den Marquis beschuldigt, Lady Hannah umgebracht zu haben. Direkt vor diesen Leuten von der Polizei. Vor allen.«

»Das ist absurd.«

»Das hat Lord Sinclair auch gesagt. Natürlich wußten alle, daß du mit ihm spazierengegangen bist, zusammen mit dieser Beechwith Person. Alles war sonnenklar, aber Juliana hat das nicht gestört. Immer wieder hat sie die Polizisten aufgefordert, den Marquis zu verhaften, aber der gute Lord Alexis stand nur da und sagte gar nichts. Ich weiß nicht, was noch alles passiert wäre, wenn Lord

Sinclair Juliana nicht weggebracht hätte. Alles ist so verwirrend und schrecklich.«

»Sie hat ihn vor allen gedemütigt, und er hat sich nicht gewehrt?«

»Du weißt ja, wie Lord Alexis sich seiner Mutter gegenüber verhält, ohne jede Gefühlsregung. Ich verstehe es selbst nicht.«

Kate ging auf die Zimmertür zu. »Wo ist er?«

»Er schläft. Meredith konnte ihn vor einer Stunde endlich überreden, zu Bett zu gehen.«

Kate blieb stehen. Sie mußte also abwarten. Aber sie würde Alexis de Granville auf jeden Fall zur Rede stellen, ob Hannah nun tot war oder nicht.

Kapitel 16

Kate trat aus dem Wachturm auf den Wehrgang. Die Sonne war bereits im Begriff unterzugehen. Es war der zweite Tag nach Hannahs Tod. Von Meredith wußte Kate, daß Alexis auf dem Zwischenwall war. Er stand zwischen zwei Zinnenzacken, die Arme auf eine Schießscharte gestützt. Sein Profil stach dunkel gegen den rotglühenden Himmel ab. Keine Unebenheit, kein noch so geringer Makel störte dieses vollkommene Gesicht, und eben diese Vollkommenheit machte sie noch wütender. Er hatte Mrs. Beechwitch ja vielleicht schon vergessen, sie jedoch keinesfalls. Erst direkt neben ihm blieb sie stehen.

»Ich werde kein Sandkorn sein.«

Alexis fuhr herum. »In Dreiteufelsnamen! Du solltest dich nicht so anschleichen.«

»Ich bin nicht geschlichen. Du hast geträumt.«

Er trat einen Schritt auf sie zu. »Ich dachte an dich.«

Warnend hob sie die Hand. »Spar die die Mühe, nett sein zu wollen. Das wirst du ohnehin nicht lange durchhalten, denn ich habe dir einiges zu sagen.«

Seufzend lehnte er sich an die Mauer, verschränkte die Arme und legte den Kopf zur Seite. Kate musterte ihn ernst.

»Wie ich hörte, ist es dir gelungen, Val vor den Klauen der Justiz zu bewahren, Fulke die Wahrheit über Hannah zu ersparen und gleichzeitig den Ruf deiner Mätresse zu wahren.«

»Das habe ich gelernt, als ich für Dutzende von Offizieren verantwortlich war, deren einziges Lebensziel es war, den Landfrieden zu stören.«

Mit zu Fäusten geballten Händen bot Kate ihren ganzen

Mut auf. »Du hast also an alle gedacht. Wie rücksichtsvoll von dir. Die einzige, die du übersehen hast, bin ich.«

»Ich kann dir nicht ganz folgen.«

»Du bist wie ein kleines Butterstückchen, Mylord, das sich auf zu viele Toastscheiben verteilt.«

»Von deiner Metapher dreht sich mir der Magen um.«

»Ich versuche nur, dir etwas zu erklären, de Granville. Und ich versuche, das auf damenhafte Weise zu tun.« Sie stach mit dem Finger in seine Brust. »Als ich hunderte von Meilen hinter verdurstenden Ochsen her quer durch Amerika zog und in Häusern mit Wänden aus Leinwand wohnte, lernte ich etwas sehr Wichtiges — wenn du keinen Respekt verlangst, wirst du ihn auch nicht bekommen. Und du, mein Herr, wirst mich respektieren, oder ich hänge dich eigenhändig an deinem besten Stück auf.«

Alexis starrte sie an, dann zwinkerte er rasch. »Du bist wahnsinnig.«

»Wenn du damit wütend meinst, bist du auf dem richtigen Weg. Unsere Verlobung kannst du dir an den Hut stecken. Du kannst dich ungestört wieder der Dame mit den Heißluftballons im Dekolleté widmen.«

Kate wollte gehen, doch Alexis packte ihren Arm und riß sie herum. Wäre sie nicht so wütend gewesen, wäre sie vielleicht über die blanke Wut in seinen Augen erschrocken. Er stieß sie gegen die Zinnen und stützte seine Arme rechts und links von ihrem Kopf ab, damit sie nicht entkommen konnte.

»*Ich* werde entscheiden, wann unsere Verlobung beendet ist, du anmaßende kleine Hexe. Im Moment bin ich noch nicht soweit.«

Dem eisigen Blick standhaltend, erwiderte Kate: »Ich bin keine bequeme Einrichtung wie fließend kaltes Wasser im Badezimmer. Du magst ja über Vals Leben und das Leben von fast allen anderen bestimmen, aber über meins bestimmst du nicht. Es überrascht mich, daß du vor deiner Mutter dermaßen kuschst. Aber halt, ich hatte etwas vergessen. Sie hat noch weniger Respekt vor dir als ich.«

Er faßte sie an den Schultern, hob sie vom Boden ab und ließ sie genauso jählings wieder fallen. Kates Knöchel knickte um, und sie taumelte. Alexis hielt sie an der Taille fest.

»Sie hat es dir gesagt«, knurrte er. Seine Hände sanken herab.

»Mir was gesagt?«

»Die Sache mit den Morden.«

Seine Wut schien plötzlich verraucht. Als er weitersprach, war seine Stimme ruhig, aber voller unterdrückter Emotionen.

»Hast du keine Angst, mit mir allein zu sein, da du jetzt doch alles weißt?« fragte er.

»Hast du deinen Vater und deine Schwester getötet?«

Er schloß die Augen und flüsterte. »Das muß ich wohl.«

»Du meinst, du weißt es nicht?«

»Ich erinnere mich, wie sie starben.«

»Erinnerst du dich nicht, die Falle gestellt zu haben?«

Er schüttelte den Kopf.

Kate entfernte sich ein paar Schritte, dann drehte sie sich, mit den Händen auf den Hüften, wieder um. »Ich glaubte es deiner Mutter nicht, als sie es mir erzählte. Nach unserer Verlobung sagte sie, du hättest die beiden ermordet und außerdem auch jede Mätresse, die du jemals hattest.«

»Wie bitte?«

Kate nickte.

»Aber außer Ophelia ist nur eine tot«, sagte er, »und die starb vor zwei Jahren bei einem Kutschenunfall, als ich bei meinem Regiment war.«

»Warum erzählt dann deine Mutter solche Geschichten?

Ganz unter uns, Alexis, ich glaube sie ist nicht … nun ja, ganz gesund im Kopf.«

Er lachte grimmig. »Das ist es nicht. Sie haßt mich dafür, daß ich Vater und Thalia umgebracht habe.«

»Hör auf damit. Du bist nicht fähig, etwas so Böses zu tun.«

»Woher willst du das wissen? Mir geht es wie Macbeth ›Ich bin so tief im Blut gewatet, daß — sollt' zurück ich kehren / der Weg genau so voller Mühsal wär‹.« Er wandte sich ab und betrachtete die Wolken am Horizont, die wie Vulkane glühten. »Ungeachtet meiner Sünden werden wir so weitermachen wie bisher, bis Hannah unter dem Boden und Gras über die Sache gewachsen ist. In ein paar Wochen werden unsere Wege sich dann endgültig trennen.«

»O nein.«

»Und dann werde ich eine perfekte Dame finden, deren Kopf mit Gänsefedern vollgestopft ist, sie heiraten und einen Erben zeugen. Eine Dame, die keine Fragen stellt, deren Antworten sie nicht hören möchte.«

Am nächsten Morgen saß Alexis im kleinen Speisezimmer vor einem Teller, beladen mit Eiern und Schinken. Er betrachtete gedankenverloren die schwabblige, weiße, mit Pfeffer bestreute Masse, während er über Hannah, Cardigan und Val nachdachte. Die Sorgen um seinen Freund, die Trauer um Hannah und die verwirrenden Gefühle für Kate ließen seinen Magen Purzelbäume schlagen. Er schob den Teller weg und versuchte es mit Tee. Dabei wurde er gestört, als seine Mutter an Fulkes Arm eintrat.

Alexis stellte die Tasse vorsichtig wieder zurück auf den Unterteller und nickte Juliana zu. Er erwartete keinen Gruß von ihr und erhielt auch keinen. Fulke murmelte etwas Unverständliches.

»Wie geht es dir?« erkundigte sich Alexis.

»Ganz gut«, erwiderte Fulke. »Ich kann noch immer nicht fassen, daß sie von uns gegangen ist.«

Fulke setzte sich neben Alexis und spielte mit seiner Serviette. Alexis sah seinen Cousin genau an. Seit Hannahs Tod war er sehr in sich gekehrt, aber gefaßt.

»Ich werde herausfinden, was geschehen ist«, sagte Alexis.

»Ich weiß, was passierte. Wie jede Frau, so hat auch sie letztendlich dem Bösen in ihr nachgegeben. Sie wollte mit ihrem Liebhaber Unzucht treiben, und in ihrer ungezügelten Wollust hat sie den Halt verloren und ist zu Tode gestürzt.«

Alexis ballte die Hände und mußte den Blick von Fulkes selbstgerechter Miene abwenden.

»Oh, Fulke, nein«, mischte sich Juliana ein.

»Bitte«, sagte Fulke. »Tut mir den Gefallen und sprecht nicht mehr über dieses Thema. Das ist zu schmerzlich für mich.«

Alexis versuchte noch einmal sein Glück mit der Teetasse, während Juliana und Fulke über das Wetter sprachen. Er zwang sich, Fulkes Bemerkungen an ihn mit einem Kopfnicken zu beantworten.

»Übrigens«, sagte Fulke, »scheint es, daß deine Reparaturen am Burgfried nicht sonderlich lange hielten. Ein Teil der oberen Außenwand fällt bereits wieder ein.«

»Aber die Mauer war völlig in Ordnung.«

»Heute morgen aber nicht. Als ich über den Rasen ging, sah ich einige Steine und Mörtel am Fuße des Frieds.«

»Ich werde gleich nach dem Frühstück nachsehen.«

»Dein Frühstück ist längst kalt.«

Ehe Alexis protestieren konnte, hatte Fulke bereits frische Eier für ihn bestellt, und unter den wachsamen Augen seines Cousins brachte er ein paar Bissen hinunter, allerdings erst, nachdem Juliana hinausgegangen war.

Sobald wie möglich verabschiedete er sich jedoch mit dem Vorwand, nach dem Schaden am Burgfried schauen zu müssen.

Im Burghof ging er über den Rasen zu dem alten Turm. Dort lagen tatsächlich einige Mauersteine und Mörtelbrocken auf dem Boden. Ein Stein hatte sich tief in die Erde gegraben. Alexis legte den Kopf in den Nacken, um die Wand zu inspizieren. Fulke hatte recht, sie war an einer Stelle beschädigt. Er konnte zwei große Mauersteine erkennen, die offensichtlich herausgebrochen waren und sich nach vorn neigten. Vielleicht hatte der Mörtel sich im Lauf der Jahre aufgelöst.

Alexis sah wieder zu den Steinen auf dem Boden hinunter. Einer davon wies deutliche Absplitterungen auf, wahrscheinlich war er von einem anderen Stein getroffen worden. Gerade, als er sich vorbeugte und danach greifen wollte, hörte er Iago bellen. Er stützte sich auf ein Knie, blickte auf und sah, wie der Hund hinter Val über den Burghof angerannt kam. Sein Freund wedelte mit den Armen, und Iago umkreiste aufgeregt den humpelnden Mann. Alexis runzelte die Stirn. Er war immer noch wütend auf Val, weil dieser Dummkopf den Inspektor verhöhnt hatte, und drehte den beiden den Rücken zu.

»Alexis, zur Seite!«

Die Worte allein hätten für eine sofortige Reaktion nicht genügt. Der Auslöser war Vals Ton. Es war die Stimme, mit der er in der Schlacht seinen Männern Anweisungen gab, der Befehl eines Offiziers. Alexis warf sich ohne zu überlegen nach vorn, und er war noch nicht recht auf dem Boden, als er spürte, wie etwas Schweres seinen Stiefel streifte. Ein dumpfer Aufprall folgte, dann das Geräusch rieselnder Sandkörner. Er landete auf dem Bauch. Iago stürzte sich sogleich auf ihn, bellte und stupste ihn mit seiner feuchten Nase am Hals. Alexis fluchte und schob den Hund weg.

»Guter Junge, Iago. Aber nicht jetzt.«

Val eilte an seine Seite. »Ist dir auch nichts passiert?«

»Nein, aber ich komme mir vor wie ein Idiot.« Alexis schüttelte Sand aus seinem Haar.

Val sah an der Wand hoch. »Wie konntest du dich auch genau unter diese Wand stellen, die einen unübersehbar wackligen Eindruck macht?«

»Du stehst jetzt doch auch da.«

Val entfernte sich vom Burgfried. »Welche Ironie des Schicksals, der Krim zu entkommen, um von deinem eigenen Haus erschlagen zu werden.«

»Ich muß eine Abschrankung aufstellen lassen und den Vorarbeiter vorbeischicken.«

»Mhm. Ich möchte mit dir reden.«

»Das ist ja etwas ganz Neues. Vor noch nicht allzu langer Zeit hattest du mir nichts mehr zu sagen.«

»Nicht über Hannah und Cardigan«, antwortete Val. »Über Kate.«

»Was ist mit Kate?«

»Was hast du mit ihr gemacht? Sie läßt den Kopf hängen wie ein Hundebaby, das seine Mutter verloren hat.«

»Halt dich da raus.«

»Ich mag sie. Denk nicht, daß ich die Sache zwischen dir und dieser Beechwith nicht bemerkt hätte. Tu Kate nicht weh, Alexis. Sie ist ein liebes, kleines Ding unter all ihrer Forschheit.«

Alexis, der gerade den Schmutz von seiner Jacke klopfte, sah den aufgebrachten Val an.

»Du kannst mich nicht mit deinem Burgherrenblick einschüchtern«, fuhr Val ihn an.

»Dann maße dir nicht an, dich einzumischen.«

Val stach mit seiner Krücke in den Rasen. »Jemand muß dich davon abhalten, deine Zukunft in die Latrine zu werfen. Wann willst du endlich die Vergangenheit vergessen?«

»Das ist genau das Problem«, widersprach Alexis. »Ich habe meine Vergangenheit in letzter Zeit viel zu oft vergessen.«

Val stieß einen ungeduldigen, erregten Laut aus, drehte sich um und humpelte mit Iago davon. Alexis sah den beiden eine Weile nach, ehe er sich wieder dem alten Turm zuwandte, an dem hoch droben ein Loch klaffte, wo die Steine herausgefallen waren. Er mußte umgehend den Vorarbeiter vorbeischicken. Danach würde er vielleicht Carolina besuchen. Wenn auch nur, um sich selbst und vor allem diesem anmaßenden Frauenzimmer namens Katie Ann Grey zu beweisen, daß er tun konnte, was er wollte.

Mehrere Tage voller Trübsal verstrichen. Kate verbrachte die meiste Zeit weinend oder in tiefe Depression gehüllt in ihrem Zimmer. Sie hatte verloren. Daran war sie selbst schuld mit ihrer Eifersucht, wegen der sie einen stolzen Mann abgekanzelt hatte wie einen Hund. Alles, was sie damit erreicht hatte, war, daß Alexis ihr aus dem Weg ging, ein kalter, distanzierter Mann, der sie mit unpersönlichem Respekt und beleidigender Höflichkeit behandelte. Er sagte nicht einmal etwas, als sie aufhörte, Reifröcke zu tragen.

Kate war davon überzeugt, daß er sich mit Carolina Beechwith traf. Val behauptete zwar das Gegenteil, aber Kate war sich sicher, daß Alexis' lange Ausritte in dem Bett der Frau endeten. Val beharrte darauf, daß sie sich täuschte.

»Das ist genau das, was er erreichen wollte«, hatte Val ihr erklärt. »Er gibt sich alle Mühe, damit Sie ihn hassen. Lassen Sie es nicht zu, Kate. Er braucht Sie.«

Sie war gerade im Küchengarten und dachte darüber nach, was Val gesagt hatte, als Alexis plötzlich auftauchte. Seit Tagen hatten sie nicht miteinander gesprochen. Sie hörte seine Schritte auf dem Kiesweg und blickte auf. Er blieb stehen. In seinem maßgeschneiderten Reitanzug, der seinen vollendeten Körperbau betonte, und mit der Reitpeitsche, die gegen seinen Schenkel klatschte, sah er aus wie der elegante Aristokrat schlechthin. Schweigend beobachtete er sie.

Sie stach mit der Schaufel energisch in die Erde. »Ich habe gehört, daß deine Burg dich beinahe unter sich begraben hätte.«

»Halb so schlimm.«

»Nicht, wenn man in Betracht zieht, wieviele Unfälle in letzter Zeit hier passiert sind.«

Er trat zu ihr heran, so dicht, daß seine polierten Stiefel die frisch ausgehobene Erde zurück in das Loch stießen, das sie gegraben hatte.

»Mein Haus ist etliche Jahrhunderte alt«, gab er zu bedenken. »Irgend etwas stürzt immer ein.«

Sie setzte sich auf die Fersen und sah ihn an. »Das mag ja stimmen, aber wann ist das letztemal etwas direkt auf dich abgestürzt?«

Unvermutet kauerte er neben ihr nieder. Sein Blick musterte forschend ihr Gesicht. Er warf die Reitgerte weg, zog einen Handschuh aus und berührte mit dem Finger ihr Kinn.

»Du hast schwer gearbeitet«, stellte er fest. »Du bist ganz zerzaust, und diese feinen Härchen an deiner Stirn kringeln sich schon wieder.«

»Du hörst mir überhaupt nicht zu. Ich glaube, du solltest dir über deine Sicherheit Gedanken machen.«

Er starrte ihren Hals an. Kate fiel ein, daß sie die obersten Knöpfe ihres Kleides gelöst und die Ärmel aufgerollt hatte, bevor sie mit dem Graben angefangen hatte. Trotzig unterließ sie es, schuldbewußt wie ein Dienstmädchen ihr Mieder zusammenzuraffen.

»Alexis, du hörst mir nicht zu.«

Ihre Verärgerung wuchs, als er ein zweitesmal nicht antwortete. Allmählich machte er sie nervös. Sie konnte den Duft seiner Seife riechen — das Aroma von Holz und frischer Luft — und die Wärme seines Körpers spüren. Selbst wenn er kniete, kam sie sich neben den mächtigen Schultern klein wie eine Ameise vor.

Allerdings war es sehr schwierig, ihm auszuweichen, da sie auf ihrem Kleid saß. Es gelang ihr zwar, ein paar Zoll von ihm abzurücken, allerdings eine vergebliche Mühe, wie sich rasch herausstellte, denn Alexis rückte einfach nach. Sie hob die Hand, um ihn von sich fernzuhalten, doch er nahm sie sofort in seine Hand und strich mit dem Daumen über ihren Handrücken. Sie kochte vor Empörung. Er sagte nichts. Die Schlange war damit zufrieden, sie vor sich hin schwatzen zu lassen, während er sie musterte wie ein Schmuckstück, das zum Verkauf stand. Sie versuchte, ihm ihre Hand zu entziehen, aber er ließ sie nicht los, sondern drehte sie um und bog die gekrümmten Finger auf.

»Ein schmutziges kleines Pfötchen.« Er legte ihre Hand auf seine Brust. »Du bist erhitzt und verschwitzt, Katie Ann. Ich mag dich erhitzt und verschwitzt.«

»Laß mich los.«

Er schnappte sich ihre Handgelenke und drückte beide Hände nach unten. Dann küßte er ihr Ohr. Sein Atem kitzelte ihren Hals, und sie erschauerte, als seine Zähne behutsam über ihre Haut strichen. Ihr ganzer Körper erbebte. Ihre Brüste, Fingerspitzen und Zehen begannen zu kribbeln. Ihre Bedenken wegen der Unfälle verloren an Gewicht, als Alexis ihre Arme freigab und statt dessen ihre Gesäßbacken umfaßte. Er zog sie zu sich heran und drängte seine Lenden gegen sie. Die lustvolle Bewegung seiner talentierten Hüften war ihr eine Warnung. Wenn sie jetzt nichts sagte, war es zu spät. Seine Augen leuchteten bereits erregt.

Wenn er sich erst zu etwas entschlossen hatte, gab er so schnell nicht auf.

Sie drückte ihn von sich weg. »Nein.«

»Doch.«

»Ich sagte nein.«

»Und ich sagte doch.« Er beugte sich über sie.

Kate wich ihm nach hinten aus, um Körperkontakt zu vermeiden, aber er beugte sich immer weiter vor. Schließlich verlor sie das Gleichgewicht und mußte sich mit den Händen abfangen. Er war nun genau über ihr, und sie konnte ihm nicht entrinnen. Jeden Protest mit seinem Mund erstickend, senkte er sich auf sie herab, bis sein Brustkorb ihre Brüste berührte.

Es gelang ihr, den Mund zu lösen und das zu sagen, von dem sie wußte, daß es ihre Leidenschaft im Keim erstickte. »Was ist mit der Beechwith?«

Schwer atmend hob Alexis den Kopf und funkelte sie an. »Vergiß Carolina.«

»Ich bin kein fügsames englisches Mädchen. Ich vergesse die Mätresse meines Liebhabers nicht einfach so. Ich werde nicht zulassen, daß du erst mich verführst und dann zu ihr gehst.«

Alexis drückte Kates Arme nach oben. Er bedachte sie mit einem Lächeln, das ihr das Blut in den Adern erstarren ließ. Dann senkte er die Lippen wieder auf die entblößte Haut ihres Brustansatzes und flüsterte zwischen zwei Küssen: »Ich werde dich hier, auf der Erde meines eigenen Gartens, besitzen, und danach besteht für mich keine Notwendigkeit mehr, zu ihr zu gehen. Meine Katie Ann.«

Sie spürte seine Zunge, die sich auf ihre Brust zubewegte. Erregung drohte ihren Stolz zu schwächen. Sie entwand sich seiner Umklammerung, griff nach seinem langen Haar und zog seinen Kopf von sich fort. »Ich sagte dir schon einmal, daß ich nicht bereit bin, zu teilen.«

Alexis fluchte und sprang auf. »Keine Frau kommandiert mich herum.« Er hob seine Reitpeitsche und seinen Handschuh auf.

»Ich will dich nicht herumkommandieren«, sagte Kate, während sie ebenfalls aufstand. »Ich will nur, daß du mich behandelst wie ...«

»Wie eine Dame?«

Sie schüttelte den Kopf, doch er beachtete sie nicht.

»Du belügst dich selbst. Du bist eine heißblütige kleine Wilde, die sich ein Vergnügen daraus macht, mich anzuspornen und dann zurückzuweisen.«

Die Hände in die Hüften gestemmt, hob Kate die Stimme. »Du bist mir gefolgt. Ich habe nichts getan.«

»Nichts! Du könntest der Mätresse des Königs noch etwas beibringen.« Er zog seinen Handschuh mit einer ruckartigen Bewegung über. »Ich bin noch nicht fertig mit dir, Katherine Grey. Nimm dir diese Warnung zu Herzen. Ich bin noch nicht fertig mit dir, und dein Stolz wird dir das nächste Mal, wenn ich dich will, keine Hilfe sein.«

Er drehte sich um und stolzierte davon. Mit einem wütenden Aufschrei nahm Kate einen Dreckklumpen in die Hand und warf nach ihm. Er klatschte gegen die Küchentür, die Alexis hinter sich zugeworfen hatte. Rasch bückte sie sich nach einem weiteren Klumpen, wild entschlossen, Alexis damit zu bewerfen, und wenn sie ihm durch die ganze Burg nachlaufen mußte. Ihre Vernunft kehrte jedoch zurück, noch ehe sie die Küche betreten hatte. Zwar wäre es ein außerordentlich befriedigendes Erlebnis, der Schlange Dreck ins Gesicht zu schleudern, aber sie war zu klug, um anzunehmen, sie käme ohne Vergeltung davon. Nein, wenn sie es genauer überlegte, war es keine gute Idee, den Marquis von Richfield vor seinen Bediensteten mit einer Handvoll Erde zu bewerfen.

Kate ließ den Klumpen fallen und kehrte zu der Stelle zurück, wo sie gegraben hatte. Val täuschte sich. Alexis brauchte sie nicht, nicht in dem Maß, wie sie es sich wünschte. Alexis begehrte sie, genau wie er Mrs. Beechwith begehrte. Eigentlich hatte sie gedacht, daß Alexis verstehen würde, daß sie mehr von ihm wollte, nachdem er doch selbst so oft als Lustobjekt benutzt wurde. Seufzend wischte sich Kate den Schweiß von der Stirn. Sie machte alles falsch, zumindest alles, was Alexis betraf. Ratlos, das war sie, völlig ratlos.

Nach der Episode im Küchengarten bedachte Alexis Kate entweder mit finsteren Blicken, oder er beachtete sie überhaupt nicht. Kate erwiderte seine Blicke genauso finster oder gab vor, seine Verhalten nicht zu bemerken. Graf Cardigan erholte sich allmählich von seiner Kopfverletzung. Eine Woche nach Hannahs Tod bat er Kate, ihn auf einem Spaziergang zu begleiten. Er versprach, sich anständig zu benehmen. Da sie genug davon hatte, in ihrem Zimmer herumzusitzen, und froh über jede Abwechslung war, stimmte sie zu.

Sie wartete vor der ›Hintertür‹ der Burg auf den Grafen. Auf dem Weg von den Ställen her näherten sich zwei Männer, Cardigan und Alexis, die Stimmen im Streit erhoben.

»Er gehört ins Gefängnis«, sagte der Graf.

»Er war es nicht.«

Der Graf blieb stehen und sah Alexis wütend an. »Sie schützen ihn, de Granville. Sie stellen sich vor den Mann, der mich umbringen wollte. Besäßen Sie auch nur das geringste Ehrgefühl, dann würden Sie Beaufort auf der Stelle den Behörden übergeben.«

»Sie stellen meine Ehre in Frage, Sir?« fragte Alexis. »Großer Gott, jetzt reicht es mir. Wir können die Angelegenheit auf die übliche Weise erledigen.«

»Morgen früh.«

»Einverstanden.«

Kate hatte die beiden Männer nur fassungslos angestarrt. Schließlich fand sie ihre Stimme wieder. »Das ist lächerlich.«

Alexis' Kopf flog herum. »Frauen verstehen nichts von der Ehre eines Mannes.«

»Ich weiß, was Ehre ist, genauso wie ich weiß, was Dummheit ist, und sich zu duellieren, ist mehr als dumm.«

Ohne ein weiteres Wort nickte Alexis Cardigan zu und entfernte sich. Cardigan nahm ihren Arm und zog sie mit sich fort. Sie folgten einem Weg durch den Wald. Kate sprach erst, als ihr Gemüt sich beruhigt hatte.

»Duellieren verstößt gegen das Gesetz.«

»Meine liebe Miss Grey, ich möchte nicht mit Ihnen darüber sprechen.«

»Männer! Na schön, sprechen wir darüber, was im Burgfried passiert ist. Sind Sie sicher, daß Sie nicht wissen, wer Sie niedergeschlagen hat?«

Cardigan schürzte die Lippen. »Ich war abgelenkt.«

Kate mußte nicht lange nach dem Grund seiner Abgelenktheit fragen. Der Bastard hatte wahrscheinlich gerade Hannah geküßt.

Der Weg wand sich um mehrere Biegungen. Cardigan blieb unter den ausladenden Ästen eines Baumes stehen, der dem Umfang seines Stammes nach mehrere hundert Jahre alt sein mußte. Er nahm Kates Hand und küßte sie. Sie zog die Hand sofort weg.

»Miss Grey, ich sehe ganz deutlich, daß Sie in Ihrer Verlobung mit de Granville nicht glücklich sind.«

»Ha!«

Er machte einen Schritt auf sie zu. Der Graf war kleiner als Alexis, aber immer noch größer als sie. Er war schlank und bewegte sich mit einer Geschmeidigkeit, die ihm in der Kavallerie und bei Frauen vermutlich gleichermaßen zugute kam.

Böses ahnend wollte sie ihm ausweichen, doch er drängte sie zielsicher gegen den Baumstamm.

»Sie haben versprochen, anständig zu sein«, erinnerte sie ihn.

»Sie haben Angst vor mir. Haben Sie immer noch das Messer bei sich?«

»Ich habe keine Angst vor Ihnen. Ja, das Messer habe ich immer noch bei mir.«

Inzwischen stand er so dicht vor ihr, daß sie seinen Atem auf ihrer Stirn spüren konnte. »Beweisen Sie, daß Sie keine Angst haben.«

Kate verengte die Augen zu schmalen Schlitzen. Ihr lag schon eine schneidende Erwiderung auf der Zunge, als er weitersprach.

»Ein so reizendes Mädchen wie Sie muß man einfach anbeten, meine Liebe. Sie sind ein prächtiges Geschöpf, und de Granville ist ein Dummkopf, wenn er Sie aus den Augen läßt.«

Mit einer blitzschnellen Bewegung beugte er sich zu ihr herab, und Kate blieb völlig überrumpelt stocksteif mit weit aufgerissenen Augen stehen, während er sie küßte. Seine Lippen fühlten sich ungewohnt an, weil sie nicht Alexis gehörten. Und weil sie nicht Alexis gehörten, hatten sie auf ihrem Mund nichts verloren. Sie versuchte, den Grafen von sich weg zu schieben.

Dabei hatte sie jedoch vergessen, welch Schwerenöter er war. Als Antwort legte er die Arme um sie und drückte sie mit seinem Körper noch fester gegen den Baum. Seine Hand strich über ihren Hals, wanderte langsam nach unten und betastete ihre Brust.

Cardigan löste seinen Mund für einen Moment von ihren Lippen. »O nein, ich werde nicht zulassen, daß Sie nach diesem Messer greifen.« Dann küßte er sie wieder.

Kate drehte den Kopf weg und trat mit dem Absatz mit aller Kraft auf den Fuß des Grafen. Sein Aufschrei war eine einzige Wohltat. Ungerührt sah sie zu, wie er auf einem Bein herumhüpfte, während sie ihren Rock glattstrich.

»Idiot«, sagte sie. »Seien Sie froh, daß ich das Bein genommen habe und nicht das Messer.«

Ohne den Grafen eines weiteren Blickes zu würdigen, machte sie sich auf den Weg zurück zur Burg.

»Einfaltspinsel«, murmelte sie. »Alle Männer sind Idioten. Grapschende, brünstige Hornochsen.« Als sie bemerkte, daß Cardigan ihr folgte, fing sie an zu laufen.

Sie war noch nicht weit gekommen, als sie ein lautes Aufkeuchen hörte und kurz darauf einen Schrei. Cardigan. Wollte er sie zurücklocken, indem er vorgab, sich verletzt zu haben? Zuzutrauen war es ihm. Nachdem sie sich vergewissert hatte, daß das Messer noch an seinem Platz war, lief Kate zurück.

Als sie um eine Biegung des Wegs stürmte, wäre sie fast gegen Cardigans Rücken geprallt. Ihm gegenüber stand Valentine Beaufort mit einem Dolch in der Hand.

»Val!« Kate wollte auf ihn zueilen.

»Bleiben Sie stehen. Das heißt, nein, gehen Sie von dem Grafen weg. Noch weiter. So ist es gut.« Vals Hand umkrampfte den Schaft des Dolches. »Ich dachte, Sie seien zurückgegangen.«

»Ich hörte einen Schrei.«

»Der Feigling«, erwiderte Val verächtlich. »Er stellt sich nicht.«

»Sie sind verrückt«, sagte der Graf. Seine Augen wurden mit jeder Bewegung des Dolchs größer.

Kate streckte die Hand nach dem jungen Mann aus. »Val, kommen Sie, Sie wollen das doch gar nicht tun.«

Val lachte. Er machte einen Ausfallschritt auf den Grafen zu, dann federte er wieder zurück. Cardigan keuchte auf und machte einen Schritt zur Seite. Val beschrieb einen Kreis um sein Opfer, stach immer wieder zum

Schein zu und foppte ihn. Bald schon ging sein Atem rascher.

»Alle glauben, ich hätte Hannah getötet bei dem Versuch, Ihnen an den Kragen zu gehen.«

Der Dolch fuhr durch die Luft auf den Bauch des Grafen zu.

»Deshalb kann ich geradesogut für den Mord an Ihnen gehängt werden.«

Der Graf wich einem weiteren Stich aus. Val blieb stehen und ließ die Waffe sinken. Er schwitzte, ließ Cardigan jedoch keine Sekunde aus den Augen. Kate schien er völlig vergessen zu haben.

Val holte mit dem Dolch weit aus. »Der Zeitpunkt für Ihre Exekution ist gekommen, mein ehrenwerter Held. Eigentlich wollte ich Sie hängen, strecken und vierteilen, aber dazu bin ich zu schwach.« Er fuhr mit dem Finger über die Schneide. »Meine Männer wurden zerquetscht wie rohe Eier. Sie platzten auf, und ihre Innereien quollen heraus und ergossen sich auf die Erde. Jetzt werde ich Sie ebenfalls aufschlitzen und Ihre Gedärme dem Erdreich überlassen.«

Während Val sprach, bemerkte Kate eine Bewegung hinter seiner Schulter. Alexis bog gerade um die Wegbiegung. Da es Cardigan die Sprache verschlagen zu haben schien, mußte sie Val so lange ablenken, bis Alexis bei ihm war. Sie fuhr sich mit der Zunge über die Lippen. »O Val, bitte tun Sie es nicht. Ich könnte es nicht ertragen, wenn man Sie hängen würde.«

Ihr verzweifelter Ton riß Val aus seiner Versunkenheit, und er sah sie an. »Was spielt das für Sie schon für eine Rolle? Sie haben doch nur Augen für den schönen Alexis.«

»Er will nichts mehr von mir wissen, und ich ... ich habe entdeckt, daß meine wahren Gefühle Ihnen gelten.« Kate dachte einen grimmigen Augenblick lang an Alexis, ehe sie einen Schritt auf Val zumachte. »Bitte, Val.«

In dem Augenblick, in dem Kate sich bewegte, warf Alexis sich auf Val. Die beiden stürzten zu Boden, und der Dolch wurde quer über den Weg geschleudert. Cardigan rief etwas. Sich rückwärts von den Kämpfenden wegbewegend, zog er eine kleine Pistole aus seiner Jacke. Der Lauf der Waffe hüpfte auf und ab, als er versuchte, Val ins Visier zu nehmen.

Kate hastete aus der Reichweite der beiden Männer und sah plötzlich den Grafen mit der Waffe herumfuchteln. Alexis und Val waren mit Armen und Beinen ineinander verschlungen. Sie hörte das Klicken, als der Graf die Pistole entsicherte. Kurzentschlossen hob sie ihre Röcke hoch, griff nach dem Messer und warf es. Die Klinge bohrte sich in den Oberarm des Grafen.

Cardigan schrie auf und ließ die Pistole fallen. Val und Alexis erstarrten mitten in der Bewegung. Sie stierten den verwundeten Mann an, als hätte er sich in ein blaues Schwein verwandelt. Regungslos sahen sie zu, wie Kate das Messer herauszog, es an der Jacke des Grafen abwischte und es wieder an ihrer Wade befestigte.

Die Finger auf die Wunde gepreßt, sank Cardigan auf die Knie. Blut sickerte über seine Hand. Er stöhnte.

Alexis ließ Val los und half seinem Freund auf die Beine. Vals Blick war auf den Arm des Grafen fixiert. Kate ging zu ihm und legte ihm die Hand auf die Schulter.

Val blickte starr die Wunde an. Unvermittelt drehte er den Kopf weg. »Ich dachte, ich wollte sein Blut sehen. Ich habe mich getäuscht.«

Alexis legte rasch die Arme um Val, als dessen Beine unter ihm nachgaben. Mit Kates Hilfe legte er ihn auf den Boden. »Kein Blut mehr, Alexis«, flüsterte Val mit halbgeschlossenen Augen. »Es tut mir leid.«

Kate legte die Hand an Vals Wange. »Ich glaube, er ist vor Erschöpfung ohnmächtig geworden.« Als sie aufsah, begegnete ihr Alexis' wütender Blick.

»Zeigst du deine Beine immer vor fremden Männern?« fragte er barsch. »Ist es eine Gewohnheit von dir, anderen Männern eine Liebeserklärung zu machen, wenn du verlobt bist? Fulke hatte doch recht. Ich habe mich zum Narren gemacht, als ich meinen Namen mit deinem verband.«

Kate stand auf und biß sich auf die Unterlippe. »Wenn das so ist, Mylord, dann beende die Verbindung so schnell wie möglich. Ich werde dich nicht davon abhalten.«

Hastig wandte sie sich ab und lief weg. Auf keinen Fall sollte er sehen, daß sie weinte.

Alexis schloß die Tür hinter dem Arzt und ging zurück zu Vals Bett. Er hatte seinen ganzen Einfluß geltend machen müssen, um Cardigan davon abzuhalten, seinen Freund verhaften zu lassen. Es war jedoch ein befristeter Aufschub. Der Graf hatte lediglich zugestimmt, Alexis eine Woche Zeit zu geben, um Klarheit in die Sache zu bringen.

Nachdem er die Decken über Vals Schultern gezogen hatte, setzte sich Alexis in einen Sessel und rieb sich mit beiden Händen das Gesicht. Eine verdammte Katastrophe nach der anderen, dachte er.

Er hatte erreicht, daß Kate ihn haßte. Die unglaubliche Leidenschaft zwischen ihnen hatte den Ausschlag gegeben. Keine Frau durfte ihm so viel bedeuten, keine Frau wie Kate. Sie war eine so intelligente und offenherzige kleine Person. Komisch, daß sie sein schweres Verbrechen hinnahm und eine vergleichsweise kleine Sünde wie Carolina Beechwith nicht verkraftete. Sie ließ sich nicht davon abbringen, daß er zu einem Mord nicht fähig war. Aber sie hatte ihn schließlich nicht auf der Krim erlebt.

Wenn sie ihn nur nicht so wütend gemacht hätte. Seit

er erwachsen war, hatte ihm keine Frau mehr so die Leviten gelesen wie Kate auf dem Wehrgang. Und das Lächerliche daran war, daß er mehr oder weniger unschuldig war.

Ja, er war an jenem Abend versucht gewesen, mit Carolina zu schlafen, aber nur aus Trotz. Im Burgfried war Carolina hartnäckig wie immer gewesen, aber er hatte nur an Kate denken können. Immer wieder waren ihm Bilder von ihr durch den Kopf gegangen — wie sie ihre Tränen zu verbergen versuchte, wie sie übte, damenhaft zu gehen, wie sie auf seinem Schoß saß und die Beine baumeln ließ. Als er sich zwang, Carolina zu küssen, hörte er Kate sagen, sie sei ein gefallenes Mädchen. Er hatte sich nach diesem Kuß von Carolina zurückgezogen, eine Ausflucht auf den Lippen. In diesem Augenblick hatte er den Schrei gehört.

Neben ihm begann Val sich zu bewegen. Er schlug die Augen auf und ächzte. »Du bist auf meinen Rippen gesessen.«

»Leider habe ich keine gebrochen.«

»Ich habe sie nicht umgebracht.« Val schloß wieder die Augen.

»Das weiß ich selbst, du Dummkopf«, versuchte er ihn zu beruhigen.

Val lächelte, aber Alexis sah, daß er bereits wieder einschlief. Er überließ seinen Freund dessen Diener und ging in seine eigenen Gemächer, wo Meredith ein heißes Bad für ihn bereitstehen hatte. Er legte sich genüßlich in das dampfende Wasser, bis seine Haut schrumpelig wurde. Fast wäre er dabei eingeschlafen, wäre Meredith nicht mit seinem Morgenmantel erschienen.

Es war beinahe Zeit für das Abendessen. Alexis' Schultern schmerzten, und seine Ellbogen und Fingerknöchel waren wund von dem Kampf mit Val. Er wollte Kate nicht gegenübertreten. Auf der anderen Seite war ihm klar, daß er sie niemals davon überzeugen konnte, ihm zu vergeben, wenn er nicht bald mit ihr sprach. Und wenn er sie nicht bald in seinen Armen hielt, konnte er das Leben nicht mehr ertragen. Er zog einen Todesritt in Erwägung. Ganz allmählich hatte er begonnen, ihre Gesellschaft einem Ritt gegen die Dämonen vorzuziehen. Wenn er mit ihr zusammen war, war er entweder zu hingerissen oder zu wütend, um sich von seinen Schuldgefühlen beherrschen zu lassen.

»Meredith.«

»Ja, Mylord.«

»Kann ich so gehen?« Alexis betrachtete kritisch seine schwarze Abendhose und Jacke. Dann zupfte er an seiner Krawatte.

Meredith rückte die Krawatte wieder sorgfältig zurecht. »Ja, Mylord. Soll ich Lord Sinclair ausrichten, daß Sie und Miss Grey etwas später zum Abendessen hinunterkommen?«

»Ich frage lieber nicht, woher Sie schon wieder wissen, was ich vorhabe. Ja, danke.«

Fünf Minuten später klopfte er an Kates Tür. Er räusperte sich und lächelte, als sie sich öffnete. Kates Mutter erschien im Türrahmen und betupfte die Augen mit einem Taschentuch. Sie schien nicht überrascht, ihn zu sehen. Sein Lächeln erstarb.

»Sie war niemals wie andere Mädchen«, sagte Sophie kläglich. »Sie wollte einfach nicht hören.«

»Was meinen Sie?«

Alexis schob die Frau zur Seite, durchschritt das Wohnzimmer und trat ins Schlafzimmer. Unterröcke, Schuhe und Kleider lagen überall verstreut. Die Türen zweier Schränke standen offen. Alexis hob ein durchsichtiges Leibchen hoch und starrte es an.

Sophia stellte sich neben ihn. »Sie weinte über eine Stunde lang, dann begann sie zu packen. Ich konnte sagen, was ich wollte. Mit ihrer Zofe fuhr sie in einer Kutsche weg.«

»Aber warum nur?«

»Mein kleines Mädchen hat viel Mut. Aber irgend jemand oder irgend etwas hat ihr mehr Angst eingejagt als wilde Indianer oder betrunkene Goldgräber.«

Nachdem Kates Mutter hinausgegangen war, sank er aufs Bett. Etwas Hartes drückte sich durch die Matratze. Er zog ein Buch über Paläobiologie darunter hervor. Wieder setzte er sich, und wieder stand er auf, diesmal schob er die Matratze ganz weg. Eine Lage Bücher kam zum Vorschein. Als er einen Band von Voltaire herausnahm, bemerkte er unter dem Bett noch weitere Werke.

Neugierig zog Alexis eine Schublade des Nachtkästchens auf. Nichts als Taschentücher. Hinter dem Polster eines Sofas entdeckte er jedoch noch mehr Bücher. Bücher unter Unterröcken, in Hüten, in der Truhe der Bank am Fenster. Alexis ließ sich auf die Bank sinken und schlug ein abgenutztes, in Leder gebundenes Buch auf. Die Widmung lautete:

Für meine kleine Hypatia. Möge Wissen deine
Seele erleuchten, aber laß dich nicht von den
Christen erwischen.
Dein Dich liebender Papa

Alexis blätterte weiter. Es war eine Abhandlung über Astronomie, Hypatia war eine schöne und gebildete Gelehrte in Alexandria gewesen, die von einer Meute Christen in eine Kirche verschleppt und mit Austernschalen zu Tode zerkratzt worden war. Alexis klappte das Buch wieder zu, fuhr mit der Hand über den faltigen Buchrükken und sah gedankenverloren zum Fenster hinaus. Der Himmel nahm die tiefblaue Färbung der Abenddämmerung an, gegen das die Burgzinnen dunkel abstachen wie die gewaltigen Zähne eines Riesen.

»Habe ich dich auch mit Austerschalen gequält, meine kleine Wilde?«

Mit einem Ruck stand Alexis auf, ließ das Astronomiebuch fallen und lief aus dem Raum. Wenigstens hätte sie ihm Gelegenheit geben können, sich zu entschuldigen. Hielt sie ihn wirklich für einen solchen Schwächling, daß er seine Fehler nicht eingestehen konnte? Dieser kleine Satansbraten. Schlitzte den Grafen auf und überließ es Alexis, die Wunde zu versorgen. Er hatte allen Grund, verärgert zu sein, aber nein, sie rauschte voller Wut davon und ließ ihn mit seinen Schuldgefühlen sitzen. Das hatte sie mit Absicht getan, aber er würde nicht mitspielen.

Er stürmte hinunter, wo Meredith bereits mit einem Umhang in der Hand auf ihn wartete.

»Diese Angewohnheit, meine Gedanken zu lesen, macht mir allmählich Angst«, stellte Alexis fest, während sein Diener ihm den Umhang umlegte.

»Ja, Mylord. Ich habe mit der Zofe von Mrs. Grey gesprochen. Miss Gray wird die Nacht in Thistleborough verbringen, im *Fox and Hound.*«

Alexis ritt wie von Dämonen gejagt, nur daß er diesmal der Jäger war. Thistleborough lag drei gute Reitstunden entfernt.

Dort gab es einen kleinen Bahnhof. Wenn er sie in dieser Nacht nicht mehr erwischte, würde sie wahrscheinlich den Zug nach London nehmen. Er zweifelte keinen Augenblick daran, daß sie es fertigbrachte, spurlos unterzutauchen.

Als er das Dorf erreichte, brannte einzig im *Fox and Hound* noch Licht. Er ritt in den Hinterhof und rüttelte einen Stallburschen wach. Als er den Gastwirt gefunden und mehr oder weniger gezwungen hatte, ihm Kates Zimmer zu zeigen, war es bereits nach elf Uhr. Auf dem Flur blieb er einen Moment stehen, atmete tief durch und klopfte. Ohne auf eine Antwort zu warten, öffnete er die Tür und trat ein.

Kate hatte es sich mit einem Buch in einem Sessel bequem gemacht. Sie schaute nicht auf.

»Na schön, Maisy«, sagte sie. »Ich werde ins Bett gehen, aber schlafen werde ich nicht.«

»Laß mich dir beim Ausziehen helfen.«

Kapitel 17

Das Buch landete mit einem lauten Knall auf dem Boden. Kate sprang auf und stellte sich schutzsuchend hinter den Sessel.

»Raus!« fauchte sie.

»Junge Damen geben Verwandten des Königshauses keine Befehle.« Alexis hob das Buch auf. »Du bist weggelaufen, kleiner Feigling.«

Er warf einen Blick auf den Titel.

»Römische Geschichte«, sagte sie. »Undamenhaft, ich weiß, aber ich habe mir bis jetzt noch kein Gehirnfieber durch Überanstrengung meines Verstandes zugezogen.«

Wieder keimte sein Schuldbewußtsein auf.

»Das einzig Undamenhafte ist«, erwiderte er, »daß du ohne Begleitung reist. Außerdem hast du die Kühnheit besessen, mich wie eine schwangere Braut auf den Altarstufen sitzenzulassen. Du machst uns zum Gespött aller.«

»Wenn du gekommen bist, um mich wegen deines Rufs zurückzuholen, gehst du am besten auf der Stelle in deine Burg voller Mätressen und Mörder zurück. Unsere Verlobung ist beendet.«

»Sie ist erst beendet, wenn ich es erlaube.« Unwillkürlich hatte er lauter gesprochen. Kate zuckte zusammen. Ein Schauder jagte durch seinen Körper, als er das Funkeln in ihren Augen sah. Es erinnerte ihn an das Blitzen eines blanken Bajonetts in der Sonne.

»Was du erlaubst, ist mir völlig egal!« schrie sie ihn an. »Ich habe es satt, daß man sich meiner ständig schämt, und ich habe es satt, so zu tun, als sei ich eine wohlerzogene Dame.«

Ihre Hände krampften sich um die Sessellehne. Sie

senkte die Stimme wieder. »Verstehst du denn nicht? Ich werde nie eine richtige Dame sein. Unterbrich mich nicht! Ich sage dir jetzt die Wahrheit, und du wirst mir zuhören und vielleicht verstehen, wie ich wirklich bin.«

Sie ging um den Sessel herum und stellte sich davor. Alexis rührte sich nicht, sondern wartete gespannt darauf zu erfahren, was sie so sehr aufwühlte.

»Wie kannst du von mir erwarten, daß ich mich mit Stickmustern und Wachsblumen beschäftige? Mit sechzehn habe ich einen Goldgräber erschossen, der mich vergewaltigen wollte. Ich habe Huren verarztet und Männer mit Essen versorgt, die hierzulande im Gefängnis säßen.«

Sie fluchte und wischte sich Tränen aus den Augen, während sie in ihrer Rocktasche nach einem Taschentuch suchte. Alexis reichte ihr seines, sagte aber nichts.

»Geh wieder zurück, Alexis.« Sie betupfte sich energisch die Augen. »Verdammt. Sag bloß nichts. Daß ich weine, bedeutet noch lange nicht, daß ich nicht mehr klar denken kann. Ich bin einfach nur wütend. Geh nach Hause. Du willst mich nicht. Nicht die Frau, die ich wirklich bin. Ich kann nicht so tun, als sei ich anders.«

Er wich zurück, als sie ihn wegstoßen wollte. Sie fiel wieder in den Sessel, und er sah zu, wie sie lautlos weinte.

»Du weinst«, stellte er überflüssigerweise fest, wobei er seinen Umhang achtlos zu Boden gleiten ließ.

»Ich weine nicht«, widersprach sie schluchzend.

»Hölle und Verdammnis.« Er fiel auf die Knie und versuchte, sie in die Arme zu nehmen. Sie erstarrte.

»Rühr mich nicht an, du scheinheiliger, blaublütiger, dünkelhafter Schuft.«

Es gelang ihr, einen Arm zu befreien, und sofort hielt sie damit auf sein Kinn zu. Er fing ihre Faust ab und klemmte sie zwischen ihren Körpern fest. Dann sah er ihren geöffneten Mund. Es überraschte ihn nicht, daß sie als nächstes versuchte, ihn zu beißen. Ohne seine Umklammerung zu lockern, wich er ihren Zähnen aus. Leuchtende Locken legten sich wie ein Vorhang vor sein Gesicht. Sie biß ihn durch ihre Haare hindurch.

»Aua!« Er faßte sie am Genick und preßte ihren Kopf an seine Schulter. »Hör auf, verdammt nochmal. Ich will mich doch nur entschuldigen.«

Kate hörte auf sich zu wehren, hob den Kopf und musterte ihn ernst.

»Ich habe lange nachgedacht«, erklärte sie, ehe er etwas sagen konnte, »aber da es nicht möglich ist, logische Erklärungen für Gefühle zu finden, habe ich aufgegeben. Erst heute abend, während ich las, schoß mir ein Gedanke durch den Kopf.«

Sie lehnte sich noch weiter zurück und sah ihm in die Augen. »Allen von uns, Mama, Hannah, Ophelia, selbst Mrs. Beechwith, allen von uns wurde schon als Kinder beigebracht, unsere wahren Persönlichkeiten in kleine Zellen in unseren Köpfen zu sperren, weil wir schon früh lernten, wie uns die Welt haben möchte. Die meisten von uns geben sich viel Mühe, richtige Damen zu werden, das zu werden, was wir von überall her eingebläut bekommen. Aber die ganze Zeit existiert diese andere Frau irgendwo in uns drin. In Ketten gelegt, leidend, gekränkt, weil niemand sie will. Die meisten von uns achten nur nicht auf sie.«

Kate seufzte und drehte den Kopf weg.

»Vielleicht stirbt dieses geheime Wesen bei den meisten Frauen irgendwann ab«, fuhr sie fort. »Bei mir aber ist alles anders. Mein Innerstes ist nach außen gekehrt. Im Gegensatz zu den anderen kann ich meine wahre Persönlichkeit nicht verbergen.«

»O Gott, Katie Ann.«

»Ich nehme deine Entschuldigung an. Jetzt geh bitte.«

»Nein.« Er hatte einen Arm noch immer um ihre Schulter gelegt und strich ihr mit der anderen Hand übers Haar. »Ich habe dir zugehört, jetzt mußt du auch mir zuhören. Wir sind auf verschiedenen Wegen zu demselben Ergebnis gekommen. Ich habe dich mit Austernschalen zerkratzt.« Er hörte, wie sie den Atem einsog, sprach jedoch weiter. »Seit wir uns zum erstenmal trafen, habe ich an dir gekratzt, wollte die Goldschichten entfernen, um ein nettes, angenehmes Wesen aus Blech freizulegen, obwohl ich doch die ganze Zeit das Gold haben wollte.«

Sie schwieg. Ihr Schweigen brachte die ganze Angst zurück, die ihn hatte durch die Nacht jagen lassen.

»Wenn du mich verläßt, bedeutet mir meine Familie nichts mehr, auch nicht die Verwundeten in Dower House oder die Reparaturen an meiner Burg. Wenn du mich nicht liebst, kann ich geradesogut in meine eigene Oubliette springen.«

Er fürchtete sich davor, sie anzusehen. Während dieser kleinen Rede hatte er die ganze Zeit seine Hände betrachtet. Seinen ganzen Mut zusammennehmend, hob er nun den Blick zu der Frau, die sein Leben in ein Karussell mit Musik, buntbemalten Pferden und ausgelassener Freude verwandelt hatte. Sie erwiderte seinen Blick durch feuchte Wimpern. Die Unterlippe hatte sie zwischen die Zähne gezogen. Plötzlich fuhr eine kleine, rosarote Zunge über die Lippen.

»Ich bin ein gefallenes Mädchen.«

Alexis setzte alles auf eine Karte. »Nicht, wenn du den Mann heiratest, der dir die Unschuld geraubt hat.«

»Bist du dir sicher, Alexis?«

Er hatte genug geredet. Ein Kuß war seine Antwort. Kate war zuerst wie betäubt, als traue sie seinem plötzlichen Wandel nicht. Doch als sein Kuß leidenschaftlicher wurde, seufzte sie auf und legte die Arme um seinen Hals.

Später konnte keiner von ihnen mehr sagen, wie es gekommen war, daß ihr Kleid zerrissen war und seine Hose am Bettpfosten baumelte. Alexis erinnerte sich nur noch daran, wie er sich unter die Bettlaken gegraben hatte, um dann auf einem wunderbar weichen Körper zu liegen.

Er strich mit den Fingern durch die langen, kupferfarbenen Haare, die sich von den weißen Kissen abhoben. Dann küßte er sie noch einmal ausgiebig und liebkoste mit der gleichen Ausdauer ihre Brüste. Sein Mund war gerade mit der harten Spitze beschäftigt, als Kates Hand zwischen ihnen hinabwanderte und sich um ihn schloß. Die kleine Hexe hatte genau gewußt, daß ihre Hand eiskalt war. Alexis stöhnte bei der Berührung und bäumte sich auf. Er spürte, wie ihm das Blut in die Lenden schoß und wollte sich zurückziehen, doch sie ließ es nicht zu. Er lachte.

»Ist ja schon gut, ich habe verstanden.«

Nachdem sie sich geliebt hatten, blieb er auf Kates feuchtem Körper liegen und rang nach Luft. Sein Gesicht brannte. Ihre Hände bewegten sich noch immer über seinen Rücken und sein Gesäß. Erschöpft wie er war, wehrte er sich nicht, als sie unter ihm hervorglitt und sich auf ihn legte. Sie schmiegte den Kopf an seine Schulter und bedeckte seinen Hals mit kleinen Küssen. Er wand sich unter ihr, und sie lachte. Dann küßte sie seine Lippen, kuschelte sich wieder an ihn und seufzte.

»Wir müssen heiraten«, murmelte er, »bevor mein Samen eine Frucht hervorbringt.«

Als Kate nichts sagte, glaubte er, sie sei eingeschlafen. Er döste gerade selbst ein, als er eine Hand auf seinem Schenkel spürte. Finger gruben sich in seine Muskeln, suchten sich einen Weg auf die Innenseite seines Schenkels und streichelten ihn zärtlich. Auf einmal war er wieder hellwach, und auch seine Lenden regten sich sofort.

Er grinste sie an. »Du heiratest mich wegen meines

Titels und vergnügst dich dann so lange mit mir, bis ich vor Erschöpfung sterbe, habe ich recht?«

Wieder bekam er keine Antwort. Die forschen Finger hatten das Ende seines Schenkels erreicht und tasteten sich zu seinen Lenden weiter. Alexis lachte belustigt auf und warf sich auf Kate. Sie lächelte ihn verschmitzt an. Er drückte ihre Schenkel auseinander.

»Ich warne dich«, flüsterte er, als seine Hüften sich zu bewegen begannen. »Ich wehre mich mit jeder mir zur Verfügung stehenden Waffe.«

Sie schloß die Augen und knetete seine Gesäßbacken. »Das hatte ich gehofft. Ich wollte alle deine Waffen sehen.«

Sie hätte im siebten Himmel geschwebt, wären da nicht all die Menschen gewesen, die wütend auf sie waren. Kaum war Kate mit Alexis zur Burg zurückgekehrt, mußte sie feststellen, daß Mama böse mit ihr war, weil sie ohne einen Grund zu nennen davongelaufen war. Lady Juliana war außer sich, weil sie nach ihrer Rückkehr verkündet hatte, die Hochzeit fände in drei Wochen statt.

Und Fulke erst. Fulke hatte die Neuigkeit noch schlechter aufgenommen als die Nachricht vom Tod seiner Frau. Er ging auf Alexis los, und Val und der Butler mußten die beiden trennen.

Nach diesem Vorfall ging Kate allen aus dem Weg und hielt sich so oft wie möglich in Maitland House auf, um die Renovierungen zu überwachen. Währenddessen war Alexis nach der Abreise von Graf Cardigan damit beschäftigt, schwarzgekleidete Beamte zu empfangen, die zu allen möglichen Zeiten auftauchten und Hausangestellte, Familienangehörige und vor allem Val verhörten.

Diese kaum verhüllten Ermittlungen drängten sich durch die dünne Schicht ihres Glücks und zerrten an ihren Nerven. Hannah war von jemandem in den Tod gestoßen worden, und diese Person war noch immer unbekannt. Je länger sie über Hannahs Tod nachdachte, desto unwahrscheinlicher schien es ihr, daß Ophelia durch einen Zufall gestorben war. Kate konnte nach wie vor nicht glauben, daß ihre Kusine nicht aufgewacht war, als ihr Zimmer in Flammen stand. Andererseits gab es keine Anhaltspunkte dafür, daß Ophelia nicht durch unglückliche Umstände umgekommen war. Dann war da noch der Vorfall mit den Mauersteinen, die Alexis fast erschlagen hätten. Zwei Todesfälle und ein gerade noch verhinderter, und doch schien niemand etwas Besonderes an dieser Anhäufung von Unglücksfällen zu finden.

Kate machte den Fehler, ihre Vermutungen ihrer Mutter anzuvertrauen, als sie gerade in Maitland House neu angekommene Stoffe begutachteten. Als Kate ganz beiläufig erwähnte, daß verdächtig viele Todesfälle auf Castle Richfield und in der näheren Umgebung aufgetreten waren, bekam ihre Mutter einen hysterischen Anfall.

»O Gott«, keuchte Sophia. »Ogottogottogottogott!«

»Was ist denn, Mama?«

»Du machst schon wieder Ärger. Kaum bist du gerade noch einem Skandal entronnen, weil du weggelaufen bist, kaum hast du die gesamte Oberschicht der Grafschaft mit deinem Benehmen schockiert ...«

Kate hörte sich die Klagen ihrer Mutter an, doch diesmal war etwas anders. Zum erstenmal wurde ihr bewußt, daß jeder nur an ihr herumnörgelte. Alexis hatte sie kritisiert. Mama kritisierte sie schon seit jeher. Als sie das Wort ›geschämt‹ aus dem Mund ihrer Mutter hörte, brachte dies das Faß endgültig zum überlaufen.

»Halt den Mund, Mama.«

Sophia griff mit einer behandschuhten Hand an den Hals und öffnete und schloß den Mund. »Ohhh.«

»Es ist mein Ernst, Mama.« Kates Mund war plötzlich trocken, aber sie war entschlossen, diesmal nicht klein beizugeben. »Ich habe es satt, kritisiert zu werden. Weißt du eigentlich, wie weh das tut? Hast du darüber schon jemals nachgedacht? Wenn ich nicht so undamenhaft wäre, wärst du nicht einmal hier. Vielleicht wärst du gar nicht mehr am Leben.«

Kate spürte, wie der Ärger, der sich seit Jahren angestaut hatte, sich entlud. »Versuch nicht, mich zu unterbrechen, Mama. Wenn ich alles gesagt habe, was ich sagen will, verstehen wir uns vielleicht besser.« Sie schluckte, als Sophia sie nur fassungslos anstarrte. »Du bist nicht bereit, die Verantwortung für all die Dinge zu übernehmen, die du mir vorwirfst, zum Beispiel die Geschäfte unserer Familie, aber der einzige Grund, warum du dir den Luxus erlauben kannst, solche nichtsnutzigen Dinge zu ignorieren, ist der, daß ich das alles für dich mache. Du hast nichts dagegen, das Geld auszugeben, das ich verwalte, habe ich recht? Wenn dich mein undamenhaftes Benehmen so sehr stört, warum übernimmst dann nicht du einen Teil meiner Arbeit, damit ich genauso zart und schwach sein kann wie du?«

»Oh! Und so etwas muß man sich von seinem eigenen Kind —«

Bebend vor Empörung fiel Kate ihr ins Wort. »Dein Kind? Du willst mich doch gar nicht als dein Kind. Du hättest lieber jemanden wie Hannah oder Ophelia. Pech für dich, daß du mit jemandem wie mir gestraft bist. Ich habe es satt, mich ständig dafür zu entschuldigen, daß ich nicht anders bin. Warum liebst du mich nicht so wie ich bin, Mama? Bin ich wirklich so schlimm?«

Ohne eine Antwort abzuwarten, lief Kate aus dem Haus auf die Straße nach Castle Richfield. Vor lauter Tränen konnte sie kaum die Straße erkennen, geschweige denn den Reiter, der auf sie zukam und vor ihr stehenblieb.

»Kate«, sagte Val. »Kate, was ist denn passiert?«

Er stieg ab und faßte sie an den Schultern. Kate verbarg

das Gesicht in den Händen und versuchte, sich zusammenzunehmen. Als Val den Arm um sie legte, brach sie erneut in Schluchzen aus. Im Gegensatz zu Alexis ließ Val sie ungestört weinen. Nach ein paar Minuten schneuzte sie in sein Taschentuch und seufzte tief.

»Kann ich irgendwie helfen?« fragte er teilnahmsvoll.

»Nein, danke.« Ihr gelang sogar ein kleines Lächeln, das jedoch sofort wieder verschwand, als sie das Rumpeln einer Kutsche hörte.

Er blickte über ihre Schulter. »Es ist Ihre Mutter. Wollen Sie lieber mit mir zurückreiten?«

»Sie sind ein kluger Mann, Valentine Beaufort.«

»O nein, ich weiß nur, wie schwierig es ist, seinen Eltern etwas recht zu machen. Ich beleidige meinen Vater allein durch meine Geburt.«

Kate hörte, wie ihre Mutter sie rief.

»Verdammt.«

»Mein Pferd ist schnell«, stellte Val grinsend fest.

»Früher oder später muß ich ihr gegenübertreten. Ich kann es genausogut gleich hinter mich bringen.«

Nach einem kurzen Gruß stieg Val wieder auf und trabte in die Richtung davon, aus der er gekommen war. Sophias Kutsche hielt neben Kate.

Kate stemmte die Hände in die Hüften und blickte zu ihrer Mutter auf. Mit rotgeweinten Augen streckte Sophia eine Hand nach ihr aus.

»Mein kleines Mädchen, es tut mir ja so leid.«

»Mir auch, Mama.«

»Nein, nein, es ist alles meine Schuld. Ich bin die Mutter. Ich hätte merken müssen, welch schwere Last ich dir aufbürde. Es war auch falsch, eine Dame aus dir machen zu wollen, obwohl ich es nur gut mit dir meinte. Aber es hat dich gekränkt, und deshalb hätte ich es nicht tun dürfen.«

Kate fuhr sich mit der Hand über die Stirn und brachte

ein Lächeln zustande, obwohl sie am liebsten wieder geweint hätte.

»Danke, Mama.«

»Ich liebe dich, Katie Ann. So wie du bist.«

Jetzt kamen die Tränen doch. Vor den Augen des Kutschers begann sie, mitten auf der staubigen Straße zu weinen. Sophia nestelte an der Kutschentür, kletterte unbeholfen heraus und schloß Kate in die Arme.

»Sollen wir versuchen, mehr Verständnis füreinander zu haben, meine kleine Katie Ann?«

Kate schniefte hinter Vals Taschentuch und nickte.

»Weißt du was?« fragte Sophia, während sie Kates Kopf tätschelte. »Wenn du recht hast, müssen wir in der Burg auf der Hut sein. Ich wünschte, Maitland House wäre schon fertig.«

»Ich auch, Mama. Ich auch.«

Mehrere Tage nach dem Streit mit Mama wartete Kate mit der üblichen Ungeduld auf Alexis. Er hatte sich mit Val eingeschlossen, der einen Entschuldigungsbrief an Graf Cardigan verfaßte. Alexis sagte, er würde Val auf die Folterbank ketten, wenn er das verflixte Ding nicht schrieb. Die Erwähnung der Folterbank hatte Kates Neugier erregt, und sie hatte Alexis gebeten, sie im Verlies zu treffen, sobald er fertig war.

Sie nahm eine Laterne mit und stieg die engen Stufen hinunter in das unterirdische Gewölbe. Bald umfing sie pechschwarze Finsternis, die nur durch den Schein ihrer Laterne erhellt wurde. Irgendwo tropfte Wasser. Modriger Geruch stieg ihr in die Nase. Als sie den Grund erreichte, huschte etwas an ihrem Fuß vorbei. Sie schrie auf und machte einen Satz nach vorn. Im schwankenden Lichtschein erkannte sie eine Ratte.

Vielleicht sollte sie doch lieber auf Alexis warten. Nein, er würde sie nur wegen ihrer Ängstlichkeit verspotten.

Sie hielt die Laterne hoch. Vor ihr lag ein großer Raum, völlig leer bis auf einige Ketten, die von den Wänden und der Decke hingen. Auf Zehenspitzen ging sie weiter bis zu einer offenen Gittertür, die in einen weiteren Raum führte.

Darin befanden sich eiserne Käfige, ein Holzgestell, das die Folterbank sein mußte, ein Tisch voller bösartig anmutender Instrumente und etwas, das wie ein Schmiedeherd aussah.

Kate erschauerte und senkte die Laterne. Das Licht fiel auf eine kleine, im Boden eingelassene Tür. Sie stellte die Laterne ab und zog an dem eisernen Ring, der an dem Holz befestigt war. Nach einiger Mühe gelang es ihr, die Tür zu öffnen. Sie leuchtete mit der Laterne hinein. Von oben sah es aus wie eine Flasche. Die Öffnung war lang und eng, gerade breit genug für eine Person. In ungefähr fünfzehn Fuß Tiefe weitete es sich zu einer winzigen, eiförmigen Kammer.

»Sie benutzten einen Flaschenzug.«

Kate schrie auf. Sie ließ die Laterne fallen, doch der Mann hinter ihr fing sie auf. Keuchend fuhr sie herum.

»Höllenfeuer, Fulke.«

Er hielt die Laterne hoch und deutete auf die Decke. »Sehen Sie den Flaschenzug? Der Gefangene wurde damit in die Oubliette hinabgelassen. Die Tür wurde geschlossen, und die arme Seele mußte in völliger Dunkelheit verhungern.«

»Ich bin froh, daß man so etwas nicht mehr benutzt.«

»Es gibt einen Ersatz dafür, den man Minen nennt.« Er stellte die Laterne zwischen ihnen ab. »Sie können Alexis nicht heiraten. Sie werden ihn verderben.«

»Ich?«

»›Sämtliche Niederträchtigkeit ist gering gegen die Niederträchtigkeit einer Frau.‹ Sie haben ihn verführt und seine Keuschheit gestohlen.«

»Seine Keuschheit? Sprechen wir von Alexis de Granville? Wie auch immer, Sie wiederholen sich.«

Fulke murmelte etwas. Ohne Vorwarnung fuhr er sie plötzlich an. »Sie werden ihn nicht heiraten!«

Kate erschrak zutiefst. Ganz allmählich wünschte sie sich, Fulke stünde nicht genau vor der Treppe. Die Laterne, die sich zwischen ihnen befand, beleuchtete Fulkes Gesicht auf gespenstische Weise. Seine Augen wirkten wie schwarze Löcher. Von Sekunde zu Sekunde steigerte sich seine Wut.

»Wenn er Sie heiratet, hat das nichts mit einer Verstandesheirat zu tun. Er wird sich nicht wieder der Keuschheit zuwenden, wenn er erst einen Erben hat.« Fulke trat an der Laterne vorbei auf sie zu.

Kate wich zurück, hielt Fulkes Blick jedoch fest. »Glauben Sie nicht, Sie sollten Alexis selbst über seine Zukunft entscheiden lassen? Wir haben alle verschiedene Bedürfnisse, Fulke.«

»›Denn die Lippen einer fremden Frau schmecken süß wie Honig, und ihr Mund ist weicher als Öl / und dennoch ist sie bitter wie Wermut, scharf wie ein zweischneidiges Schwert.‹«

Als sie noch weiter zurücktrat, wollte er nach ihr greifen. Sie wich ihm aus, stolperte und wollte sich mit dem anderen Fuß abfangen. Dabei trat sie ins Leere. Während sie fiel, hörte sie einen Schrei und schnelle Schritte auf der Treppe. Mit einem Bein im Abgrund fiel sie am Rand der Oubliette auf den kalten Steinboden. Fulke stand über ihr. Ein Schatten flog auf ihn zu und stieß ihn zur Seite. Jemand beugte sich zu ihr herab und zog sie auf die Beine. Im nächsten Moment fand sie sich in Alexis' stürmischer Umarmung wieder.

»Bist du verletzt?«

»Pah!« Sie hämmerte auf seinen Rücken, bis er sie losließ. »Mir ist nichts passiert, aber du erdrückst mich.«

Da ließ er sie wieder los und stürzte sich in einer einzigen blitzschnellen Bewegung auf Fulke, der hinter ihnen stand. Er boxte dem älteren Mann in den Bauch. Fulke grunzte und krümmte sich. Alexis riß ihn an der Krawatte hoch und holte erneut aus, aber Kate legte ihre Hand auf seine.

»Ihn zu schlagen, ist keine Lösung«, sagte sie ruhig.

»Aber es wäre mir eine Genugtuung.« Alexis zog die Faust noch einmal zurück, fing dann jedoch Fulkes Blick auf. Nach kurzem Zögern ließ er sein Opfer los. »Wage dich nicht noch einmal in die Nähe von Kate.«

Alexis' Blick wanderte von Fulke zu Kate.

Kate errötete und legte die Hände auf den Rücken. »Ich befürchte, ich habe nicht richtig aufgepaßt.«

»Es ist seine Schuld, daß du nicht aufgepaßt hast. Geh mir aus den Augen, Fulke, bevor ich endgültig die Beherrschung verliere.« Alexis biß sich auf die Unterlippe, dann fluchte er. »Tut mir leid, Fulke. Bitte, du weißt, daß ich es hasse, mit dir zu kämpfen.«

Sich den Magen reibend erwiderte Fulke: »Ich weiß, mein Junge.« Er drückte kurz Alexis' Schulter und ging langsam auf die Treppe zu. Als er schon halb oben war, wandte er sich noch einmal um, um einen letzten Giftpfeil abzuschießen. »Sie hat keine gute Kinderstube, Alexis. ›Wie ein Juwel aus Gold in einer Schweineschnauze ist eine hübsche Frau ohne Anstand.‹ Du wirst es bereuen, sie geheiratet zu haben.«

Alexis knurrte, aber Fulke war schon verschwunden, ehe er etwas sagen konnte. Kate betrachtete seinen zusammengekniffenen Mund und das Spiel seiner Muskeln am Unterkiefer. Sie kicherte, und er sah sie an, als sei sie übergeschnappt.

»Ich glaube, Fulke nannte mich gerade eine Schweineschnauze.«

Sie wurde mit einem Lächeln belohnt, das selbst bei

Kleopatra einen Ohnmachtsanfall ausgelöst hätte. Alexis umfaßte sie und drehte sie lachend im Kreis.

Kate legte die Arme um seinen Hals. »Ich kann mir Fulke gut als bösen Burgherrn vorstellen«, sagte sie. »wie er seine armen Untertanen ins Verlies wirft.«

»Hast du noch nichts von Alexis Philippe gehört, dem mit der Rüstung? Ihm sehe ich am meisten ähnlich, und er war auch derjenige, der das Verlies am eifrigsten benützte.«

Alexis stellte Kate auf die Beine. Sie lächelte, aber sein Gesicht nahm plötzlich einen kalten, bösartigen Ausdruck an, und er musterte sie arrogant.

»Ein Prachtstück bist du, Mylady. Bei Gott, wehre dich nicht gegen mich, denn ich werde dich nehmen. Hier in meinem Verlies.«

Unsicher sah Kate ihn an, und ihr Lächeln verblaßte. Als er auf sie zukam, wich sie zurück. Er machte noch einen Schritt, und sie ging noch weiter zurück.

»Ich würde an deiner Stelle nicht versuchen davonzulaufen.«

Sie hatten sich so weit von der einzigen Lichtquelle entfernt, daß er nur noch eine Gestalt in der Dunkelheit war, die sich unvermittelt auf sie stürzte und sie gegen die Wand drückte. Ein furchteinflößendes Grollen drang aus seiner Brust.

»Ich werde wie ein Tier über dich herfallen.«

»Alexis!«

»Grrrrr.« Er löste den Mund von ihrem Hals und küßte dreimal hintereinander rasch ihre Nasenspitze. »Ich bin ein rücksichtsloser, wollüstiger Barbar.«

Sie kicherte, als er beim Öffnen der Knöpfe ihres Kleides ihre Lippen kitzelte. Kurz darauf hatte er auch schon ihr Mieder herabgezogen und ihre Brüste entblößt. Sie spürte, wie sein Mund von ihrem Hals zu den Brüsten wanderte und eine feuchte Spur hinterließ. Sie erschauerte. Die Mauersteine an ihrem Rücken waren kalt, aber ihre Haut brannte. Sie flüsterte seinen Namen.

Sein Mund hatte sich inzwischen ihrer anderen Brust zugewandt. Ganz nebenbei begann Alexis, ihre Röcke hochzuschieben.

»Alexis, wir sind in einem Verlies.«

Er brachte sie mit einem Kuß zum Schweigen, während seine Finger über ihren Schenkel nach oben strichen.

»Das können wir nicht tun«, keuchte sie.

»Doch, das können wir«, widersprach er zwischen zwei Küssen. »Ich kann es, und niemand wird mich davon abhalten.«

Wieder wollte sie etwas entgegnen, aber er drückte sie so fest gegen die Wand, daß ihr die Luft wegblieb. Er flüsterte ihr ins Ohr, während er seine Hose öffnete.

»Süße kleine Katie Ann. Gib deinen Gefühlen nach.«

Sie folgte seinem Rat und überließ sich der Leidenschaft. Als sie wieder zur Ruhe kamen, ließ Alexis sich schwer atmend neben ihr gegen die Wand fallen.

»Großer Gott«, ächzte er, »ich habe mein eigenes Schicksal besiegelt.«

»Sind alle Engländer so ungestüm?«

»Muß an unseren Wikingervorfahren liegen oder an unseren normannischen Ahnen. Auf irgendeine Weise schaffst du es, die ganzen Jahre der Zähmung und guten Erziehung dazwischen auszulöschen, kleine Wilde. Eigentlich bin ich gar nicht so, nicht mit . . .«

Sie lächelte zu ihm auf. »Eine kluge Entscheidung, an dieser Stelle nicht weiterzusprechen. Sag mal, sorgten deine ungezähmten Vorfahren zufällig für einen zweiten Weg heraus aus diesem Verlies, oder müssen wir in diesem Zustand an allen Burgangestellten vorbeimarschieren?«

Er machte eine elegante Verbeugung und nahm ihre Hand.

»Komm, Mädchen, dein Herr wird dich auf einem geheimen Gang in dein Gemach geleiten. Aber sei auf der Hut, bald werde ich wieder über dich herfallen.«

»Das wird dann vermutlich im Wachhaus oder auf der Turmtreppe geschehen, oder?«

»Eine schwierige Wahl.«

»Ganz und gar nicht, Mylord. Nächstesmal will ich ein Bett.« Sie dachte einen Moment nach. »Vielleicht auch einen Stuhl oder ein Sofa.«

»Danke, Gott, daß du sie mir geschickt hast. Danke.«

Kate wachte früh am nächsten Morgen auf, und in dem Moment, in dem sie die Augen aufschlug, war sie bereits so wütend wie ein gefangener Skorpion. Das Abendessen hatte sich am vorherigen Abend wunderbar angelassen. Keine Dinkles, die Alexis umschwirrten. Keine Mademoiselle St.-Germain, neben der sie sich so attraktiv wie eine graue Maus vorkam. Endlich hatte sie Alexis ganz für sich allein, und ihr war unter seinen glühenden Blicken nicht weniger heiß geworden als in der Carson Desert. Am liebsten hätte sie ihn in einen Schrank gezerrt und ihm die Kleider vom Leib gerissen.

Doch dann hatte Juliana alles ruiniert. Als sie Alexis und Kate so völlig versunken ineinander erlebte, war sie von Minute zu Minute mißmutiger geworden und hatte sich in einem gehässigen Angriff Luft gemacht, der natürlich wieder auf Alexis gerichtet war. Fulke nahm ihn in Schutz, und schon war der schönste Disput im Gange. Val, Sophia und Kate hörten betroffen zu, wie die beiden über den Marquis stritten. Alexis unternahm nichts, nicht einmal, als Juliana ihn Mörder nannte.

Fulke ließ die Gabel auf den Teller fallen und funkelte Juliana an. »Zügle dich. Wir haben darüber schon unzählige Male gesprochen. Alexis ist zu so etwas nicht fähig, und außerdem sah ich, wie er damals losritt. Er hätte unmöglich Zeit gehabt, diese furchtbare Falle zu stellen.«

Kate hörte nicht auf die Worte, die gesprochen wurden, sondern beobachtete nur Alexis. Er saß ruhig und gefaßt vor seinem Essen. Seine Haltung drückte Hoffnungslosigkeit und Resignation aus. Als er sie ansah, hatte sie das Gefühl, eine ins ewige Höllenfeuer verdammte Seele zu sehen.

Sie hatte keine Lust mehr, sich weiterhin diesem Unsinn auszusetzen, weshalb sie ihre Serviette auf den Tisch warf, aufstand und um den langen Tisch herumging, um sich neben ihn zu stellen. Das Gespräch stockte. Alle starrten sie an. Sie bot Alexis die Hand. »Würdest du mich zu einem Spaziergang begleiten?«

Gemeinsam verließen sie das Speisezimmer, aber kaum waren sie im Garten, verabschiedete sich Alexis. Sie wollte mit ihm reden, aber er schüttelte nur den Kopf und antwortete mit einem Zitat.

»›Ich bin sehr stolz, rachsüchtig, ehrgeizig und habe mir schon mehr Vergehen aufgeladen als ich in Gedanken fassen, in meiner Fantasie Gestalt geben kann oder Zeit habe nachzuvollziehen. Mit welchem Recht bewegen sich Menschen wie ich zwischen Himmel und Erde?‹ Gute Nacht, Liebste.«

Kate stieß mit dem Fuß das Bettlaken weg. »Was für ein verdammter Unsinn!«

Sie zog sich an und frühstückte mit Sophia in ihrem Zimmer. Anschließend machte sie sich gerade fertig zu einem Ausritt, als die Zofe ihr einen kleinen Umschlag übergab. Es war eine Nachricht von Carolina Beechwith.

»Was zum Teufel hat das zu bedeuten?« Kate riß den Umschlag auf.

Carolina war todunglücklich. Sie konnte ohne Alexis nicht leben. Ob Kate sie nicht sofort in den Ruinen von Thyme Hall treffen könnte.

Kate sah das Stück Papier finster an.

»Was will sie eigentlich von mir? Meint sie, ich würde

ihn ihr zurückgeben? Oder glaubt sie, ich würde ihn mit ihr teilen?«

Eigentlich wollte sie nicht hingehen, aber da sie Mrs. Beechwiths Hartnäckigkeit kannte, was Alexis anbelangte, beschloß sie, mit der Frau zu reden. Sie legte die Nachricht in ein Buch auf ihrem Nachttisch und zuckte mit den Schultern. Vielleicht war es gar keine so schlechte Idee, einen Warnschuß abzugeben, das ersparte ihr hoffentlich später einen Kampf.

Bereits vor neun Uhr war sie auf Thyme Hall. Es war ein herrlicher Tag, die Luft noch feucht vom Regen der vergangenen Nacht. Wassertropfen hingen an den spitzen Blättern von Efeu und Farn. Sie hörte eine Taube gurren.

Carolina war noch nicht da. Kate zog ein kleines Buch aus ihrer Rocktasche, setzte sich auf einen Stein in der Sonne und versuchte zu lesen. Zu ihrem Leidwesen hatte sie versehentlich Wordsworth eingesteckt. Sie schnaubte und überflog ein Gedicht. Schon allein dieses gräßliche Versmaß. Ta *da,* ta *da,* ta *da.* Ta *da,* ta *da,* ta *da.* Kate schnitt eine Grimasse. Und diese Reime! Blume/Krume, Herz/Schmerz, Morgensonne/Lucys Wonne. Pah!

Sie las gerade angewidert einen besonders übelkeitserregenden Absatz, als ein Schatten über die weiße Buchseite fiel. Ehe sie sich umdrehen konnte, traf sie etwas am Hinterkopf und ein schrecklicher Schmerz durchzuckte sie. Dann wurde es dunkel.

Sie konnte nicht lange bewußtlos gewesen sein, denn als sie wieder zu sich kam, wurde sie über die alten Ziegelsteine von Thyme Hall geschleift. Sie hatte das Gefühl, sich übergeben zu müssen. Ihr Kopf war ein einziger riesiger Ballon und schmerzte so heftig, daß sie die Augen nicht lange offenhalten konnte. Sie erhaschte gerade noch den Anblick von Erde, Gras und den zerfallenen Steinplatten in den Ruinen. Jemand schleppte sie in die

Überreste von Thyme Hall. Plötzlich ging es bergab, und es wurde finster. Sie mußten sich unter der Erde befinden. Ihre Füße holperten über mehrere Stufen. Die Erschütterung ließ sie erneut das Bewußtsein verlieren.

Als sie wieder aufwachte, lag sie einsam und verlassen auf einem kalten Steinboden. Stöhnend richtete sie sich auf, stützte dabei den Kopf mit den Händen und konzentrierte sich darauf, gleichmäßig zu atmen und die Übelkeit zu verdrängen. Nach einer Weile konnte sie den Kopf anheben. Ihr Entführer hatte eine brennende Kerze zurückgelassen. In dem spärlichen Lichtschein sah sie, daß sie sich in einer kleinen Zelle befand. Es gab kein Fenster, nur eine Holztür mit einem kleinen Guckloch. Naßkalte Luft strömte unter der Tür herein und ließ Kate frösteln.

Sie erhob sich mühsam und taumelte zur Tür. Auf der Innenseite war kein Türknauf, und das Schloß war gereinigt und frisch geölt. Sie hämmerte gegen das Holz. Schreien konnte sie nicht, ohne daß ihr der Kopf platzte. Das mußte sie auch nicht, denn die Abdeckung des Gucklochs wurde schon zur Seite geschoben.

Kate schrie auf und fuhr zurück. Ein kapuzenbedeckter Kopf erschien in der Öffnung. Schwarzer Stoff verhüllte das Gesicht ihres Entführers bis auf zwei kleine Schlitze, die jedoch so schmal waren, daß Kate dahinter nichts erkennen konnte.

»Was haben Sie vor?« fragte sie.

Die Maske schwieg.

»Lassen Sie mich frei. Der Marquis wird mich suchen.«

Eine rauhe Stimme ertönte unter der Kapuze. »Wirklich schade. Was soll ich nur mit Ihnen tun? Sie sind nicht wie die anderen.«

Die Abdeckung des Gucklochs wurde vorgeschoben. Kate schlug erneut mit der Hand gegen die Tür.

»Kommen Sie zurück! Sie können mich doch nicht hierlassen. Bitte!«

Sie hämmerte dagegen, bis ihre Fäuste angeschwollen und ihre Haut aufgeschürft war und blutete. Die Gestalt mit der Kapuze kam nicht zurück. Erschöpft und mit rasenden Kopfschmerzen sank Kate auf den Boden und brach in Tränen aus. Durch das Weinen verschlimmerte sich das Pochen in ihrem Kopf zu einem Dröhnen. Trotz ihrer Angst zwang sie sich zur Ruhe, sie legte sich hin, bettete den Kopf in die Arme und schloß die Augen.

Kapitel 18

Alexis hatte am Morgen mit Fulke und seinem Verwalter einige unbehagliche Stunden im Arbeitszimmer verbracht, in denen ihn Fulke so finster angestarrt hatte wie ein Adler, dessen Junges sich zu fliegen weigerte. Als er ihm endlich entronnen war, konnte er Kate nicht finden. Weder Sophia noch Val oder seine Mutter hatten sie gesehen. Ihre Zofe sagte, sie sei früh am Morgen ausgeritten, doch auch seine Suche zu Pferd blieb erfolglos.

Ihre Selbständigkeit verfluchend versuchte Alexis, die Zeit bis zum Mittagessen ohne sie herumzubringen. Um ein Uhr war sie noch immer nicht zurück. Er aß zusammen mit Val und mußte dessen spöttische Vergleiche mit liebeskranken Romeos über sich ergehen lassen. Ein Brief von der Polizei mit der Ankündigung weiterer Verhöre am nächsten Tag versetzte Alexis' Stimmung einen weiteren Tiefschlag. Ausgerechnet für diesen Tag hatte er sich auch noch vorgenommen, Carolina aufzusuchen und sie über seine bevorstehende Hochzeit in Kenntnis zu setzen.

Um das Maß vollzumachen, traf er im Haus der Beechwiths den alten Mr. Beechwith an, der von London zurückgekehrt war. Nur mit Mühe gelang es Alexis, eine halbe Stunde lang höfliche Konversation mit seiner Mätresse und ihrem Gatten zu betreiben.

Bei seiner Rückkehr auf die Burg mußte er erfahren, daß Kate noch immer nicht da war. Eilends rief er alle Hausangestellten zusammen und teilte sie zu einer Suchaktion ein. Er selbst durchstreifte ruhelos jedes Gebäude.

Als auch diese Suche erfolglos blieb, begann er sich

ernstlich Sorgen zu machen. Um fünf Uhr schickte er Reitertrupps los, um die Umgebung noch einmal gründlich zu durchkämmen. Erst nach Einbruch der Dunkelheit kehrte er als letzter zurück.

»Im Wald ist auch nichts«, empfing ihn Val, der im Stall auf ihn gewartet hatte. »Selbst nach Thyme Hall habe ich jemanden geschickt.«

Val hatte auch mitreiten wollen, aber Alexis hatte es ihm untersagt.

»Wenn ich sie finde, werde ich ... werde ich ...« Alexis fiel keine Strafe ein, die schlimm genug war.

»Du wirst sie in die Arme nehmen und sie anschnurren wie ein verliebter Kater.«

»Das werde ich nicht.«

Val stolperte, und Alexis hielt ihn am Kragen seiner Jacke fest.

»Tut mir leid«, sagte Val verlegen. Er lächelte zwar, aber es war nicht zu übersehen, wie erschöpft er war.

»Du hast dich nicht an die Anweisungen der Ärzte gehalten, dich auszuruhen«, stellte Alexis fest. »Du bist überall herumgehumpelt und hast nach ihr gesucht, nicht wahr?«

»Mir geht es gut. Ich brauche nur etwas zu essen.«

Sie gesellten sich zum Rest der Suchmannschaften in der riesigen Küche. Von Meredith erfuhr Alexis, daß Sophia sich fast hysterisch vor Sorgen in ihre Gemächer zurückgezogen hatte. Juliana hatte sie getröstet und ihr Laudanum gegeben, damit sie sich beruhigte, und war dann ebenfalls zu Bett gegangen. Sie hatte Fulke informiert, daß sie am nächsten Morgen eine weitere Suche veranlassen wollte.

Fulke gab diese Information Alexis weiter, während dieser in seinem Essen stocherte. Val, der neben ihm saß, hatte seine Mahlzeit bereits beendet und versuchte krampfhaft, die Augen offenzuhalten.

»Sie ist weggelaufen«, sagte Fulke.

Alexis schob den Teller weg. »Das ist sie nicht. Sie hatte einen Unfall.«

»Sie ist weggelaufen, wahrscheinlich zu Cardigan.«

Alexis fuhr auf, griff quer über den Tisch nach Fulkes Jackenaufschlägen. »Sie liebt mich.« Er ließ Fulke wieder los. »Davon abgesehen ist Kate nicht der Typ von Frau, der einen törichten Brief zurückläßt und jemandem wegen unsterblicher Liebe nachläuft.«

Vals Haupt ruhte auf seinen Armen. Mit schläfriger Stimme fragte er: »Hast du nach einer Nachricht gesucht?«

»Ihre Zofe sagte, sie sei heute morgen ausgeritten, und seitdem ist sie nicht zurückgekehrt«, erwiderte Alexis. »Wie soll es da eine Nachricht geben?«

Val gähnte. »Hättest trotzdem schauen sollen.«

Alexis betrachtete nachdenklich die weizenblonden Locken seines Freundes, ehe er, mit Fulke auf den Fersen, aus der Küche stürmte.

Er fand den kurzen Brief in Kates Buch fast auf Anhieb. Nachdem er ihn gelesen hatte, reichte er ihn Fulke. Sein Cousin schnaubte und warf das Blatt aufs Bett.

»Alexis, wir haben Thyme Hall durchsucht.«

»Dann werde ich das eben noch einmal tun.« Er wollte an seinem Cousin vorbei. »Laß mich durch, Fulke.«

»Ich sage dir doch, daß sie durchgebrannt ist.«

»Fahr zur Hölle.«

Wieder versuchte Alexis, an Fulke vorbei zur Tür zu gelangen. Diesmal stellte dieser sich ihm direkt in den Weg und stieß ihm vor die Brust. Alexis strauchelte kurz, fing sich aber.

»Jetzt ist nicht der richtige Zeitpunkt für eine Auseinandersetzung, Fulke. Geh mir aus dem Weg, ich möchte ungern nachhelfen.«

»Du bist müde. Du kannst jetzt nicht durch die Dunkelheit hetzen. Dein Pferd wird in ein Loch treten oder über einen Ast stolpern.«

»Geh aus dem Weg, Fulke.«

Als Alexis Fulke zur Seite schieben wollte, griff dieser nach seiner Schulter. Alexis fing Fulkes Arm ab und drückte ihn nach hinten. Fulke keuchte auf und ließ von ihm ab. Alexis eilte an ihm vorbei, drehte sich jedoch um, als Fulke seinen Namen rief. Sein Cousin hielt eine Pistole auf ihn gerichtet.

»Komm her«, befahl Fulke.

Ohne die Pistole aus den Augen zu lassen, trat Alexis bis auf wenige Schritte an Fulke heran.

»Du richtest eine Pistole auf mich, Fulke?«

Sein Cousin nickte bedächtig. »Gott hat einen Fehler gemacht, als er Frauen schuf. Sie sind die Quelle allen Übels, und ich werde nicht zulassen, daß deine Keuschheit von diesem Flittchen zugrunde gerichtet wird. Bleib stehen!«

Fulke war mit einem Satz bei Alexis, drückte ihm den Lauf der Waffe an die Kehle und legte ihm die andere Hand um den Hals.

Alexis wehrte sich nicht. »Ich empfinde das anders als du. Auch wenn ich Kate niemals getroffen hätte, hätte ich nicht in Enthaltsamkeit gelebt. Sieh mich doch an, Fulke. Verstehst du nicht, daß ich vor Angst um sie fast verrückt werde? Laß mich gehen.«

»Es ist alles ihre Schuld.«

»Hast du ihr etwas angetan?« Mit Mühe gelang es Alexis, die Stimme ruhig zu halten. »Bei allem, was heilig ist, wenn du ihr etwas getan hast . . . Hast du das?«

»Nein, Gott hat meine Gebete erhört und sie das Opfer ihrer fleischlichen Lust werden lassen. Sie liegt wahrscheinlich längst in Cardigans Bett, und deshalb bleibst du hier.«

Fulkes Blick standhaltend, griff Alexis nach dem Lauf

der Pistole. »Willst du, daß ich auf diese Weise unbefleckt und rein bleibe, indem du mich tötest?«

»Ich sorge dafür, daß du hier bleibst, wo du in Sicherheit bist.«

Alexis schüttelte den Kopf. »Du mußt mich schon erschießen, wenn du mich davon abhalten willst zu gehen, denn ich werde Katie Ann finden, und wenn es mich mein Leben kostet.«

Die Waffe drückte nicht mehr ganz so entschlossen gegen seine Haut. Alexis sah seinem Cousin unverwandt in die Augen, während er ihm die Pistole aus der Hand nahm und in einen Sessel warf. Fulkes Hände sanken herab.

»Gott hat dich zu leichtgläubig gemacht, was Frauen anbetrifft.«

Alexis warf sich auf Fulke und riß ihn zu Boden. Er hielt seinen Cousin an den Armen fest und fluchte.

»Bei sämtlichen Dämonen der Hölle, Fulke, ich gebe dir eine letzte Chance. Schwör beim Allmächtigen, daß du nicht weißt, wo Kate ist.«

Fulke wollte Alexis von sich herunterschieben, aber Alexis drückte ihn wieder auf den Boden.

»Schwöre«, forderte er ihn noch einmal auf.

»Die Tricks einer Hure haben deinen Geist verwirrt.«

Alexis legte die Hände um Fulkes Hals. »Schwöre!«

»Ich schwöre es, verdammter Kerl.«

Alexis war mit einer einzigen Bewegung wieder auf den Beinen und nahm die Pistole an sich, während er hinauslief.

Fulke schrie ihm nach: »Wegen ihr wirst du aus dem Garten Eden verbannt werden.«

»Wir werden uns unser eigenes Eden schaffen.«

Mit Iago als einziger Begleitung ritt Alexis nach Thyme Hall. Alle anderen waren restlos erschöpft von dem anstrengenden Tag, und er erwartete ohnehin nicht, Kate zu finden. Mit einer Laterne in der Hand ging er durch die Überreste des Hauses. Iago scheuchte eine wilde Katze auf, und Alexis mußte ihn am Halsband halten, damit er ihr nicht nachjagte. Als der Hund sich wieder beruhigt hatte, setzte er seinen Rundgang fort.

Immer wieder streiften herabhängende Ranken sein Gesicht. Mitten in der ehemaligen Bibliothek stieß er mit der Fußspitze gegen einen Stein. Er stellte die Lampe auf den Boden und ließ sich auf dem Stein nieder. Iago legte sich vor seine Füße.

Alexis hatte schon einmal solche Angst erlebt. Es war eine irrsinnige, blinde Angst, die man nur spürte, wenn jemand in Gefahr war, dem man nahestand. Zum letztenmal hatte er dieses Gefühl gehabt, als Val beim Angriff der Leichten Brigade in einer Wand aus Rauch, Blut und Stahl verschwunden war.

Was würde er nur tun, wenn er sie nicht fand? Was, wenn sie vom Pferd gefallen war und irgendwo tot im Gebüsch lag?

Denk nicht darüber nach.

Alexis beugte sich vor, stützte sich mit den Unterarmen auf die Schenkel und starrte seine Stiefel an. Inmitten all der anderen Geräusche der Nacht hörte er plötzlich Iago schnüffeln. Der Spaniel hob den Kopf und sog die Luft durch seine Nase. Sein Verhalten ließ keinen Zweifel daran, daß er eine Witterung aufgenommen hatte.

Iago stand auf. Das Schnüffeln wurde lauter und heftiger, und Alexis seufzte. Als nächstes würde der Hund die Spur eines Tieres entdecken und verschwinden. Plötzlich senkte Iago jedoch die Schnauze und schnaubte genau vor Alexis' Füßen dicht über dem Boden. Zu Alexis' Verblüffung fing er an zu jaulen und in der Erde zu wühlen.

»Was ist los, alter Knabe?«

Iago bellte und grub weiter. Weit kam er allerdings

nicht, denn bereits nach einer dünnen Erdschicht stieß er auf einen Widerstand.

Alexis stand auf und trat mit dem Stiefelabsatz auf die Stelle, wo Iago gegraben hatte. Metall. Er fiel auf die Knie und entfernte die Erdschicht mit den Händen. Der Hund gebärdete sich wie ein Verrückter. Alexis Hand blieb an etwas hängen. Es war ein Griff. Er stand auf und schob den Stein, auf dem er gesessen hatte, nach hinten. Mit dem Fuß stieß er Erdbrocken, Blätter und Zweige weg, dann zog er an dem Griff. Schmutz und kleine Steine trafen ihn im Gesicht, als die Falltür aufsprang.

Mit Fulkes Pistole in der einen und der Laterne in der anderen Hand ging er vorsichtig die Treppe hinunter. Iago folgte ihm. Die Treppe endete in einer schwarzen Kammer, ähnlich dem Verlies auf Castle Richfield, nur viel kleiner. In einer Wand befanden sich drei Türen mit kleinen Fensterluken. Alexis stieß die erste Tür auf. Sie schlug gegen die Wand. Nichts.

Als er die zweite Tür öffnen wollte, sprang Iago dagegen und bellte. Von innen hämmerte jemand dagegen.

»Kate?«

»Alexis! Mach die Tür auf.«

Er steckte die Pistole zurück in den Gürtel und öffnete die Tür. Kate warf sich in seine Arme. Er drückte sie fest an sich und vergrub sein Gesicht in ihrem Haar. Iago vollführte Luftsprünge und kläffte.

»Kleine Wilde.«

»Jemand hat mich eingesperrt.«

Er spürte, wie sie zitterte, und strich über ihren Kopf. »Was ist passiert?«

»Mrs. Beechwith hat mir eine Nachricht geschickt.«

»Das weiß ich inzwischen auch.«

»Während ich auf sie wartete, hat mich jemand niedergeschlagen und in diese Zelle geschleppt.«

Kate hob das Gesicht. Ihre Wangen waren schmutzig,

und in ihren Wimpern hingen Tränen. Alexis küßte sie zärtlich, doch dann, als er sich an seine Angst erinnerte, drückte er sie so fest an sich, daß sie aufkeuchte. Sie rief etwas, ihre Hände krallten sich in seinen Rücken. Er lächelte und lockerte seine Umarmung. Er hörte noch, wie Iago erst knurrte und dann aufjaulte, aber bevor er sich umdrehen konnte, krachte etwas gegen seinen Hinterkopf, und er brach zusammen.

Alexis hörte jemanden stöhnen. Er runzelte die Stirn und versuchte, das Geräusch zu lokalisieren. Da war es wieder. Er hätte gern die Augen geöffnet, um nachzusehen, wer diesen jämmerlichen Laut von sich gab, doch er konnte nicht.

»Alexis, bleib ganz ruhig liegen.« Das klang nach Kate.

»Geräusche«, flüsterte er mit versagender Stimme.

»Pssst.«

»Wer macht dieses Geräusch?«

»Sei still. Das bist du. Dieser Bastard hat dich niedergeschlagen, aber jetzt ist er fort. Wie geht es dir?«

Immer noch unfähig, die Augen zu öffnen, versuchte Alexis, eine Hand zum Gesicht zu führen. Es ging nicht. Seine Hände bewegten sich nicht. Als seine Sinne sich ein wenig erholt hatten, konnte er das Gewicht an seinen Armen und Händen spüren. Sie waren über seinem Körper an der Wand befestigt. Mit zusammengebissenen Zähnen versuchte er, daran zu ziehen, doch er mußte rasch feststellen, daß Ketten seine Handgelenke festhielten.

»Was ist?« murmelte er.

»Ich kann nicht sehr viel erkennen«, sagte Kate, »aber ich glaube, er hat dich an die Wand gekettet. Er hat mit einem Stein auf dich und Iago eingeschlagen und mich in die Zelle zurückgedrängt, ohne daß ich etwas tun konnte. Kannst du dich befreien?«

Alexis versuchte, das Stechen und Pochen in seinem Kopf nicht zu beachten und schaffte es, sich ein Stück aufzurichten. Der Schmerz in seinen Armen ließ prompt ein wenig nach, doch er konnte weiterhin nur hilflos an seinen Fesseln zerren. Schließlich öffnete er die Augen. Als erstes sah er seine Schulter. Neben ihm, auf dem Boden, lag regungslos Iago. Nicht weit entfernt sein Mantel und Fulkes Pistole. Wieder zog er an den Ketten.

Kate rief ihm aus ihrer Zelle aufmunternde Worte zu, verstummte jedoch, als die Falltür aufging und jemand mit einer Lampe die Treppe herunterkam. Es war eine Gestalt in Schwarz mit dunklen Stiefeln, Hosen und einem Umhang. Alexis drehte den Kopf ganz zur Seite, um das Gesicht seines Feindes zu erkennen.

»Mutter?«

»Lady Juliana!« rief Kate.

Juliana blieb neben Alexis stehen und stellte die Lampe ab. Sie bückte sich noch ein Stück weiter, nahm die Pistole an sich und steckte sie ein.

»Mutter, was machst du da?«

»Sie hat alles zerstört«, sagte Juliana.

»Ich verstehe nicht.«

Juliana streifte den Umhang von den Schultern und funkelte Alexis an. »Sie hat alles zerstört, weil sie dich glücklich macht. Ich wollte dich bestrafen. Ich hatte alles genau geplant, Jahre des Leidens, in denen du alle verlierst, die du liebst, genau wie ich meinen geliebten Gatten verlor.«

Alexis schloß die Augen.

»Du weißt es«, sagte er. »Du weißt, was an jenem Tag passiert ist. Hast du es die ganze Zeit gewußt? O Gott, warum hast du es mir nicht gesagt? Dann hätte ich endlich die Gewißheit besessen, daß ich sie getötet habe.«

Juliana hob die Faust. Alexis sah ihr in die Augen. Sie atmete schwer und starrte ihn haßerfüllt an.

»Es war noch viel schlimmer, du Dummkopf. Er ist statt deiner gestorben, und das ist alles deine Schuld.«

Alexis hielt den Atem an. Seine Gedanken überschlugen sich. »Meine Schuld! Was habe ich getan?«

»Erinnerst du dich denn nicht? Du und Thalia, ihr hättet an jenem Tag zusammen ausreiten sollen. Wenn du dich daran gehalten hättest, wären die Richtigen gestorben, und ich hätte meinen lieben Phillipe wieder ganz für mich allein gehabt.«

»Mutter!« flehte er gequält. »Erzähl mir alles.«

»Vermutlich spielt es nun keine Rolle mehr, obwohl du verdient hättest, niemals die Wahrheit zu erfahren. Nachdem ich die Falle gestellt hatte und nach Hause zurückgekehrt war, wart ihr alle drei verschwunden. Als Fulke mir erzählte, daß Philippe mit Thalia ausgeritten war und du ihnen folgen würdest, war es bereits zu spät. Du Ungeheuer. Hättest du nicht mit Thalia gezankt, wärst du an Philippes Stelle gestorben.«

Alexis' Beine zitterten. Er bebte am ganzen Körper, und sein Kopf drohte zu bersten. Kate rief etwas, doch er konnte nicht antworten. Er sah Thalia vor sich, wie sie mit ihm beim Mittagessen stritt. Die wütende Stimme seines Vaters schickte ihn auf sein Zimmer. Dann ritt er, ritt immer weiter, und Thalia fiel, doch ihr voran fiel ihr Kopf. Vaters Pferd schrie.

»Genug«, befahl Alexis sich selbst. Er hob den Blick noch einmal zu seiner Mutter. »Deshalb kann ich mich also nicht daran erinnern, die Leine gespannt zu haben, weil ich es gar nicht tat. Du hast mich die ganze Zeit in dem Glauben gelassen, sie getötet zu haben. Die ganzen Jahre. Warum? Warum haßt du mich so sehr?«

»Weil du seine Liebe gestohlen hast!« brüllte Juliana. Ihr Gesicht war wutverzerrt. »Bevor ihr geboren wart, du und Thalia, brauchten wir niemand anders. Aber er liebte euch und ganz besonders dich. Immer wieder erzählte er mir, wie stolz er auf dich war, wie intelligent du seist. Gott, ich hatte es so satt, euch zwei zusammen lachen und alles mögliche unternehmen zu sehen. Eines Tages sagte er dann zu mir, ich sei krank.«

Ihre Wut verrauchte urplötzlich, und ihr Gesicht war eine starre, undurchdringliche Maske. Mit ruhiger Stimme sprach sie weiter.

»Er sagte, meine Krankheit würde von Tag zu Tag schlimmer, und das sei nicht gut für Thalia und dich. Er wollte mit euch weggehen.« Ihre Stimme erhob sich wieder, klang weinerlich wie die eines Kindes. »Philippe sagte, er würde mich an einen Ort bringen, wo es viele Ärzte gab. Er sagte, es würde immer schlimmer, und er hätte Angst.«

Wieder änderte sich ihre Gemütsverfassung ohne Vorwarnung und sie fauchte Alexis an. »Besonders um dich hatte er Angst. Er hatte bemerkt, daß ich dich beobachtete. Es war deine Schuld, daß er sich gegen mich wandte.«

»Mutter, er hat dich geliebt«, widersprach Alexis verzweifelt. Juliana schenkte ihm keine Beachtung.

»Ab da wußte ich, daß ich dich loswerden mußte. Dann würde er wieder mich lieben. Du warst sein Sohn, konntest reiten wie er, und bald würdest du mit ihm auf die Jagd gehen, ihn in Clubs und auf Ausflüge begleiten und überall dorthin, wohin ich nicht mitkommen konnte. Früher oder später hättest du ihn mir gestohlen, aber ich wollte ihn wieder ganz für mich.«

»Aber er ist an meiner Stelle gestorben.«

Juliana sah ihn mit einem seltsamen Lächeln an. »Ja, und ich wäre auch fast gestorben, aber ich lebe weiter, weil ich wollte, daß du möglichst lange leidest und alle verlierst, die du liebst, genau wie ich Phillipe verlor.«

»Hast du mich oder Thalia je geliebt?«

»Zuerst schon«, gab sie erschreckend nüchtern zu. »Aber im Lauf der Jahre habt ihr meine Liebe ausgelöscht. Es dauerte eine Weile, bis mir klar wurde, daß ihr mir meinen Phillipe wegnehmen wolltet, weißt du.«

Alexis war, als risse ihm jemand das Herz aus der Brust. »Du sagtest, du wolltest mich bestrafen. Was um Himmels willen hast du getan, Mutter?«

Juliana lachte.

Hinter ihm rief Kate etwas mit dünner, kläglicher Stimme. »Sie war es«, sagte Kate. »Sie besuchte Ophelia in der Brandnacht. Sie war es, die Feuer legte. Sie waren es, nicht wahr, Juliana?«

»Sie wollte mir gefallen, wollte, daß ich sie mochte«, antwortete Juliana in Kates Richtung. »Es war einfach, sie zu überreden, mich heimlich zu treffen. Sie dachte, wir würden einen Plan aushecken, wie wir Alexis herumbekommen. Ich habe sie mit Wein betäubt und das Feuer gelegt. Nur ... nur daß Alexis nicht genug litt, nachdem sie tot war. Nicht annähernd genug.« Julianas Stimme schwankte. Ihr Blick flog von Kate zu Alexis und wieder zurück zu Kate.

»Ich wollte Carolina Beechwith töten, aber da kamen Sie dazwischen, und dann kam ich der Sache mit Hannah auf die Schliche. Sie waren an jenem Tag doch auch auf Thyme Hall, als sie Alexis anflehte, ihr ein Kind zu machen. Von Hannah hatte ich bis dahin nichts gewußt.«

Alexis ließ den Kopf sinken. »Sag jetzt bitte nichts mehr.« Gepeinigt sah er seine Mutter an. »Du bist sehr krank. Laß mich frei, damit ich mich um dich kümmern kann.«

»O nein. Deine endgültige Strafe kommt erst noch. Da du nicht einmal stirbst, wie ich es vorgesehen habe, habe ich beschlossen, dich auch dafür zu bestrafen.«

Alexis starrte entsetzt das entstellte Gesicht seiner Mutter an. Seine Kehle war wie ausgedörrt. Juliana packte ihn unvermittelt am Hemdkragen und riß ihm den Stoff vom Leib.

»Der Burgfried«, keuchte er.

Sie ließ das Hemd fallen und schnaubte verächtlich. »Ja, der Burgfried. Dein Schutzengel Valentine machte einen Strich durch die Rechnung. Nach der ganzen Anstrengung, die Steine zu lockern und Fulke darauf aufmerksam zu machen, kam dein dämlicher Freund daher und warnte dich.«

Selbst nach diesen ungeheuerlichen Geständnissen konnte Alexis nicht glauben, daß jemand so haßte. Sie sprach weiter auf ihn ein, aber er hörte ihre Worte nicht. Er sah nur, wie sich ihr Mund bewegte, ihre Lippen die Zähne entblößen. Dann verstummte sie.

Für einen Moment verschwand sie aus seinem Gesichtskreis, und als sie zurückkam, hielt sie eine Peitsche in der Hand. Sein Blick glitt von der Peitsche zu dem Gesicht der Frau. Fassungslos schüttelte er den Kopf. Das konnte sie nicht tun! Mütter schlagen ihre Kinder nicht mit der Peitsche. Fast mußte er über sich selbst lachen. Rasch bis er sich auf die Lippe, um einen hysterischen Ausbruch zu verhindern.

Juliana schrie ihn an, nannte ihn ein Ungeheuer. Dann verschwand sie wieder. Er mußte den Kopf weit nach hinten drehen, um zu erkennen, daß sie in einiger Entfernung hinter ihm stand.

Etwas zischte durch die Luft, und ein beißender Schmerz zog sich ihm von der Schulter bis zur Taille. Er bäumte sich auf. Noch immer wollte sein Verstand nicht glauben, was geschah. Ein weiterer Hieb klatschte gegen seine Rippen. Das dünne Leder schlängelte sich an ihm herab und fiel zu Boden. Er krallte sich in die Ketten an seinen Handgelenken, als der brennende Schmerz sich über seinen Rücken ausbreitete.

Kate schrie Juliana an. Seine wunderschöne Katie Ann schleuderte Juliana Verwünschungen und Flüche an den Kopf. Ihre wütende Stimme und das Bewußtsein, daß sie in Gefahr war, gaben ihm Kraft. Er mußte durchhalten, mußte überleben. Für Kate.

Kates Hals schmerzte schon vom Schreien. Sie hämmerte wie wahnsinnig gegen die Zellentür, während Juliana erneut ausholte. Mit letzter Kraft rief sie noch einmal ihren Namen, und unerwartet drehte sich Alexis' Mutter tatsächlich zu ihr um.

Juliana war einst eine imposante Frau gewesen. Ihr silbernes Haar und ihre hochgewachsene Gestalt machten stets großen Eindruck, und sie hatte mit ihrem Sohn eine fast königliche Würde gemein. Doch die Person, die sich Kate zuwandte, besaß nichts mehr von all dem. Das Haar war zerzaust, und Blätter hatten sich darin verheddert. Die Schultern waren nach vorn gekrümmt, und sie sah aus wie eine Spinne, die im Begriff war, ihr Opfer zu verschlingen.

Juliana drehte sich wieder um. Ihr Arm hob sich, und Kate hörte ein Schnalzen. Zwar konnte sie der schnellen Bewegung mit den Augen nicht folgen, aber die Reaktion sprach für sich. Alexis zuckte zusammen und schrie auf. Ein weiterer roter Strich zog sich über seinen Rücken.

»Nein!« Kates ganze hilflose Verzweiflung machte sich in diesem Schrei Luft. Ihre Stimme brach.

Juliana machte eine erneute Pause und sah Kate an. Ihre Brust hob und senkte sich, und Speichel sammelte sich in ihren Mundwinkeln. Kates erneuter Aufschrei wurde von schweren Schritten auf der Treppe übertönt. Fulke nahm die letzten drei Stufen auf einmal, stürzte sich auf Juliana und entriß ihr die Peitsche, die bereits wieder durch die Luft zischte. Ohne Julianas wütendes Geheul zu beachten, warf er die Peitsche in eine dunkle Ecke und lief zu Alexis.

Kate, die untätig zusehen mußte, trommelte in hilfloser Wut mit den Fäusten gegen die Zellentür. Fulke zog an dem Ring, der die Ketten hielt. Sie lösten sich unverzüglich, und Alexis fiel auf die Knie. Fulke stützte ihn, als er sich aufrichten wollte, und bestürmte ihn mit Fragen.

»Laßt sie nicht aus den Augen!« rief Kate. »Sie ist verrückt, und sie will ihn umbringen. Bringen Sie ihn weg von hier!«

Fulke sah sie verständnislos an. Noch jemand kam die Treppe herab, aber Kate schenkte dem Neuankömmling keine Beachtung.

»Sie ist gefährlich, glauben Sie mir. Wo ist sie?«

Alexis wollte sich in Kates Richtung schleppen, aber Fulke hielt ihn zurück. Val hastete an den beiden vorüber, stocherte mit dem Schlüssel im Schlüsselloch und sank erschöpft gegen den Türrahmen. Alexis rang derweil fluchend mit Fulke. Als Kate die Zellentür öffnete, stürzte Juliana mit Fulkes Pistole in der Hand aus einer dunklen Ecke hervor. Sie zielte auf die beiden kämpfenden Männer.

Wie auf Kommando bewegten sich alle gleichzeitig. Alexis warf sich vor Fulke, Kate und Val stürzten sich auf Juliana. Kate umklammerte die Beine der Frau und riß sie unter ihr weg. Sie hörte einen Schuß. Ein schweres Gewicht landete halb auf Kate, halb auf Juliana. Füße traten in Kates Magen, und sie rollte sich zusammen, während neben ihr ein Ringkampf stattfand. Ein weiterer Schuß in unmittelbarer Nähe. Sie rappelte sich auf, strich die Haare aus dem Gesicht und sah sich voller Panik um. Alexis stand über Val gebeugt und half seinem Freund auf die Beine. Val stöhnte.

»Hat sie dich getroffen?« fragte Alexis.

»Sie hat mich in die Brust getreten. Die Pistole.«

»Sie ging los«, erwiderte Alexis.

Kate stand auf und eilte zu Alexis. Wortlos streckte er einen Arm nach ihr aus. Sie schlang die Arme um ihn, und er drückte sie an sich. Gemeinsam blickte sie auf

Juliana hinunter. Sie lag auf dem Rücken und starrte sie mit weit geöffneten Augen an. Die Kugel war unter dem Kinn in ihren Kopf eingedrungen und am Hinterkopf wieder ausgetreten.

Der Anblick des vielen Bluts ließ Kate erschauern, und sie schloß rasch die Augen. Alexis ließ sie los, um neben Iago niederzuknien. Als er den Kopf des Hundes in seinen Schoß bettete, brummte Iago, dann kam eine rosarote Zunge zum Vorschein und leckte über Alexis' Wange. Alexis lachte.

»Du hattest schon immer einen Dickschädel, alter Knabe.«

Val kam zu ihnen herüber und streckte auch die Arme nach dem Hund aus. Alexis griff nach Kates Hand.

Ein Stöhnen erklang aus der Ecke hinter Juliana. Als Kate sich umdrehte, kroch Fulke über den Boden.

»Was ist mit ihm?«

»Er wollte mich davon abhalten, dir zu helfen«, knurrte Alexis.

Fulke rieb sich das Kinn. »Du hättest getötet werden können.«

»Verdammt nochmal, Fulke, du mußt endlich aufhören, mich beschützen zu wollen. Ich bin kein Kind mehr. Kate hätte auch getötet werden können.«

»Ich auch«, sagte Val.

Kate mischte sich ein, ehe Fulke antworten konnte. »Können wir diesen Ort endlich verlassen?«

Alexis legte den Arm um sie und führte sie zur Treppe. Fulke ging mit der Laterne voran, und Val wurde beauftragt, die Falltür abzusichern, bis ein paar Männer kämen, um Julianas Leiche zu holen.

Alexis mußte seine ganze Kraft zusammennehmen, um sich auf den Beinen zu halten. Sein gespanntes Gesicht, das geisterhaft blaß war, hielt Kate davon ab, ihm Fragen zu stellen.

Alexis half ihr auf Theseus hinauf und setzte sich hinter sie in den Sattel. Fulke brachte Alexis' Jacke.

»Mach das lieber nicht«, warnte sie ihn, als er sie überstreifen wollte. »Es würde dir nicht besonders gefallen, sie wieder auszuziehen.«

Er nickte und trat Theseus leicht in die Seiten. Der Hengst fiel in einen langsamen Trott. Kate versuchte, so aufrecht wie möglich sitzenzubleiben, um Alexis nicht unnötig zu belasten. Seine Arme umfaßten sie jedoch von hinten und zogen sie an sich. Seufzend sank sie gegen seine Brust.

»Es tut mir so leid wegen deiner Mutter.«

»Ich möchte nicht darüber reden.«

Kate nagte an ihrer Unterlippe. »Ich wußte die ganze Zeit, daß du unschuldig bist.«

»Sei still, mein Liebes. Ich möchte wirklich nicht darüber sprechen.«

Das schien ihr das große Problem der Familie de Granville. Die im Unrecht waren, redeten, und diejenigen, die unschuldig waren, schwiegen.

Alexis lag mit dem Gesicht auf den Unterarmen bäuchlings auf seinem Bett. Er hatte hohes Fieber, und die Schnittwunden auf seinem Rücken brannten und pochten. Kate hielt ein kaltes, feuchtes Tuch an seine Wange, und er versuchte, nicht mehr an den Tod seiner Mutter zu denken. War das alles wirklich erst vor wenigen Stunden geschehen? Ihm kam es vor, als verzehre diese Hitze schon seit einer Ewigkeit seinen Körper. Freilich quälte ihn seine verwundete Seele mehr als das Fieber oder seine Verletzungen.

Kate bemitleidete ihn, doch er konnte ihr Mitleid nicht ertragen. Jedesmal, wenn er sie ansah, lächelte sie und sagte etwas Tröstliches. Ihm wäre es lieber gewesen, wenn sie ihn gehaßt hätte.

»Kate, ruh dich doch auch ein wenig aus.«

»Ich bin nicht müde«, entgegnete sie. »Ich möchte bei dir sein und dich pflegen.«

»Mir geht es nicht schlecht.«

»O doch. Glaubst du vielleicht, ich hätte nicht bemerkt, wie sehr dich der Verrat deiner Mutter bedrückt? Sprich darüber, teile deinen Schmerz mit mir.«

Seine Finger krampften sich in das Bettlaken, und er drehte den Kopf auf die andere Seite.

»Kannst du denn nicht verstehen, daß ich allein sein muß? Bitte, widersprich mir jetzt nicht. Ich muß allein sein.«

Er hörte das Rascheln ihres Kleides, als sie sich erhob. »Na gut, aber morgen früh komme ich wieder, und ich werde dafür sorgen, daß regelmäßig jemand bei dir vorbeischaut.«

Er wartete, bis sie gegangen war, ehe er sich vorsichtig erhob und ein Glas Wasser vom Nachttisch nahm. Er trank es aus, stellte es zurück und legte sich wieder hin. Es war spät, schon nach Mitternacht, und alle anderen lagen längst im Bett.

Er hatte das Grauen von Thyme Hall immer wieder durchlebt, so lange, bis er keiner Gefühle mehr fähig war. Er spürte keinen Haß mehr, keine Abscheu und kein Bedauern. Das einzige, was übrig blieb, waren Scham und Angst, hervorgerufen durch Kates Gegenwart. Scham, weil sie wußte, was seine Mutter getan hatte, von welcher Frau er abstammte, und Angst, daß sie Mitleid für ihn empfand.

Gott, wie müde er war. Ohne Kate an seiner Seite konnte er vielleicht auch endlich schlafen.

Erinnerungsfetzen zogen wie Nebelschwaden herauf, als Alexis tatsächlich in einen Halbschlaf glitt, und plötzlich fand er sich in einem Wald wieder, wo er einen Jungen beobachtete, der an einem Körper ohne Kopf und einem wild zuckenden Pferd vorbeirannte. Der Junge warf sich neben einem Mann auf den Boden. Sein Vater. Ihm war, als blicke er über die Schulter des Jungen, der den Kopf des Mannes in seine Arme bettete. Zum erstenmal seit jenem Tag sah Alexis das Gesicht seines Vaters.

In diesem Moment verschmolz Alexis mit dem Körper des Jungen. Der Oberkörper seines Vaters lastete schwer auf ihm, und Alexis sprach flehend auf den Mann ein. Philippe de Granville öffnete langsam seine Augen. Sie waren so grün wie seine eigenen, aber dunkel vor Schmerz.

»Alexis ... Warum?«

Alexis kippte fast um, als der Kopf seines Vaters plötzlich kraftlos nach hinten sank. »Vater, nein. Warte. Ich war es nicht. Vater?« Der Körper war zu schwer für ihn und glitt ihm aus den Armen. Alexis schrie verzeifelt: »Vater, nein, hör mir doch zu!« Er klammerte sich an die Jacke und schüttelte weinend den leblosen Körper. »Komm zurück. Du kannst nicht weggehen. Hörst du mich? Ich habe es nicht getan.«

Alexis schlug die Augen auf und stemmte sich hoch. »Komm zurück!«

Jemand griff nach seinen Armen und drehte ihn sanft um. Alexis starrte seinen Cousin benommen an, während er langsam in die Gegenwart zurückkehrte.

»Es war nur ein Traum«, besänftigte ihn Fulke.

»Es war eine Erinnerung.« Alexis hielt Fulkes Hände fest. »Ich erinnerte mich an Vaters Tod, Fulke. Sein letzter Gedanke war, daß ich die Falle gestellt habe. Er fragte mich warum, Fulke.«

Alexis schloß die Augen und senkte den Kopf. Fulke schüttelte ihn.

»Das kann nicht sein. Was genau sagte er?«

»Nur das eine Wort«, erwiderte Alexis. »Warum.«

»Dann täuschst du dich. Sieh mich an, Alexis. Ich kannte deinen Vater. Phillipe liebte dich, und er wußte, daß du ihn auch liebtest. Du hast den kleinen Streit mit deiner Schwester immer überbewertet. Es war ein ganz normaler Streit unter Geschwistern. Phillipe wußte, daß ihr eines Tages zueinander finden würdet. Das sagte er mir oft. Er hätte nie geglaubt, daß du ihm oder Thalia aus Eifersucht etwas antun würdest.«

»Aber er fragte mich, warum.«

Fulke schüttelte ihn erneut. »Langsam solltest du das Geschehen mit den Augen eines Erwachsenen betrachten. Philippe lag im Sterben. Plötzlich und unerwartet, in jungen Jahren. Er wußte, daß er sterben würde. Er wußte, daß er dich allein lassen mußte. Verstehst du denn nicht, Alexis, er fragte nicht, warum du ihn getötet hast, sondern er fragte Gott, warum er sterben mußte.«

Alexis starrte seinen Cousin an, bis dessen Züge verschwammen, Tränen stiegen ihm in die Augen und rannen über sein Gesicht. Er wollte sich von Fulke abwenden, doch der hielt ihn fest.

»Wehre dich nicht länger«, drängte Fulke. »Du hast dich seit ihrem Tod eisern zusammengenommen. Wieviel kannst du noch ertragen, bevor du zerbrichst? Laß dich endlich gehen, Alexis.«

Alexis zog die Knie an, barg das Gesicht in den Armen und versuchte, ein wildes Schluchzen zu unterdrücken. Es ging nicht.

Die Anspannung, das Fieber und der Schmerz waren einfach zuviel. Als sein Körper erneut geschüttelt wurde, wehrte er sich nicht länger, sondern ließ den Tränen freien Lauf.

Eine ganze Zeit später wurde er wieder ruhiger und hob den Kopf. Fulke stand noch immer neben seinem Bett und schenkte ihm gerade ein Glas Wasser ein. Alexis lehnte ab.

»Danke.«

»Nichts zu danken«, erwiderte Fulke.

»Ist Wahnsinn erblich?«

Fulke seufzte und hielt Alexis noch einmal das Glas hin. »Sei nicht albern. Dein Geist ist so gesund wie meiner.«

Alexis neigte den Kopf und musterte Fulke mit der Andeutung eines Lächelns.

»Tu es nicht«, sagte Fulke. »Versteck deine törichten Gedanken nicht hinter diesem Lächeln. Hier, trink das. Ich habe etwas Laudanum dazugegeben.«

Alexis schüttelte den Kopf. Seine Haut brannte, und auch seine Gedanken standen in Flammen. Er erschrak, als Fulkes Finger seinen Nacken berührten. Das kalte Glas berührte seine Lippen.

»Trink. Du bist ein dickköpfiger Junge, aber du brauchst deinen Schlaf.«

Die Flüssigkeit rann in seinen Mund, und Alexis schluckte. Er trank das ganze Glas leer.

Dann legte er sich wieder auf den Bauch, schmiegte seine glühende Wange gegen das Laken und betrachtete seine Hand, die neben seinem Kopf ruhte. Fulke setzte sich wieder.

»Fulke.«

»Sei still und quäl dich nicht länger.«

»Ohne dich hätte ich das alles nicht durchgestanden. Ich will, daß du das weißt. Du hast Vaters Platz eingenommen, dich um mich gekümmert, als sie sich weigerte; du hast mich dazu angehalten zu lernen, in die Kirche zu gehen, hast mir geholfen, erwachsen zu werden. Das werde ich nie vergessen.«

»Du warst mein Sohn.«

Alexis sah Fulke an, verstand plötzlich, was sie beide nicht in Worte fassen konnten. Er fuhr mit der Hand über die Matratze.

»Und dennoch«, fuhr er fort, »muß ich mich der Vergangenheit stellen, und damit auch der Wahrheit.«

»Aber nicht jetzt.«

»Das vielleicht nicht.«

Alexis schloß die Augen, lauschte auf seinen Atem und auf den von Fulke. Sich seiner Vergangenheit zu stellen, war etwas, was er vielleicht noch fertigbrachte. Sich Kate zu stellen, war eine andere Sache.

Kapitel 19

Kate ging unruhig auf dem Wehrgang hin und her. Drei Wochen. Drei Wochen, in denen sie gemieden wurde, als sei sie eine der Dinkle Schwestern. Dem mußte ein Ende gesetzt werden. Alexis de Granville mußte lernen, daß man Probleme nicht löste, indem man sie verleugnete.

Zuerst war er zu krank gewesen, um mit ihr zu sprechen. Dann war er mit den ›Formalitäten‹, wie er es nannte, beschäftigt gewesen. Kate mutmaßte, daß diese ›Formalitäten‹ beinhalteten, die Verbrechen von Lady Juliana dank des Einflusses der de Granvilles zu vertuschen. Die Frau hatte Ophelia und Hannah umgebracht und versucht, Kate und Alexis ebenfalls ins Jenseits zu befördern. Eine öffentliche Enthüllung hätte dennoch niemanden etwas gebracht.

Weitere Formalitäten waren die Beerdigung von Juliana und Vals Rehabilitierung. Zwei Pflichten, die viel Zeit in Anspruch nahmen, waren die Entgegennahme von Beileidsbesuchen und die Korrespondenz mit dem Monarchen, der Familie und Freunden. All dies hielt Alexis von morgens bis abends in Atem. Die Verantwortung für die Soldaten in Dower House und die Renovierung von Maitland House waren vollständig an Kate und Val gefallen.

Kate hatte fast eine Woche lang nicht einmal bemerkt, daß Alexis ihr aus dem Weg ging, denn sie hatte Verständnis für seinen Schmerz und seine Verwirrung, hervorgerufen durch die Enthüllungen über den wahren Zustand seiner Mutter. Nach einer weiteren Woche erschöpfte sich ihre Geduld allmählich. Sie wußte, daß Alexis und Juliana sich nie besonders nahegestanden hatten. Seine Trauer galt der Liebe, derer er beraubt worden war.

Allerdings verstand sie nicht, warum er sich nicht mit der Liebe trösten konnte, die ganz ihm gehörte.

Schon seit drei Tagen versuchte sie, mit ihm zu sprechen. Jedesmal entwischte er ihr und verschwand in den unendlichen Gängen der Burg. Es war ihr jedoch gelungen, seine Zufluchtsstätte, nämlich den Geisterturm, ausfindig zu machen. Genau dort wollte sie ihn jetzt überraschen. Wie konnte er es wagen, sich in dem Raum vor ihr zu verstecken, wo sie sich zum erstenmal geliebt hatten?

Kate hieb mit der Faust auf einen Mauerstein ein und verzog schmerzlich das Gesicht. Ihre Hände hatten sich noch immer nicht ganz erholt von dem Einhämmern auf die harte Zellentür in Thyme Hall. Sie fuhr herum, als sie einen Mann leise auflachen hörte, und sah Val vom Geisterturm her auf sich zukommen. Sein Gesundheitszustand verbesserte sich rasch. Er näherte sich festen Schrittes und ohne zu humpeln. In der Hand hielt er ein volles Weinglas.

»Er ist ein einziges Ärgernis, meine Liebe«, bemerkte Val im Näherkommen. »Das kommt davon, wenn man so jung schon mit einem solchen Titel behaftet ist, fürchte ich.«

»Höllenfeuer.«

Val lachte wieder und bot ihr das Weinglas an. »Fulke wird Ihnen schon noch erzählen, wie schwierig es war, ihn zu beaufsichtigen. Entweder er versuchte, sich zu Tode zu reiten, oder er bezirzte jeden, der in seine Nähe kam.«

»Er hat in den letzten Wochen nicht sehr viel Zeit damit vergeudet, mich bezirzen zu wollen.« Kate nahm das Weinglas und stellte es in einer Schießscharte ab.

»Naja, Sie sind schließlich auch die einzige, vor der er Angst hat.«

Ihr Mund blieb weit offen stehen.

»Ich?«

»Ganz bestimmt. Ich finde Sie, ehrlich gesagt, selbst ein bißchen furchteinflößend.«

Kate musterte Val mit verschränkten Armen. Er erwiderte ihren Blick mit ausdrucksloser Miene, mußte nach einer Weile jedoch schmunzlen.

»Sie alberner Witzbold.« Kate nahm einen Schluck Wein. »Haben Sie wenigstens die Tür abgeschlossen?«

»Natürlich. Ich habe ihn dazu gebracht, fast eine ganze Flasche Bourdeaux zu leeren. Er war gerade mit dem Korken der nächsten Flasche beschäftigt, als ich hinausschlüpfte.«

»Ich hoffe, er ist nicht schon eingeschlafen.«

»Keine Sorge. Ein Kavallerieoffizier wird erst in ein Regiment aufgenommen, wenn er nachgewiesen hat, daß er nach dem Genuß von mindestens drei Flaschen immer noch an einer Parade teilnehmen kann.«

Kate grinste und küßte Val auf die Wange. Er nahm ihre Hand.

»*Bon chance, ma petite.* Er braucht Sie so sehr.«

»Danke.«

Sie drückte Vals Hand und ging zum Geisterturm. Die letzten Stufen schlich sie auf Zehenspitzen hinauf und lauschte. Alles war ruhig. Rasch schloß sie die Tür auf, trat ein und sperrte hinter sich wieder ab.

Alexis stand in der Fensternische. Einen Arm hatte er an einen Fensterflügel gelehnt, sein Kopf ruhte an der Fensterscheibe.

Mit geschlossenen Augen fing er an zu sprechen. »Die Furcht vor meiner grausamen Rache hat dich zurückkehren lassen. Das war klug von dir, Val.«

»Ich bin nicht gekommen, um dich herauszulassen«, antwortete Kate. »Sondern um mich hereinzulassen.«

Seine Lider hoben sich langsam, und Alexis sah sie mit müder Gleichgültigkeit an. »Verschwinde aus meiner Nähe, teuflischer Kobold.«

»Sieh genau hin, Alexis.«

Kate hielt den Schlüssel hoch, damit er ihn sehen konnte. Dann zog sie den Ausschnitt ihres Kleides ein wenig vor und ließ den Schlüssel hineinfallen. Alexis gab seine lässige Haltung auf und stürzte sich mit der Geschwindigkeit eines Falken auf sie.

»Ein alter Trick, wenig originell und völlig nutzlos. Gib mir den Schlüssel.«

»Möglicherweise tatsächlich ein alter Trick, aber zufällig hänge ich an Traditionen.«

»Wenn du mir den Schlüssel nicht freiwillig gibst, werde ich ihn mir holen.«

Sie stemmte die Hände in die Hüften. »Etwas ähnliches hatte ich mir schon gedacht.«

Er fluchte, verschränkte die Hände auf dem Rücken und entfernte sich von ihr.

»Du willst dich aus unserer Verlobung stehlen«, stellte sie fest. Als sie ein paar Schritte auf ihn zumachte, wich er noch weiter zurück.

»Hast du noch nicht genug von meiner Familie erfahren, um meine Gründe dafür zu verstehen?«

»Ich liebe dich.«

»Meine Mutter war geisteskrank.«

»Ich liebe dich.«

»Und sieh dir doch nur Fulke an.«

»Ich liebe dich.«

Alexis schüttelte den Kopf. »Ich könnte es nicht ertragen, eines Tages zu erwachen und Haß in deinen Augen zu sehen.«

»Feigling. Alexis, du bist ein kluger Mann, aber du bist stur wie ein Bock.« Sie trat schnell um einen Stuhl herum und folgte ihm zum Fenster.

Wieder wich er ihr aus, als sie die Hand nach ihm ausstreckte. Vor dem Portrait von Lettice blieb er stehen und berührte es mit den Fingerspitzen. »Klug, sagtest du.

Dann pflichtest du mir sicherlich bei. ›Geistes Wahn und großen Verstand / scheidet nur eine hauchdünne Wand‹.«

»Unsinn«, widersprach Kate, während sie neben ihn trat. »Dein Geist ist so wenig krank wie meiner.«

Sie keuchte auf, als er sie an den Schultern packte. Er schüttelte sie so heftig, daß sich ihr Haar löste und ihr auf die Schultern fiel.

»Meine Mutter tötete mehrere Menschen. Fulke hält Frauen für einen Fehlgriff Gottes.« Er schüttelte sie bei jedem Wort. »Du mußt dich von mir lösen.«

Kate spürte, wie sich der Stoff ihres Kleides über den Brüsten spannte und schließlich zerriß. Benommen von Alexis' wildem Schütteln konnte sie sich nur an seinem Arm festhalten, während er zwischen ihren Brüsten nach dem Schlüssel suchte. Schließlich fand er ihn und schleuderte Kate auf den Boden. Noch während sie sich aufrichtete, hörte sie, wie der Schlüssel sich im Schloß drehte. Alexis blieb kurz auf der Schwelle stehen und bedachte sie mit einem kalten Blick. Dann lächelte er und warf den Schlüssel neben ihr auf den Boden.

»Danke für das Angebot, aber leider habe ich meinen Körper bereits Carolina Beechwith versprochen. Sie will ebenfalls ein Kind von mir, genau wie Hannah. Ich habe beschlossen, diesmal nachzugeben.«

Lange nachdem Alexis gegangen war, saß Kate noch immer wie erstarrt da. Zu betroffen, um zu weinen, raffte sie ihr Mieder zusammen und gab sich alle Mühe, Alexis de Granville nicht zu hassen.

Alexis schenkte sich einen Brandy ein und starrte blicklos in die Flammen im Kamin. Er hörte weder, wie Fulke den Salon verließ, noch, wie Val eintrat, bis sein Freund etwas sagte.

»Du weißt, daß sie fort ist.«

»Ja.«

»Du bist dümmer als ich dachte«, stellte Val fest.

»Ich möchte nicht mit dir über Kate reden.«

»Das mußt du aber, außer du willst dich mit mir prügeln. Ich bin zu beidem bereit. Nein, wenn ich es mir recht überlege, würde ich es vorziehen, meine Faust in deinen Leib zu rammen.« Val machte einen Schritt auf ihn zu. »Na, was ist? Ich fühle mich schon viel kräftiger. Ich verspreche auch, dein hübsches Gesicht zu schonen.«

Alexis stellte das Glas auf den Kaminsims, stützte die Ellbogen darauf und legte das Kinn auf den Arm, um die braune Flüssigkeit anzustarren.

»Nun?« fragte Val.

»Ich werde nicht mit dir kämpfen, aber ich werde auch nicht mit dir über Kate reden. Was ich getan habe, war zu ihrem Besten.«

»Was du getan hast, war eine feige Flucht. Großer Gott, Alexis, ich begreife nicht, wie du ohne mit der Wimper zu zucken durch russische Bajonette und Kanonenkugeln reiten konntest und jetzt die Hosen voll hast wegen dieser widerspenstigen, hinreißenden kleinen Person.«

Alexis fuhr herum. »Halt den Mund. Zum letztenmal fordere ich dich auf zu schweigen. Ich bin nicht bereit, sie mit diesem Erbe zu belasten. Es gibt genügend Frauen, denen alles andere egal ist, solange sie meine gesellschaftliche Stellung und mein Geld bekommen können.«

Val ging zum Sofa und setzte sich. Alexis mißfiel das Grinsen auf seinem Gesicht.

»So ist das also!«

»Was soll das nun wieder bedeuten?«

»Dachte ich es mir doch«, erwiderte Val. »Genau wie ich sagte, alter Schulkamerad. Du hast Angst vor ihr. Weil sie nicht von dir geblendet ist. Sie sieht nicht den Marquis, wenn sie dich anschaut. Sie sieht nicht Richfield und alles, was damit zusammenhängt. Nein, sie sieht Alexis, und das bist du nicht gewöhnt. Du hast Angst, daß sie nicht mag, was sie sieht, wenn sie erst alles von dir gesehen hat.«

»Genug!«

Alexis schleuderte sein Glas in den Kamin. Es zersplitterte, und die Flammen zischten. Glassplitter regneten über seine Jacke. Er hob die Hand, um klebrige Tropfen von seinem Ärmel zu wischen. Blut färbte seine Finger. Regungslos starrte er seine Hand an, auch noch als Val sie mit einem Taschentuch verband.

»Es hat den Anschein, daß einer von uns immer damit beschäftigt ist, den anderen zu verarzten«, stellte Val fest.

»Es tut mir leid.«

»Entschuldige dich nicht bei mir. Ich frage mich nur, wie du dich fühlen wirst.«

»Wovon sprichst du?«

Val wickelte das Taschentuch noch einmal um Alexis' Hand. »Wenn Cardigan oder ein anderer Mann sich an sie heranmacht. Schau mich nicht so entgeistert an. Du hast doch selbst gesehen, wie dieser Bastard Kate nachstellte. Sie ist nach London gefahren, und dort wird sie ihm sicherlich über den Weg laufen. Und denk doch nur an Lord Snow. Er hat sich gut von der Ruhr erholt und ist heiß auf eine Frau. Und die ganzen Künstler und Schriftsteller und Musiker. Sie werden Kate anbeten, und sie wird entzückt sein. Wo willst du hin?«

»Irgendwohin, wo du mich nicht findest«, erwiderte Alexis schroff. »Es funktioniert nicht. Laß sie doch mit Cardigan oder Snow oder einem Musiker oder am besten allen zusammen ins Bett hüpfen. Fahr zur Hölle, Valentine Beaufort.«

Nach dieser Auseinandersetzung mied Alexis seinen Freund. Er konnte die Art nicht ertragen, wie Val ihn anlächelte, als genieße er es, ihn leiden zu sehen. Er stürzte sich in die Arbeit in Maitland House und hielt sich etliche Stunden bei seinen verwundeten Soldaten auf. Manchmal, wenn ein Soldat gestorben war, vergaß er für kurze Zeit seinen eigenen Kummer. Er merkte kaum, daß bereits über eine Woche vergangen war.

Am zehnten Abend nach Kates Abreise war er zu erschöpft von seiner Arbeit in Dower House, um sich fürs Abendessen umzuziehen. Er aß in seinem Zimmer, badete und schlüpfte in einen Hausmantel. Dann ließ er sich auf dem Teppich vor dem Kamin nieder, nahm zwei kräftige Züge aus einer Weinflasche und starrte verdrießlich in die Flammen. Am Nachmittag hatte Fulke ihm dazu gratuliert, der Versuchung widerstanden zu haben.

Er hörte, wie hinter ihm die Tür geschlossen wurde und blickte über die Schulter. Carolina Beechwith schwebte auf ihn zu. Sie trug ein Abendkleid, das ihre Brüste kaum verhüllte.

»Ich habe mich zum Essen eingeladen«, sagte sie, »aber du bist nicht erschienen.« Sie kniete neben ihm nieder.

»Ich war müde.«

»Du bist nicht zu mir gekommen.«

Wieder setzte er die Weinflasche an. »Meine Mutter ist tot. Ich bin in Trauer.«

»Dann laß mich dich trösten.«

Alexis ließ sie gleichmütig gewähren. Als sie ihn küßte, fühlte er sich merkwürdig unbeteiligt. Sie nahm ihm die Flasche aus der Hand, und ihre Hand glitt unter seinen Hausmantel. Sie streichelte seine Brust und küßte ihn noch einmal.

Alexis kam sich vor wie ein Gott, der auf zwei einfältige Sterbliche herunterblickte. Er konnte sehen, wie sie sich berührten, wie die Frau den Oberkörper des Mannes entblößte, wie sie sich über ihn beugte und ihn auf den Boden drückte. Dann legte die Frau ihre Hand auf die Genitalien des Mannes.

Fulkes Aufschrei brachte ihn jäh wieder in die Wirklichkeit zurück. Sein Cousin warf die Tür hinter sich zu und brüllte Caroline an. Carolina wollte rasch aufstehen, trat dabei aber auf ihren Rocksaum und purzelte rücklings zu Boden.

Alexis stützte sich auf die Ellbogen. Er machte sich nicht die Mühe, seine Blöße zu verdecken, solange Fulke auf ihn einsprach, sondern beobachtete gelangweilt, wie Carolina mit ihren Röcken kämpfte und gleichzeitig Fulke beschimpfte. Beide verstummten, als er zu lachen anfing. Er ließ sich auf den Rücken fallen und lachte aus vollem Hals.

»Es hat keinen Sinn, Carolina«, sagte er, sobald er wieder sprechen konnte. »Meine Tugend wird von einer aufmerksamen Anstandsdame bewacht, die ständig die Heilige Schrift deklamiert. Er würde mir am liebsten noch einen Keuschheitsgürtel anlegen.« Erneut prustete er los.

»Ohhhhhhhhhh!« Carolina wollte nach ihm treten, doch ihre langen Röcke waren ihr dabei im Weg.

Fulke war hochrot und zitterte am ganzen Leib. Er deutete mit dem Finger auf Carolina. »›Denjenigen, die nach Fleischeslust trachten, wird dieselbe bringen den sicheren Tod ...‹«

»Er hat dich durchschaut, Carolina. Dein Sinn ist von Fleischeslust erfüllt.«

Carolina bückte sich und schlug ihm auf die Wange. Alexis sprang mit wehendem Hausmantel auf, packte Carolina am Haar und zerrte sie zur Tür. Auf halbem Weg griff er nach Fulkes Arm und zog diesen ebenfalls mit. Dann riß er die Tür auf, stieß beide Eindringlinge auf den Flur und warf die Tür wieder zu. Während er abschloß, rief er ihnen zu: »Ich bin weder in der Stimmung, vergewaltigt noch gegeißelt zu werden, laßt mich also in Frieden und verzieht euch.«

Diesmal war er ihr nicht gefolgt.

Kate stand an Deck des Klippers, der am nächsten

Morgen nach Amerika ablegen würde, zog den Schal enger um die Schultern und ging zum Bug. Es war Abend, und nur wenige Matrosen waren an Bord.

Mama hatte ihr zu Vergebung und Geduld geraten, aber Kate war zu tief getroffen. Sie hatte ihre Liebe und ihr Herz angeboten, wertvolle, funkelnde Juwelen aus dem zarten Band ihres Vertrauens. Alexis hatte in wenigen Sekunden diese kostbare Gabe in das verzehrende Feuer seiner Schuldgefühle geworfen und zugesehen, wie sie zu Asche verbrannte.

Val war inzwischen neben sie getreten, nachdem er sich in der Kajüte von Mama verabschiedet hatte. Gemeinsam sahen sie zu, wie aus dem blassen Mond eine leuchtend weiße Scheibe wurde.

»Bleiben Sie doch noch ein paar Tage«, sagte Val. »Ich bin sicher, daß er kommt.«

Kate umklammerte die Reling und starrte ihre Hände an. »Ich möchte nicht noch einmal verletzt werden.«

»Es war einfach zu viel, meine Liebe. Alexis ist diesmal in ein abgrundtiefes Loch gefallen. Es wird noch eine Weile dauern, bis er es satt hat, tief unten zu sitzen und zum Licht hinaufzustarren.«

Kate fuhr sich mit der Zunge über die Lippen und rang sich zu der Frage durch, die sie seit Vals Ankunft beschäftigte. »Mrs. Beechwith?«

»Es tut mir leid. Alexis kann sehr konsequent sein, wenn er in Ruhe gelassen werden will, und ich fürchte, er spielt den Grandseigneur. Ich verstehe selbst nicht, was ihm die Macht verleiht, anderen Menschen ohne ein Wort das Gefühl zu vermitteln, sie hätten gerade Wein auf der Robe des Königs verschüttet.«

»Sie hätten ihm eins auf die Nase geben sollen.«

Val lächelte und nahm ihre Hand. »Wenn er Ihnen nicht nachreist, werde ich es tun.«

Mit einer Verbeugung drückte er die Lippen auf ihre

Hand. Kate stellte sich auf die Zehenspitzen und küßte ihn auf die Wange. Leise verabschiedete er sich und ging.

Kate blieb noch eine Weile stehen und lauschte gedankenverloren den vielfältigen Geräuschen des angetäuten Schiffes. Viel Arbeit wartete auf sie. Briefe mußten gelesen, Berichte über Lieferungen und Gewinne geprüft werden. Einiges war liegengeblieben, seit sie vor vielen Wochen nach Maitland House aufgebrochen war, aber es war ihr unmöglich, sich auf irgend etwas zu konzentrieren. Jedesmal, wenn sie die Zahlenreihen anstarrte, sah sie einen geschmeidigen Körper und leuchtend schwarzes Haar vor sich.

Eine kühle Brise vertrieb sie in ihre Kajüte. In Nachthemd und Morgenmantel legte sie sich aufs Bett und versuchte, im Schein einer Lampe zu lesen. In den letzten Wochen hatte sie stets erst weit nach Mitternacht in den Schlaf gefunden.

Die Augen waren ihr gerade zugefallen, als ein lautes Poltern über ihr sie auffahren ließ. Das Poltern zog sich quer übers Deck, dann die Kajütentreppe herunter. Mit einem lauten Krachen flog ihre Tür auf.

Mit angehaltenem Atem starrte Kate Val an, der von einem zornschnaubenden Alexis de Granville in ihre Kabine gestoßen wurde. Val flog quer durch den Raum, rammte einen Stuhl und blieb vor Kates Bett liegen. Ächzend schob er den Stuhl von sich, dann lachte er.

»Was hast du hier verloren?« rief Kate, als sie die Sprache wiedergefunden hatte. »Raus mit dir! Tragt eure Ringkämpfe anderswo aus.«

Heftig atmend marschierte Alexis zu seinem Freund und baute sich vor ihm auf wie der Priester vor dem armen Sünderlein.

»Er wird morgen nicht mitsegeln«, keuchte er, während er mit dem Finger auf Val zeigte. »Ich werde ihn nach Frankreich mitnehmen, wo ich ihn herausfordern und ihm eine Kugel durch diese blonden Locken, die du so sehr magst, jagen werde.«

Kate faltete die Hände im Schoß und musterte Alexis von Kopf bis Fuß. Er erinnerte sie an den mordlüsternen Philippe de Granville. »Was redest du da für einen Unsinn.«

»Ah.« Val richtete sich auf und legte die Finger an seine blutende Lippe. »Es hat keinen Sinn, mein Mäuschen. Ich habe Alexis die Wahrheit geschrieben. Das gebot mir meine Ehre.«

»Mäuschen?« knurrte Alexis uund wollte sich auf Val stürzen.

»Halt!« rief Kate.

Er wandte sich an sie. »Mäuschen, wie? Wenn er dich angefaßt hat, bringe ich ihn um. Ich nehme seinen Kopf in meine Hände und breche ihm das Genick, genau wie ich es mit einer Maus tun würde.« Dann brüllte er wieder Val an. »Die ganze Zeit über hast du mir mit Cardigan und weiß Gott was für Männern in den Ohren gelegen, dabei ging die Gefahr von dir aus.«

Kate kniete sich in ihrem Bett hin und stemmte die Hände in die Hüften. »Leidest du an Gehirnfieber oder findest du plötzlich Gefallen daran, Othello zu spielen?«

»Ich spiele nicht Othello.« Alexis richtete einen drohenden Finger auf sie. »Kein Mann schaut einfach zu, wie sein bester Freund sich mit seiner Verlobten davonstiehlt.«

»Deiner Verlobten«, rief Kate ungläubig. »Du anmaßender, tyrannischer, eingebildeter Mann, verstehst du denn wirklich nicht, daß Val dich hinters Licht geführt hat?«

Alexis hatte Kate finster angestarrt. Nun wandte sich sein bohrender Blick Val zu. Plötzlich war es totenstill, und Kate blickte ebenfalls den Mann auf dem Fußboden an.

Val setzte eine leidende Miene auf, rappelte sich mühsam hoch und schleppte sich zu dem Stuhl an der Tür. Zwei Augenpaare folgten ihm. Nach kurzer Suche in seinen Jackentaschen zog er ein Taschentuch hervor und betupfte damit seinen Mund. Etwas glitt in seine Hand, aber es war so klein, daß niemand es gesehen hatte.

Alexis unterbrach die Stille. »Dir bleibt nicht viel Zeit, mir alles zu erklären, bevor ich dich in eine Seekiste stopfe.«

Val faltete das blutbefleckte Taschentuch zusammen. »Nun ja. *Varium et mutabile semper femina,* mein Freund.« Er hielt einen Schlüssel hoch und schmunzelte.

Ehe Kate oder Alexis reagieren konnten, war er bereits hinausgestürmt und hatte die Tür hinter sich zugezogen. Alexis fluchte, doch es war zu spät. Als er am Türknauf drehte, klickte der Schlüssel bereits im Schloß. Alexis hämmerte gegen das Holz.

»Val«, brüllte er, »du Mißgeburt, öffne die Tür.«

»Gute Nacht«, erwiderte Val. »Die Mannschaft hat Anweisung von Mrs. Grey, dich nicht herauszulassen. Schone also deine Stimme.«

Alexis warf sich mit der Schulter gegen die Tür. Dann trat er mit dem Fuß dagegen. Ohne Erfolg. Kate hielt sich die Ohren zu.

»Hör auf!«

Auf einem Bein hüpfend funkelte Alexis sie wütend an. »Hölle und Verdammnis!«

»Ohne Schlüssel kommst du nicht hinaus.«

Er humpelte zu dem Stuhl neben der Tür und massierte stöhnend seinen Fuß. Mit einem resignierten Seufzen verließ Kate ihr Bett und ging zu ihm. Sie griff nach seinem Stiefel.

»Was machst du da?«

»Ich ziehe dir den Schuh aus, du Esel. Dein Fuß schwillt bestimmt an.«

»Rühr meinen Schuh nicht an.«

Sie drückte ihn in den Stuhl zurück. »Sturheit gehört nicht zu deinen liebenswerten Eigenschaften.«

Mit aller Kraft zog sie ihm den Stiefel vom Bein und warf ihn Alexis zu. Er landete auf seiner Brust. Alexis grunzte und stellte ihn auf den Boden. Ohne ihn eines weiteren Blickes zu würdigen, marschierte Kate zurück zum Bett, setzte sich und starrte ihn mit verschränkten Armen an.

»Was hat Val gesagt?« knurrte er.

»Er sagte ›Frauen sind launische und unberechenbare Wesen‹. Haha!«

»Von wegen ›haha‹. Er hatte recht.« Alexis zog den anderen Stiefel aus und warf ihn in eine Ecke.

Kate ballte die Fäuste. »Tu allen Frauen einen Gefallen, Alexis, und entscheide dich für Enthaltsamkeit, wie Fulke es ohnehin gern sähe.«

Er stand auf und zog den Mantel aus. Achtlos ließ er ihn fallen und ging auf sie zu.

»Ihr beide habt euch diese Scharade ausgedacht. Du wolltest Rache. Es genügte dir nicht, daß ich einsam war, du wolltest, daß ich mir euch beide im Bett vorstellte.«

Ein Pulverfaß explodierte in Kates Kopf. Sie sprang auf, holte mit der Faust aus und versenkte sie in Alexis' Magen. Ächzend krümmte er sich. Als sie den anderen Arm hob, trat er rasch einen Schritt zurück.

»Verdammt«, keuchte er, atmete tief durch und rieb sich den Magen.

»Sag jetzt nichts. Sag jetzt bloß nichts.« Sie ging zum Bettende, öffnete eine Kiste und zog einige Bettlaken heraus, die sie vor Alexis' Füße warf. »Normalerweise ist es nicht meine Art, andere Menschen zu verletzen, Alexis. Das ist eigentlich deine Spezialität. Halt jetzt bloß den Mund. Auf diese Weise bringen wir diese Nacht vielleicht hinter uns, ohne uns gegenseitig umzubringen.«

Sie setzte sich wieder aufs Bett und zwang sich, Alexis,

der Hemd und Socken auszog, nicht anzusehen. Um sich abzulenken, zog sie ihr Buch unter der Bettdecke hervor und beugte sich darüber. Ihr Haar fiel wie ein Vorhang vor ihr Gesicht. Warum suchte er sich keinen Platz, um sich hinzulegen? Er stand nur da und beobachtete sie. Durch ihre Haare hindurch sah sie seinen bloßen Oberkörper und die dünne Narbe an der Seite.

Als er sich bewegte, heftete sie den Blick wieder auf die Buchseite. Sie sah erst wieder auf, als der Lichtschein sich plötzlich veränderte. Alexis stand mit der Lampe in der Hand an ihrem Bett und starrte etwas neben ihrem Kopf an. Sie drehte sich um, konnte jedoch nichts entdecken. Ein ungläubiges Staunen erhellte nun seine wütende Miene. Seine Augen verloren diesen harten, wölfischen Ausdruck und wurden weich. Verwirrt sah sie, wie er die Lampe anhob und sie neben ihren Kopf hielt. Mit der freien Hand strich er behutsam über ihr Haar.

»Wie Kupfer, das in der Sonne erstrahlt«, flüsterte er.

Sie wich zurück. »Jetzt siehst du ja wohl selbst, daß nicht ich diejenige bin, die wankelmütig ist.«

Er ließ die Hand sinken. »Nein, das bist du nicht.« Er stellte die Lampe auf den Tisch neben dem Bett. »Ich wollte ohnehin gerde zu dir, als Vals Brief ankam.«

»Ich mag dich nicht mehr, Alexis. Und wenn du mich je gemocht hättest, hättest du mich niemals so behandelt.« Sie schüttelte den Kopf, als er etwas entgegnen wollte. »Ich möchte nicht mit dir sprechen.«

Kate zog die Bettdecke hoch, wandte Alexis den Rücken zu und schloß die Augen. Der rötliche Lichtschein hinter ihren geschlossenen Lidern löste sich auf, als Alexis die Lampe ausblies. Tränen stahlen sich aus ihren Augenwinkeln. Sie wischte sie verstohlen mit den Fingern weg, während Alexis seine Decken ausbreitete. Die Tränen flossen weiter, und bald mußte sie das Laken zu Hilfe nehmen, um ihre Augen zu trocknen. Ein Schluchzen stieg in ihrer Kehle auf. Verzweifelt versuchte sie, es zu unterdrücken, indem sie die Decke übers Gesicht zog.

Plötzlich spürte sie ein Gewicht an ihrem Rücken. Sie hielt den Atem an und zog die Decke vom Gesicht. Warme Lippen berührten ihr Ohr und ihre feuchten Wangen.

»Weine nicht, kleine Wilde.«

Sein Atem kitzelte sie, und der Schauer, den er in ihrem Körper auslöste, trieb sie an den Rand der Selbstbeherrschung.

»V-verschwinde«, stammelte sie.

Sie wollte sich unter ihrer Decke zusammenrollen, aber die Laken und Decken bekamen plötzlich Flügel und flogen davon. Sie war unter Alexis' Körper gefangen. Seine Arme umschlangen sie wie ein Schraubstock. Er beugte den Kopf, fand ihre Lippen und attackierte sie mit kleinen Küssen, seine Lippen glitten über ihr Kinn zum Hals.

»Weine nicht, bitte nicht«, flüsterte er dabei. »Verzeih mir. Verdammt, ich verbiete dir zu weinen. Bitte. Du sollst mir verzeihen. Du mußt.«

Seine Stimme klang so flehentlich und verzweifelt, daß etwas in ihr zu kribbeln begann. Das Kribbeln wurde zu einem Kichern, das sich genau in dem Augenblick Luft machte, in dem Alexis beschloß, seine Zunge zwischen ihre Zähne zu schieben. Sie spürte, wie sich seine Lippen zu einem Lächeln verzogen.

»Du benimmst dich allmählich genau verrückt, wie ich es für mich in Anspruch nehme.«

»Ich komme mir tatsächlich reichlich albern vor.« In der Dunkelheit der Kabine mußte sie sich den Weg zu seinem Gesicht ertasten. »Deine Wange ist naß.«

»Du hast mich vollgeweint. Wenn du nicht aufgehört hättest, hätte ich noch einen Schirm gebraucht.« Er nahm ihr Gesicht in beide Hände. »Ich werde nicht zulassen, daß du mich haßt.«

»Ich habe Angst.«

»Hast du immer noch Angst, wenn ich dir etwas verspreche?«

»Kommt darauf an, was es ist.«

»Ich gebe dir mein Wort, daß ich nie wieder versuchen werde, dich von mir fernzuhalten oder dich anzulügen.«

»Anzulügen?«

Er drückte sie an sich. »Ich habe mich nicht mit Carolina getroffen.«

»Gut.« Sie befreite ihre Arme aus seiner Umarmung und legte sie um seinen Hals. Er seufzte erleichtert.

»Weißt du, wann ich zur Vernunft kam?« fragte er.

Sie schüttelte den Kopf.

»An dem Abend, als Fulke mir dazu gratulierte, Carolina losgeworden zu sein. Er hielt mir einen Vortrag über Keuschheit und Enthaltsamkeit. Nach ein paar Gläsern Portwein begann ich, ihm tatsächlich zuzuhören. Er ließ sich in aller Ausführlichkeit über Sünde und Schändlichkeit aus, und ich nickte wie eine Witwe in der Frühmesse. Dann folgte der Katechismus. ›Sage dich vom Teufel und seinen Werken, dem Prunk und der Eitelkeit dieser gottlosen Welt los, wie auch vom sündigen Begehren des Fleisches‹ und ähnliches. Irgendwann sprach Fulke einen Toast aus. ›Gib niemals deine Seele einer Frau‹. Ich lachte.«

»Du lachtest?«

»Ja. Weil ich in diesem Moment erkannte, daß Fulke zu spät kam. Ich hatte meine Seele bereits einer Frau geschenkt, und diese Frau war dabei, sie mit über das große Meer zu nehmen.«

»Oh.«

Kates Interesse an Alexis' Seele hielt nicht lange an, denn seine Hand machte sich unter ihrem Nachthemd zu schaffen und glitt über ihr Bein nach oben. Sie verharrte kurz an ihrer Taille und wanderte weiter zu ihrer Brust.

Als er sie dort liebkoste, hob sie sich ihm unwillkürlich entgegen. Seine Lippen zogen eine feuchte Spur über ihren Hals. Sie spürte die Hitze seiner Haut und hörte seine rascher werdenden Atemzüge.

Seine Erregung steckte sie an und hüllte sie in einen sinnlichen Kokon. Ihre Hände begannen nun auch, die Erinnerung an seinen Körper aufzufrischen. Nach Sekunden bereits lachte und fluchte Alexis gleichzeitig und wand sich wie eine Schlange an ihrem Körper hinunter. Seine warmen Lippen waren plötzlich auf ihrem Knöchel und suchten sich einen Weg nach oben. Erschauernd kichert sie, legte die Arme um ihn und zog ihn an sich. Gleichzeitig wand sie sich unter ihm hervor, setzte sich auf ihn und hielt seine Arme neben dem Kopf auf der Matratze fest.

»Katie Ann, laß mich los.«

»Niemals, niemals, niemals.« Sie beugte sich nach vorn, fand seinen Mund und unterband so jedes weitere Wort von ihm.

Schon bald begannen seine Hüften sich in blindem Verlangen zu bewegen, und er drehte den Kopf zur Seite. »Katie, meine Liebste, meine Geliebte, meine Herrin, hab' Mitleid.«

»Armer, armer Marquis. Hat er gelitten?«

»Und wie.« Wieder hoben sich seine Hüften.

»Es gab keine Erlösung?«

»Die einzige, die mich erlösen kann, hat mich verlassen.« Er stöhnte, dann folgte ein Fluch. »Ich brauche dich, Katie Ann. Auf der Stelle.«

»Und ich brauche dich, mein hinreißender, anbetungswürdiger Verrückter.«

Alexis mit Armen und Beinen umschlingend, ergab sich Kate. Unverzüglich schob Alexis sie von sich herunter, legte sich auf sie, und in den nächsten Stunden war die Kajüte von Flüstern, dem Rascheln von Laken, Keuchen und erstickten Schreien erfüllt. Irgendwann fielen sie in einen erschöpften Schlaf, aus dem Kate kurz vor Morgengrauen erwachte, als Alexis eine ihrer Locken um seinen Finger wickelte.

»Ich liebe dich«, flüsterte er in der Dunkelheit. »Ich liebe dich so sehr. Ich glaube, ich bin noch verliebter als Romeo, Mark Anton und Othello zusammen.«

Kate unterdrückte ein törichtes Grinsen. »Das ist auch richtig so«, erwiderte sie und schmiegte sich an ihn. »Wir sind beide hoffnungslos verliebt. Denk doch nur, wieviel Spaß wir haben werden, Fulke und Val mit unseren sehnsüchtigen Seufzern und schmachtenden Blicken zu ärgern.«

Alexis lachte und gab ihr einen Kuß auf die Nase. Im zweiten Anlauf erst fand er ihren Mund. Dann legte er seine Lippen an ihr Ohr.

»Du kannst mir mit all deiner Liebe vertrauen.«

»Aha, du hast also beschlossen, daß du mich trotz allem verdient hast.«

»Ja.«

»Gut, denn sobald ich zu Hause angekommen wäre, hätte ich wahrscheinlich beschlossen, dich entführen und auf einem meiner Schiffe zu mir bringen zu lassen.«

»Wir werden einfach unsere Hochzeitsreise nach San Francisco machen.«

»Sehr wohl, Mylord.«

»Freches, neckisches Bauernmädchen.«

»Despot.«

Er rieb seine Lenden genüßlich an ihr, und sie kicherte.

»Na schön«, sagte er. »Wir werden nicht nach San Francisco reisen, sondern ich werde dich in den Geisterturm sperren und über dich herfallen, wann immer es mir beliebt.«

Kate grub die Finger in seine Gesäßbacken und zog ihn an sich.

»Ich mache dir einen anderen Vorschlag. Laß mich dich erst in die Wildnis von Amerika entführen, dann darfst du mich in den Geisterturm sperren und über mich herfallen.«

»Es soll so geschehen, wie meine Herzensdame es wünscht. Und jetzt wird nicht mehr gesprochen, ich muß mich darin üben, über dich herzufallen.«

Kate hörte ein lautes Knurren, dann drückte Alexis sie an sich und wälzte sich mit ihr übers Bett. Sie kreischte und wand sich aus seinen Armen. Ihr Gelächter hallte durch die dunkle Kabine, und keiner von beiden verschwendete auch nur einen Gedanken daran, ob jemand Zeuge dieser sträflichen Konversation zwischen Miss Katherine Grey und Alexis de Granville wurde.